Hamningberg
Sandfjord
Vardø
ationalpark
ngerhalvøya
E75
Falk-
fjellet
Krampenes
Vadsø
Ekkerøy
N
W
O
S
BARENTSSEE
Bugøynes
Kirkenes
© Markus Weber | Guter Punkt

Elisabeth Herrmann

RAVNA

Die Tote in den Nachtbergen

ELISABETH HERRMANN

RAVNA

DIE TOTE IN DEN NACHTBERGEN

cbj

Bei diesem Buch wurden die durch das verwendete Material und die Produktion entstandenen CO_2-Emissionen ausgeglichen, indem der cbj Verlag ein Projekt zur Aufforstung in Brasilien unterstützt.
Weitere Informationen zu dem Projekt unter:
www.ClimatePartner.com/14044-1912-1001

FSC MIX Papier aus verantwortungsvollen Quellen FSC® C014496

Wir produzieren Klimaneutral ClimatePartner.com/14044-1912-1001 Druckprodukt

Penguin Random House Verlagsgruppe
FSC® N001967

Für Shirin

1. Auflage 2022

Umschlaggestaltung: Kathrin Schüler, Berlin
Umschlagmotiv: Plainpicture (Conny Hepting);
Alamy Stock Foto (Natalia Golubnycha);
Shutterstock.com (progressman, popcorner,
Andrey Bondarets, xpixel, HAENG, Olha Kozachenko)
FK · Herstellung: AJ
Satz: KompetenzCenter, Mönchengladbach
Druck: GGP Media GmbH, Pößneck
ISBN 978-3-570-17609-2
Printed in Germany

www.cbj-verlag.de

In den skandinavischen Ländern wird die Berufsbezeichnung in weiblicher Form kaum noch praktiziert. Eine Ärztin ist *doktor,* eine Lehrerin ist *laerer,* eine Praktikantin ist ein *praktikant.* Ebenso wird kaum noch gesiezt (nur noch Mitglieder des Königshauses, aber sogar die bieten gerne an: Nenn mich einfach Harald …).

Für uns klingt das ungewohnt. Um den authentischen Charakter der Geschichte zu bewahren, habe ich mich jedoch, bis auf wenige Ausnahmen, für die norwegischen Umgangsformen entschieden.

Elisabeth Herrmann

Alle Charaktere, Personen und Namen sind frei erfunden. Ähnlichkeiten mit realen Personen sind zufällig.

Um den Zug der Rentiere zu schützen, wurden die detaillierten Ortsangaben geändert bzw. verfremdet.

Sie war achtzehn
Er
Ein paar Monate jünger
Er nahm sie mit an Orte
An die sie sich niemals gewagt hätte
Ist das die Sonne oder
Der Mond
Könnte sie ihn fragen
Er übernahm die Führung
Und das Kind in ihr fühlte sich zu Hause

Happily Ever After
Text: Mari Boine[1]

---

1 Mari Boine ist eine samische Sängerin.

1. Teil

Die Rückkehr

Sommersiedlung am Fuß der Nachtberge, Falkfjellet, Finnmark
Mittsommer. Freitag, 24. Juni 2011
Tageslänge: 24 Stunden

Es gibt viele Arten, sich zu verabschieden. Ich hab's immer auf meine Art gemacht.

»Linnéa? Willst du nicht aussteigen?«

Mein Vater steht vor der offenen Tür des Hubschraubers, die Arzttasche in der Hand.

»Linnéa?«

Ich schaue auf der anderen Seite zum Fenster hinaus auf eine Mondlandschaft. Er hat mich ins Nichts verschleppt. In eine Steinwüste, ein apokalyptisches Endzeitszenario, die große arktische Leere. Keine Ahnung, was ich mir unter samischen Sommerweiden vorgestellt habe – auf keinen Fall das. Gegen meinen Willen musste ich in diesen Hubschrauber und hinauf ins Gebirge der Varangerhalbinsel.

»Jusse fliegt gleich wieder zurück. Er hat seine Zeit nicht gestohlen.«

Jusse, der Pilot, checkt irgendwas mit den Schaltern. Am liebsten würde ich im Heli bleiben, dann wäre ich in einer Stunde wieder in Kirkenes in meinem Zimmer und könnte heute Nacht Mittsommer feiern. Aber ich musste ja hoch und heilig versprechen, keinen Blödsinn mehr zu machen.

»Die Leute warten auf uns. Wir hatten eine Abmachung.«

Wenn mein Vater »wir« und »uns« sagt, meint er: Ich habe was entschieden und Widerrede ist zwecklos. Er ist Tierarzt. Er hofft, dass ich mich auch eines Tages dafür interessiere, Kühen bis zum Ellenbogen Gott weiß wohin zu greifen oder niesende Kätzchen zu kurieren. Keine Ahnung, ob ich das will. Über die Zukunft mache ich mir keine Gedanken, sie kommt oder sie kommt nicht.

Etwas entfernt steht ein Quad. Auf ihm sitzt jemand in abgewetzten Trekkingklamotten, der jetzt den Helm abnimmt und abwartend den Unterarm aufs Knie legt. Er muss in meinem Alter sein, ein kräftiger Typ, der genau beobachtet, wer sich ihm da nähert.

»Hei Magnus!«

Mein Vater kennt ihn, beide begrüßen sich mit Handschlag.

»Alles in Ordnung bei euch? Das ist meine Tochter Linnéa. Sie wird mich heute begleiten.«

»Linnéa.«

Magnus ist kräftig, aber nicht vom Fitnessstudio, sondern vom Leben hier draußen. Sein Händedruck zerquetscht mir fast die Finger. Er hat ein breites, braun gebranntes Gesicht und grinst mich derart selbstvergessen an, dass ich ihn am liebsten mit einem Schnippen vor den Augen wieder aufgeweckt hätte.

»Kriege ich auch einen Helm?«, frage ich und lächle.

Wenn ich mich nicht täusche, wird er unter der Bräune rot.

»Ja. Klar. Moment.«

Er springt ab und holt den Helm vom Rücksitz. Als er ihn mir reicht, scannt er mich von oben bis unten, von meiner pelzbesetzten Kapuze bis zu meinen pinken Trekkingstiefeln.

»Danke.«

Ich setze mir das Ding auf und nehme hinter den beiden Platz. Die Fahrt dauert nicht lange, aber sie reicht, um mich ein Mal komplett durchzurütteln. Es geht runter in ein weites Tal, in der Ferne schimmert ein Fluss. Überall auf der Welt würden zur Sommersonnenwende Blumen blühen und Bäume grünen, aber nicht hier. Wir sind im Falkfjellet, dem riesigen, grauen Gebirge der Varangerhalbinsel, eintönig, staubig, kalt.

Dann erreichen wir so etwas wie ein Dorf mitten in dieser Felswüste. Holzhütten und Zelte, die ein wenig an Tipis erinnern. Es ist ziemlich viel los. Es herrscht offenbar Aufbruchstimmung – wahrscheinlich wollen alle so schnell wie möglich wieder zurück in die Zivilisation. Magnus zeigt, wie echte Samen bremsen: so abrupt, dass sich das Quad halb um die eigene Achse dreht und kleine Steine wie Geschosse durch die Luft fliegen.

»Unsere Sommersiedlung. Wir haben extra eine Hütte für euch hergerichtet.«

Er geht voran und präsentiert mir die Unterkunft. Vier Holzwände, ein Dach. Immerhin zwei Betten und ein Campingkocher. Auf dem Boden liegen Rentierfelle. Keine Ahnung, ob sie immer so leben oder ob das eine Art Glamping auf Samisch ist.

Mein Vater will es sich gar nicht erst gemütlich machen.

Sobald er sein Gepäck abgelegt hat, ist er auch schon wieder draußen. »Wo sind denn die Sorgenkinder?«, fragt er.

Ein paar Leute tauchen auf und begrüßen uns. Alle kennen ihn und ich als seine Tochter werde wohlwollend taxiert. Und anschließend vergessen. Er macht sich sofort auf den Weg zu einem kleinen Gehege abseits, wo ein paar Rentiere auf ihn warten. Ich bleibe in der Hütte und frage mich, wie ich es hier bis zum nächsten Morgen aushalten soll. Man hat ja schon viel gehört. Eine samische Sommersiedlung ist wie ein Zeltlager in den Fünfzigerjahren. Nun sehe ich mich um und stelle fest: Es ist wie ein Zeltlager im 19. Jahrhundert.

»Wer bist du?«

In der Tür steht ein Mädchen, vielleicht acht oder neun Jahre alt. Es hat ein rundes Gesicht mit Apfelbäckchen und dunklen, schmalen Augen. Ihre Haare sind zu zwei Zöpfen geflochten, die ihr fast bis zu den Hüften reichen. Sie hat Hosen aus Rentierleder an und einen bunt verzierten Überwurf. Es könnte fast wie Folklore aussehen, wenn die Sachen nicht so abgetragen wären.

»Ich bin Linnéa. Die Tochter vom Tierarzt. Und du?«

»Ich bin Ravna. Die Tochter von Hedda.«

Sie starrt auf meine Haare. Zugegeben, ich bin ein bisschen stolz auf meine Mähne und tue auch eine Menge dafür, damit sie auf Hochglanz gestriegelt über meine Schultern fällt. Aber dieses Kind sieht mich an, als hätte es noch nie eine Blondine gesehen.

»Was machst du hier?«, fragt es.

»Ehrlich gesagt: keine Ahnung. Gibt es irgendwo was zu trinken?«

Das Mädchen nickt eifrig. »Am Fluss. Da holen wir unser Wasser.«

»Ah. Klar. Ich dachte eher an Cocktails.«

Die Kleine wagt sich einen Schritt über die Schwelle. Ich nehme eine der Decken auf den Betten hoch und schüttele sie aus.

»Was ist das?«

»Cocktails? Das sind gemixte Drinks. Habt ihr noch nie von gehört, oder?«

Vinnan wollte heute Abend eigentlich mit mir in eine Bar gehen. Vor Kurzem hat in der Kirkegata ein neuer Laden aufgemacht, den wir uns ansehen wollten. Viel Auswahl gibt es nicht in Kirkenes, weder an Bars noch an männlicher Begleitung. Er ist etwas nervig und bildet sich ein, wir wären zusammen. Aber ich bin achtzehn und habe keine Lust, der Welt die Tür vor der Nase zuzuschlagen, die sie gerade geöffnet hat. Wenigstens hat er Geld. Die Stiefel sind von ihm und neulich stand er lange mit mir zusammen vor dem Schaufenster des kleinen Schmuckgeschäftes und stierte sehnsüchtig in die Auslage mit den Eheringen.

»Brauchst du Wasser?«

Ich habe eine Thermosflasche dabei. Warme Klamotten, denn es wird selbst im Hochsommer hier oben ziemlich kalt.

»Ja.« Auf einem roh gezimmerten Holzbrett liegen Kerzen und Streichhölzer. Außerdem steht da ein ziemlich verbeulter Teekessel. Ich hole ihn herunter – und habe kohlrabenschwarze Finger. Das Teil ist komplett verrußt. »Ja, Wasser wäre toll.«

»Ich bring dir welches.«

Das Mädchen saust davon. Ich suche nach irgendetwas, womit ich mir die Finger abwischen kann. Die Decken sind aus grob gewebter Wolle in Beige und Braun, das würde man sofort sehen.

Noch nicht mal Gras gibt es hier. Ein bisschen Moos und ein paar Flechten, das ist alles. Dafür Steine im Überfluss. Als ich vor die Tür trete, kommt Magnus vorbei, ein Lasso über die Schulter geworfen. Kaum sieht er mich, verändert er seinen Gang.

»Alles okay?«, fragt er.

Ich hebe die dreckigen Hände und er lacht. »Passiert. Nimm das.«

Er zieht ein Tuch aus der Hosentasche und reicht es mir.

»Danke. Gibt es hier irgendwo was zu trinken?«

»Wasser?«

»Vielleicht gemixt mit irgendwas Stärkerem?«

Ich wische mir die Hände ab, während Magnus überlegt.

»Wenn wir mit der Arbeit fertig sind, sitzen wir alle noch zusammen und trinken Kaffee.«

»Kaffee«, sage ich und reiche ihm das Tuch zurück. »Nichts anderes?«

Klar gibt es da noch was. Ich kann es ihm ansehen.

»Was hast du denn vor?«

»Heute ist Mittsommer.«

»Das feiern wir nicht.«

»Schade.«

Ich will wieder in die Hütte zurück, aber meine Frage scheint bei Magnus etwas in Gang gesetzt zu haben. Denken, beispielsweise.

»Ich könnte was organisieren. Eine Party, mit ein paar anderen.«

An ihm vorbei spähe ich aus der Tür auf die Auswahl: lauter Männer und Frauen in einem Alter, in dem man unter Feiern vermutlich ein Schälchen Cognacbohnen zum Nachmittagskaffee versteht.

»Ach ja?«, frage ich, nicht sehr überzeugt.

Aber Magnus möchte offenbar beweisen, dass mehr in der hiesigen Jugend steckt als Rentiere züchten und Fischen.

»Mein Bruder hat immer was. Und ich kann auch noch ein paar andere fragen.«

Ich denke an die beiden Tabletten in meiner Tasche – die einzigen, die mein Vater nicht entdeckt hat. Warum eigentlich nicht? Eine Party mit Lagerfeuer, Tipis, Musik … ich denke kurz an Vinnan, aber ich bin mir sicher, dass er nichts dagegen hätte. Schließlich bin ich auf einer Strafexpedition in der Wildnis gelandet und nicht er. Und man sollte die Feste feiern, wie sie fallen.

»Um Mitternacht?«

Er verzieht den Mund. Es sieht aus, als hätte er in eine Zitrone gebissen.

»Da sind wir alle in der Gerde, zur Kälbermarkierung. Dein Vater auch.«

»Schade. Ich bin nur heute hier, morgen geht es wieder zurück. Das wäre deine Chance gewesen!«

Ich grinse ihn an und erkenne, dass ich einen Schritt zu weit gegangen bin. Chancen hat Magnus bis jetzt nicht sehr viele gehabt, das merkt man ihm an. Er versteht den Scherz nicht, er nimmt ihn ernst.

»Zum Feiern, meine ich.«

Hoffentlich kapiert er, was ich meine. Hinter seiner breiten

Stirn arbeitet es und er fasst einen Entschluss. »Um Mitternacht. Da hinten hinter den Lávvus.«

»Den was?«

»Den Zelten.«

Er weist auf drei Tipis, die etwas abseitsstehen.

»Da treffen wir uns.«

»Alles klar.«

Ich klopfe zum Abschied leicht mit der Handfläche auf die Türfüllung und verschwinde in der Hütte. Dann schreibe ich Vinnan eine SMS. Mittsommerparty!!! Nette Jungen gibt es hier …

Mit einem Grinsen schicke ich die Nachricht ab, muss aber noch mal vor die Tür, um Empfang zu bekommen. Dabei stolpere ich fast über das Mädchen, das einen riesigen Kanister Wasser angeschleppt hat.

»Der ist für dich.«

Ich streiche der Kleinen über den Kopf. »Bring ihn rein. Danke!«

Wahrscheinlich halten mich alle für verrückt, wie ich mit ausgestrecktem Arm über den Platz in der Mitte der Hütten laufe auf der Suche nach einem einzigen Balken, aber schließlich habe ich ihn gefunden, und die Nachricht ist durch.

Das Mädchen steht vor der Hütte und starrt mich an. Irgendwie spooky. Aber das ist ja fast alles hier. Mein Vater ruft mich, und die nächsten Stunden helfe ich ihm, Kälber zu impfen und Verbände anzulegen. Er ist glücklich, dass ich bei ihm bin. Und ich bin glücklich, dass ich um Mitternacht abhauen kann.

Zehn Jahre später …

Falkfjellet, Varangerhalbinsel, Finnmark
Mittsommer. Donnerstag, 24. Juni 2021
Tageslänge: 24 Stunden

1.

Die Wolken über dem Varangerfjord rissen auf, die Sonne tupfte mit goldenen Fingern über das Wasser. In der Ferne die uferlose Weite der Barentssee, gegenüber, wie Scherenschnitte aus blassem Aquarellpapier, die sanften Bergrücken der Finnmark. Für ein paar Minuten zeigte Sápmi[2], was es im Juni an ganz großem Kino zu bieten hatte. Weite, Einsamkeit, arktischer Mittsommer.

Ravna blieb keuchend stehen und schenkte sich diese Minute, um den Ausblick zu bewundern. Der eisige Wind zerriss die Hoffnung, hier oben, sechshundert Kilometer über dem Polarkreis und auf halbem Weg ins Gebirge, wenigstens wettertechnisch nicht ständig gebeutelt zu werden.

2 Samische Bezeichnung für das Siedlungsgebiet der Samen.

Sie spürte ihren Rucksack, als hätte sie sich ein ausgewachsenes Rentier über die Schulter gelegt. Doch je höher sie kam, desto schärfer pfiff der Wind, der von den schneebedeckten Gipfeln des Falkfjellet[3] kam und steil zum Eismeer hin abfiel. Der Splitt knirschte unter ihren Trekkingboots, als sie sich den letzten Hügel hinaufquälte und mit hängender Zunge die Baracke erreichte.

Dort stand eine Bank, die aus schartigen Brettern zusammengenagelt worden war. Ravna stellte den Rucksack ab und setzte sich. Ihr Blick fiel zurück auf die Strecke, die sie hinter sich gebracht hatte: Splitt und Geröll zu ihren Füßen, durch das sich ein Pfad schlängelte, den nur die Einheimischen kannten. Natürlich führte auch eine Autopiste hier hinauf, die breiter und bequemer zu laufen gewesen wäre. Aber Ravna hatte sich dagegen entschieden. Je eher sie sich daran gewöhnte, den steinigen Weg zu wählen, umso besser. Er war wie eine Vorbereitung auf das, was sie erwartete.

Am Ufer des Fjords, eine schweißgetränkte Stunde entfernt, lag das kleine Fischernest Krampenes – ein paar Häuser, blau, gelb, grau und dunkelrot. Man hätte meinen können, eine riesige Hand hätte sie wie Würfel zufällig an die Küste geworfen. Von dort musste der SUV gekommen sein, der neben der Baracke stand. Ein riesiger Wagen, brandneu mit Osloer Nummernschild, aber schon an den Seiten verkratzt vom Steinschlag und den Felsen, die man beim Wenden gerne übersah. Die Insassen waren nirgendwo zu sehen. Wahrscheinlich hatten sie sich in die Baracke zurück-

3 Gebirgszug im Süden der Varangerhalbinsel.

gezogen, um die letzten Formalitäten für den Flug zu erledigen.

Auf einem kreisrunden Plateau stand ein Eurocopter AS350, ein kleines, wendiges Fluggerät mit Platz für 4 Passagiere und einen Piloten. Seit gestern hatte Ravna ungeduldig auf Jusses Anruf gewartet, bis sich endlich Touristen für einen Rundflug über den Fjord und das Gebirge gemeldet hatten, die sie mitnehmen würden. Ziel: die Sommersiedlung der Samen im Gebirge, wo die Hütten von Ravnas *Siida*[4] standen. Für Touristen war so ein Abstecher der Höhepunkt ihres Abenteuers in der Wildnis. Sie zahlten und Heli-Tramper wie Ravna kamen in den Genuss eines Rundflugs mit anschließender Landung auf den Sommerweiden. Die Touristen waren begeistert. Bei *echten* Samen in einem *echten* Lávvu vorbeischauen, das bekamen sie nicht alle Tage.

Sie ließ den Kopf kreisen und rieb sich die schmerzende Schulter. Drei Monate in Oslo und sie war völlig verweichlicht. Natürlich machten sie Sport an der Polizeihochschule, aber keine kilometerlangen Wanderungen über Geröll und arktische Pisten. Ein paar wenige Mücken schwirrten noch herum, doch Ravna ignorierte sie. Irgendwo in ihrem Rucksack lag die schwarze Salbe, mit der sie sich einreiben konnte, aber sie wollte die beiden Großstädter mit diesem Anblick nicht erschrecken. Für viele waren die Samen immer noch ein rückständiges Volk und bis vor ein paar Jahren waren sie noch schwarz angemalt in Volkstheaterstücken verspottet worden. Dabei half nichts so gut gegen eine Mückenplage

---

4 Samische Großfamilie.

wie dieses alte Hausmittel. Es sah nur leider gewöhnungsbedürftig aus.

Sie checkte ihr Handy – noch ein Balken. Hoffentlich hatten sie den Mast auf dem Fjell repariert, sonst war sie die nächsten Tage und Nächte ohne Empfang. Lars hatte auf ihr kurzes *Mach mich jetzt auf den Weg* nicht reagiert. Das Gefühl, eine Nachricht von ihm mehr zu vermissen als seine Anwesenheit, beunruhigte sie.

Er war Norweger und arbeitete bei der Polizei in Kirkenes, sie studierte in Oslo. Sie dateten sich nun schon fast ein halbes Jahr, und noch immer war ihr nicht klar: Waren sie nun zusammen oder nicht? Er müsste sie doch fragen oder irgendwann einmal etwas Verbindliches sagen. Und dann war diese Party dazwischengekommen und seitdem war irgendetwas nicht mehr so wie vorher. Ravna traute sich nicht zu fragen, ob es mit Turid zusammenhing. Turid, eine Schönheit mit Gletscherblick und sonnenblonden Haaren, Norwegerin, Beste ihres Jahrgangs an der Polizeihochschule, Supergirl der Polizeiwache Kirkenes, ein Ass im Umgang mit der Dienstwaffe, in Polizei- und Ordnungsrecht, Selbstverteidigung, Kriminalistik … und im Rappen, was sie auf der Party sowohl ein- wie auch zweideutig unter Beweis gestellt hatte.

Dann war es eben so.

Sie konnte ja nichts daran ändern.

Täte sie aber gerne. Wusste nur nicht, wie.

Die Sonne stand hoch am Himmel und würde auch in dieser Nacht nicht untergehen. Sie versuchte, den Gedanken an ihre Mutter zu verdrängen, die sie seit fast einem Jahr nicht mehr gesehen hatte. Hedda hatte es nicht gewollt, dass sie kam. Wer in ihren Augen mit der Familientradition brach, sollte sich gefälligst ganz zurückziehen und nicht nur zu den großen Events auftauchen. Wenn Ravna Pech hatte, musste sie sich einen Schlafplatz draußen suchen, zumindest so lange, bis Hedda sie in ihre Hütte lassen würde. Dass sie Ravna hereinbitten würde, stand außer Frage. Aber es war anstrengend und würde eine Weile dauern, bis Mutter und Tochter wieder einigermaßen unbefangen miteinander reden konnten.

Die Barackentür wurde aufgestoßen und Jusse kam heraus. Ein drahtiger Mittvierziger, krummbeinig und wettergegerbt, mit buschig abstehenden Haaren und runden, muskelbepackten Schultern. Die Saison für Flüge war so kurz wie der arktische Sommer, gerade einmal ein paar Wochen. Im Winter, wenn das Thermometer nicht selten unter dreißig Grad minus fiel, ging gar nichts – außer für Rettungsflüge. Jusse war umtriebig, fleißig und geschäftstüchtig. Trotzdem kam er gerade mal so über die Runden. Sein Overall hatte schon bessere Tage gesehen und durch die Baracke pfiff der Wind. Aber der Helikopter war sein ganzer Stolz. Während sein alter Volvo nur noch durch Dreck zusammengehalten wurde, spiegelte sich das Sonnenlicht in den Cockpitscheiben und dem glänzenden Lack des Hubschraubers.

»Bures boahtin«,[5] begrüßte er Ravna auf Nordsamisch. *»Mo dat manná?«*[6]

---

5 Sam.: gutes Ankommen; hier: Willkommen!

6 Sam.: Wie geht's?

»Hei«, erwiderte sie auf Norwegisch, weil gerade ein Paar hinter Jusse auf der knarrenden Holzveranda auftauchte. »Alles okay. Geht's los?«

Es waren Norweger. Unschwer zu erkennen: Touristen auf ihrem ersten Ausflug ins Gebirge. Neue Schuhe, dünne Windjacken, keine Mützen. Nach zehn Minuten da oben würden ihnen die Ohren abfallen, Hochsommer hin oder her. Aber ohne die beiden müsste Ravna drei Tage durch die Wildnis stapfen oder hoffen, dass irgendein Zwölfjähriger auf seinem Quad sie auflesen und mitnehmen würde. Selbst das war unwahrscheinlich. Sie war spät dran, der Winter war mild gewesen, der Treck der Rentiere hatte sich schon vor ein paar Tagen in Bewegung gesetzt.

»Ravna«, stellte sie sich den beiden vor und streckte der Frau zuerst die Hand entgegen.

»Eina«, erwiderte die Frau.

Sie war noch jung, viel jünger als ihr Mann, der schon graue Haare hatte und aussah, als würde er sich von Jusses Hubschrauber am liebsten irgendwo im Süden auf einem Golfplatz absetzen lassen. »Und das ist Steffen Berger, mein Mann.«

Sie reichte auch ihm die Hand. Er hatte einen unsteten Blick, der ihrem auswich. Die beiden wollten sie nicht dabeihaben, waren aber zu gut erzogen, sich das anmerken zu lassen. In Oslo hätten sie Nein gesagt. Aber hier, in Sápmi, am Ende der norwegischen Welt, wollten sie nicht als Spielverderber dastehen.

»Danke, dass ihr mich mitnehmt.«

Eina lächelte. Sie schien ein offener, unvoreingenommener

Mensch zu sein. »Das machen wir doch gerne. Nicht wahr, Steffen?«

Steffen grummelte etwas und lief zu seinem SUV, um den Kofferraum zu öffnen.

»Ihr habt Gepäck dabei?«, fragte Ravna erstaunt.

Das junge Gesicht der Frau, umrahmt von fliegenden blonden Haaren, verschloss sich. »Ja«, sagte sie knapp.

Ravna sah zu Jusse, aber der war schon auf dem Weg zum Heli. Ein Rundflug mit Gepäck? Oder hatten die beiden vor, in der Sommersiedlung zu bleiben? Im Gebirge? In einer unbeheizten Hütte oder einem Lávvu[7] mit Birkenreisig auf dem Boden und offener Kochstelle, von der der Rauch direkt durch ein Loch nach oben abzog? In Sommerkleidung?

Steffen holte ein riesiges, flaches Paket heraus und schloss seinen Wagen ab, der das mit einem jaulenden Fiepsen quittierte. Das Paket war fast einen Meter im Durchmesser und eine Ellenlänge hoch. Es war in weißes Papier eingeschlagen, von dem sich eine Ecke gelöst hatte, die im Wind flatterte. Eine Mega-Pralinenschachtel? Ein Hut in der Größe eines Wagenrades? Was zum Teufel wollten sie damit auf dem Fjell?

Jusse hatte bereits die Tür zum Gepäckraum geöffnet. Er half erst der jungen Frau beim Einsteigen. Dann nahm er Steffen das Paket ab und legte es in den Gepäckraum. Ravna stopfte noch ihren Rucksack dazu und hüpfte anschließend

---

7 Samisches traditionelles Zelt, auch Kote genannt. Ein Stativ aus Ästen trägt die Wand aus Rentierfell, in neuerer Zeit auch Leinwand. Es ähnelt entfernt den nordamerikanischen Tipis.

auf den Nebensitz. Es war eng, aber sie flog nicht zum ersten Mal mit einem Heli. Hauptsache, die Kopfhörer und das Mikrofon saßen richtig.

Jusse schlug die Türen zu und kontrollierte ein letztes Mal die Verriegelung. Dann umrundete er den Hubschrauber und schwang sich ins Cockpit. Während er die Instrumente prüfte und Funkkontakt mit dem Flughafen Vadsø aufnahm, sah Ravna aus dem Seitenfenster hinunter auf den Fjord.

Sie hatte Lars drei Mal gefragt, ob er mitkommen wollte. Nach dem dritten Mal fragte man nicht mehr.

2.

Jusse wusste, was man von ihm erwartete. Der Hubschrauber stieg in einer eleganten Schleife auf und schenkte den Insassen einen erinnerungswürdigen Blick über das Gebirge des Nationalparks. Obwohl die Gipfel nur ein paar Hundert Meter über dem Meeresspiegel lagen und in einem Wettkampf um die spektakulärsten Höhenzüge klaglos untergehen würden, zog sich Ravnas Herz vor Freude zusammen. Das war ihre Heimat, ihr Zuhause: ein steinernes Wellenmeer bis zum Horizont, fast eine Mondlandschaft im schrägen Licht der Nachmittagssonne. Im Norden am Trollfjord schneebedeckt und zerklüftet, zum Süden der Varangerhalbinsel ein sanftes Auslaufen der Berge in grauen Schiefer und hellen Dolomit. Grüne, moosbewachsene Täler, in denen Seen schimmerten wie dunkle Augen, durch die die Erde in den Himmel sah. Eispalast und Schneehölle im Winter, Felslabyrinth, Mückenparadies und Windkanal im Sommer.

Schluchten, Höhlen und Felsspalten, in denen sich Geheimnisse versteckt hielten und man nachts das Flüstern der alten Sagen und Legenden hören konnte …

Doch statt direkt in die Berge zu fliegen, drehte Jusse ab und schwebte gemächlich hinunter zur Küste. Ravna wollte schon fragen, warum er das machte, hielt dann aber doch den Mund. Die Bergers hatten die Route festgelegt und wollten offenbar lieber noch mal ans Meer.

Der Hubschrauber ließ die wenigen Häuser von Krampenes links liegen und hielt direkt auf die kleine Vogelinsel Ekkerøy zu. Die wenigen Hundert Meter Höhenunterschied machten sich sofort bemerkbar. Ein schroffes Stück Felsen im eisigen Meer, aber bedeckt mit grünen Wiesen und graubraunen Gräsern, die sich im Wind wiegten. Durchzogen von schiefen Staketenzäunen und Trampelpfaden, mit steilen Klippen und einer zur See hin abfallenden, kleinen Bucht. Eine Schafherde weidete nah am Wasser, wo Gestelle aus Holz zum Trocknen der Fische auf den nächsten Fang warteten. Ravna mochte die Insel. Vage erinnerte sie sich an Familienausflüge zu niedrigen Mauern aus Felsensteinen, einem weiten Sandstrand und Krebse mit Mayonnaise und Toastbrot. Nur einmal, als sie mit ihrer Schwester Inga eine der Höhlen erforschen wollte, waren Rodmar und Hedda energisch geworden.

Rodmar und Hedda, Vater und Mutter, früheste Kindheit. Kratzige Wollstrümpfe, glühende Wangen, salzige Luft. Das Jauchzen, wenn sie in die Luft geworfen und wieder aufgefangen wurde. Heddas leuchtende Augen. Rodmar ein Mann wie der Schatten eines Bären – groß, dunkel, gutmütig. Nach der Trennung – Ravna war vier oder fünf Jahre alt gewesen – hatte es keinen Kontakt mehr gegeben. Was war vorgefallen, dass es wert war, einen Vater zu vergessen?

»*Ihkkot*«, kam Jusses schnarrende Stimme aus dem Mikrofon. »Das ist der samische Name für die Insel Ekkerøy. Hier liegt eines der ältesten Fischerdörfer der Finnmark. Rund vierzig Einwohner. Es gibt noch Bunker aus der Zeit der deutschen Besatzung im Zweiten Weltkrieg auf der Insel. Die Nazis konnten auf ihrem Rückzug über den Tana-Fluss nicht mehr alles zerstören.«

Dann waren die Schwestern damals vielleicht in einen Bunker gekrochen und nicht in eine Höhle? Ravna fröstelte. Der Gedanke, unterirdisch irgendwo gefangen zu sein, war für sie schlimmer als alles andere.

Jusse machte einen Schlenker, die Schafe hoben die Köpfe und beobachteten den seltsamen Vogel über ihnen. Vor ihnen lag die breite Sandbucht, hineingeschmiegt in die zackige Küstenlinie und flach auslaufend zum Meer. Kleine Häuser duckten sich unter dem Wind. Der Hafen.

»Früher hat man hier Fischöl hergestellt. Die Ölkocher kann man jetzt im Museum sehen, genau wie den Tante-Emma-Laden und die alte Fischfabrik.«

Sonst gab Jusse sich nicht so eine Mühe, schon gar nicht mit Touristen. Aber vielleicht hatten sie einen Sonderpreis ausgemacht, mit Sightseeing von oben und einem Hubschrauberpiloten als Fremdenführer.

»Wollt ihr hier runter?«

Dann war die Zwischenlandung wohl ausgemachte Sache.

»Ja«, kam es, vom Funk zerhackt, von der Rückbank.

Jusse flog eine Schleife, blieb dann in der Luft stehen und ließ den Helikopter sanft auf einem Sandstreifen landen. Es war zu nass, als dass irgendetwas aufgewirbelt wäre. Dennoch war klar, dass ganz Ekkerøy mitbekam, was sich hinter der weit ins Meer ragenden Steinmole tat.

Als die Rotorblätter zum Stillstand gekommen waren, schaltete Jusse die Instrumente ab und verließ das Cockpit. Ravna folgte ihm und half, das Paket mit dem zarten Papier unter ihrem Rucksack herauszuholen, das glücklicherweise nicht zu sehr gelitten hatte. Für seine Größe war das Teil ganz schön leicht. Ihm entströmte ein zarter Duft, auf den sie sich keinen Reim machen konnte. Steffen nahm es ihr ab.

»Wir sind gleich wieder da«, sagte Eina und strich sich die Haare aus dem Gesicht. Vergebene Liebesmüh, denn der Wind pfiff über die ganze, ungeschützte Insel.

Die beiden stapften davon in Richtung Mole und Hafen. Ravna sah ihnen nach.

»Was wollen die hier?«, fragte sie. »Bringen sie das Paket zum Vogelfelsen?«

Die Klippe war weltberühmt und lockte Touristen aus aller Herren Länder an. Aber Jusse zuckte nur mit den Schultern. Er holte sein Handy heraus, setzte sich auf einen Stein und begann, konzentriert seine Mails zu checken. Oder Candy Crush zu spielen. Oder sich eine Abfuhr bei Tinder einzuholen. Jedenfalls blickte er nicht hoch, und Ravna vertrieb sich schließlich die Zeit bis zur Rückkehr des Ehepaars Berger damit, Tee aus ihrer Thermoskanne zu trinken und die Ketchup-Sandwiches aufzuessen, die eigentlich für den

Fall gedacht waren, dass ihre Mutter sie hungernd und frierend erst mal vor die Tür setzen würde.

Dann fiel ihr auf, wie schön dieser Ort war. Ravnas *Siida* gehörte zu den Gebirgs-Samen. Ihre Heimat reichte bis weit hinauf ins Eis, zum Königs- und Batsfjord. Sie umfasste die Berge und die kristallklaren Flüsse, die Hochplateaus und die kahlen Gipfel, aber nicht den Fjord. Ravnas Leute fischten mit Angel und Speer, im Gegensatz zu den Seesamen, die mit Booten und Netzen aufs Meer hinausfuhren, schutzlos den Wellen ausgeliefert. Obwohl ihre Heimatstadt Vardø von der Barentssee umgeben war, hatte Ravna zu ihr ein eher distanziertes Verhältnis. Einfach auf einem Felsen sitzen und in die Wellen starren, dabei dem Kreischen der Möwen und dem Heulen des Windes zuhören kannte sie kaum. Sie saß lieber windgeschützt in einer Kuhle auf dem sanften Gipfel eines Berges und ließ den Blick in die Weite unter ihr schweifen.

Aber dieses Meer, es hatte was. Wie die Wellen anrollten, eine nach der anderen, und wie ihr Schaum vom nassen Sand aufgesogen wurde. Die Möwen kreisten zu Hunderten in der Luft und stürzten sich dann wie auf Kommando nach unten. Die Luft schmeckte salzig und nass und war so satt vom Meer, man konnte sie fast trinken. Salzmieren und Sternenkraut klammerten sich in den Spalten zwischen den Steinen fest. Die Möwen zeterten enttäuscht – sie hatten Essbares erwartet und nicht diese beiden undankbaren Gestalten neben einem metallenen Riesenvogel.

Ravna war froh über diese geschenkte Viertelstunde, denn sobald sie oben auf dem Fjell eintreffen würde, ging die

Arbeit los, und der Varangerfjord war nur noch Teil einer Landschaft in weiter Ferne.

Der Pilot sah von seinem Handy hoch in Richtung Hafen. Die beiden Bergers kamen wieder, ohne das Paket. Vielleicht hatten sie es irgendwo abgegeben? Ein Geburtstagsgeschenk? Ein dringend benötigtes Gut, das man selbst über Onlineshopping nicht so schnell auf diese Insel bekam? Jusse sprang eilfertig auf und ging zum Hubschrauber, wo er von Steffen angesprochen wurde. Ravna bekam nicht mit, um was es ging. Vielleicht wollten die beiden noch über Mortensnes fliegen oder sich ein paar der *Sieidi* von oben ansehen – ungewöhnlich geformte Steine oder Baumstämme, heilige Stätten, die man als Ortsfremder in dieser gewaltigen, von urzeitlichen Kräften geformten Landschaft kaum zu sehen bekam.

Doch bevor sie fragen konnte, saß Jusse auch schon auf seinem Platz und überließ es ihr, die Tür hinter den beiden zu schließen. Dann hoben sie ab, und Ravna spürte das flaue Gefühl in der Magengegend, wenn man zu schnell die Richtung wechselte. Anders als sie es erwartete, flog er nicht zurück zum Land, sondern erst zum Hafen und dann hinaus aufs Meer. Er ging tiefer. Noch tiefer. So tief, dass sie keine zwei Meter mehr von der Wasseroberfläche und den schäumenden, eiskalten Wellen entfernt waren. Und dann sah sie, was er gesucht hatte: Es war ein Totenkranz.

Gewunden aus weißen Rosen und Lilien schien er auf der Wasseroberfläche zu schweben. Die Flut würde ihn hinaus aufs Meer treiben, vorbei an den letzten Küsten Norwegens und Russlands, vielleicht hinauf in den Norden Richtung Spitzbergen oder zum Cambridge Sund oder zum unbewohnten Alexandra-Land, vielleicht in die Grönlandsee oder noch weiter nördlich in den arktischen Ozean bis zum ewigen Eis. Schnee würde die Rosen bedecken, Eistropfen die Lilien. Ihre Schönheit würde nie verwelken, weil sie eingefroren war. So wie die Erinnerung an den Menschen, dem dieser Kranz gewidmet war.

Nur das atmosphärische Funkrauschen und Knattern drang an Ravnas Ohren. Dann hörte sie ein Geräusch, das sie nicht einordnen konnte. Ein Schluchzen war es vielleicht, oder ein schwerer Atemzug. Sie wusste: Hinter ihr saßen zwei Trauernde.

Jusse wendete den Hubschrauber mit einem fast eleganten Schwung, dann legte er sich quer, was Ravnas Magen an den Rand seiner Fähigkeiten brachte, den beiden hinter ihr aber die Gelegenheit gab, den Kranz auch noch einmal von der anderen Seite aus zu sehen.

Ein leises »Danke« kam von Eina und endlich legte sich der Helikopter wieder gerade. Ravna atmete auf und verwünschte die Ketchup-Sandwiches. Der Rest des Fluges verlief schweigend.

Was durch die Luft keine zehn Minuten dauerte, wäre zu Fuß ein Elend gewesen, vor allem mit dem Rucksack. Mittlerweile benutzten alle Rentierzüchter Enduros – leistungsstarke Motorräder – um hinauf in die Berge zu kommen, oder Quads. Früher waren Ravna und ihre Schwester Inga bei ihrer Mutter mitgefahren. Zwei, drei Stunden wie bei einem Rodeo: die bockenden Räder, die aufspritzenden Steine, das Brüllen des Motors, wenn er schier unüberwindliche

Steigungen in Angriff nahm. Aber Heddas Anruf war dieses Jahr einfach zu spät gekommen.

»Ich kann den Rentieren nicht befehlen, auf meinen Handyempfang Rücksicht zu nehmen«, hatte ihre Mutter auf Ravnas Beschwerde scharf erwidert. »Ich bin nur kurz runter in die Sommerhütte, um eine neue Gaskartusche zu holen. Sie haben sich jetzt endlich in Bewegung gesetzt und vielleicht kannst du das auch tun.«

Peng, aufgelegt. Ravna hatte in fliegender Hast ihre Siebensachen zusammengesucht und auf dem Weg zum Flughafen gerade noch Lars erwischt. Er wusste, dass sie *Stand-by* war und auch schon in der Polizeihochschule Bescheid gesagt hatte – *kalvmerking*-Urlaub, sorry, meine Familie braucht mich …

Noch immer keine Nachricht von ihm. War sie vielleicht zu kurz angebunden gewesen? Lieber hätte sie sich die Zunge abgebissen, als Turid zu erwähnen. Aber zumindest sich selbst gegenüber musste sie zugeben, dass sie eifersüchtig war.

Sie schoss ein Foto – gerade flogen sie über den Vasavannet, einen See, der von vielen kleinen Flüssen aus dem Gebirge gespeist wurde. Die Rotorblätter des Hubschraubers ließen die Wasseroberfläche zittern. Die Sonne lugte kurz hervor, brach sich in den Wellen und reflektierte das Licht.

Dort, wo die Flüsse entsprangen, lag die samische Sommersiedlung von Ravnas *Renbeitedistrikt*[8]: kaum ein Dutzend kleine Holzhütten, ohne Strom und fließendes Wasser.

8 Weidebezirk der Rentiere. Bei den Fjellsamen ist dies der Distrikt 5 und 6, die Varangerhalbinsel.

Samen waren ein hartes Leben gewohnt und dennoch verschloss kaum jemand die Augen vor dem Fortschritt. Aber die Rentiere, die zogen immer noch übers Land wie seit Tausenden von Jahren. Der große Treck im Frühjahr, das Kalben, das Markieren der Tiere im Sommer, die Schlachtung im Herbst, der Zug auf die Winterweide – daran änderten auch die modernen Zeiten nichts. Sie machten die Sache nur schwieriger. Straßen durchzogen die Tundra. Windräder blockierten die Stellen, an denen die Rentiere ihre Kälber zur Welt brachten. Neue Erzvorkommen wurden erschlossen. Die Welt griff mit gierigen Fingern nach den letzten unberührten Reserven der Natur. Jagd- und Fischereilizenzen wurden vom Staat an den Meistbietenden verhökert. Die Samen wehrten sich, bekamen teilweise Recht, aber Hass und Rassismus flammten wieder auf. Ravna konnte verstehen, dass viele dem Staat und der Welt enttäuscht den Rücken kehrten. Auch sie rechnete damit, angefeindet zu werden. Ravna Persen, Student der Polizeihochschule Oslo. Für manche ihrer Leute hatte sie die Seiten gewechselt.

Jusse zog den Hubschrauber noch einmal hoch, denn jetzt überquerten sie einen hügeligen Gebirgszug, überzogen vom samtigen Grün der Moose und Flechten. Der letzte Schnee verschwand. Schimmernd wie geschmolzenes Blei durchzogen Bäche und Flüsse das Gelände bis hinunter zum Fjord.

Nun flogen sie über das Nattfjelldalen, das Tal der Nachtberge: eine dunkle Schlucht, in deren Grund, gespeist von einem Wasserfall, ein brodelnder, schäumender Fluss seinen Weg durchs Gebirge grub. Und noch höher hinauf: über den

Gebirgspass des Ordofjell und die einzige Ost-West-Verbindung der Halbinsel, eine Schotterpiste, die man im Winter nur in Kolonne zu festgelegten Abfahrtszeiten passieren durfte. Ravnas Blick schweifte über die bizarren Felsformationen und Klippen zurück zum Fjord und bis zur russischen Fischerinsel.

Und dann sah sie sie.

Erst einzeln. Dann in Gruppen. Dutzende. Hunderte. Tausende. Die Rentierherden zogen über die Tundra. Angetrieben von einem Instinkt, der älter war als jedes Menschendenken, sammelten sie sich nach dem langen Winter und machten sich auf den Weg Richtung Süden. Ihre Route würde um den Fjord herum bis in die Gegend um Kirkenes führen. Und, bei dieser Gelegenheit, auch in die Gerden ihrer Besitzer. In den riesigen, kreisrund eingezäunten Flächen wurden die Kälbchen markiert und gezählt, damit jede Renzüchterfamilie wusste, wie viel Zuwachs ihre Herde in diesem Frühling bekommen hatte.

Ravnas Herz begann vor Freude zu jagen. In Jusse hingegen erwachte der Hirte: Er ließ den Hubschrauber sinken und trieb damit ein paar Nachzügler und Ausreißer zurück zu ihrer Herde. Zwei Minuten später erreichten sie eine flache Ebene, auf der einige Holzhütten und ein paar Lávvus standen: die Sommersiedlung. Niemand war zu sehen, und auch nach der Landung sah es so aus, als ob die kleinen Häuser verlassen wären.

Doch das täuschte. In fiebernder Ungeduld wartete Ravna darauf, dass die Rotorblätter endlich langsamer wurden und Jusse das Kommando zum Abschnallen gab.

»Danke!«, rief sie und setzte dann die Kopfhörer samt Mikrofon ab. Jusse nickte nur. Die Bergers blieben sitzen. Ihr Flug war kein touristisches Unternehmen gewesen, das war spätestens seit dem Totenkranz im Meer klar. Und da keiner, auch Jusse nicht, etwas zur Erklärung beisteuern wollte, hob Ravna nur die Hand zu einem kurzen Gruß, holte ihren Rucksack und lief dann geduckt aus der Reichweite der Rotorflügel. Jusse startete, und unter ohrenbetäubendem Lärm stieg der Hubschrauber wieder auf und flog zurück nach Krampenes.

Ravna schulterte den Rucksack und atmete tief durch. Sie war wieder da. Und sie wusste nicht, was sie erwartete.

3.

Die Tür zu Heddas Hütte klemmte. Erst dachte Ravna, ihre Mutter hätte abgeschlossen – ein Unding unter Samen. Aber dann schaffte sie es doch, die Tür mit einem Ruck zu öffnen. Ihr schlug ein Geruch nach Holz und geräuchertem Schinken entgegen. Durch zwei winzige Fenster, die im Winter zusätzlich mit Brettern zugenagelt wurden, damit der Schnee sie nicht eindrückte, drang etwas Licht ins Innere auf die karge Einrichtung, zu der sich Hedda hatte durchringen können.

Ravnas Mutter war Traditionalist, in jeder Hinsicht. Einem Radio hatte sie noch zugestimmt, auch einem kleinen Gaskocher. Mehr einundzwanzigstes Jahrhundert kam ihr nicht in die Hütte. Den Boden bedeckten Rentierfelle, ebenso wie das schmale Bett in der Ecke, wo sie die harten Birkenreiser, mit denen es gepolstert war, etwas bequemer machten. An der Wand hingen kleine Beutel aus Rentierleder, in denen Zucker und Kaffee aufbewahrt wurden. Ein rot kariertes Wolltuch, das *Čea betliidni*, das sie sich umband, wenn es kälter wurde, und ihre mit Stickereien verzierte, vom vielen Tragen blank gewienerte Tasche, in der sie Schlüssel, Geld und Ausweis aufbewahrte. Ravna strich mit den Fingerspitzen über die glatte Oberfläche und griff dann zu einer Kette, auf die sich Fremde keinen Reim machen konnten, die aber das Wichtigste im Leben eines samischen *Rendrifters*[9] war: winzige, gleich große, getrocknete Lederstückchen, aufgefädelt auf eine Schnur. Ravna nahm die neuste in die Hand: Die Schnitte waren noch nicht getrocknet, etwas Blut blieb an ihren Fingern kleben. Es waren die kleinen Teile aus dem Ohr der Kälbchen, die zum Markieren herausgeschnitten und gesammelt wurden. Jedes Lederläppchen bedeutete ein Tier mehr in der Herde.

Sie verstaute den Rucksack in die Ecke neben dem kleinen Holzherd. Es war kalt, keine zehn Grad. Nachts würde die Temperatur fast bis zum Gefrierpunkt sinken. Deshalb hatte sie auch ihren Schlafsack mitgenommen. Den größten Teil des Gepäcks bildete leicht zu trocknende, wärmende Wäsche. Sie holte ihre Wasserflasche heraus, trank einen Schluck und schüttete den Rest vor der Tür auf den Boden. Leitungswasser vom Flughafen Kirkenes. Sie würde die Flasche an einem der glasklaren Bäche und Seen wieder auffüllen.

Die Ungeduld, die sie bis jetzt so gut unter Kontrolle gehalten hatte, verstärkte sich. Auspacken konnte sie später,

---

9 Rentierzüchter.

wenn Hedda entschieden hatte, wie sie mit ihrer verlorenen Tochter umgehen wollte. Doch statt die Hütte zu verlassen, setzte sich Ravna auf das Bett. Sie spürte die Reisige unter der dünnen Unterlage und fragte sich, warum Hedda nicht nur zu anderen, sondern auch zu sich selbst so hart war. Als ob sie sich und die Welt für etwas bestrafen wollte und diese Lebensart, der sie sich verschrieben hatte, eine Art Pilgerpfad auf dem Weg zu etwas Erstrebenswerterem war, das jenseits von Bequemlichkeit und Zerstreuung lag.

Wie anders Léna doch mit der Vergangenheit umgegangen war … Ravnas Urgroßmutter war im Winter *in den Schnee gegangen*. So umschrieb man das, was passiert war. Damit war alles gesagt. Sie kehrte nicht wieder zurück. Es war, wie ihr ganzes Leben und Streben, so irrational und falsch es vielleicht in vieler Augen aussehen mochte, ihre Entscheidung gewesen. Eine konsequente, willensstarke, liebende Frau. So liebend, dass es bestimmt auch als Ausgleich hatte dienen müssen für Heddas schroffes Wesen. Ravna schloss die Augen und erinnerte sich an Lénas Gesicht mit den tausend kleinen Fältchen. An den Sommerwein, ihren Joik[10], und an die Trommel, die sie an ihre Urenkelin vererbt hatte. Sie lag, eingeschlagen in weiches Leder, unter Ravnas Bett in ihrer kleinen Wohnung in Vardø.

Der Gedanke, dass sie sich die Miete eigentlich nicht leisten konnte und sie sie aufgeben sollte, wenn sie die nächsten drei Jahre auf der Hochschule in Oslo blieb, ließ sie unruhig werden und aufstehen. Es standen so viele Entscheidungen

10 Samischer Gesang.

an. Lars, Vardø, die Trommel, ihre Zukunft … dafür war es in diesen vier Wänden einfach zu eng. Außerdem näherte sich von ferne ein Geräusch, das sie kannte. Sie holte ihre Messer[11] aus dem Rucksack, hängte sie an den Gürtel und trat hinaus.

Das Hochplateau, auf dem sich die Sommersiedlung befand, war groß wie zwei Fußballfelder und eingerahmt von Hügeln und Hängen, die es etwas gegen den Wind schützten. Und über einen Hügel kam aus Nordost das laute, wütende Aufbrüllen eines Motors. Ein ATV[12] quälte sich über die Böschung und preschte dann mit großer Lust am Querfeldeinfahren unter aufspritzenden Fontänen von Steinchen, Moos und staubfeiner Erde herunter, fuhr eine Wende und kam vor Ravna zum Stehen. Die stand mit verschränkten Armen vor Heddas Hütte und verzog keine Miene.

»Issko«, sagte sie nur.

Ihr Onkel grinste über beide Backen und stieg breitbeinig ab, als wäre sein Quad ein Wildpferd, das er gerade gezähmt hatte. Dann kam er auf sie zu und drückte sie an seine Heldenbrust.

»Ravna. *Uhca nieida!*[13]« Er trug eine Lederjacke und darunter ein Hoodie. Auf dem Kopf ein Bandana, das nach vielen durchgeschwitzten Rockkonzertnächten aussah, um die Hüften ziemlich teure silberbeschlagene Gürtel und Lederhosen. Wie ein verkleideter Rockstar, der mit vierzig

---

11 Jeder Same besitzt drei Messer. Oft sind sie kunstvoll bearbeitet: der Griff aus Rentier- und Elchgeweih, die Scheide aus Rentierbein.

12 All Terrain Vehicle – schweres Nutzfahrzeug mit Allradantrieb.

13 Sam.: Kleine Tochter.

aussehen wollte, als wäre er gerade von der Schule geflogen. Bis zum Hals tätowiert, was man dank seines Rollkragens nicht sah, aber mit den teuersten Messern am Gürtel und einem Lasso auf der Rückbank. Früher hatte er es ordentlich krachen lassen und angeblich hatte er sogar einmal im Gefängnis gesessen. *Bagatellen* nannte er das. Jugendsünden. Man muss wissen, wann man damit aufhört.

Sein rundes Gesicht trug Spuren eines ungesunden Lebens mit zu viel Bier und zu wenig frischer Luft. Doch die braunen Augen blitzten vor Wiedersehensfreude, als er sie losließ und von oben bis unten musterte.

»Bist du dicker geworden?«

Sie wollte ihm aus Spaß in die Magengrube boxen, aber er fing ihre Faust ab und hielt sie fest. »Die füttern dich zu gut.«

Ravna befreite ihre Faust und schüttelte die Hand. Isskos Griff war eisenhart.

»Wo ist Hedda?«, fragte sie, obwohl sie die Antwort kannte.

»Bei den anderen in der Gerde. Wir müssen die Zäune ausbessern, letzte Nacht sind ein paar durchgebrochen. Komm.«

Er stieg auf sein Quad, Ravna nahm direkt hinter ihm Platz, und los ging es mit Gebrüll. Sie spürte den Wind in den Haaren und die PS unter ihrem Hintern. Die Räder fraßen sich den Hang hinauf, und oben wehte sie eine Sturmbö fast vom Sitz, aber es war genauso herrlich wie früher.

Die Gerde stand in einer natürlichen Mulde. Ein Rondell, nur an einer Seite geöffnet, um die Tiere hineinzutreiben und nach der Markierung wieder in die Freiheit zu entlassen.

»Gestern Nacht waren es tausendfünfhundert!«, brüllte Issko. Der spärliche Boden war aufgewühlt von den Tritten der Tiere, die längst verschwunden waren, um Platz für den nächsten Schwung zu machen.

»Ich hab sie gesehen«, schrie Ravna gegen den Wind und den Motorlärm. »Jusse hat welche zusammengetrieben!«

»Wir dachten uns schon, dass du das bist mit dem Heli.«

Er gab Gas und fuhr die Gerde entlang zur Öffnung. Gut dreißig Männer, Frauen und Kinder waren versammelt, hämmerten die Pflöcke fest, besserten Löcher im Zaun aus oder standen um eine kleine Feuerstelle herum, auf der schwarz verrußte Kannen standen, mit denen der Kaffee zubereitet wurde. Der Geruch nach Feuer und Rauch lag in der Luft, nach Tier und Moos und Diesel. Ravna atmete tief durch. Wie hatte sie das alles vermisst!

Vor dem Eingang zum Gehege bremste Issko ab und parkte sein Quad neben den anderen. Ravna stieg ab und wurde sofort lautstark von einer Gruppe Kinder begrüßt, allen voran ihre beiden Neffen.

»Ravna!«

Die kleine Sárá war um mindestens einen Kopf in die Höhe geschossen. Ihr Bruder Eidnár sah mit seinen elf, zwölf Jahren, die er mittlerweile alt sein musste, fast schon erwachsen aus. Er ließ ihre Umarmung ungeduldig über sich ergehen und wandte sich dann direkt an seinen Vater Issko: »Darf ich fahren?«

Issko strubbelte ihm durch die Haare. »Wir üben lieber noch mal zusammen.«

Ravna befreite sich aus den Armen der Kleinen, um eine

schlanke Frau mit dunklem Pferdeschwanz zu begrüßen: Yárá, Isskos Frau und Mutter der beiden Kinder. Im Gegensatz zu ihrem Mann trug sie sichtbar teure Outdoorkleidung vom Feinsten: tiefschwarz mit silbern schimmernden Reißverschlüssen und Stiefel aus feinstem Wildleder. Sie mussten ein Vermögen gekostet haben, und alles an ihr wirkte etwas overdressed, wenn man bedachte, welche Drecksarbeit ihnen bevorstand. Aber vielleicht verzog sie sich ja auch am Abend in die Hütte und ließ die anderen schuften. Ravna kannte sie kaum, denn die Besuche des Persen-Clans aus dem Süden rund um Kirkenes waren selten.

»Es ist eine Ewigkeit her, seit wir uns zum letzten Mal gesehen haben!«

Yárá schenkte ihr eine herzliche Umarmung, die Ravna verblüfft erwiderte, weil sie eine Beziehung vorgab, die nicht existierte.

»Juvven ist auch da.« Sie trat einen Schritt zurück und musterte Ravna, wie ihr schien, mit einem prüfenden Blick. »Schön, dass du kommen konntest.«

Als ob Yárá sie persönlich eingeladen hätte. Oder besser: als ob Yárá das *Recht* hätte, Ravna hierher einzuladen. Sie konnte sich nicht erinnern, wann Yárá das letzte Mal hier oben aufgetaucht war. Ein flüchtiger Ärger begleitete diesen Gedanken. Um sich ihre Gefühle nicht anmerken zu lassen, drehte sie sich um und sah zu ihrem zweiten Onkel.

Juvven war etwas jünger als Issko. Er und Hedda sahen sich ähnlich, als wären sie Zwillinge: der gleiche, aufrechte Gang, dieselben dunklen, glänzenden Haare, die ein rundes Gesicht umrahmten. Er stand mit einer Gruppe *Rendrifter* abseits und nickte nur kurz in Ravnas Richtung. Sie würden sich später begrüßen.

Bevor Ravna sich wundern konnte, warum die gesamte Persen-Familie mit Kind und Kegel in der Gerde aufgetaucht war, hatte sie ihre Mutter entdeckt. Sie stand zusammen mit Torbjørn Skjelsbæk am anderen Ende des Rondells mit dem Rücken zu den Neuankömmlingen, als ob es sie überhaupt nicht interessieren würde, dass ihre Tochter gerade eingetroffen war, und reparierte ein Loch im Zaun. Ravna spürte einen kleinen Stich ins Herz, aber sie hatte es ja gewusst: Ihre erste Rückkehr als Polizist würde schwierig werden.

Auf dem Weg über das Gelände zu Hedda grüßte sie nach links und rechts. Die Nystøs waren da, die Ragnarssons, die Bruhaugs und noch viele mehr – alle aus Heddas *Renbeitedistrikt*. Einige fehlten. Rássmos' hagere Gestalt tauchte nirgendwo auf. Auch Jonne Trygg, mit dem sie fest gerechnet hatte, war nirgends zu sehen. Vielleicht hatten sie ihre Kälber schon in der letzten Nacht markiert und waren wieder abgezogen. Es würde zu ihnen passen. Die reichen Tryggs und die bitterarmen Rássmos hatten mehr gemeinsam, als sie wahrhaben wollten: Die Gemeinschaft der *Siidas* war ihnen herzlich egal.

Bekannte Gesichter aus vielen gemeinsamen Jahren tauchten auf. Grußworte und witzige Bemerkungen flogen zu ihr, und sie erwiderte sie etwas lauter als sonst, damit ihre Mutter auch hörte, dass sie eingetroffen war.

»Hedda?«

Torbjørn entdeckte sie als Erster. Er richtete seine hünenhaften fast zwei Meter auf und grinste über sein Wikingergesicht. Alle zogen ihn damit auf, dass eine seiner Ahnen wohl mal mit einem Walfänger durchgebrannt war. Der rote Bart und das strohige Nest aus Haaren auf seinem Charakterschädel könnten diesen Schluss durchaus zulassen. Er konterte gerne, dass er der einzige echte Same weit und breit wäre und die anderen nur aus einer Paarung mit Trollen entstanden seien.

»*Bures, bures*«, brummte er ihr auf Samisch entgegen und deutete auf das Loch im Zaun. »Wir müssen das zukriegen bis heute Nacht.«

Ihre Mutter drehte mit einer Zange gerade zwei dicke Drähte zusammen. Immerhin stand sie nun auf und drehte sich zu ihrer Tochter um.

Ravna erschrak. Heddas dichte, braune Haare waren von Grau durchzogen, und die Fältchen, die in den letzten Jahren in ihrem Gesicht aufgetaucht waren, hatten sich mittlerweile tief eingegraben. Sie war nie eine lebensfrohe Natur gewesen, aber der Blick, mit dem sie ihre Tochter musterte, war enttäuscht. Nicht unbedingt von der Person, die vor ihr stand. Eher vom kaputten Zaun, den vielen Neuankömmlingen, dem Lauf der Dinge und der Summe aller Erwartungen in ihrem Leben, die sich nicht erfüllt hatten. Ravna war nur eine gescheiterte Hoffnung von vielen, aber das machte es auch nicht besser.

»Ich bin wieder da«, erklärte Ravna überflüssigerweise.

Hedda schnaubte. »Mit denen. Ich hab's mir schon gedacht.«

Mit *denen* meinte sie ihre beiden Brüder. Sie wandte sich wieder dem Zaun zu und ging in die Hocke.

Ravna hätte nichts anderes erwarten dürfen. Aber sie hatte es trotzdem getan und spürte den Stich im Herzen, den diese rüde Begrüßung hervorrief.

Torbjørn sah jetzt auch hinüber zum anderen Ende der Gerde, wo Issko seinem Sohn gerade irgendwas am Quad erklärte. Der Kleine hörte nur mit halbem Ohr zu und wartete hibbelig darauf, dass er endlich aufsteigen konnte. Juvven hingegen stand entspannt am Zaun gelehnt und plauderte mit den Ragnarssons, Vater und Sohn. Der Sohn, Odd, schielte etwas zu hungrig zu Ravna hinüber. Sie wandte schnell den Blick ab, um ihn nicht zu ermuntern, zu ihr zu kommen. Er war zehn Jahre älter als sie und noch immer auf der Suche.

»Gute Reise gehabt?«, fragte Torbjørn.

»Danke. Ich bin eben erst angekommen. Wo ist Malin?«

Malin war Torbjørns Tochter.

»Bei den Großeltern. Sie hat Schule.«

Irgendetwas riet Ravna, nicht weiter zu fragen. Schule war noch nie eine Entschuldigung gewesen für eine Renzüchtertochter, die Kälbermarkierung zu verpassen. Es gab andere Gründe, aber die gingen sie nichts an.

Torbjørn verstaute seine Zange am Gürtel. »Wie gehts in Oslo?«

»Gut.«

»Haben sie dich noch nicht aus dem Wohnheim geworfen, weil du auf dem Balkon deinen *Gurpi*[14] gegrillt hast?«

---

14 Sam.: leicht geräuchertes Rentierhackfleisch im Fettnetz, das in Scheiben geschnitten gebraten oder gegrillt wird.

»Nein«, lachte Ravna. »Ich mach das immer mit einem halben Rentier.«

Torbjørn hieb ihr auf die Schulter. »Sauber. So will ich das haben, Mädel.«

Damit stapfte er davon. Mit einem Gang, der wirklich mehr an einen Seemann erinnerte als an den eines Läufers und Jägers.

Ravna hockte sich neben ihre Mutter. Hedda trug Trekkinghosen, die im Gegensatz zur Hochglanzausrüstung ihrer Brüder schwer beansprucht worden waren, und einen dicken Pullover aus Wolle. Darüber den uralten, zerschlissenen Kolt – einen mit bunten Bändern verzierten Überwurf. Ihre Stiefel waren aus Rentierleder mit der typischen, nach oben gebogenen Spitze, damit man im Winter nicht aus den Schneeschuhen rutschte. Dort, wo das Leder noch nicht völlig abgenutzt war, schimmerte es dunkelbraun vom jahrelangen Wienern mit Talg.

»Jusse hat mich raufgebracht.«

»Es war nicht zu überhören. Du weißt, dass ich gegen Hubschrauber hier oben bin.«

Hedda kniff ein neues Stück Draht von einer Rolle ab. Ihre Hände steckten in zerfransten Handschuhen, von denen sie die Finger abgeschnitten hatte.

»Es war ein Rundflug mit Touristen.«

Wieder ein Schnauben. Hubschrauber und Touristen rangierten ungefähr gleich hoch in der Achtung ihrer Mutter. Für eine Sekunde blitzte der Kranz im Meer vor Ravnas innerem Auge auf. Aber jetzt war nicht der Moment, von der Begegnung mit dem trauernden Ehepaar zu erzählen.

»Und er hat ein paar Streuner zurückgetrieben«, setzte Ravna hinzu. »Ich war in deiner Hütte und dann ist Issko aufgetaucht. Warum ist er hier? Und dann auch noch mit Juvven, Yárá und den Kindern?«

Hedda wand das Drahtstück um die aufgerissene Stelle im Zaun. »Drei Mal darfst du raten. Weil sie was wollen.«

»Und was?«

Das Drahtende löste sich und sprang federnd zurück in seine ursprüngliche Form. Hedda fluchte, fing es ein und montierte es noch einmal.

»Warum interessiert dich das überhaupt? Du hast doch mit alldem nichts mehr zu tun.«

»Ich hab was mit dir zu tun.«

Hedda presste die Lippen aufeinander. Ravna wollte nach der Drahtzange greifen und ihr helfen, aber schon hatte ihre Mutter sie zurückgezogen.

»Wir beide sind die letzten Persens«, sagte Ravna leise. Diese ewigen, kleinen Zurückweisungen nervten. »Ich finde schon, dass ich dir helfen kann.«

»Das sind wir nicht. Issko und Juvven gehören auch zur *Siida*.«

»Aber sie sind keine Rentierzüchter.«

»Oh, dann hör dir mal an, was sie zu sagen haben! Juvven hat im Süden einen samischen Touristenpark aufgemacht. Mit Übernachtung im Lávvu und Rentierstreicheln im Gehege. Und Issko steckt mit den Skoltsamen[15] unter einer Decke, die die Jagd- und Fischereirechte höchstbietend ver-

15 Skolt ist ein südlicheres samisches Gebiet um Kirkenes.

kaufen wollen. Und beide zusammen wollen, dass wir Norwegern, Schweden, Finnen und jedem Dahergelaufenen erlauben, Rentiere zu züchten.«

»Was?«

Ravna spähte zu den beiden, von denen gerade die Sprache war. »Du hast ihnen hoffentlich gesagt, dass das nicht infrage kommt.«

Hedda arbeitete verbissen, um das Loch im Zaun zu stopfen.

»Das hast du doch, oder? Du bist der Boss.«

Hedda schwieg. Ravna reichte es jetzt. Sie nahm ihrer Mutter einfach die Zange aus der Hand.

»Was zum Teufel geht hier vor?«

Hedda stand auf und wischte sich die Hände an ihrer Hose ab. Zum allerersten Mal bemerkte Ravna einen Hauch Unsicherheit bei ihr. Sie wusste nicht, was beunruhigender war. Das Hedda Schwäche zeigte oder die wahnwitzige Idee, die Rentierzucht auch Nicht-Samen zu erlauben.

»Heute Abend gibt es einen Familienrat. Wir stimmen ab, ob ich weiter Clanchef bleibe.«

»Nein.« Fassungslos kam Ravna auf die Beine. »Issko und Juvven sind keine *Rendrifter*! Das bist du, du allein! Du bist das Oberhaupt der Persens!«

Ein spöttisches Lächeln nistete sich in Heddas Mundwinkel ein. »Und wer sagt das? Du? Mein einziges Kind, das mir noch geblieben ist und nun ein norwegischer Polizist wird?«

»Ich werde verdammt noch mal ein samischer Polizist!«

Doch Hedda wandte sich ab und stapfte davon. Ravna

steckte die Zange an den Gürtelkarabiner und warf sich die Rolle mit dem Draht über die Schulter. Sie atmete tief durch, dann lief sie, ohne nach links und rechts zu sehen, über die Gerde auf ihre beiden Onkel zu. Issko checkte als Erster, dass etwas nicht stimmte. Er stellte sich vor sein Quad, als ob Ravna vorhaben würde, es an der nächsten Felswand zu schreddern. Juvven riss sich hastig von den Ragnarssons los und gesellte sich mit verschränkten Armen zu seinem Bruder. Mit einer Kopfbewegung scheuchte der die Kinder fort. Yárá nahm sie unter ihre Fittiche und zog sie aus der Gerde hinaus, um sich mit ihnen auf den Weg zu den Hütten zu machen. Oder um einfach nicht im Weg zu sein, wenn es unter den Persens zur Sache ging.

Zwei Meter vor den beiden blieb Ravna stehen. In ihr brodelte es.

»Ihr wollt den Clan?«, fragte sie lauernd und warf die Drahtrolle vor sich auf den Boden, als wäre sie ein Fehdehandschuh.

Juvven ließ die Arme sinken und trat zwei Schritte vor. »Ravna, lass uns doch alle erst mal in Ruhe darüber reden.«

»Worüber?«

»Das wird Hedda doch alles zu viel. Sie schafft das nicht mehr. Du hast das all die Jahre nicht mitbekommen, weil du und Inga in Vardø bei deiner Urgroßmutter Léna aufgewachsen seid. Das ist ja auch nichts Schlimmes, das machen ja viele so. Du hast die Schule besucht und bist jetzt Student. Aber Inga ist … sie ist nicht mehr bei uns, und du bist im Staatsdienst. Damit steht Hedda alleine da.«

Ravna biss die Zähne zusammen. Obwohl so viel Zeit seit

dem Tod ihrer Schwester vergangen war, wäre sie Juvven am liebsten ins Gesicht gesprungen. Und Issko gleich dazu. Ihr Timing war nicht schlecht, das musste man ihnen lassen. Wahrscheinlich hatten sie damit gerechnet, Hedda alleine anzutreffen und zu überstimmen. Pech für sie, dass Ravna aufgetaucht war. Damit stand es zwei gegen zwei. Wenn Yárá nicht wäre. Sie würde sich mit Sicherheit auf die Seite ihres Mannes schlagen.

»Sagt bloß, ihr beide wollt Heddas Job übernehmen?«

Issko, der bis jetzt an seinem tollen Quad gelehnt hatte, stieß sich ab und kam nun auch auf Ravna zu. Die anderen Züchter in der Gerde bekamen mit, dass bei den Persens der Haussegen schief hing, und hielten sich auf Abstand.

»Natürlich nicht«, sagte Issko. »Sie kann alles genau so machen wie bisher. Nur Chef des Clans werde in Zukunft ich sein.«

»Du«, sagte Ravna und ließ den Blick über seine abgehalfterte Rockerkluft gleiten. »Warum?«

»Können wir das nicht heute Abend klären?«

»Ich will es jetzt wissen.«

Hinter dem lächerlichen Bandana über seiner Stirn arbeitete es. Ravna war ein ebenso vollwertiges Mitglied des Clans wie er, auch wenn es ihm nicht gefiel. Ihre Stimme hatte Gewicht.

»Du siehst doch selbst, dass es so nicht weitergeht. Soll sie enden wie Léna, die noch mit über achtzig auf den Sommerweiden dabei war?«

Wieder ein Stich ins Herz. Die beiden hatten keine Ahnung, wer und was ihre Urgroßmutter gewesen war.

»Du meinst, sie soll das alles hier aufgeben?«, fragte sie gefährlich ruhig. »Weil ihr euch dann um die Tiere kümmert, weil ihr das halbe Jahr draußen auf dem Fjell verbringt und ihr sie schlachtet und vermarktet?«

»Ravna …«

»Das ist *Bullshit.* Ihr benutzt eure Messer doch nur, um einen Hamburger damit zu zerteilen. Ich will wissen, was ihr wirklich im Schilde führt.«

»Ach, lernst du das jetzt, solche Fragen zu stellen?«, mischte sich Juvven jetzt ein, dem es tierisch auf den Geist ging, dass Ravna ihn keines Blickes würdigte. »Du bist bei den Bullen und arbeitest für den Staat. Was hast du hier eigentlich noch zu suchen?«

»Und du?« Ravna drehte sich zu ihm um. »Musst du nicht deinen Touristenbussen die Parkplätze zuweisen?«

Juvvens Augen verengten sich. »Willst du mir vorschreiben, wie ich mit unserer Kultur umgehe?«

Ein schrilles, wütendes Motorgeräusch näherte sich, und im nächsten Moment schoss ein Dirt Bike über den Hügel, auf ihm ein echter Könner. Es flog ein paar Meter durch die Luft, landete federnd und bretterte auf die Gerde zu. Die Bremsung erfolgte mit einem solchen Schwung, dass eine Fontäne von Steinchen aufflog und der Fahrer sich fast auf die Nase legte.

Es war Ove aus der Nystø-Familie. Keine vierzehn Jahre alt, ein flinker Junge mit unglaublicher Körperbeherrschung, der den drohenden Sturz gerade noch abfing. Sein großer Held war Ailo Gaup, der samische *Iceman*, ein Freestyle-Motocross-Held, der mit Schneemobilrennen begonnen hatte und als Erster einen *Underflip* gesprungen war. Ove wollte der nächste Same auf einem Motocross-Siegertreppchen sein und hatte schon an mehreren kleinen Rennen teilgenommen. Sein erklärtes Ziel war der Einstieg in die MX-Light, die unterste Liga der Youngsters und der erste Schritt auf dem Weg zu einer Motocross-Karriere. Ein ziemlich teures Hobby, aber offenbar war er erfolgreich. Er fuhr eine Honda CR 250, dasselbe Modell wie einst sein Idol.

»Sie sind im *Hellestoldalen*!«, schrie er. Das war ein paar Kilometer entfernt, in einer Senke, die aussah wie die Kufen eines Schaukelstuhls. Und von dort aus ging es in eine tiefe Schlucht, die für Rentiere zu einer tödlichen Falle werden konnte. »Mindestens hundert! Schnell!«

Er riss sein Bike hoch, drehte ab und erklomm unter ohrenbetäubendem Lärm den Hügel. Die Nachricht machte wie ein Lauffeuer die Runde. Issko schwang sich aufs Quad, Juvven setzte sich hinter ihn. Die anderen Vehikel waren ebenso schnell besetzt.

»Nehmt mich mit!«, schrie Ravna in den Lärm. Das konnten auch ihre Rentiere sein, die sich in höchster Gefahr befanden. Familienstreit hatte da keinen Platz mehr. Zumindest vorübergehend.

Aber Issko zuckte nur mit den Schultern. »Nimm doch Heddas Quad.«

»Das ist kaputt!«

Sie wollte aufsteigen, aber schon preschte Issko davon, gefolgt von einem Dutzend lärmender Gefährte und den Anfeuerungsrufen derer, die zurückblieben.

Sie wandte sich an Májá, Oves Mutter, die direkt hinter

ihr stand. »Zum *Hellestoldalen* kommt man nur schwer mit den Quads!«

»Ja«, nickte Májá. »Sie müssen einen Umweg fahren. Wird sie Zeit kosten. Mindestens eine halbe Stunde.«

Májá mit den offenen, schulterlangen, eisgrauen Haaren, einst von den Waldsamen der Liebe wegen zu ihnen ins Gebirge gekommen, grinste sie verschmitzt an. »Wär doch schön, wenn du früher da wärst. Oder?«

»Übers *Bjørndal.*« Die Bärenschlucht. Ravnas Herzschlag, schon jetzt auf hundertachtzig hochgejazzt, beschleunigte sich noch einmal. Es war eine riskante Abkürzung. Aber hier ging es um die Ehre. Die einen vertrauten auf PS. Die anderen auf die uralten Fährten und Pässe.

»Aber sei vorsichtig«, ermahnte sie Májá. »Der Höhenweg ist schon lange gesperrt.«

Sie reichte ihr ein Lasso und Ravna rannte los.

4.

Im Osten war noch das Brüllen der Motoren zu hören, als Ravna die entgegengesetzte Richtung einschlug und sich auf den Weg machte, das *Hellestoldalen* von Westen her zu erreichen. Über den ersten Fluss führte noch eine fragile Hängebrücke. Den zweiten, eher ein flacher Bach, durchquerte sie zu Fuß. Die alten Trekkingschuhe passten wie angegossen und waren wasserdicht. Dennoch musste sie vorsichtig sein, als sie über die nassen Steine balancierte. Sie hatte kein Funkgerät dabei und auf das Handynetz zu vertrauen war mehr als naiv. Sich hier ein Bein zu brechen würde bedeuten, ein paar Stunden auf Hilfe warten zu müssen.

Doch der Fluss war gnädig zu ihr und gab sie nach ein paar gerade noch abgefangenen Ausrutschern am anderen Ufer frei. Sie folgte seinem schmalen Lauf hinein in die Felsen, wo er sich am Beginn der Zeiten seinen Weg gebahnt hatte: die Bärenschlucht. An einigen Stellen standen die schroffen Wände so nah beieinander, dass sie sich fast berührten. In der Tiefe wehte kein Wind, aber die Steine strahlten eine Kälte ab, die Ravna trotz ihrer warmen Kleidung frösteln ließ. Durch die enge Klamm nach oben war der einzige Weg, um vor den anderen bei den vermissten Rentieren zu sein.

Ein kurzer Blick auf ihre Armbanduhr: kurz vor sechs Uhr abends. Auch wenn die Sonne nicht untergehen würde, stand sie doch tief am Himmel. Das Licht schaffte es kaum bis zu ihr hinunter. Es war ein dämmriges, graues Halbdunkel, durch das Ravna sich vorwärtsbewegte, geformt aus bizarren Steinen, unberechenbarem Geröll und einem Stück verhangenem Himmel weit über ihr.

Schon nach zehn Minuten verwünschte sie ihr Vorhaben. Weiß der Geier, wann Májá zum letzten Mal in der Bärenschlucht gewesen war. Ob sie überhaupt jemals auch nur einen Fuß in sie gesetzt hatte? In Ravnas Kindheit hatte die Sommersiedlung weiter südlich gelegen. Dort hätte sie sich ausgekannt. Aber diese Gegend hier war ihr auch nicht geläufiger als Issko oder Juvven. Der Gedanke an die beiden auf ihren Freizeitquads spornte sie an, noch schneller zu laufen. Doch nach kurzer Zeit wurde aus ihrem Lauf ein stetes Klettern. Es ging steil bergauf und der kleine Fluss entwickelte ein erstaunliches Getöse. Ein paar Findlinge weiter entdeckte sie auch, warum: Er entsprang einem Wasserfall, der sich gut zwanzig Meter höher am Ende der Klamm in die Tiefe ergoss.

Verdammt.

Der Weg war versperrt. Wahrscheinlich war sie schon an der Hängebrücke falsch abgebogen.

Ihr Blick taxierte die Höhe, die Stabilität der Felsvorsprünge und die aufeinandergetürmten Steine, über die sie klettern müsste. Vielleicht … vielleicht konnte sie es doch schaffen. Es war möglich. Sie wollte die dummen Gesichter der beiden Männer sehen, wenn sie Ravna erblickten, die schon längst mit ihrem Lasso die verirrten Rentiere einfing und wieder auf den richtigen Weg brachte.

Also los, munterte sie sich auf. Sie kletterte schneller. Suchte schon mit der einen Hand den nächsten Halt, noch bevor der andere Fuß Tritt gefasst hatte. Mehr als einmal rutschte sie ab, aber nie tiefer als einen Meter. Überall lagen kleine Kiesel und Geröll, die die Sache auch nicht einfacher machten. Aber sie kam voran, sogar erstaunlich schnell. Sprühnebel legte sich auf ihr Gesicht, als sie sich dem Wasserfall näherte. Sie hielt inne, um dem Anblick wenigstens einen kurzen Moment lang Aufmerksamkeit zu schenken.

Es war, als hätten die Nixen einen Schleier aus Wasserdunst über die Schlucht geworfen, der die Zacken der Felsen zu verwunschenen Fabelwesen formte. Die Stelle rechts unter Ravna sah aus wie ein Wildpferd mit wehender Mähne, das zum Sprung ansetzte. Weiter oben schien es, als ob ein grimmiger Troll mit ausgestreckter Keule warnte, sich ihm keinen weiteren Schritt zu nähern. Es war wie in Wolkengebilde starren und den Formen eine Bedeutung geben. Nichts weiter als bizarre Felsen, aber betrachtet mit Bewunderung und Faszination. Sie blinzelte und strich sich über die Augen.

Fehler.

Ihr Fuß rutschte ab. Ihre Hände glitten über den Felsen auf der verzweifelten Suche nach Halt, doch sie spürte nichts als die glitschige Oberfläche. Im Bruchteil einer Sekunde wusste sie, dass es ein paar Meter zu viel nach unten ging, und versuchte, sich noch im Fallen eine andere Richtung zu geben. Nicht steil hinunter, sondern nach links in die Felswand, wo es eine Chance gab, an irgendetwas hängen zu bleiben. Sie spürte einen höllischen Schmerz am Schienbein und prallte gegen einen Felsbrocken, wurde davon zur Seite geworfen und fiel, noch bevor sie richtig begriff, in eine dunkle Tiefe. Wie ein rollender Stein rutschte sie von einer Seite auf die andere, stieß sich heftig an Schultern, Rücken, Kopf, kugelte vornüber und versuchte in Panik, irgendwo in diesem engen Felskamin Halt zu finden. Obwohl der Sturz nur wenige Sekunden dauerte, kam es ihr wie eine Ewigkeit vor, bis sie mit einem grässlichen Knacken aufschlug und ihr die Luft wegblieb.

Es war stockfinster. Ihr Brustkorb fühlte sich an, als hätte ihn jemand mit Zement gefüllt. Die ersten Atemzüge waren die einer Ertrinkenden, japsend und um jedes bisschen Sauerstoff ringend. Ganz langsam wurde es besser. Sie bewegte die Beine – das funktionierte, glücklicherweise. Die Arme – ein stechender Schmerz sagte ihr, dass die linke Seite ganz schön was abbekommen hatte. Dann den Kopf. Eine warme Flüssigkeit tropfte ihr in die Augen. Sie blutete.

Wenigstens konnte sie sich aufsetzen und klemmte nicht in einer Spalte fest. Sie musste bei ihrem Sturz mehrfach die Richtung gewechselt haben, denn die Dunkelheit war allumfassend und undurchdringlich. Es gelang ihr nach mehreren Anläufen, ihr Handy in die Finger zu bekommen und das Spotlight anzuschalten. Dann sah sie endlich, wo sie sich befand.

Die Schlucht hatte ihren Namen nicht von ungefähr. In grauer Vorzeit musste sich hier eine Bärenhöhle befunden haben, bevor die Menschen sie in Besitz genommen und sich mit dem Geist des früheren Bewohners ausgesöhnt hatten. Sie war schmal und nach oben hin spitz zulaufend, mit sich überlappenden Flächen, vorstehenden Felsnasen und einem Boden aus schiefem, glattem Stein. Für einen Moment verfing sich der Lichtkegel in etwas Rotem, das hinter einer Ecke blitzte. Sie hielt das Handy darauf und erkannte Handabdrücke auf der Höhlenwand. Hinterlassenschaften der ersten Menschen in dieser Schlucht.

Es war nicht hoch genug, um aufrecht zu stehen. Mit eingezogenem Kopf schleppte Ravna sich ein paar Schritte in die Richtung, aus der sie buchstäblich vom Himmel gefallen war. Eine Urgewalt musste den Felsen zerschmettert haben, sodass sich der Spalt aufgetan hatte, durch den Ravna nach unten gerutscht war. Er war so eng, dass sie sich wunderte, es überhaupt bis zum Boden der Höhle geschafft zu haben. Die Wände waren uneben, aber zu glatt, um mit ihren Stiefeln genug Halt zu finden.

Langsam drehte sie sich um und leuchtete zurück in die Höhle. Es war schwer abzuschätzen, ob sich dort ein Ausgang befand. Aber es war ihre einzige Chance.

Sie ging auf alle viere und kroch vorwärts. Das Spotlight schaltete sie nur ein, wenn sie nicht mehr weiterkam. Der Akku musste vielleicht noch eine ganze Weile halten. Von oben tropfte es und die Nässe verwandelte den verschlickten, unebenen Boden in eine Rutschbahn. Mehrfach glitt sie ab, fiel nach hinten und schlug gegen die Felsen. Die Schmerzen ignorierte sie. Um die musste man sich erst kümmern, wenn die Knochen nicht mehr zusammenpassten.

Es wurde enger. Sie legte sich auf den Bauch und schaltete das Licht ein: Vermutlich ging es in ein paar Metern nicht mehr weiter. Also zurück? Sie könnte doch noch versuchen, den Felskamin irgendwie hochzukommen. Das Lasso war keine Hilfe, das Handy auch nicht: null Empfang. Langsam dämmerte es ihr, dass sie wohl nicht als Erste am *Hellestoldalen* ankommen würde. Wahrscheinlich auch nicht als Letzte, sondern gar nicht. Sie musste hier raus, und wenn ihr das nicht allein gelang, sollte sie ihre Kräfte sparen, bis Hilfe eintraf. Irgendwann würde auffallen, dass Ravna verschwunden war, und Májá würde erzählen, wohin sie gegangen war, und vor allem, warum sie den Weg ins *Bjørndal* genommen hatte. Sie sah Isskos und Juvvens feixende Gesichter vor sich, wenn das herauskam, und Heddas eisigen Blick, wenn sie erfuhr, wie peinlich blöde sich ihre Tochter verhalten hatte.

Half alles nichts. Da musste sie durch.

Rückwärtszukriechen, und dann auch noch über eine Steigung, war anstrengender, als Ravna gedacht hatte. Als sie zu ihrem Ausgangspunkt zurückkehrte, zitterten ihre Arme und Beine. Es dauerte, bis sie sie wieder unter Kontrolle hatte. Ab jetzt musste sie sich jede Aktion drei Mal überlegen – sie ging auf Kosten der Zeit, die sie vielleicht hier unten verbringen und überleben musste.

Also noch einmal, ein weiteres Mal, hinauf in den engen,

verwinkelten Felsenkamin. Sie schaffte es einen Meter hoch, den Rücken an die eine, die Füße an die andere Seite gepresst, dann rutschte sie ab und landete wieder auf dem Boden. Dieses Mal war der Schmerz in ihrem Bein noch schlimmer. Sie gab sich ein paar Minuten, bis das wütende Pochen nachließ, und versuchte es wieder. Quer in den Kamin gestemmt, mit zitternden Knien, die diese Kraftanstrengung nicht mehr lange aushalten würden, holte sie ihr Handy heraus und hielt es so weit hoch wie möglich. Nichts. Kein Balken, kein Empfang.

Sie landete wieder auf dem Boden und lehnte sich an die Wand, um etwas auszuruhen. Schwerelose, schwarze Luft. Gefangen in einer Höhle ... Noch gelang es ihrem Verstand, jedem Gedanken an Panik Platzverweis in ihrem Hirn zu erteilen. Aber sie wusste nicht, wie lange sie die noch in Schach halten konnte.

Ihr fielen die Handabdrücke ein. Wer hatte sie an die Felswände gepresst? Vor wie viel Tausenden von Jahren war das geschehen? Jemand war herein- und bestimmt auch wieder herausgekommen. Sie leuchtete in die andere Richtung, aber es sah so aus, als ob sich dort nur übereinandergetürmtes Gestein befand. Einen Versuch war es trotzdem wert.

Beim Aufstehen stieß sie sich den Kopf – es tat verdammt weh, war aber unwichtig im Vergleich zu dem, was sich sonst noch in ihrem Körper abspielte. Das Spotlight huschte über eine Halde aus Steinen und Geröll, das an einem gewaltigen, vorspringenden Brocken endete. Vielleicht, wenn sie hinaufklettern und einiges beiseiteräumen konnte? Sie zog die Luft mit der Nase ein. Es roch anders. Nicht nach Fels und nassem Staub, sondern … satter. Nach süßem Wasser und frischer Luft.

Nachdem Ravna sich die Richtung, in die sie klettern musste, exakt eingeprägt hatte, steckte sie ihr Handy zurück in ihre Jackentasche, zog den Reißverschluss zu und befestigte das Lasso so eng am Körper, wie es ging. Die ersten Tritte waren noch leicht, aber dann geriet sie auf dem Geröll ins Rutschen. Sie fand nirgendwo Halt, also ging sie auf alle viere, wie sie im Winter einen tief verschneiten Hang hochstieg, und arbeitete sich voran. Nach kurzer Zeit spürte sie ihre Hände nicht mehr. Auch der Rest ihres Körpers hatte begriffen, dass jetzt nicht die Zeit für Beschwerden war. Er arbeitete. Weit über die Belastungsgrenze hinaus. Er erinnerte sich an die langen Polarnächte, in denen sie bei minus dreißig Grad Streuner eingefangen und zurück zur Herde gebracht hatten, an das Lávvu, das im eisigen Sturm und unter peitschenden Regenschauern aufgebaut werden musste, an Marathonläufe über das Fjell, an die scheuenden, bockenden Tiere bei der Schlachtung, die ahnten, was am Ende des wilden Ringkampfes auf sie wartete, und immer dann hatte ihr Körper weitergemacht, wenn der Verstand schon längst an einem Punkt angekommen war, an dem er sagte: Nun lass es mal gut sein, das wird doch sowieso nichts mehr.

Nur einen Moment ausruhen, nur eine Minute. Sie sank auf die Mischung aus Geröll und Schlick und schloss die Augen. Auch das gehörte dazu: kurz vor dem Ende noch einmal die Kräfte sammeln. Sie war erschöpft, verletzt und ausgelaugt, aber sie würde nicht aufgeben. Tief einatmen, ausatmen …

Verwirrt schreckte Ravna hoch. Es war heller geworden, das hatte sie gar nicht mitbekommen. Nur ein wenig, gerade genug, um weit oben einen Schimmer Tageslicht zu entdecken. Obwohl das lockere Gestein unter ihren Füßen immer wieder wegrutschte, war es dieser dünne Streifen Hoffnung da oben, der alle verbliebenen Kräfte mobilisierte. Der Aufstieg wurde noch steiler und mühsamer, doch zu der Hoffnung gesellte sich jetzt auch noch die Gewissheit: Du wirst es schaffen. Noch fünf Meter. Noch vier. Noch drei. Es wurde heller. Sie konnte den Himmel nicht sehen, aber sie roch den Tag und das Licht, das schräge, verhangene Strahlen von oben warf, wie aus trübem Zinn gewirkt. Noch zwei Meter. Sie hob den Kopf und spähte hinauf. Dort tat sich ein Spalt auf, fast verschüttet vom Geröll und einem großen Felsbrocken, aber es würde reichen. Es würde reichen …

Ihre rechte Hand glitt wieder vor und suchte, zerschnitten, zerschunden und verdreckt, nach Halt – und fand ihn. Fuhr zurück, weil sie nicht begriff, was sie da gerade ertastet hatte. Es war ein Schuh. Ein Halbstiefel, verschüttet vom Geröll. Ravna zog daran, aber er steckte fest. Es war ihr in dieser Situation egal, was ihr Halt auf dem Weg nach oben gab. Also griff sie zu, aber ihr Gewicht war zu schwer, und der Stiefel rutschte ein Stück weit aus dem Geröll. Vor langer Zeit musste er einmal pink gewesen sein. Pinke Trekkingstiefel, wer trug denn so was? Und vor allem: Wer warf sie, wenn er sie zu hässlich fand, einfach in eine Schlucht? Noch bevor sie den Gedanken beendet hatte, fuhr ihr eine Erinnerung durch Mark und Bein.

Sie hatte einmal jemanden gekannt, der solche Stiefel trug. Es war so lange her und deshalb konnte es nicht sein …

In ihm steckte eine Jeans. Und ein zerlöcherter Strumpf.

Kein Müll, den irgendein Tourist einfach weggeworfen hatte. Etwas anderes. Etwas, das Ravnas keuchendem Atem einen anderen Rhythmus gab und Fluchtimpulse durch ihren Körper jagte, die sie so noch nicht gekannt hatte. Keuchend arbeitete sie sich weiter vor. Sie erreichte den Spalt, erkannte aber, dass er zu schmal war und sie sich mit bloßen Händen durchgraben musste. Durch was auch immer hier lag.

Sie schloss die Augen und lehnte den Kopf ein letztes Mal auf ihre Unterarme. Drei, vier Atemzüge, dann begann sie, zunächst die kleinen Steine beiseitezuschieben. Es reichte nicht. Das Geröll musste weg. Zumindest so viel davon, bis sie sich durchzwängen konnte. Immer wieder warf sie einen Blick zurück auf den Stiefel und das, was in ihm steckte und von dem der Rest gnädigerweise verschüttet blieb. Wie hatte es sich angefühlt? Wie ein alter pinker Stiefel, was sonst.

Immer wieder verschwanden Menschen hier oben. Viele taten das freiwillig, so wie Léna in einer eiskalten Polarnacht. Ravna hatte sich nie gefragt, was aus ihren sterblichen Hüllen geworden war. In der Bärenhöhle könnte die Antwort auf die unausgesprochene Frage liegen.

»Es tut mir leid«, keuchte sie, während sie weiter Geröll zur Seite schob. »Ich will dich nicht stören. Ich will nur hier raus.«

Tote hegten meist keinen Groll gegen die Lebenden. Und wenn, gab es Methoden, sich davor zu schützen. Sie hatte die

Ruhe nicht aus Spaß oder Lust am Frevel gestört. Es war ihr einziger Weg zurück ins Leben.

Noch eine Handvoll Schutt, noch ein Schub Geröll. Das Lasso abstreifen, weil es jetzt um jeden Zentimeter ging, und es durch den Spalt nach draußen schieben. Sie wurde eins mit dem Felsen und seinem schmierigen Abrieb und kroch los.

Ein paar kleinere Steinchen, fast schon Kiesel, lösten sich aus dem Schluff, während sie die rechte Hand vorschob, um weiterzukommen. Die Kante des Felsens drückte in ihren Rücken, dann blieb sie mit dem Hintern hängen. War ja klar, dass es so kommen musste. Sie hielt die Luft an und schob sich noch ein paar Zentimeter weiter.

Sie sah die Knochen einer Hand. Und etwas, das aussah wie das Gewölle eines Vogels, unter dem etwas schimmerte. Ihr Herz erinnerte sich schneller als ihr Verstand und zog sich schmerzhaft zusammen. Nein, schoss es durch ihren Kopf. Nein. Bitte, bitte nicht …

Sie musste direkt darüberkriechen. Sie kam mit dem Oberkörper unter dem Fels heraus und riss sich fast die Hose vom Leib, als sie nicht mehr weiter vorwärtskam. Ihre Füße strampelten und suchten Halt, ihre zerschundenen Hände griffen ein letztes Mal in den Boden, sie zog und zerrte und keuchte und schrie – und war draußen.

Warf sich auf den Boden und kauerte sich mit einem Stöhnen zusammen. So blieb sie liegen, bis ihr Atem sich wieder beruhigt hatte und das Zittern aufhörte. Sie wagte kaum, in Richtung des Spalts zu sehen aus Angst, dass es sich bewahrheiten könnte. Dass sie sich nicht geirrt hatte.

Dass das, was dort lag, den Bildern in ihrem Kopf entsprach, die wie ein Stroboskopgewitter vor ihrem inneren Auge aufgeflackert waren.

Kroch auf allen vieren zurück, stöhnend, weil die Schmerzen in Hände und Knie und Schultern und Beine fuhren wie glühende Pingpongbälle, die sich nach jedem Aufprall verdoppelten. Blieb vor dem Spalt hocken und spähte schließlich hinein und auf die Verwüstung, die ihre wütende Befreiung angerichtet hatte.

Dort lag jemand, und das schon seit sehr langer Zeit. Unendlich vorsichtig schob sie das verfilzte Haar zur Seite und stieß auf fast blinde Pailletten und Strass auf einem durchlöcherten Sweatshirt. Mit einem Schlag war alles wieder da. Das Funkeln und Glitzern, die Sonne, die Steine, der Fluss. Eine Prinzessin, die alles um sie herum zum Leuchten brachte, und ein Schwur: Du hast mich nie gesehen …

Überraschende Erkenntnisse konnten zwei Wirkungen haben: Sie lähmten, oder sie machten einem erst recht Feuer unterm Hintern. Bei Ravna war es so, dass sie sich nicht erinnern konnte, wie genau sie den Weg zurück gefunden hatte. Erst ging es am Wasserfall entlang hinauf, und dann, als sie die Hochebene erreichte, musste sie geflogen sein. Ihre Fußspitzen berührten kaum den Boden, so schnell jagte sie zurück. Die Sonne stand immer noch eine Handbreit über dem Horizont, ein verwaschener, graugold schimmernder Ball, den ein bedeckter Himmel verschleierte. Wenigstens war der Wind etwas abgeflaut, sodass man nicht ständig das Gefühl hatte, er würde irgendeine Strafe an einem exerzieren. Das eiskalte Wasser des kleinen Flusses spürte sie kaum, aber als sie an die Hängebrücke des zweiten kam und sich festhalten musste, war der Schmerz wieder da.

Sie schob ihn von sich in eine Ecke ihres Bewusstseins, die sich später mit Wucht in Erinnerung bringen würde. Sie hörte von ferne das wütende Aufjaulen der Enduros und die brüllenden Motoren der Quads. Und dann tauchten sie auf: Dutzende, Hunderte Rentiere, von den Treibern zusammengeholt und in Richtung Gerde gedrängt. Sie rannten direkt auf Ravna zu, die im Weg stand und diese Welle von Tierleibern einfach an sich vorbeifließen ließ.

Es war Ove, der als Erster merkte, dass etwas nicht stimmte. Er hielt mit seinem Motorrad auf Ravna zu und brachte es direkt vor ihr zum Stehen. In seinem Gesicht stand das blanke Entsetzen.

»Was ist denn mit dir passiert?«

Sie hob die Hände – blutend, mit vielen kleinen Steinchen in den Innenflächen. Ein Quad näherte sich, ausgerechnet mit Issko auf dem Fahrersitz.

»Was ist los?«, schrie er. »Die suchen dich schon alle!«

Sie stieg hinter Ove auf und ließ sich von ihm zurück zur Gerde bringen. Dort rannten schon gut zweihundert Rentiere und ihre Kälbchen herum. Viel zu aufgeregt, um jetzt schon mit der Markierung zu beginnen. Wie lange war sie weg gewesen? Instinktiv wollte sie auf ihre Armbanduhr schauen, aber die war kurz vor sechs stehen geblieben. Das Glas war gebrochen, sie musste damit direkt an einen Felsen geknallt sein.

Hedda stand am Eingang des Zauns mit Torbjørn und Májá zusammen. Die weißhaarige Frau unterbrach den hünenhaften *Rendrifter* mitten in einer leidenschaftlichen Diskussion und wies auf die Neuankömmlinge. Ove stoppte vor der Gerde und ließ Ravna absteigen.

Wenn Hedda auch mit allem geizte, was einfache Gemüter unter Liebe und Zuwendung verstanden, so brachte der Anblick ihrer Tochter etwas in ihr zum Vorschein, auf das Ravna sich immer verlassen konnte: einen Schutzinstinkt, der so elementar und bedingungslos war, dass alles andere daneben verblasste.

Mit einem Schrei lief Hedda auf sie zu und zog sie in die Arme. »Was ist passiert? Sag es mir! Wo bist du gewesen?«

Ravna ließ es mit sich geschehen, wie man das mit elementaren und bedingungslosen Dingen tat: Man hoffte, dass man diese Umarmung überleben würde, und bewegte sich nicht zu sehr.

»Ich hab mir eine Rippe gebrochen, glaube ich«, stöhnte sie.

Die Umarmung lockerte sich etwas, was bei einem solchen Befund auch ratsam schien. Hedda sah ihr ins Gesicht, hob die Hand und schob vorsichtig eine blutverkrustete Strähne aus der Stirn.

»Wo?«

»In der Bärenschlucht.«

»Du warst in der Höhle?«

Májá trat zu ihnen, gefolgt von Torbjørn. Sie schirmten Ravna damit etwas von den Blicken der anderen ab, die neugierig hinübersahen, aber mitbekamen, dass die verlorene Tochter in guten Händen war.

Und das war gut so. Denn jetzt sah Ravna von einem zum anderen und sagte: »Ich habe Linnéa gefunden.«

5.

Im Herd flackerte ein Feuer. Durch die offene Luke konnte Ravna die Flammen sehen, tanzende, glühende Geister in der Dunkelheit. Hedda hatte die Läden vorgelegt, wie viele das zu Mittsommer taten, wenn sie nicht bei Tageslicht schlafen wollten. In der Ecke brannte eine stinkende Petroleumlampe.

Torbjørn griff sich einen Lappen und nahm den zerbeulten Kessel vom Feuer, um Kaffee nachzugießen. Zuvor hatte er die Hütte für ein paar Minuten verlassen, damit Hedda und Májá sich Ravnas Wunden ansehen und behandeln konnten. Dies geschah mit einer Mischung aus modernem Desinfektionsmittel, Pflaster und Verbänden, aber auch mit altbewährten Salben und Tinkturen. Manche brannten wie die Hölle, andere machten duselig, wenn man zu lange daran roch. Ravna fühlte sich anschließend, als hätte man ihr einen Cocktail aus Rássmos' Rentierpisse und Klostein verabreicht.

»Danke«, sagte sie und hielt Torbjørn ihren Becher entgegen. Samen tranken Kaffee zu jeder Tages- und Nachtzeit. Es war ihr dritter. Zumindest konnte sie sich einbilden, dass ihr inneres Zittern auf Koffeinmissbrauch zurückzuführen war und nicht auf das, was sie am Ausgang der Höhle gesehen hatte.

Májá und Hedda saßen auf einfachen Hockern. Torbjørn stellte den Kessel zurück, faltete seine Gliedmaßen zusammen und nahm mit angezogenen Beinen auf dem Rentierfell vor Heddas Bettverschlag Platz.

»Linnéa«, begann er. »Wann ist sie noch mal verschwunden?«

»Vor zehn Jahren ungefähr«, sagte Hedda mit rauer Stimme. »Die Tochter vom Tierarzt. Es war kein gutes Jahr. Wir hatten zu viele weiße Rentiere. Euch hat es am schlimmsten erwischt. Das hat euch fast das Genick gebrochen.«

Sie sah zu Májá. Weiße Rentiere überlebten meist nicht lange, und es war schlimm, so viele Tiere auf einmal zu verlieren.

»Ein Wunder, dass wir wieder auf die Beine gekommen sind«, sagte die Waldfrau. »Ja, es war ein schlimmes Jahr. In jeder Hinsicht.«

»Er musste impfen und sich ansehen, ob vielleicht noch ein paar zu retten wären. Deshalb kam er zu Mittsommer für ein paar Tage rauf aufs Fjell. Damals lagen wir mit der Gerde noch viel weiter unten, ungefähr auf halber Höhe zwischen der Sommersiedlung und Krampenes.«

»Das ist ja noch weiter von der Bärenschlucht entfernt.« Torbjørn kratzte sich jetzt im Nacken. »Was zum Teufel macht ein junges Mädchen da allein? Und was hat dich geritten, da hinzugehen?«

»Was einen so reitet«, entgegnete Ravna. Keine Lust, das vor Hedda und Torbjørn auszubreiten. Májá schlug die Augen nieder und machte ein unbeteiligtes Gesicht. Sie beide waren *sisters in crime,* also hielt sie auch den Mund.

Ravna zog den Duft des Kaffees durch die Nase und schloss die Augen. Damals war sie ein Kind gewesen, acht oder neun Jahre vielleicht. Alt genug, um zu ahnen, dass es jenseits der Unschuld noch andere Dinge auf dieser Welt gab, von denen Mädchen wie Linnéa schon wussten. Fast erwachsene junge Frauen, noch nicht ganz so weit entfernt wie Mütter oder Lehrer, aber auch nicht mehr nah genug an Kinderträumen und Märchen. Genau in dem Alter, in dem Ravna jetzt war, aber zwischen der Tierarzt- und der *Rendrifter*-Tochter lagen Welten.

»Sie haben eine Party gefeiert, glaube ich«, erinnerte Ravna sich. »Mich haben sie weggeschickt. Dann hieß es, Linnéa wäre abgehauen.«

Das machten viele. Aber in Linnéas Fall hatte es die ganze Gemeinschaft erschüttert, weil es so unvorhersehbar gewesen war. Linnéa war eine Fee aus einer anderen Welt gewesen: gemacht aus Sonnenschein und Mondlicht, umhüllt von einer Aura aus Sehnsucht und dem Verlangen, in ihrer Nähe zu sein.

»Sie war Norwegerin«, sagte Hedda. Dieses Mal klang es nur nach einer Feststellung, ohne die übliche Verachtung in ihrer Stimme. »Ihr Verschwinden hat ihren Vater gebrochen.«

Ein kurzes Schweigen kehrte ein. Jeder dachte auf seine

Weise an das Mädchen, bis Torbjørn schließlich aufstand. Dabei knackten seine Gelenke leise, was alle wohlweislich ignorierten.

»Ich sag mal den anderen Bescheid. Am oberen Eingang der Bärenschlucht? Es wundert mich, dass bis heute niemand was gesehen hat.«

»Sie war verschüttet«, erklärte Ravna erneut. Mehr als fünfundvierzig Mal wollte sie die Geschichte nicht wiederholen. »Und vor dem Spalt liegt ein Stein. Ich hab's ja auch nur mit Müh und Not geschafft.«

Der Hüne nickte und verließ die Hütte. Wenig später hörte sie den Motor seines Quads, mit dem er sich zurück zur Gerde aufmachte.

»Erst müssen die Kälber markiert werden, dann kümmern wir uns darum.« Hedda stand nun auch auf, nur Májá blieb sitzen. »Kannst du mit anpacken?«

Ravna sah auf ihre verbundenen Hände. »Klar.«

»Lass ihr doch ein paar Minuten«, schaltete sich Májá ein, mit genau dem mütterlichen Unterton, den Hedda vermied, als ob sie damit ein Zeichen von Schwäche zeigen würde. »Das war doch alles ein Schock für sie.«

Hedda nickte widerwillig. Das Skelett eines zehn Jahre vermissten Mädchens zu finden, und das ausgerechnet, während man selbst um sein Leben kämpfte, war offenbar nur eine Kleinigkeit im Vergleich zu ihrem täglichen Kampf. So klang es zumindest, aber Ravna wusste es besser. Ihre Mutter kannte nichts anderes als die Rentiere, sie gehörten zur Familie, sie bestimmten ihr ganzes Leben. Was warten konnte, musste warten. Sie hätte ebenso entschieden.

»Bis später.«

Kaum hatte sich die Tür hinter Hedda geschlossen, sank Ravna mit einem schmerzerfüllten Seufzen zurück. Sie fühlte sich, als hätte sie keinen heilen Knochen mehr im Leib. Über der Stirn entwickelte sich eine ordentliche Beule, ihr ganzer Körper würde in den nächsten Tagen ein einziger blauer Fleck sein.

»Woher wusstest du, dass es Linnéa ist?« Májá milderte ihre Neugier mit einem sorgenvollen Blick.

Das ist unser Geheimnis. Du darfst niemandem etwas verraten. Hörst du?

Es war die verschwörerische Verbundenheit mit einem Märchenwesen, einer Fee, die sich vor langer Zeit zu ihr hinuntergebeugt und ihr einen Kuss auf den Scheitel gehaucht hatte.

Es ist ein Geheimnis. Unser Geheimnis.

»Ich weiß es eben«, sagte sie. »Die Trekkingstiefel. Sie sind pink. Linnéa hat sie getragen, ich hab sie als Kind an ihr gesehen. Und …« Sie schluckte. »Und sie trug ein Sweatshirt, das ich wiedererkannt habe.«

Májá nickte. Sie war ungefähr so alt wie Hedda, aber die weißen Haare machten es schwer, ihr ein genaues Alter zuzuordnen. Mal sah sie jung aus und dann wieder, so wie jetzt im Halbdunkel, uralt.

»Das muss schlimm für dich gewesen sein.«

»Es ging.«

»Ist dir irgendwas aufgefallen?«

»Was meinst du?«

Die Frau sah hinunter auf ihre Hände. »Wenn wir im

Wald wären, würde ich mit dir kommen. Ich könnte versuchen, etwas aus den Spuren zu lesen.«

»Nach zehn Jahren?«

»Das Gras wächst anders, wenn es etwas verbirgt. Die jungen Bäume neigen sich, die Wurzeln greifen nach allem, was sie in die Erde ziehen wollen. Die Blätter erzählen etwas, die Vögel erinnern sich.«

Das Licht der kleinen Petroleumlampe flackerte, als ob ein Windzug durch die Hütte fahren würde.

»Steine setzen kein Moos mehr an. Ein Bach ändert seine Richtung. All das kann man sehen und spüren, im Wald.«

Ravna setzte sich auf. »Und das kannst du?«

Májás Falten wanderten in einem kleinen Lächeln nach oben. »Schon lange nicht mehr. Im Gebirge gibt es keine Bäume. Keinen Schutz, der ein Geheimnis verbirgt. Alles ist kahl, blank und grau. Ich bin früher oft tagelang ins Fjell gewandert. Ich habe unter den Sternen gesessen und sie beobachtet, wie sie übers Firmament zogen. Ich habe dem Nordlicht zugesehen. Ich habe gesucht, wirklich gesucht. Aber das Sehen und das Spüren, ich habe es hier nicht finden können.«

»Wir haben die Steine. Die Schluchten, die Felsen. Die *Sieidis*.«

»Die *Sieidis* haben wir auch. Unsere heiligen Stätten. Aber der Wald ist doch etwas anderes.« Májá zupfte gedankenverloren an einem der Bänder, die sie als Schmuck um ihr Handgelenk trug. Sie waren aus Wolle gewebt und eigentlich zum Schnüren der Winterschuhe gedacht, wurden aber mittlerweile als samisches Kunsthandwerk immer beliebter.

Farbenprächtig und aufwendig gearbeitet schmückten sie mittlerweile viele Handgelenke.

Eines von Májás *Vuoddagat* war nicht so bunt und breit wie die anderen. Schmal, schlicht, mit drei Knoten, sah es so aus, als ob es jederzeit von allein abfallen würde. Vielleicht trug Májá es schon sehr lange und es erinnerte sie an ein Versprechen, das sie einmal gegeben hatte.

»Als ich ein Kind war, bin ich einmal bei klirrender Kälte in den ersten Schnee. Wo ich herkomme, wachsen die Bäume nicht grade in den Himmel, sie sind verkrümmt und sehen tief verschneit wirklich bizarr aus. Ich habe mir vorgestellt, sie gingen nachts, wenn alles schläft, auf einen Ball. In weißen Kleidern aus Schnee, Kristall und Eiszapfen. In all diesen lustigen Verrenkungen, die sie machten, und irgendwann ging die Sonne auf und –«, sie schnippte mit den Fingern, »sie froren genau in dieser Bewegung ein.«

»Das ist eine schöne Geschichte.«

Májá stand auf und stapelte die Becher in einer Emailleschüssel. »Was wird nun geschehen?«

»Keine Ahnung. Wir müssen die Polizei informieren.«

Über Májás braun gebranntes Gesicht huschte ein Lächeln. »Sie ist doch schon hier.«

6.

Es war logisch. Wenn eine Vermisste zehn Jahre in einer Schlucht gelegen hatte, kam es auf einen Tag mehr oder weniger auch nicht an. Die Kälber mussten markiert werden, das war die dringlichste Aufgabe.

Als Ravna an der Gerde eintraf, hatten die Wolken sich verzogen und einem überirdisch schönen Sonnenuntergangslicht Platz gemacht, das sich wie ein Goldenes Vlies über die Gipfel und die weiten Täler legte. Die Schatten, die die Berge warfen, gaben dem kargen Land eine dramatische, ausdrucksstarke Tiefe.

Alle *Rendrifter* des Distrikts hatten sich in der Gerde versammelt, vom zweijährigen Kind bis zum Greis. Jeder hatte seine Aufgabe. Ravna spürte, dass man sie mehr oder weniger heimlich musterte. Kaum drei Monate bei der Polizei und schon im Gebirge eine Leiche finden … Unausgesprochene Erwartungen hingen in der Luft: Wollte sie nicht den

Tatort absperren? Hilfe aus der Stadt rufen? Einen Suchtrupp zusammenstellen? All das hier durcheinanderbringen und womöglich torpedieren, für was sie ein ganzes Jahr geschuftet hatten?

Als sie nichts dergleichen tat und einfach ihren Platz einnahm, wurden die Blicke freundlicher. Keiner fragte sie nach der Bärenschlucht, aber das Thema würde noch eine Rolle spielen. Gerade wurde der Zugang zur Gerde geschlossen. Die Tiere, die ihr ganzes Leben in Freiheit verbrachten, waren gefangen. In großen Gruppen rasten die Rentiere über den Platz auf der Suche nach einem Fluchtweg. Es würde eine Weile dauern, bis sie sich beruhigt hatten.

Während die einen die Herde antrieben, damit sie in Bewegung blieb, spähten die anderen die bereits markierten Kühe aus und beobachteten zu welcher von ihnen sich welches Kalb gesellen würde. Sobald das geschah, holten die Eigentümer der Kuh ihr Lasso heraus und fingen das Kalb ein. Zu dritt wurde es zu Fall gebracht und festgehalten, damit das Ohr mit ein paar geübten Schnitten markiert werden konnte. Über allem tönte das wilde Blöken der Tiere, die Rufe der Menschen und das typische Schnalzen der Rentiersehnen, wenn die Herde vorübertrampelte.

»Da!«

Hedda holte aus und fing ein Kälbchen ein, das sie gerade als eines der Persens identifiziert hatte. Issko hatte sein Lasso ebenfalls ausgeworfen, das Tier aber verfehlt. Immerhin stürzte er sich jetzt zusammen mit Juvven auf den kleinen Gefangenen und brachte ihn zu Fall.

In Windeseile kniete Ravna über dem Kälbchen. Es schrie

und strampelte, begriff aber schnell, dass es aus dieser Falle kein Entrinnen gab, und hielt still. Hedda schnitt ein winziges Stück aus dem Ohr und ritzte es dann noch mit zwei Schnitten ein – die Marke der Persens. Damit gehörte das Tier zu ihrer *Siida*. Anschließend säuberte Hedda ihr Messer am Fell des Kälbchens – ein uralter samischer Brauch. Man gab das vergossene Blut zurück, ein Zeichen der Achtung und des Respekts vor diesem Wesen, dem man nicht mehr als unbedingt nötig rauben wollte. Viele andere taten das nicht. Meist waren es jüngere Leute, die nachwachsende Generation, die sich nicht mehr so intensiv mit den Bräuchen der Ahnen beschäftigte. Es war nur eine Geste, aber sie sagte viel aus über die Haltung eines Menschen.

»Los!«, rief Hedda und sprang auf.

Ravna lockerte die Umklammerung und das Kälbchen arbeitete sich panisch aus der misslichen Situation heraus und schrie nach seiner Mutter. Wenig später hatte sie es gefunden. Hedda verstaute den kleinen Zipfel, den sie aus dem Ohr geschnitten hatte, in ihrer Jackentasche. Er würde später mit den anderen aufgefädelt werden.

»Sieht gut aus«, sagte Ravna zwei Stunden später. Sie war schweißüberströmt und starrte vor Dreck.

Hedda nickte. Sie arbeiteten Hand in Hand, wobei sie sich, so gut es ging, von Issko und Juvven fernhielten. Das ausstehende Gespräch lag wie eine dunkle Wolke über ihren Köpfen. Vielleicht war Hedda auch deshalb so wachsam und ihre Bewegungen raumgreifend und kontrolliert. Ihre Schritte federten über den Boden, ihr Ruf klang klar und bestimmend, als dürfte sie sich keinen Fehler erlauben und das falsche Kalb einfangen. Sie warf ihr Lasso mit einer Zielsicherheit, die viele andere blass aussehen ließ. Wie sie ihr Messer zückte, sprach nicht nur von jahrzehntelanger Übung, sondern auch von einem Können, das man hatte oder nicht.

Juvvens und Isskos Würfe gingen oft daneben. Je mehr Tiere eingefangen und markiert wurden, desto verbissener wurden ihre Mienen. Hedda machte das Kalb aus, rief es ihnen zu, sie zielten und landeten daneben. In der nächsten Sekunde zog sich Heddas Lasso um seinen Körper und fing es ein. Wieder ein Punkt für die Persens, die *echten* Persens.

Ravna hatte ihre Onkel immer gemocht. Es waren wilde Kerle, bei denen lange nicht klar gewesen war, in welche Richtung sich ihr Leben entwickeln würde. Bei ihren seltenen früheren Begegnungen begleitete sie immer ein vibrierender Übermut, der sich jede Sekunde in etwas Gefährliches verwandeln konnte. Eine lauernde Unzufriedenheit, ohne den Willen, aus eigener Kraft dagegen anzugehen.

In den letzten Jahren hatte sich das geändert. Oder es war zumindest etwas mehr in den Hintergrund getreten. Issko hatte Yárá kennengelernt, die online einen erfolgreichen Möbel- und Lifestyleshop betrieb, und Juvven schien sich nach der Verfassung seines älteren Bruders zu richten. Für Ravna war klar, wer von den beiden hinter den Bestrebungen steckte, ihre Mutter zu entmachten.

Am frühen Morgen waren alle Kälber dieses Schwunges markiert. Die Herde wurde freigelassen und machte sich nun auf den Weg zu den Sommerweiden.

Die erneute körperliche Anstrengung hatte Ravna weniger zu schaffen gemacht als befürchtet. Ihre Hände, bandagiert und in Arbeitshandschuhen, brannten zwar wie Feuer, aber dafür so stetig, dass sie sich daran gewöhnt hatte. Die Schmerzen schienen sich über ihren ganzen Körper verteilt zu haben. Doch als Ove mit einer Kanne Kaffee und einem Stapel Fladenbrote mit Butter zu ihr kam, wäre sie fast in den Knien eingeknickt.

»Danke«, sagte sie nur und suchte sich außerhalb des Zauns einen Felsbrocken, auf den sie sich setzen konnte. Sie war so erschöpft, dass ihr sogar der Becher zu schwer wurde und sie ihn auf dem unebenen Boden absetzte.

Hedda kam zu ihr, verschwitzt und mit knallroten Wangen. Sie hockte sich neben ihre Tochter und nahm eines der Brote.

»Vierundsiebzig«, sagte sie nur.

Ravna hatte sie kein einziges Mal die kleinen Lederfetzen zählen sehen. Sie aßen und schwiegen, und das Brot war gut und das Schweigen auch, weil sie gut gearbeitet hatten.

Issko und Juvven zogen sich zu einer Männergruppe zurück, die über PS, Elchjagd und die neusten Geländewagen schwadronierte. Sie schauten kein einziges Mal zu ihnen hinüber.

Torbjørn hatte über Funk mit jemandem gesprochen und kam nun, während er das Gerät am Gürtel verstaute, mit zielgerichteten Schritten zu ihnen hinüber.

»Alle sind geschafft«, sagte er. »Aber ich finde, wir sollten jetzt nachsehen, was Ravna in der Bärenschlucht gefunden hat.«

Es klang, als ob er noch etwas dazusetzen wollte, es sich dann aber anders überlegt hatte. Hedda sah zu Ravna.

»Ähm«, sagte sie, schluckte den letzten Bissen hinunter und suchte in ihrem leeren Kopf nach etwas, das sich wie eine vernünftige Äußerung anhören könnte. »Ja. Stimmt. Das sollten wir tun.«

Torbjørn wartete.

»Also, wir könnten die Stelle erst mal absperren.«

Absperren war gut, das konnte sie.

»Und dann die Polizei informieren«, setzte sie nach. Irgendwann musste das schließlich auf den Tisch.

Torbjørn ging vor ihr in die Hocke. Seine Wikingeraugen verengten sich zu schmalen Schlitzen. »Hör zu, Ravna. Polizei, das ist gut. Wirklich. Denk nicht, dass ich etwas gegen die Polizei hätte.«

Beide erinnerten sich an seinen letzten Auftritt in der Wache von Vardø. Um seine Tochter aus einer üblen Sache herauszuhalten, hatte er getobt wie ein Wilder und dabei mit seiner Meinung über die Polizei nicht hinter dem Berg gehalten.

»Aber?«, fragte sie kühl.

Er warf einen Blick über die Schulter zu den anderen. »Wir sollten das erst mal untereinander klären.«

»Was?«

»Ob das nötig ist.«

Vor einiger Zeit, als sie ihr Praktikum gemacht hatte, hatte ihr schon einmal jemand diese Frage gestellt. Härter formuliert und nicht mit diesem Getue, als ob sie etwas mitzuentscheiden hätte. Eine Entweder-oder-Frage, eine Du-musst-dich-entscheiden-Frage. Eine Gehörst-du-zu-denen-oder-zu-uns-Frage.

Plötzlich spürte sie Heddas Knie an ihrem. Wahrscheinlich eine unbeabsichtigte Bewegung, aber sie zog es nicht weg. Vielleicht war diese Berührung keine Antwort, aber sie gab ihr das Gefühl, sich vor Torbjørn weder rechtfertigen noch sich zwischen *uns* und *denen* entscheiden zu müssen, weil sie ganz sicher eines war: eine Persen.

Sie holte tief Luft und sagte: »Das sehen wir, wenn wir oben sind.«

Damit war nichts vom Tisch, aber sie hatte sich von ihm auch nicht in die Enge treiben lassen.

»Okay.« Torbjørn setzte die Mütze wieder auf, als hätte ihm sein Kommandant den Befehl dazu gegeben. Dann brüllte er Namen über die Gerde und ein *Rendrifter* nach dem anderen kam zu ihnen hinüber. Zum Schluss waren es acht Leute, die einen Halbkreis um Ravna und Hedda bildeten. Issko und Juvven waren nicht dabei. Dafür erfahrene Fjellgänger, Männer und Frauen, die sich auskannten. Etwas verwundert war Ravna über Ben und Sanne, beide Ende zwanzig und damit ungefähr in dem Alter, in dem Linnéa heute wäre. Sie lebten in Kirkenes, er war irgendwas in der Verwaltung, sie arbeitete als Kunsterzieher. Nicht unbedingt mit allen Wassern gewaschene Bergsteiger, aber Kinder ihrer Familien und auf dem Fjell aufgewachsen. Ravna fragte sich, ob die beiden das Mädchen gekannt hatten und was sie darüber dachten, dass sie einen zehn Jahre alten Albtraum ausgraben würden.

Sanne öffnete den Reißverschluss ihrer Windjacke und lockerte den Schal. Sie war etwas größer als Ravna, mit einem freundlichen Gesicht und sanft blickenden, braunen

Augen, die jetzt allerdings etwas skeptisch in die Runde sahen.

»Hat das nicht Zeit?« Vielleicht war es auch Furcht vor dem, was da oben auf sie wartete. »Und was ist, wenn sie es wirklich ist?«

»Dann werden wir sie ausbuddeln«, brummte Torbjørn.

»Wir nehmen die Quads und fahren rauf zum *Bjørnfossen«* – dem Wasserfall am oberen Einstieg in die Schlucht. »Und Ravna zeigt uns, was sie gefunden hat.«

Das war eine etwas andere Interpretation dessen, was sie gesagt hatte, aber sie war ihm dankbar dafür. Das *wir* war stärker als alles andere, und es ließ den *Rendriftern* den Glauben, gemeinsam zu handeln. Ravna war damit eine von ihnen, kein Polizist. Die wahre Machtprobe, wenn es dazu kommen sollte, wäre damit zwar nur vertagt, aber oben am Fjell sah die Sache vielleicht wieder ganz anders aus.

Zustimmendes Murmeln. Torbjørn hatte nur Leute zusammengetrommelt, die bereit waren, jetzt noch einmal aufzubrechen. Allen saß diese Nacht in den Knochen. Jeder wollte zurück in seine Hütte oder sein Lávvu in der Sommersiedlung und sich aufs Ohr hauen. Sie hatten ihre Arbeit getan, aber jetzt stand etwas an, das auch erledigt werden musste.

»Wir graben sie aus?«, fragte Sanne.

Noch bevor Ravna den Mund öffnen und protestieren konnte, sagte Torbjørn: »Ja.«

Sie hätte darauf hinweisen können, dass in Oslo eine andere Herangehensweise an unidentifizierte Skelette gelehrt wurde. Da sich aber schon alle auf den Weg machten, stand sie ebenfalls auf und fühlte sich dabei wie eine uralte Frau.

»Ich mache Kaffee«, sagte Hedda.

Das hieß: Ich warte in der Hütte. Du kommst schon alleine zurecht. Du bist ja jetzt wieder Polizist.

Es gab noch eine kleine Auseinandersetzung, weil Issko, wenn er schon sein Quad zur Verfügung stellen sollte, auch gerne mitgefahren wäre. Aber Torbjørn ließ sich gar nicht erst auf die Diskussion ein. »Wir nehmen nur mit, wer sich da oben auskennt. Ravna?«

Sie nahm hinter ihm Platz. Die anderen verteilten sich auf die übrigen ATVs. Dann ging es los, aber dieses Mal spürte sie keine frohe Erwartung, sondern nur Trauer. Sie galt dieser jungen Frau, die in der Bärenschlucht den Tod gefunden hatte, aber auch dem kleinen Mädchen, das sie, Ravna, damals gewesen war und das fest an die Macht von Geheimnissen geglaubt hatte.

7.

Die Fahrt über das Fjell dauerte keine zehn Minuten. Dieses Mal näherten sie sich der Bärenschlucht von oben. Sie war weder groß noch tief, aber ziemlich steil. Eine Herausforderung, an der Ravna kläglich gescheitert war. Der Wind riss wütend an ihrer Jacke und wehte ihr die Haare ins Gesicht, sodass sie schließlich die Kapuze aufsetzte und eng unter ihrem Kinn verschnürte, um freie Sicht zu haben.

Der Wasserfall sah harmlos aus, erwies sich aber bei genauerem Hinsehen als tückisch. Die Steine boten durch die glitschige Nässe nicht genug Halt, sodass sie sich gegenseitig abseilen mussten. Der höchst frustrierte Ove wurde dazu ausersehen, zurückzubleiben, sie zu sichern und gegebenenfalls auch wieder raufzuholen.

Das Wasser schoss ungefähr zwanzig Meter in die Tiefe und prallte dann auf Felsbrocken, um in den Spalten zu versickern und weiter unten als harmloser kleiner Bach seinen

Weg fortzusetzen. Der schmale Ausgang der Höhle, durch den sich Ravna gerettet hatte, lag ungefähr auf halber Höhe. Es war so wenig Platz da unten, dass sie sich gegenseitig auf den Füßen herumtrampeln würden. Torbjørn sah das auch.

»Ravna und ich gehen zuerst. Ihr kommt nach.«

Die übrigen Teilnehmer der Bergungsexpedition nickten. Ravnas Blick hatte sich an dem Felsbrocken verfangen, der den Zugang zur Höhle versperrte. Er hatte einen Durchmesser von vielleicht einem Meter. Es würde sehr viel Kraft kosten, ihn beiseitezurollen. Aber Torbjørn schienen solche Überlegungen erst dann einen Gedanken wert, wenn sie an der Reihe waren. Er schlang sich sein Lasso um den Leib und reichte das Ende an Ben weiter, einen schmalen jungen Mann mit wachen Augen und einem scharfkantigen, fast asketischen Gesicht. Auf Ravna wirkte er wie ein Mönch, aber die Blicke und die liebevollen Berührungen, die er mit Sanne austauschte, hatten eher etwas mit weltlicher Hingabe zu tun.

»*Ready*?«, brüllte Torbjørn gegen den Krach des Wasserfalls an.

»*Ready*!«, gab Ben zurück.

Torbjørn kletterte hinunter. Ravna folgte ihm, als er unten angekommen war. Zum ersten Mal merkte sie, dass sie kurz davor war, sich zu überschätzen. Mit ihren verletzten Händen konnte sie das Seil kaum noch halten. Aber sie biss die Zähne zusammen, damit ihr nicht noch einmal so ein katastrophaler Fehler wie bei ihrem Aufstieg durch die Schlucht unterlief.

Endlich hatten sie die Stelle erreicht. Torbjørn hatte sich

schon hingehockt, um die knöcherne Hand unter dem Felsbrocken zu begutachten. Ravna ließ das Seil los und kam zu ihm.

»Und?«, fragte sie.

»Eine Hand«, antwortete er. »Haare und so. Wo genau liegt der Rest?«

Ravna deutete die ungefähre Position des Skeletts an. »Unter dem Schotter, der sich im Ausgang der Höhle befindet. Der Spalt da stammt von mir, als ich mich rausgearbeitet habe. Ich fürchte, wir müssen den Stein wegrollen. Wollen wir das wirklich machen?«

Sie ging neben ihm in die Hocke. Es war so eng, dass ein Mal niesen für einen Absturz reichen würde. Weiter unten befand sich die Höhle, in der sie gefangen gewesen war. Die Erinnerung daran ließ ihr einen Schauer den Rücken hinunterrieseln.

Torbjørn runzelte die Stirn. Er dachte nach, was bei ihm aussah, als ob er eine Kriegserklärung an eine Atommacht ausbrüten würde.

»Wir sollten sie zumindest freilegen. Wenn es wirklich Linnéa ist, dann wird die SAR[16] den Rest erledigen. Wenn nicht …«

»Ja?«

Torbjørn stand auf. »Dann sollten wir sie in Frieden ruhen lassen.«

»Und die Angehörigen? Haben die kein Recht darauf, zu erfahren, was passiert ist?«

---

16 Search And Rescue, norwegische Notfall- und Bergrettung.

»Natürlich. Aber meistens wissen sie es ja, oder? Denk an deine Urgroßmutter. Sie ist nicht spurlos ohne Ansage im Schnee verschwunden. Du wusstest, wohin sie gegangen ist.«

Ravna pickte einen kleinen Stein aus der Nähe der Handknochen auf und warf ihn in den Abgrund. Torbjørns Stimme bekam etwas Oberlehrerhaftes.

»Wer freiwillig so aus dem Leben scheidet, hat auch das Recht, dass sein letzter Wille nach seinem Tod respektiert wird. Ich hätte nicht gedacht, dass ich dir das einmal erklären muss.«

Ravna warf den nächsten Stein. Torbjørn hatte von nichts eine Ahnung, erst recht nicht davon, wie Lénas Abschied von Ravna gewesen war. Es zerriss ihr immer noch das Herz, wenn sie daran dachte.

Er schlug einen etwas versöhnlicheren Ton an. »Soweit ich weiß, ist Linnéa die Einzige, die in den letzten Jahren in Varanger wirklich vermisst wurde.«

Wahrscheinlich war ihm aufgegangen, dass er der Letzte war, von dem Ravna Ratschläge annehmen würde. »Alle Fälle sind aufgeklärt. Die zwei Schweden, die bei minus zwanzig Grad unbedingt Wintercamping im Fjell machen mussten. Und der Irre, dem das Benzin auf dem Pass zum Javnacâkka ausgegangen ist. Haben sie alle gefunden. Nur Linnéa nicht. Die dachten, sie wäre irgendwo am Fjord verschwunden.«

»Warum?«

»Weil ihr Handy sich zum letzten Mal in Ekkerøy eingeloggt hat.«

Ravna stand auf und klopfte sich den Dreck von ihren

Händen an der Hose ab. »Ekkerøy?«, fragte sie. »Wie hieß Linnéa mit Nachnamen?«

»Berger. Die Tochter vom Tierarzt Steffen Berger. Der ist jetzt auch schon im Ruhestand. Sein Sohn macht weiter, aber der hat keine gute Hand. Der alte war mir lieber.«

Torbjørn beugte sich zu dem Felsbrocken herab und versuchte, ihn zur Seite zu rollen. Ben schrie von oben: »Braucht ihr Hilfe?«

»Moment!«, rief Torbjørn keuchend zurück.

Ravna kam ihm zu Hilfe, und gemeinsam gelang es ihnen, den Brocken zumindest ein paar Zentimeter anzuheben.

»Wir schaffen es nicht allein!«, rief sie. »Ben?«

»Komme!«

Während Ben sich über den steilen Abhang am Rande des Wasserfalls auf den Weg zu ihnen machte, versuchte Ravna, einen Platz zu finden, an dem sie Linnéa nicht unbedingt auf die Hand treten würde.

»Ich bin ihnen begegnet«, sagte sie und hob die Stimme, um gegen das Rauschen des Wasserfalls anzukommen. »Den Eltern. Oder zumindest dem Vater. Seine Frau war zu jung, um Linnéas Mutter zu sein.«

Torbjørn schnaufte nur. Vielleicht vor Anstrengung. Vielleicht aber auch, weil in seiner Welt der Austausch von Frauen gegen jüngere Ausgaben als hirnrissig betrachtet wurde. Der Ärger blieb letzten Endes der gleiche, aber die Ansprüche stiegen. Dann doch lieber mit der Frau alt werden, an die man sich gewöhnt hatte.

»Sie haben einen Kranz ins Meer geworfen.«

»Ins Meer? Warum das denn?«

Ben hatte sie fast erreicht. Ravna machte sich so klein es ging und stolperte dabei über ein verrostetes Stück Eisen. Verwundert hob sie es auf. Es war eine Brechstange.

»Wenn man ihre Spur noch bis Ekkerøy nachverfolgt hat«, sagte sie und legte die Stange wieder ab, »dann haben sie vielleicht gedacht, ihre Tochter ist dort gestorben.«

»Wird wohl so sein.«

Torbjørn half Ben auf dem letzten Meter. Die Ankunft des jungen Mannes verscheuchte das Bild der Blumen auf den Meereskronen.

»Wir müssen den Stein einen halben Meter wegrollen«, erklärte ihm Torbjørn. »Dann können wir sie vorsichtig rausholen.«

»Okay.«

Gemeinsam versuchten sie es, aber immer wieder rutschten ihre Schuhe auf dem glitschigen Grund ab, und der Stein rollte wieder zurück in seine ursprüngliche Position. Noch einmal sammelten sie alle Kraft, angefeuert durch die Rufe von oben, und dann, langsam, ganz langsam, bewegte sich der Brocken zur Seite. Nicht viel, keinen halben Meter, aber genug, um mit der eigentlichen Arbeit zu beginnen.

Seine Unterseite war feucht, dreckig und verschlickt. An den Rändern, die abseits des Wasserfalls gelegen hatten und deshalb etwas trockener waren, erkannte Ravna Bearbeitungsspuren, denen sie zunächst keine Aufmerksamkeit schenken wollte. Aber sie speicherte sie ab, genau wie den Gedanken an Linnéas Handy, das sich zum letzten Mal in Ekkerøy eingeloggt hatte.

»Sollen wir runterkommen?«

Das war Niko Bruhaug, ein Mann, knorrig wie die Wurzeln der kriechenden Birken unten am Fjord. Die Mütze hatte er tief ins Gesicht gezogen.

»Wird zu eng«, rief Ben.

Enttäuscht trat Niko zurück und fragte sich wohl, warum er den ganzen Weg zur Schlucht gemacht hatte, wenn er genauso gut bei einem heißen Kaffee in seiner Hütte die Glieder ausstrecken könnte.

Vorsichtig, fast liebevoll begannen sie, die knöcherne Hand zu befreien. Sie steckte in dem zerlöcherten Ärmel des Sweatshirts. Es war dunkel und ausgewaschen und viel zu groß für das, was übrig geblieben war. Die verblassten Pailletten und Schmucksteine waren fast blind.

Vor dem nächsten Schritt fürchtete Ravna sich. Aber sie biss die Zähne zusammen, denn der Tod war vor so langer Zeit hier gewesen, dass sie nur noch das finden würden, was Wind, Wetter und Eis übrig gelassen hatten. Zunächst sah es aus wie ein Büschel zartes, zertretenes, vertrocknetes Gras, aber Ravna wusste, dass es Haare waren. Torbjørn sah hoch. »Sag Ove, wir brauchen irgendwas, um den Dreck besser zu beseitigen.«

Dankbar nahm sie den Auftrag an und und gab ihn weiter nach oben. Wenig später ließ der Junge eine Bürste herunter, mit der Issko wohl die Felgen seines Quads bearbeitete. Sie reichte sie an Torbjørn und blieb, an die Felsenwand gedrückt, stehen.

»Sie ist es«, sagte Ben. Seine Stimme klang, als ob er gegen die Tränen ankämpfen musste. »Ich erinnere mich an ihr

Sweatshirt. Ich habe es an ihr gesehen. *Aurora borealis*, das Nordlicht, war da aufgedruckt.«

Er wischte sich mit dem Handrücken über die Augen. Torbjørn sah von seiner Arbeit hoch. »Ich glaube, damit haben wir sie identifiziert.«

Ravna nickte. Sie wollte nicht mehr hinsehen, was die beiden freigelegt hatten. Bens Reaktion ging ihr nahe.

»Sie muss von oben gefallen sein«, sagte sie, um irgendetwas Produktives beizusteuern. »Dann ist sie in die Spalten reingerutscht und konnte sich allein nicht mehr befreien.«

»Unwahrscheinlich.« Torbjørn stand auf und schlug die Bürste an dem Felsbrocken aus. »Wenn der auf dem Eingang lag, wie hätte sie reinfallen sollen?«

Ravna sagte: »Er lag damals nicht auf dem Eingang.«

»Nicht?«

Torbjørn sah ratlos zu Ben, der nun auch aufstand. Sie standen sehr eng beieinander. So eng, dass Torbjørns Bart Ravnas Stirn kitzelte. Vorsichtig beugte sie sich herab und nahm die Brechstange hoch. »Jemand hat ihn davorgerollt, mit dieser Eisenstange, um die Hebelwirkung zu verstärken. Wir haben es ja kaum zu dritt geschafft, ihn zu bewegen. Aber mit diesem Ding kann es jedem gelungen sein.«

Sie hielt das Vorderteil des Werkzeugs an die rostroten Riefen im Stein. Sie passten exakt zueinander. Torbjørn fuhr mit der Hand unter sein Halstuch und lockerte es etwas. Ben nahm ihr das Werkzeug ab und begutachtete es eingehend.

»Warum sollte jemand einen Felsbrocken über den Eingang rollen?«, fragte er. Und dann konnte sie sehen, wie er sich selbst die Antwort gab und sein Gesicht sich in das eines Mönches verwandelte, der gerade eine Begegnung mit dem Antichrist hatte. »Absichtlich? Über … über Linnéa?«

Ravna sah auf den Spalt. Es war so ungeheuerlich wie offensichtlich. Hier war ein Mord geschehen und sie hatte es einfach nicht wahrhaben wollen. Der Schock, dass Linnéa hier oben gestorben war und ausgerechnet sie, Ravna, sie gefunden hatte, war noch nicht vorüber. Er hatte gnädig zugelassen, was gerade noch zu ertragen war: Linnéas einsamer Tod im Gebirge. Alles andere hatte er ausgeblendet. Die Brechstange. Die Riefen im Stein. Die ganz und gar unlogische Lage des Skeletts, die erst jetzt einen Sinn bekam.

»Oder«, sagte sie. Ihre Stimme brach. Sie musste erst um Fassung ringen, ehe sie weitersprechen konnte. »Oder sie hat noch gelebt. Jemand kam runter. Aber statt ihr zu helfen …«

Torbjørns Lippen formten das Wort F***. Es blieb gerade genug Platz, dass er sich auf den Stein setzen konnte. »Nein. Das kann nicht sein. Das ist ein Unglück. Sie ist abgerutscht und kam allein nicht mehr raus. Irgendwann ist dann dieser Brocken draufgerollt. Vielleicht durch ein Erdbeben.«

»Es gibt keine Erdbeben hier.«

»Dann durch ein Unwetter! Einen Sturm? Das Eis? Wasser ist druntergelaufen, hat sich ausgedehnt, und irgendwann – peng?«

Ravna schüttelte nur den Kopf.

»Heilige Scheiße. Kein Unfall?«

Ravna schüttelte wieder den Kopf.

»Und jetzt?«

Sie griff nach dem Lasso, an dem sie sich hinuntergehangelt hatten. Sie musste sich sammeln, nachdenken. Grünes Licht für den nächsten Schritt geben. Das erwarteten sie von ihr und sie hatte sich noch nie so unfähig gefühlt wie in diesem Moment. Was würde Rune Thor tun?

Sie fuhr fast zusammen und konnte nicht glauben, dass sie das gerade gedacht hatte. Sie hatte erst eine einzige Ermittlung miterlebt, und die war so verlaufen, dass alle drei Kreuze schlugen, als Detektivinspektør Rune Thor das kleine Vardø endlich wieder verlassen hatte.

Sie biss die Zähne zusammen und atmete tief durch die Nase ein. Denk nach, zwang sie sich. Was zum Teufel würde Thor tun?

»Lasst alles so, wie es ist. Wir müssen die Spurensicherung und die Kripo informieren. Die werden uns sowieso den Kopf abreißen, weil wir jetzt schon ziemlich viel durcheinandergebracht haben.«

Ben wandte sich ab und sah in die Schlucht. »Das glaube ich einfach nicht. Wie kannst du sagen, dass jemand sie umgebracht hat?«

»Ich sage gar nichts«, erwiderte Ravna. Wahrscheinlich musste sie sich damit abfinden, dass alles, was sie in Zukunft von sich geben würde, auf der Goldwaage landete. »Ich meine nur, dass hier eine kriminaltechnische Untersuchung stattfinden muss. Und dass sie identifiziert werden sollte, eindeutig.«

»Sie ist es!« Ben fuhr sich über die Nase. »Reicht das denn nicht? Kann man sie nicht in Frieden lassen? Müssen jetzt Leute hier rumtrampeln und sie … und sie … einsammeln?«

»Es tut mir leid, aber das muss einwandfrei geklärt werden. Dieses Sweatshirt wird es zu Hunderten geben. In jedem Souvenirshop. Es kann immer noch sein, dass wir hier jemand anderen liegen haben.«

Alle wussten, dass die Wahrscheinlichkeit gegen null tendierte. Aber Torbjørn begriff als Erster, dass seine und Bens Art, die Dinge zu handeln, an ihre Grenzen gestoßen war.

»Sie ist tot, weil sie abgestürzt ist und sich nicht mehr alleine befreien konnte.« Ravna erklärte es mehr sich selbst als Ben oder Torbjørn. »Denn irgendjemand hat diesen Felsbrocken über den Eingang gerollt und gehofft, sie damit ein für alle Mal zu begraben.«

Sie fühlte sich, als wäre sie eine Fremde. Ihr übermüdeter Verstand und ihr erschöpfter Körper versetzten sie in eine Art hellsichtige Klarheit, mit der sie genau wusste, was zu tun war. Allein der Gedanke an Thor hatte gereicht, dass sie funktionierte. Hoffentlich würde sie dieses Phänomen nicht den Rest ihres Berufslebens begleiten.

»Habt ihr die Funkgeräte dabei?«

»Ja«, sagte Ben mit erstickter Stimme.

»Ich gehe als Erste. Falls ihr noch etwas seht, lasst es bitte so.«

Sie schob Ben sanft zur Seite, griff nach dem Seil und begann den Aufstieg.

8.

Über Funk informierte Ravna die Bergwacht, dass im Bjørndalen eine Tote geborgen werden musste und dass das tunlichst durch die Polizei geschehen sollte, die für Vermisstenfälle zuständig war. Sie fragte sich, an welche Wache der Notruf weitergeleitet werden würde, und kam darauf, dass es Vardø sein könnte, wenn sie ganz viel Pech hatte.

Ravnas Praktikum in der dortigen *Politistasjon* war wohl jedem noch im Gedächtnis. Bei dem Gedanken, den dicken Mikkel am Lasso in die Schlucht abzuseilen, musste sie grinsen. Vielleicht würden sie auch Filip oder Jonas schicken, um das Gelände abzusichern, bis die Rechtsmedizin eintraf. Sie dachte an Eva Hovland und den Besuch damals in der Pathologie, während ein nackter toter Mann auf kaltem Stahl lag, und das Grinsen verschwand so plötzlich, wie es aufgetaucht war.

Immerhin – die Verantwortung für das, was jetzt am

Bjørnfossen passieren würde, lag nicht mehr bei ihr. Sie war wieder Student und beurlaubt für die Zeit der Kälbermarkierung. Mit den Ermittlungen hatte sie nichts zu tun. Aber die Steine im Magen blieben und die Last auf den Schultern auch. Ihre Hände schmerzten, weil sich durch den Aufstieg aus der Schlucht die Verbände teilweise wieder gelöst hatten.

Torbjørn fuhr gleich in die Sommersiedlung und setzte sie vor Heddas Hütte ab. Ravna wusste nicht, wie sie die paar Schritte bis zur Tür noch hinter sich brachte, so müde und zerschlagen fühlte sie sich. Sie stolperte über die Schwelle – und direkt in eine erhitzte Diskussion zwischen Juvven, Issko und Hedda.

»Du musst endlich begreifen –« Issko brach ab.

»Gar nichts muss ich.« Hedda saß auf dem Bett und schnitzte wütend an einem Stück Rentierhorn. Ihre beiden Brüder hockten mit angewinkelten Beinen auf dem Boden. Sie schaute kaum hoch, als Ravna zu ihr stiefelte und sich neben sie fallen ließ. »Und? Habt ihr was gefunden?«

»Es ist Linnéa.« Eben noch war Ravna so müde gewesen, dass sie im Stehen eingeschlafen wäre. Jetzt spürte sie den Ärger wie kleine Nadelstiche am Ende ihrer Nerven. Die beiden hatten die Chance genutzt, sich Hedda alleine vorzunehmen. »Die Bergwacht kümmert sich um alles und wird auch die Polizei informieren.«

Beim Stichwort Polizei hob Juvven die Augenbrauen.

»Was?«, raunzte sie ihn an.

»Ich dachte, du übernimmst das.«

»Linnéas Knochen ausgraben? Sie in eine Kiste tun und den Eltern übergeben? Ihnen sagen, dass nach zehn Jahren ihre Suche ein Ende hat und sie keine Kränze mehr in Ekkerøy abwerfen müssen, sondern lieber in der Bärenschlucht?«

Hedda sah von ihrer Arbeit hoch. Es würde der beinerne Schaft eines *bruksknivs*[17] werden. Man konnte sie kaufen, überall in den Touristenshops, aber viele Leute schüttelten den Kopf, wenn sie den Preis erfuhren. Bis zu sechshundert Euro? Sie hatten keine Ahnung, wie viele Wochen an diesen Kunstwerken gearbeitet wurde. Ravnas Messer waren einfacher, eher die Zweihundert-Euro-Ausgabe. Aber sie kaufte sie auch nicht im Souvenirshop. Hedda hatte sie ihr geschenkt und jeden der drei Griffe selbst geschnitzt.

»Ekkerøy?«, fragte ihre Mutter.

»Da soll sich ihr Handy zum letzten Mal eingeloggt haben.« Ravna angelte nach Heddas Kaffeebecher und kippte den lauwarmen Rest auf ex. »Ich habe die Eltern sogar heute früh getroffen. Sie haben einen Kranz ins Meer geworfen und sind mit dem Hubschrauber noch mal über die Stelle geflogen. Danach hat mich Jusse raufgebracht.«

Erst da fiel ihr ein, dass es nicht heute, sondern gestern gewesen war. Mittsommer. Da dauerten die Tage Wochen.

Issko zupfte sich Rentierhaare vom Pullover. In der Hütte war es kaum wärmer als draußen, vielleicht zehn, zwölf Grad. »Wie kann denn ihr Handy zwanzig Kilometer von ihr entfernt verschwinden?«

»Keine Ahnung. Es ist auch ganz zufällig noch ein Felsbrocken vor den Höhlenausgang gerollt.«

---

17 Samisches Messer für den alltäglichen Gebrauch.

Hedda ließ das Schnitzmesser sinken. Ihre Augen, dunkel wie der Grund eines Bergsees im Herbst, ruhten auf ihrer Tochter. »Es rollen keine Felsen vor Höhleneingänge.«

Ravna nickte. Am liebsten hätte sie sich hingelegt. Die Augen geschlossen und nur noch dem Kratzen und Schleifen zugehört, mit dem das Horn bearbeitet wurde. Es erinnerte sie an ihre Kindheit, als Taten unmittelbare Folgen hatten: Jagen. Fischen. Schnitzen. Gerben. Alles hatte einen Sinn, und der war: Leben. Sie hatte das Gefühl, noch nie so weit weg von sich gewesen zu sein wie in den Wochen in Oslo. Lars. Sogar von ihm war sie weg. Sie hatte noch nicht einmal die Kraft, mit ihrem Handy draußen eine Stelle mit Empfang zu suchen und zu checken, ob er sich endlich gemeldet hatte.

»Kann aber immer mal passieren.« Issko streckte ein Bein aus und bewegte die Zehen, weil es ihm eingeschlafen war. »Da unterspült sich was, oder Wasser läuft rein, und dann gefriert es. Kann alles sein.« Die Schmach, dass Torbjørn ihn bei der Suchexpedition zurückgewiesen hatte, nagte immer noch an ihm. »Also kümmert sich jetzt jemand anderes darum?«

Sie nickte knapp, um zu verstehen zu geben, dass das Thema zumindest hier und jetzt beendet war. Dann schnappte sie sich die Erste-Hilfe-Kiste und erneuerte ihre Verbände.

Issko, der ältere der Brüder, wechselte mit Juvven einen schnellen Blick. »Gut«, sagte er. »Kommen wir zurück zu den wichtigen Dingen.«

Hedda presste die Lippen zusammen und widmete sich wieder mit wütender Hingabe ihrer Arbeit. Zum ersten Mal hatte Ravna das Gefühl, sie beschützen zu müssen. Das war beunruhigend, denn wenn jemand so ein Ansinnen weit von sich gewiesen hätte, dann diese Frau, die zeit ihres Lebens autark und unverwundbar gewesen war. Ravna war nicht darauf vorbereitet, so etwas zu fühlen. Es war das erste Mal, und sie ahnte, dass es der Anfang von etwas sein könnte, das mit dem Erwachsenwerden zu tun hatte und mit einer Umkehrung der Verantwortung, die sie beängstigte.

»Wir alle haben die Nacht durchgearbeitet und sind müde«, sagte sie. »Das ist keine gute Zeit für einen Familienrat.«

»Mir gehts blendend.« Issko ließ aus Spaß die Fingerknöchel knacken. Wahrscheinlich machte er das häufiger und völlig gedankenlos, aber Ravna hasste das Geräusch.

»Aber mir nicht.« Sie hob die Hände mit den neuen Verbänden. »Ich bin ziemlich geschafft und muss dringend ein paar Stunden schlafen.«

»Kannst du doch, wenn wir mit allem durch sind. Es dauert auch nicht lange. Hedda.« Er wandte sich an seine Schwester. »Es ist doch nur eine Formalie.«

Hedda tat so, als hätte sie nichts gehört. So als ob die beiden Luft wären. Sie stellte die Spitze des Schnitzmessers auf das Horn und begann, kleinere Verzierungen einzuarbeiten.

Aber Ravna hatte jetzt genug. »Wenn du so auf Formalien stehst, dann muss Yárá mit dabei sein.«

Hedda hörte einen Moment auf zu schnitzen, setzte dann ihre Arbeit aber, ohne hochzusehen, fort.

»Sie gehört auch zum Clan. Wo ist sie?«

»Bei den Kindern. Im Scandic Vadsø.«

Ravna pfiff durch die Zähne. »Im Scandic. Alle Achtung.«

Issko, sichtlich genervt, stand auf und bewegte sein eingeschlafenes Bein. »Da übernachte ich immer auf Geschäftsreise.«

»Oh. Dann sind wir also ein Geschäft?«

Issko machte beim Ausatmen ein lautes Geräusch, in das er alle Resignation einer gequälten Kreatur einfließen ließ. »Ich hab keinen Bock, mich auf dieses Niveau einzulassen. Eigentlich geht die Sache nur Hedda und mich etwas an. Ich bin der Älteste von uns dreien.«

»Sie ist der *Rendrifter*.«

»Kapierst du es nicht?«, fauchte er sie an. Das kam so plötzlich, dass Ravna zurückzuckte. Ihm gefiel ihre Reaktion und er kam einen Schritt näher. »Du hältst dich da raus! Es geht hier um unsere Zukunft! Du hast dich entschieden, kein Teil der *Siida* mehr zu sein. Also tu nicht so, als ob dich das noch etwas anginge!«

Hedda sah hoch. Das Schnitzmesser lag in ihrer Hand und die Spitze war auf Issko gerichtet. Der atmete tief durch, als ob er sich nur unter größter Anstrengung beherrschen könnte. Juvven bemerkte das, Ravna auch.

»Lass uns ein anderes Mal darüber reden«, sagte er.

Issko trat zurück. Dann schüttelte er den Kopf, riss die Tür auf und warf sie hinter sich so kraftvoll zu, dass die Wände der Hütte wackelten.

Juvven fuhr sich durch die Haare. Ohne seinen älteren Bruder musste er sich fühlen wie ein ausgesetzter Hundewelpe. Ravna betrachtete ihn, als hätte sie eine Lupe in der Hand und würde durch sie sämtliche negativen Dinge, die ihr an ihm auffielen, ins Unermessliche vergrößert sehen. Das war heute wohl der Tag der erschreckenden Erkenntnisse: Hedda, schutzlos. Issko, unberechenbar. Juvven, ein Schoßhündchen. Sie, Ravna, ein Zombie, wenn sie nicht bald ein paar Stunden Schlaf bekam. Und ein totes Mädchen in den Nachtbergen …

»Er meint es nicht so«, setzte Juvven an, brach aber ab, als Hedda das Messer weglegte und ihm in die Augen sah.

»Geh.«

Juvven nickte und rappelte sich auf.

»Geh und sag ihm, dass ich unsere Rechte niemals verkaufen werde. Weder an Schweden noch an Finnen oder Norweger. Und schon gar nicht an euch beide.«

Ravna schlief tief und fest, bis sie die Augen aufriss und nach ihrem Handy tastete. Kurz vor zwölf Uhr mittags. Ein Geräusch hatte sie geweckt, und sie lauschte ihm nach und versuchte, es zu identifizieren. Als es ihr gelungen war, sprang sie auf und lief vor die Hütte.

Es war der Hubschrauber der Bergwacht. Er kehrte gerade vom Fjell zurück, flog über die Sommersiedlung und dann hinunter Richtung Fjord.

»Jetzt holen sie sie.« Májá kam gerade vorbei, zwei Kanister mit Wasser tragend, die sie am Bach aufgefüllt hatte. »Brauchst du was?«

»Ja.«

Ravna holte ihre Thermoskanne aus dem Rucksack. Während Májá sorgfältig das Wasser hineinkippte, sagte sie: »Die haben schon ein Dutzend Leute hochgebracht. Alle in Uniform und ein paar in Zivil. Die Bärenschlucht ist abgesperrt.«

»Seit wann?«

Ravna hatte einen pelzigen Geschmack im Mund und sehnte sich danach, sich ein paar Hände eiskaltes Wasser ins Gesicht zu schaufeln. Májá setzte den Kanister ab.

»Seit zwei Stunden, schätze ich. Es sind auch welche von der *Reinpolitiet*[18] in Vadsø gekommen.«

»Haben die im Sommer so wenig zu tun?«

Der Außenposten wurde von zwei Beamten gehalten, die hauptsächlich im Winter gefragt waren, wenn es zu Streitereien in den Distrikten kam.

Májá strich sich ein paar silberne Strähnen Engelshaar aus dem Gesicht. »Es ist ihr Bezirk, die wollen einfach wissen, was hier passiert.«

»Waren sie schon hier unten in der Sommersiedlung?«

»Nein. Aber ich schätze, das wird noch kommen.«

Sie warf einen Blick auf die beiden Lávvus, die etwas außerhalb der Siedlung standen. Vor einem türmten sich Reisetaschen und ein Rucksack.

»Wer nicht unbedingt bleiben muss, macht sich jetzt sowieso auf den Weg nach Hause.«

Ravna nickte. Von den fünfzehn *Siidas*, die zu ihrem Distrikt gehörten, würde noch ein halbes Dutzend ihre Kälber markieren, die anderen hatten die Arbeit bereits erledigt. Hütten und Zelte wurden in fliegendem Wechsel von

---

18 Rentierpolizei – norwegische Spezialeinheit, die vor allem winters in den Gebirgen unterwegs ist.

den Aufbrechenden an die Neuankömmlinge übergeben. Sie fragte sich, wo Issko und Juvven untergekommen waren. Vielleicht hatten sie gar nicht vor, an diesem Tag hier oben zu übernachten, sondern fuhren nach getaner Arbeit – oder wie auch immer man ihr Gehampel auf der Gerde nennen wollte – zurück ins Scandic. Vielleicht gehörten sie auch zu denen, die die letzten Markierungen im Herbst nachholten.

Sie wollte an Májá vorbei in die Hütte, um ihre gefüllte Flasche zu verstauen, aber die Frau musterte sie mit einem rätselhaften Blick.

»Wie war es da oben?«

»In der Bärenschlucht? Eisig. Ich dachte, ich komme nie wieder lebend da raus.«

»Ich meine, als du sie gefunden hast. War da was?«

»Nein. Nur die Felsen. Der Schutt. Und Linnéa.«

Und ein Geheimnis …

Es war immer noch nicht die Antwort, die Májá erwartete. Ravna wurde langsam ungeduldig. Sie musste pinkeln und sie wollte sich waschen und die Zähne putzen. Aber die Frau aus den Wäldern ließ sie nicht gehen.

»Ove sagt, es war Mord. Glaubst du das auch?«

Etwas Kaltes streifte Ravnas Nacken. »Ja.«

»Dann musst du etwas gespürt haben. Du warst als Erste bei ihr, nachdem es geschehen ist. Etwas bleibt immer. Auch von dem, der zuletzt bei ihr war.«

»Ich habe nichts gespürt«, antwortete Ravna wahrheitsgemäß. »Nur Panik, weil ich dachte, ich sehe das Tageslicht nicht mehr. Und dann musste ich über sie klettern, da habe ich an alles Mögliche gedacht, aber nicht an so was.«

Májás Hand legte sich auf ihren Arm. Ravna spürte ein Kribbeln unter der Berührung. Am liebsten hätte sie ihn weggezogen.

»Wirklich nicht? Sie sagen, dass du …«

Ravna wartete. »Dass ich was?«, half sie nach und bereute es in der nächsten Sekunde.

Die Frau zog ihre Hand zurück. Es war wohl Zeit, dass jemand aussprach, was seit dem Tod von Ravnas Urgroßmutter ein Flüsterthema war: die Rolle, die die Schamanin Léna in der Gemeinschaft der Fjellsamen gespielt hatte. Ein verwaister Platz, den irgendjemand einnehmen musste.

»Du kommst aus einer bekannten Familie. Die Persens, so hat man gesagt. Geh zu den Persens, wenn du Probleme hast.«

»Das ist lange her«, sagte Ravna mit einem Hauch Schärfe in der Stimme.

Sie wusste, auf was Májá hinauswollte. Lénas Ruf war offenbar legendärer gewesen, als sie vermutet hatte. In Vardø, dieser kleinen Stadt am Eismeer, war sie bekannt wie ein bunter Hund gewesen. Aber hier, in der unendlichen Weite der Varangerhalbinsel, wo die Clans aus allen Himmelsrichtungen anreisten und sich in der absoluten Wildnis trafen, hatte Ravna nicht damit gerechnet, außerhalb ihrer Familie auf Léna angesprochen zu werden. Und das auch noch von einer Frau, die gar nicht aus dem Gebirge kam.

In Májás Augen, so hell und so verwaschen wie der Himmel im Süden, trat ein enttäuschter Schimmer. »Schon gut. Du musst nicht darüber reden.«

Sie zupfte verlegen an ihren Bändchen.

Ravna tat ihre abweisende Haltung schon wieder leid.

»Ich wünschte, ich könnte dir was anderes sagen. Im ersten Moment habe ich nicht richtig begriffen, was da lag. Und dann wollte ich eigentlich nur weg, so schnell es ging.«

Májá nickte und bückte sich wieder zu ihren Kanistern. Aber sie nahm sie nicht hoch. »Du musst noch einmal hin.«

»Oh nein, ich fürchte, das geht nicht. Wenn die Schlucht wieder freigegeben ist, dann wird man dort nichts mehr finden. Gar nichts.«

»Du weißt genauso gut wie ich, dass ich nicht von materiellen Dingen rede.«

Für Ravna war der Punkt erreicht, das Gespräch abzubrechen. Sie wollte sich hastig verabschieden, weil sie schon kurz davor war, mit gekreuzten Beinen dazustehen, und dieses dringende Bedürfnis, jetzt schnell eine abgelegene Ecke aufzusuchen, immer stärker wurde. Aber dann nahm sie irritiert wahr, dass Májá an ihr vorbei zum Fjell starrte.

Langsam drehte Ravna sich um und sah, was die Waldfrau so aus der Fassung brachte.

Dort oben, auf der sanft geschwungenen Anhöhe, die die Sommersiedlung vor Wind und Wetter schützte, stand eine Gestalt. Hoch, hager, düster. Sie trug einen langen schwarzen Mantel, der von einer Böe erwischt wurde und sich geradezu malerisch aufbauschte.

Ravnas Herzschlag setzte aus. Das konnte nicht wahr sein. Eine Verwechslung. Eine Sinnestäuschung. Aber ein kurzer Seitenblick auf Májá, die dastand wie zur Salzsäule erstarrt und sich nicht rührte, sagte ihr, dass da oben genau derjenige stand und auf sie hinabsah, den sie hier als Allerletzten vermutet hätte.

»Ein *Gand*[19]«, flüsterte Májá.

Ravna spürte, wie sich ihre Nackenhärchen aufstellten. Nicht, weil die Gestalt da oben Unheil, Chaos und eine verheerende Art von Wahnsinn in sich trug. Nicht, weil sie gehofft hatte, diesem irrlichternden Geist nie wieder zu begegnen. Sondern weil Májá ihn sofort erkannt hatte, ohne dass sich jemals ihre Wege gekreuzt hätten. Genau das war auch Ravna durch den Kopf geschossen, als sie ihn zum ersten Mal gesehen hatte.

»Nein, kein *Gand*«, sagte sie mit fester Stimme. »Das ist *Lensmann* Rune Thor, *Criminal Investigation Norway*.«

---

19 Im samischen Schamanismus ein Schutzgeist mit großer Kraft, der im Zuge der Christianisierung dämonisiert wurde.

2. Teil

Drei Knoten

Sommersiedlung am Fuß der Nachtberge, Falkfjellet, Finnmark
Mittsommer. Freitag, 24. Juni 2011
Tageslänge: 24 Stunden

Es ist weit nach Mitternacht und die Sonne scheint immer noch. Aber es ist kalt geworden, deshalb hat Magnus ein Feuer gemacht. Ein paar andere sind noch dazugekommen. Wir trinken, hören Musik, und ich versuche, mich nicht zu Tode zu langweilen.

Wie kann man das hier oben nur aushalten? Tage-, wochen-, monatelang. Kein Kino, keine Läden, keine Restaurants. Als ich hinter eines dieser klapprigen Zelte gehe und mir wenigstens eine Tablette einwerfen will, folgt er mir.

Ben.

Ein Junge wie aus einem anderen Jahrhundert. Dunkle, lockige Haare, die ihm bis auf die Schultern fallen, und ein fein gezeichnetes Gesicht, das an Gemälde alter Meister erinnert.

»Was machst du da?«, fragt er, obwohl er es weiß.

Wie alt wird er sein? Siebzehn? Ich halte ihm die Pille entgegen, aber er schüttelt den Kopf.

»Ich will nur ein bisschen Spaß«, erkläre ich ihm.

Er wird knallrot. Wahrscheinlich versteht er unter Spaß, im Kirchenchor zu singen.

»Das sind Drogen«, sagt er.

»Oh.« Scheinbar erschrocken sehe ich auf meine Hand. »Wirklich?«

»Woher hast du sie?«

»Willst du oder willst du nicht?«

Ich hebe die Hand, um mir die Pille einzuwerfen, aber er sagt: »Warte.«

»Warum?«

»Weil ich dich noch ein paar Minuten ansehen will, wenn du nüchtern bist.«

Das klingt nicht nach siebzehn. Das klingt ziemlich cool. Die ganze Zeit hat er versucht, sein Interesse zu verbergen. Ich kenne diese verstohlenen Blicke und die Gedanken, die die Kerle dabei haben. Ben klingt so, als würde er eher darüber nachdenken, mich zu malen, als auszuziehen. Aber vielleicht will er auch beides. Das eine muss das andere nicht ausschließen.

»Du bist aber schnell zufrieden«, sage ich. Aber ich lasse die Hand sinken.

Von seinem Bier hat er vielleicht zwei Schlucke getrunken. Jetzt hebt er die Flasche hoch und reicht sie mir.

»Du siehst nicht sehr glücklich aus«, sagt er, immer noch ziemlich rot im Gesicht. Es muss ihn einiges an Überwindung gekostet haben, mir zu folgen und mich anzusprechen. Irgendetwas daran berührt mich.

»Wie kommst du denn darauf?«

»Du lachst zu viel.«

»Ah. Ja. Gute Erklärung.« Ich trinke und reiche ihm die Flasche zurück.

»Dir gefällt es nicht bei uns.«

Hat man mir das so deutlich angesehen? Ich muss ja nur diese eine Mittsommernacht hinter mich bringen. Mein Vater ist jetzt bei den Rentieren in der Gerde und wird nicht vor – na ja, Morgengrauen ist der falsche Begriff, wenn die Sonne einfach nicht untergeht … Er wird jedenfalls die nächsten Stunden nicht hier auftauchen und bis dahin muss ich durchhalten.

»Doch. Ich finde es aufregend, mal in einer samischen Sommersiedlung zu sein.«

Er sieht mich fragend an. Ich halte das ein paar Sekunden durch, dann pruste ich los vor Lachen.

Er nickt. »Genau das habe ich gemeint.«

»Was?«, gluckse ich.

Ich könnte mich wegwerfen, so witzig ist das. Der erste Augenblick des Tages, an dem ich mich wirklich amüsiere, und Ben, der Junge aus einem flämischen Meisterwerk, meint, ich wäre unglücklich.

»Okay. Nimm das Zeug und hab einen schönen Abend.«

Er wendet sich ab und will gehen. Ich weiß nicht warum, aber plötzlich merke ich, wie schrill und falsch mein Lachen geklungen hat.

»Warte.«

Er bleibt stehen. Ich luge an ihm vorbei zu den anderen, die am Feuer sitzen. »Willst du wirklich wieder zurück? Du weißt, dass Sanne scharf auf dich ist.«

Sanne ist ein Langweiler. Den ganzen Abend schon benimmt sie sich Ben gegenüber wie eine Gouvernante, die genau darauf achtet, was er tut und mit wem er redet. Ihr ist nicht entgangen, dass er an mir wesentlich mehr Interesse zeigt als an ihr.

»Möglich«, sagt er und trinkt einen Schluck. Er ist nervös. Erst denke ich, wegen mir. Aber dann sehe ich den Blick, mit dem er Sanne betracht.

Liebe ist wie ein Spinnennetz. Am Anfang so zart, dass ein Windhauch sie zerstören kann. Irgendwann aber so stark, dass sie dich wie einen Kokon umgibt und dir entweder Geborgenheit schenkt oder dich erstickt. Ben ist in der Windhauch-Phase und weiß nicht, was es heißt, langsam zu ersticken. Er ist in Sanne verschossen, weiß der Himmel warum, und traut sich nicht an sie heran.

»Seid ihr zusammen?«

Er zuckt mit den Schultern. Das heißt: Wahrscheinlich werden wir das sein, weil es nicht viele weitere Möglichkeiten zur Paarung gibt. In seiner Hosentasche sucht er nach etwas und zeigt mir schließlich einen Ring. Ein billiges kleines Silberding mit einem blauen Stein.

»Ist der für sie?«

Er nickt. Plötzlich bin ich die Gouvernante, die ihm auch noch Ratschläge für sein Liebesleben geben darf.

»Dann gib ihn ihr.«

»Und wenn sie ihn nicht will?«

Sanne stochert im Lagerfeuer herum. Ich spüre sogar über die Distanz hinweg ihr bohrendes Interesse, was Ben mit mir zu besprechen hat. Vinnan ist genauso. Vielleicht flirte ich deshalb so gerne, um wenigstens ein bisschen Leidenschaft bei ihm zu spüren. Er rastet jedes Mal aus, wenn ich es übertreibe. Und ist dann wieder die alte Schlaftablette.

Diese beiden gehören nicht zueinander.

Vinnan und ich auch nicht.

Trauer schwappt in mein Herz, dass wir so viel suchen und so wenig finden.

Er will den Ring wieder einstecken, aber schneller, als er reagieren kann, schnappe ich ihn mir.

»He!«

Er will ihn mir wegnehmen. Körperkontakt! Sanne hört auf zu stochern. Am liebsten käme sie zu uns, um irgendetwas zu verhindern, das doch schon seinen Lauf genommen hat.

»Du hast was Besseres verdient.«

Er sieht mich an, als wüsste er das schon längst, hat sich aber ins Unvermeidliche gefügt.

Ich trete einen halben Schritt zurück. Genau so viel, dass Sanne mich gerade noch erkennen kann. Und den Jungen, der vor mir steht.

»Mich, zum Beispiel«, sage ich und küsse ihn.

Der Abend könnte doch noch ganz interessant werden.

Zehn Jahre später …

Sommersiedlung am Fuß der Nachtberge, Falkfjellet, Finnmark
Mittsommer. Freitag, 25. Juni 2021
Tageslänge: 24 Stunden

9.

So musste man sich fühlen, wenn man einen alten Ball ins Hafenbecken gekickt hatte und er einem unmittelbar danach zurück an den Kopf klatschte.

Ravna hatte von Thor nichts mehr gehört. Nachdem sie gemeinsam den Mord an Olle Trygg aufgeklärt hatten, war er eine dunkle Erinnerung in ihrem Herzen geblieben, an der sie besser nicht rührte. Er sei im *Urlaub*, hatte man ihr gesagt. Die Vorstellung, dass dieser düstere Mann mit der Aura eines Vampirjägers sich bei einer Margarita irgendwo am Pool amüsierte, war abwegig. Sie hatte eher den Verdacht, er wäre *be-urlaubt* worden, was bei seiner Gemütsverfassung, vor allem nach der letzten Begegnung mit Léna im Schneesturm, mehr als verständlich war. Sie hatte ihm ehrlich und aufrichtig alles Gute gewünscht und gehofft, dass er irgendwann seinen Frieden wiederfinden würde. In dieser eisigen Polarnacht, als sie alle ihre Grenzen erreicht hatten, war in Ravna sogar für einen Moment eine tiefe Verbundenheit zu ihm und seiner zerbrochenen Seele aufgeflackert. Aber sie hatte nicht erwartet, dass sie ihm noch einmal begegnen würde. Und schon gar nicht hier oben im Falkfjellet.

Der Weg hinauf zu ihm zog sich. Die ganze Zeit stand er oben und beobachtete reglos, wie sie keuchend und gegen den wütenden Wind gestemmt die hintereinander aufgetürmten Hügel erklomm, die die Sommersiedlung schützten. Die Hände auf dem Rücken zusammengelegt, hoch aufgerichtet in der Haltung eines Feldherrn, der sich nie zu seinem Fußvolk herabbeugt, betrachtete er scheinbar interessiert das nicht vorhandene Treiben in der Siedlung. Zumindest so lange, bis Ravna endlich außer Atem bei ihm ankam.

»Hei«, sagte sie.

Sollte sie die Hand ausstrecken? Er sah besser aus, als sie ihn in Erinnerung hatte, aber das war auch kein Wunder. Damals war der Tod nur einen Schritt entfernt gewesen und hatte darauf gelauert, sie beide in den Abgrund zu reißen.

Er war immer noch blass wie ein Geist und mager wie die Möwen nach einem harten Winter. Aber er schien nicht mehr ganz so ausgelaugt zu sein und die tiefen Falten in seinem schmalen Gesicht waren auch nicht mehr geworden. Dafür trug er die Haare etwas länger. Zusammen mit dem schwarzen Mantel wirkte das so retro, dass er auch vor zweihundert Jahren an genau dieser Stelle hätte stehen können, als Bezirksrichter in einem Hexenprozess beispielsweise. Aber der Blick, den er jetzt aus seinen dunklen Augen auf sie richtete, war klar. Es sah so aus, als ob er zumindest sein Alkoholproblem in den Griff bekommen hatte.

»Ravna Persen«, sagte er. Seine Stimme klang schneidend und zerteilte den Wind. »Du hast einen Notruf abgesetzt.«

»Jep«, sagte sie und merkte noch im gleichen Moment, wie jugendlich verstellt das klang.

»Geh runter und sag ihnen, niemand verlässt das Camp. Oder was immer das da sein soll.«

»Bitte?«

Dafür hatte er sie den ganzen Weg hinaufkeuchen lassen?

»Bitte«, antwortete er übertrieben höflich.

»Sorry, Thor. Ich bin nicht im Dienst.«

Er geruhte nun, die linke Hand zu lösen und auf seine Armbanduhr zu sehen. »Doch. Seit dieser Minute.«

»Ich bin Student! Ich bin zur Kälbermarkierung hier! Meine Familie braucht mich. Wir müssen heute Nacht die Nachzügler markieren!«

»Deine Entscheidung, wenn du unbedingt mit einer Dienstaufsichtsbeschwerde nach Oslo zurückkehren willst.«

»Was?«

Sie sah hinunter zur Siedlung und dann wieder hinauf zu Thor.

»Warum holst du nicht Jonas und Filip aus Vardø?«

Den beiden Provinzcops, die dort wahrscheinlich eine ruhige Kugel schoben, würde sie eine weitere Ermittlung mit Thor von Herzen gönnen. Das hielt mehr auf Trab als ein Halbmarathon.

Thor legte den Kopf schief, wie er das gerne tat, bevor er sein Opfer im Geist verspeiste. »Wo sind wir hier?«

Sie hob ratlos die Arme und ließ sie wieder fallen. »Auf der Varangerhalbinsel?«

»Wo genau?«

»In Sápmi?«

»Wo?«

»Im Falkfjellet? Im Tal der Nachtberge? Nicht weit vom *Noiddidčearrn*, dem Schamanenberg?«

»Und wo wurden vor wenigen Stunden die Überreste einer weiblichen Leiche gefunden?«

»In der Bärenschlucht«, sagte sie. Sie begriff, worauf er hinauswollte, aber sie glaubte immer noch, eine Chance zur Flucht zu haben.

Thor ließ den Blick nun über die archaische Landschaft schweifen.

»Und wer ist alles hier oben?«

»Rentiere«, gab sie zurück. »Polarfüchse. Schneehühner. Rotdrosseln. Mäuse. Marder. Flöhe. Mücken. Läuse. Käfer.«

Sein Blick kehrte zu ihr zurück. »Keine zehn Minuten von eurem Camp liegt seit Jahren eine Tote und es ist niemandem aufgefallen. Wie weit kämen Jonas und Filip, zwei Norweger, wenn sie deine Leute befragen?«

Ravna musste sich zusammenreißen, damit er ihren Ärger nicht bemerkte.

»Die Rentierpolizei kann das. Die kennt jeden von uns.«

Thor nickte, als ob er ihrem Einwand tatsächlich eine Chance geben würde, sagte dann aber: »Die kennt euch zu gut und ihr sie auch.«

»Ja«, erwiderte Ravna gedehnt. »Möglich. Und ich bin hier geboren. Ich habe deshalb auch gewisse Beziehungen zu meinen Leuten. Ich wäre also befangen.«

Er zog die rechte Augenbraue hoch.

»Ich habe Urlaub«, setzte sie hastig hinzu. »Es tut mir wirklich leid, aber …«

»Deine Entscheidung.«

Er drehte sich um und ging davon.

Ravna ballte die Hände zu Fäusten und sah ihm hinterher. Eben noch hatte sie ihre Zusammenarbeit fast nostalgisch verklärt – oh ja, dieser Aufstieg im Schneesturm und das, was sie dort erlebt hatten, war wirklich eine Klasse für sich gewesen. Rune Thor auch. Einer der besten, vielleicht sogar *der* beste Ermittler Norwegens, wenn ihm vor zehn Jahren nicht eine grauenhafte Tat seine Familie genommen und ihn in einen Abgrund aus Zynismus und Menschenverachtung gestoßen hätte. Keiner wollte mit ihm zusammenarbeiten. Niemand hielt es lange mit ihm aus. Es grenzte an ein Wunder, dass sie den Fall damals gemeinsam gelöst hatten. Sie konnte nicht fassen, dass sie ihm ausgerechnet hier über den Weg lief.

Andererseits … bei der Rückkehr in die Sommersiedlung wurde ihr klar, dass in den letzten Stunden, die sie verschlafen hatte, eine Ermittlung eingeleitet worden war. Linnéa Berger, seit zehn Jahren vermisst, war gefunden worden. Dazu ganz offensichtlich in einer Lage, der eindeutig Fremdverschulden zugrunde lag. Nahm man noch ihr Handy dazu, das sich nach ihrem Verschwinden zwanzig Kilometer entfernt auf einer Insel eingeloggt hatte, waren die Voraussetzungen für eine Untersuchung mehr als gegeben.

Also war Thor nach Kirkenes zurückgekehrt. Lars und seine Kollegen würden sich freuen. Warum hatte er das nie erwähnt? Bevor sie die erste Hütte erreichte, blickte sie sich noch einmal nach Thor um. Er war verschwunden.

Sie erreichte die Siedlung, sah sich um und atmete tief durch. Keiner verlässt das Tal, so lautete der Befehl, und sie musste ihn überbringen. Die Fjellsamen würden ihr etwas husten. Sie überlegte, bei wem sie sich sofort eine Abfuhr holen würde und bei wem sie zumindest die Chance hätte auszureden. Die Carlsens. Freundliche Menschen, hilfsbereit, gute Nachbarn. Die Carlsens zuerst.

Der rostrote Anstrich des kleinen Holzhauses hatte schon schwer unter der Witterung gelitten. Zwei Enduros lehnten an der rissigen Wand. Sie gehörten dem Ehepaar Fred und Aili, das in der Nähe von Hamningberg einen Stellplatz für Wohnmobile und ein kleines Café betrieb. Und *nebenbei* auch noch eine Rentierherde besaß. Hieß: Sie brauchten zwei, drei, vier Jobs, damit sie genug Geld verdienten, um sich über Wasser zu halten.

Die Tür stand offen. Aili füllte gerade Tee in eine Thermosflasche, Fred wechselte seine Socken.

»Sorry«, sagte Ravna, als sie das sah.

Aber Fred grinste nur. Seine Stoppelhaare sahen aus wie das Fell eines Seehundes und die hellen Augen leuchteten freundlich.

»Ravna. Das ist ja nett, dass du uns besuchst. Wie geht es dir? Hattet ihr ein gutes Jahr?«

Aili griff nach einem Becher, um ihn Ravna zu reichen, doch die lehnte mit einer Handbewegung ab. »Ich bin leider dienstlich hier.«

Das freundliche Leuchten ihrer Augen dimmte sich eine Nuance herab in Richtung Vorsicht. Aili stellte den Becher zurück. »Dienstlich. Stimmt, du bist ja bei der Polizei.« Als ob das nicht alle wüssten. »Hat es mit Linnéa zu tun?«

»Ja. Ich muss euch bitten, erst mal hierzubleiben.«

Aili drehte den Deckel auf die Flasche. »Wir sind sowieso noch nicht fertig. Aber morgen müssen wir los. Wir können den Platz nicht so lange ohne Aufsicht lassen.«

Ravna nickte und wandte sich wieder zum Gehen. »Ich denke, bis dahin ist alles erledigt.«

Fred hatte nun auch den zweiten Socken übergestreift und griff nach seinen Stiefeln. Gute, alte Rentierlederstiefel, genauso benutzt und gewienert wie Heddas Paar. Doch diese Hütte strahlte eine ganz andere Atmosphäre aus. Ebenfalls ohne Elektrizität und fließendes Wasser, waren es die Kleinigkeiten, die die roh gezimmerten Wände und den blanken Fußboden wohnlich machten. Mehrere Campinglampen brannten, auf den Betten lagen bunte Überwürfe aus gewirkter Wolle. Ein Transistorradio spielte leise klassische Musik.

»Was soll denn erledigt sein?«, fragte er mit einem kaum wahrnehmbaren Unterton von Renitenz.

»Ich nehme an, sie wollen eure Aussage.«

»Was denn für eine Aussage?«

Ravna zuckte mit den Schultern. »Ich weiß es nicht. Ich soll euch nur vom Leiter der Ermittlung ausrichten: Keiner darf die Sommersiedlung verlassen.«

Fred stieß ein Schnauben aus. Mit etwas bösem Willen konnte man daraus heraushören, was er davon hielt, dass man ihm vorschrieb, was er durfte und was nicht. Ravna lächelte Aili zu, aber es war eine Einbahnstraße. Ihr Lächeln kam nicht zurück.

»Es ist doch nur eine Formalität.«

Aili nickte widerwillig. Ravnas Abschiedsgruß blieb unbeantwortet. Erleichtert stapfte sie zu Sannes und Bens Lávvu und hoffte, die beiden würden die Anordnung ebenso gefasst aufnehmen wie die Carlsens.

Der Gepäckhaufen vor ihrem Zelt wuchs. Gerade kam Sanne aus der Öffnung und legte zwei Schlafsäcke dazu.

»Ihr wollt schon weg?«, fragte Ravna im Plauderton.

Sanne nickte. »Wir haben alle Kälber markiert. Und ganz ehrlich, meinen Urlaub will ich hier oben nicht verbringen. Vor allem nicht nach der Sache in der Bärenschlucht. Wir haben noch ein paar Tage frei. Ben hat Freunde in Jukkasjärvi. Vielleicht gehen wir angeln.«

Ben quetschte sich durch die enge Öffnung, die von einer zurückgeschlagenen Plane aus gewachstem Baumwollstoff gebildet wurde. Früher hatte man die Lávvus mit Rentierfellen bespannt, aber Stoff hielt den Regen und den Wind besser ab. Das Zelt hatte ungefähr vier Meter im Durchmesser und war auch genauso hoch. Auf dem Boden befand sich eine Feuerstelle. Der Rauch zog durch die Öffnung in der Spitze ab. Noch vor sechzig, siebzig Jahren hatten die Samen ganzjährig in diesen stabilen Konstruktionen gelebt. Immer bereit, buchstäblich die Zelte abzubrechen und den Herden zu folgen.

Ben trug eine Laptoptasche und stellte sie sorgfältig zu den Rucksäcken. Vielleicht hatte er Arbeit mitgenommen. Den nötigen Strom bekam man über eine Solar-Powerbank. Aber auch nur, wenn die Sonne sich zeigte, weshalb Ravna vorsichtshalber noch zwei geladene externe Akkus mitgenommen hatte.

»Es ist mächtig was los da oben. Der Hubschrauber war schon drei Mal da und beim letzten Mal hing auch noch ein Lastenkorb dran.«

»Ah ja?« Sie bekam mehr und mehr das Gefühl, die wirklich wichtigen Ereignisse des Tages verpennt zu haben. Bis auf Thors Rückkehr. Die hätte sie sich nicht geben müssen.

»Beim zweiten Mal hatte die Bergrettung Leute aus Vadsø dabei, glaube ich.« Sanne zurrte die Gurte der Schlafsäcke nach. »Wir waren am *Hellestoldalen*, um zu sehen, ob sich noch ein paar von unseren Rentieren verirrt haben. Die Leute liefen alle mit weißen Papieroveralls herum und standen dann ziemlich blöde am Wasserfall. Hat ihnen wohl keiner gesagt, dass sie eine Kletterausrüstung brauchen.«

Sie lachte. Am liebsten hätte Ravna sie gefragt, was daran so komisch war, dass Leute, die Leichen aufsammeln, nicht auch exzellente Canyoneerer waren.

»Und dann kam ein Typ. Ich war ein Stück entfernt, aber als ich den gesehen habe, dachte ich nur: Seit wann stellt die Polizei solche Gestalten ein? Er kam aus dem Hubschrauber und stand dann eine ganze Weile da, regungslos, wie eine Salzsäule. Alles wuselte um ihn herum, aber er schaute sich in aller Gemütsruhe erst mal die Berge an.«

Die Berge. Das war es also, was Thor zuerst interessiert

hatte. Ein Gespür, ein Gefühl für den Ort zu bekommen, an dem er sich befand. Etwas in sich aufzunehmen von diesen hunderttausend Jahren Erdgeschichte, in der die Menschen nur eine Nebenrolle spielten.

»Und dann?«, fragte Ravna neugierig.

»Stand er oben am *Bjørnfossen*, und sein Mantel wehte im Wind, dass ich dachte, gleich hebt er ab wie eine Krähe aus einem Fantasy-Film. Wer kommt denn mit solchen Klamotten hier rauf?«

Ravna, die während ihrer Zusammenarbeit mit Thor mit ganz anderen Fragen konfrontiert gewesen war, konnte nur müde lächeln. »Das war mein Boss.«

»Echt?«

»Rune Thor. Wir haben schon mal zusammen gearbeitet.« Sie war nicht sicher, wie viele Details dieser in jeder Hinsicht bemerkenswerten Erfahrung an die Öffentlichkeit gekommen waren, denn Sanne schaute sie nur erstaunt an und fragte: »Echt?«, ohne wirklich mit einer Antwort zu rechnen.

Ben warf die Schlafsäcke zu den anderen Gepäckstücken auf dem Haufen. Dann stemmte er die Hände in die Hüften und lief ein paar Schritte nach Westen, wobei er in den Himmel schaute. Die beiden gehörten zu einer anderen Generation als Aili und Fred. Die Polizei war nicht mehr unbedingt ihr Feind Nummer eins. Bei den Älteren sah das anders aus, sie hatten noch ganz andere Erfahrungen mit der Staatsgewalt gemacht. Für sie waren die Erinnerungen der Groß- und Urgroßeltern, die von Enteignungen, Verboten und dem Auslöschen ihrer Kultur handelten, noch präsent. Doch die Jüngeren arbeiteten für die Öl- und Montanindustrie, besuchten Unis, flogen nach Spanien in den Urlaub und kehrten, genau wie Ravna, nur noch zu den Großereignissen zurück. Sie spürte wieder den Kloß im Hals, der immer dann auftauchte, wenn ihr klar wurde, wie die Zurückgebliebenen sich dabei fühlen mussten.

»Ja. Und er will, dass ihr noch hierbleibt. Ich glaube, er möchte mit euch reden.«

Sanne wurde schlagartig ernst. »Warum das denn?«

»Wahrscheinlich, weil es noch Fragen gibt.«

»Welche Fragen denn? Linnéa ist vor zehn Jahren verschwunden. Da waren wir ja fast noch Kinder.«

Warum sagte sie das? Sanne und Ben waren damals achtzehn, neunzehn Jahre alt gewesen. Da war man kein Kind mehr. Oder man hinkte der Entwicklung gewaltig hinterher.

Ravna hob einen der Schlafsäcke auf, der von dem Haufen gefallen war. »Vielleicht hat es auch was mit unserer Aktion heute Morgen zu tun. Wir haben da oben ziemlich viele Spuren hinterlassen und die wollen sie einfach zuordnen.«

»Wir wollten doch nur helfen!« Sanne sah zu Ben. »Nun sag doch auch was!«

Er ließ den Himmel Himmel sein und kehrte mit einem unwilligen Seufzen zu ihnen zurück. »Von mir aus. Ich glaube nicht, dass Jusse heute noch mit dem Heli kommt, um uns abzuholen. Wahrscheinlich ist er in Bereitschaft, bis die da oben fertig sind. Also, wenn es so wichtig ist, bleiben wir.«

Das gefiel Sanne gar nicht. Ihr Gesichtsausdruck verriet, was sie von Bens schlapper Haltung hielt, nämlich gar nichts.

Die Polizei hatte sich nach *ihren* Plänen zu richten, nicht umgekehrt. Ravna hatte erst wenige Vorlesungen in Psychologie gehabt, aber eines der Themen war genau diese mehr oder weniger bewusste Verweigerung gewesen. Meist verschwand sie oder wurde schwächer, wenn man an den Grund erinnerte.

»Ihr habt sie doch gekannt«, sagte sie.

»Das ist so lange her. Gekannt ... was heißt das eigentlich? Sie ist hier aufgetaucht, hat einmal die Bude aufgemischt und ist verschwunden. Also, ich meine ...« Sanne merkte, dass sie sich verheddert hatte. »Wir alle dachten doch, sie wäre durchgebrannt. Du doch auch.«

Ravna hob abwehrend die Hände. »Ich hab gar nichts mitgekriegt. Nur dass Linnéa da war. Ich war ein Kind. Aber ihr wart gleich alt.«

»Ist das schon ein Verhör?«

»Nein.« Sanne hatte keine Ahnung, wie Thor seine Verhöre führte. Vielleicht sollte Ravna sie warnen. Vermutlich hätte sie das auch getan, wenn die junge Frau anders reagiert hätte. »Ich dachte nur, es muss schlimm für euch gewesen sein, damals. Und heute erst recht.«

Ben senkte den Kopf und setzte eine nachdenkliche Miene auf. »Ich fand es krass. Ihre Knochen zu sehen und das alles ... Man macht sich schon Gedanken darüber, was von einem Menschen übrig bleibt.«

»Du?«, fragte Sanne spöttisch.

»Ja. Ich weiß noch, damals, als sie hier aufgetaucht ist zusammen mit ihrem Vater und ihrem Freund –«

Ravna wurde hellhörig. »Sie hatte einen Freund?«

»Ja, Vinnan. Student, machte irgendwas mit Bergbau. Was sonst in dieser Gegend? Die waren so verliebt ineinander, dass ich dachte, das möchte ich auch mal erleben.« Er beugte sich zu Sanne herab und küsste ihr den Missmut weg.

»Und? Hast du?«, fragte sie und strich sich mit einer verlegenen Geste die Haare zurück.

Ravna wandte sich ab, um sich nicht länger dem Anblick der Turteltauben auszusetzen. Sie hätte nicht gedacht, dass die beiden noch immer solche romantischen Gefühle füreinander hegten.

»Ich muss noch den anderen Bescheid sagen. Also bleibt bitte hier, bis ihr was anderes hört.«

Damit überließ sie die beiden *lovebirds* sich selbst. Bei den Hütten traf sie nur noch auf Májá, die gerade getrocknetes Moos und irgendwelche Wurzeln im Mörser zerstampfte.

»Kein Problem«, war deren Reaktion. »Ove hat noch zwei Wochen, bis er wieder ins Trainingscamp fährt. Die anderen sind an der Gerde oder draußen bei den Rentieren.«

Ravna war froh über diese Antwort. Offenbar war ihr Gespräch vor Thors Ankunft kein Thema mehr.

»Hier. Probier mal.« Májá gab ihr einen Becher mit einer lauwarmen Flüssigkeit. »Ein Tee aus arktischem wildem Thymian.«

»Mmmh.« Sie probierte zwei Tropfen und reichte den Becher zurück. Nicht ihr Geschmack, sie gehörte eher zur Kaffee-Fraktion.

»Ein Trainingscamp?«

»Ja.« Májá legte den Mörser zur Seite und wischte sich die Hände an der Hose ab. Ihre Augen leuchteten. »Bei Ailo

Gaup in Tromsø! Dem Iceman! Wenn Ove unter den Besten ist, kommt er in die Auswahl des NTG.«

»NTG?«

»*Norges Toppidrettsgymnas.* Die Sporteliteschule. Er wird nächstes Jahr erst fünfzehn, aber sie machen Ausnahmen. Der Workshop bietet zum Abschluss die Chance, ein Qualifikationsrennen für die MX-Light zu fahren. Wenn er das schafft, dann kriegt er vielleicht einen Platz, und wir hätten eine finanzielle Sorge weniger.«

Ravna lächelte. »Du bist ja eine richtige *Coach Mum.* Das ist euch all die Jahre bestimmt nicht leichtgefallen.«

Sie sah die Hütte, die gemütlich wirkte und in der einige bemerkenswerte Dinge herumstanden und lagen: ein Weltempfänger, neue Sneaker, eine wunderschöne Decke aus Rentierfellen. Es ging ihnen gut, den Nystøs, und es war ihnen von Herzen zu gönnen.

»Wir haben Sponsoren.« Májá stellte den Mörser zurück in ein einfach gezimmertes Holzregal. »Vor ein paar Jahren fing das an, da wurden die ersten auf Ove aufmerksam. Er ist ja schon mit vier Schneescooter gefahren, genau wie sein großes Vorbild. So fing es an. Ich wollte ihn nie zu irgendetwas zwingen, aber das muss man auch nicht. Er brennt für Motocross. Aber …« Ihre Fingerspitzen fuhren über das Bord. »Es ist so gefährlich«, beendete sie leise den Satz. »Er ist mein einziges Kind. Bei jedem Rennen sterbe ich tausend Tode.«

Ravna hatte sich bisher noch nie Gedanken darüber gemacht, wie es wäre, einmal Kinder zu haben. Dass es dazu kommen würde, stand außer Frage. Nur mit wem und wann, darüber würde sie sich den Kopf zerbrechen, wenn es so weit war. Aber das Gefühl, jemanden zu verlieren, den man über alles liebte, kannte sie. Sie hatte den Verlust ihrer Schwester immer noch nicht richtig verarbeitet, und sie ahnte, dass die leere Stelle, die Inga hinterlassen hatte, sie für immer begleiten würde. Und Léna fehlte ihr, jeden Tag und immer wieder, gerade in Situationen, in denen sie sich unsicher fühlte.

»Das muss schwer sein«, sagte sie.

Májá nickte und atmete tief ein. »Das Leben ist so zerbrechlich. Du hast auch einen Beruf gewählt, der nicht ungefährlich ist. Versprich mir, dass du auf dich aufpasst.«

»Das verspreche ich.« Ravna sah auf ihre Uhr – und wurde durch das zersplitterte Glas und die stehen gebliebenen Zeiger für einen Moment wieder in den Schockmoment gerissen, in dem es zerbrochen war. Májá hatte recht: Es konnte alles so schnell vorbei sein. »Danke, dass ihr noch bleibt.«

»Kein Problem.«

Die Waldfrau ging zu einer Reisetasche in der Ecke und wühlte in ihr herum. »Warte, ich will dir noch etwas geben.«

Bitte kein Amulett, dachte Ravna. Aber Májá kehrte mit einem schimmernden Stück Stoff zurück. »Ich habe eine Weile auf Seide gemalt. Das ist mein Wald am *Sametti Vatnet*.«

Dem Samtsee. Ravna faltete den fließenden Stoff auseinander. Dunkle Striche, grüne Tupfen, flirrende Sonnenmuster. »Das ist wunderschön«, sagte sie, überwältigt von der Farbenpracht. »Das kann ich nicht annehmen!«

»Aber ja doch!« Májá umfasste ihre Hand und drückte sie.

»Als ich es gemalt habe, habe ich an die Tochter gedacht, die ich nie hatte.«

Erschrocken sah Ravna hoch. Májá trug offenbar noch mehr mit sich herum als den Verlust der Heimat.

»Nimm es, bitte. Du machst mir eine große Freude damit.«

»Ich weiß nicht …«

»Muss ich böse werden?«, fragte Májá mit gespielt grimmiger Miene. »Jedes Jahr packe ich es ein und jedes Jahr kommt es ungetragen zurück in den Schrank. Oder soll ich es zur Kälbermarkierung mitnehmen und damit die Ohren verbinden?«

Ravna ließ die schimmernde Seide durch ihre Hände streichen. »Danke. Ich habe noch nie etwas so Schönes besessen.«

»Denk an mich und an meine Heimat, wenn du es trägst. Auch wenn wir verschiedene Wurzeln haben, so wachsen sie doch alle in derselben Erde.«

Sorgfältig faltete Ravna das Tuch zusammen und versenkte es in der Tasche ihrer Windjacke.

»Ich muss weiter. Ihr bleibt also noch?«

»Wenn es der *Gand* will …« Májá grinste. »Wie könnte eine Hexe wie ich sich ihm verweigern?«

»Ich werde es ihm ausrichten.«

»Untersteh dich!«

Aber da war Ravna schon zur Tür hinaus, begleitet von Májás Kichern.

Ohne die Menschen wirkte die Sommersiedlung öde und leer. Es hat tatsächlich etwas von *High Noon*, dachte sie. Es fehlen nur noch die ausgerissenen Dornbüsche, die der Wind über den Platz jagt. Und Issko, zwei Pistolen im Halfter, der bereit zum Duell aus einer Hütte tritt. Das Gespräch mit Májá hatte sie auf seltsame, aber höchst unterhaltende Gedanken gebracht.

Um zu den anderen zu gelangen, die bestimmt weit verstreut bei den Herden im Gebirge waren, müsste sie sich von irgendjemandem ein Motorrad oder ein Quad ausleihen. Aber bis auf die beiden Maschinen von Aili und Fred stand nichts herum und von denen war weit und breit nichts zu sehen.

Sie verließ die Siedlung und machte sich auf den Weg zur Gerde. Dafür würde sie ungefähr eine halbe Stunde brauchen. Anschließend wollte sie zur Bärenschlucht zurückkehren. Vielleicht war Eva dort, die Pathologin aus Vadsø. Wenn ja, wäre Ravna neugierig, wie Eva und Thor bei ihrem ersten Zusammentreffen seit dem Mordfall Trygg miteinander umgehen würden. Ravna hatte den Verdacht, dass Eva sich in Thor verguckt hatte, der das überhaupt nicht zur Kenntnis genommen hatte. Sie lief mit weit ausholenden Schritten, gegen den Wind gestemmt, der jetzt aus dem Norden kam und einem mit seiner Wucht fast den Atem nahm. Das vertrieb jeden Gedanken an die zarten Bande, auf die Eva vielleicht hoffte.

An der Gerde hielten sich weniger Leute auf, als sie erwartet hatte. Issko und Juvven waren nirgendwo zu sehen. Vielleicht waren sie in ihr Hotel zurückgekehrt, das Scandic Vadsø. Sie erinnerte sich an ein lang gestrecktes, modernes Gebäude mit einer breiten Auffahrt, nicht weit vom Meer entfernt, und an die Sehnsucht, die sie immer streifte, wenn sie an schöne Hotels dachte.

Niko Bruhaug stand mit seinen beiden Söhnen am Zaun und versuchte, zwei schlanke Holzpfähle zur Verstärkung der Absperrungen in den steinigen Boden zu bringen. Etwas entfernt standen Hedda, Ove, Torbjørn und ein paar andere zusammen.

Torbjørns Gesicht verfinsterte sich, als er sie kommen sah, als ob er ahnen würde, dass ihm irgendjemand mal wieder Vorschriften machen wollte.

»*Bures. Lensmann* Rune Thor bittet euch, noch so lange zu bleiben, bis alle eure Aussagen aufgenommen worden sind«, sagte sie auf Samisch.

»Thor? Der *drittsekk*[20]?« Torbjørn schnaubte. »Der ist wieder hier? Steht es so schlecht um die Kripo, dass sie ausgerechnet den schicken mussten?«

Die beiden kannten sich und hegten das gleiche Maß an Wohlwollen füreinander, nämlich gar keines.

»Jep«, antwortete Ravna knapp.

»Der soll mit 'ner Vorladung kommen, wenn er was von mir will.«

Damit wandte er sich ab und stapfte davon, gefolgt von den anderen. Hedda wollte sich ihnen anschließen.

»Ich bin im Dienst«, sagte Ravna.

Hedda blieb stehen.

»Es tut mir leid. Thor hat mich quasi abkommandiert.«

»Dann kannst du heute Nacht nicht helfen?«

---

20 Drecksack, Vollidiot.

»Ich hoffe doch. Keine Ahnung, was er von uns will und wie lange das dauert.«

Hedda nickte. Es wirkte sanftmütiger als bisher, fast so, als ob sie sich mit dem Gedanken arrangiert hätte, dass ihre Tochter mal Kälber markierte und mal bei einer Mordermittlung aushalf.

»Was will er denn?«, fragte sie und reichte Niko, der als Einziger zurückgeblieben war, einen Gummihammer.

»Wahrscheinlich nur ein paar Angaben fürs Protokoll«, mutmaßte Ravna völlig entgegen ihrer inneren Überzeugung. Was Thor wollte, konnte niemand vorhersagen. »Es tut mir leid.«

Hedda zuckte nur mit den Schultern und hielt einen der Pflöcke fest, damit Niko besser zuschlagen konnte.

»Protokoll.« Nikos Stimme klang, wie er aussah: knorrig, sperrig, knarzend. »Soll er sich sonst wohin schieben.«

»Linnéa ist da oben gestorben«, entgegnete Ravna. »Ein junges Mädchen, kaum achtzehn. Wie alt ist deine Tochter?«

Der Schlag ging daneben und Hedda konnte gerade noch ihre Hand wegziehen. Niko funkelte sie aus bösen Augen an.

»Das wüsstest du, wenn du öfter hier wärst.«

»Siebzehn«, sagte Hedda. »Und du reißt dir den Arsch für sie auf, während sie zu Hause hockt und den Mond anstarrt.«

Wieder ein Schlag, dieses Mal korrekt gesetzt.

»So was haben wir immer untereinander geklärt«, knurrte er, nur minimal besänftigt. »Keiner braucht norwegische Polizisten, die hier oben herumschnüffeln.«

Ravna verschränkte die Arme. »Genau deshalb bin ich ein samischer Polizist. Es interessiert niemanden, wo du deinen Molteschnaps gebunkert hast. Aber du glaubst doch nicht im Ernst, dass wir ein Ting zusammenrufen und jemand uns dann freiwillig erzählt, warum er Linnéa in der Schlucht hat sterben lassen.«

Niko ließ den Hammer sinken. Man konnte ihm ansehen, wie die Gedanken in seinem Kopf mit erschreckender Langsamkeit arbeiteten und sich schließlich zu einer Erkenntnis zusammensetzten.

»Das war keiner von uns«, sagte er schließlich.

»Woher weißt du das?«

Er fuhr sich mit dem Ärmel über die Stirn. »*Verddevuohta*.«

Das samische *Einer für alle, alle für einen*. Der Zusammenhalt. Das Einstehen füreinander. Das unerfüllbare Versprechen, *Verddevuohta* würde sie zu besseren Menschen machen.

»Ich weiß es«, setzte er trotzig hinzu. »Auch wenn sie keine von uns war. Die war doch nur zu Besuch hier. Und hat den Jungens die Köpfe verdreht.«

Er spuckte voller Verachtung auf den Boden.

Ravna war verdammt schlecht darin, das Alter anderer Leute zu schätzen. Aber ganz so alt war Niko wohl nicht, wenn ihm Linnéas Wirkung auf Männer aufgefallen war. Auch wenn er aussah, als wäre er schon als Hundertjähriger auf die Welt gekommen.

»Dir auch?«

»Ravna!« Heddas Stimme klang wie eine Ohrfeige.

»Sorry«, sagte sie hastig. »Ich finde nur, man muss für so was auch Beweise haben.«

»Beweise?«, fauchte Niko. »Dafür braucht man keine Beweise. Das sieht man, ob ein Mädchen anständig ist oder nicht.«

»Woran denn?«

»Herrgott, verdammt noch mal.« Er hieb noch einmal auf den Pfahl ein und testete dann mit der Hand, wie stabil er im Boden steckte. Er wackelte, aber mehr war einfach nicht zu machen. »Ist mir doch egal.«

Er stapfte davon.

»He!«, rief sie ihm hinterher. Aber er drehte sich nicht mehr um.

Hedda hob ihr Lasso auf, das sie für die Arbeit abgenommen hatte. Ravna konnte ihren Ärger fast körperlich spüren.

»Was für ein *jævel*[21]«, brach es aus ihr heraus. »Hat er gerade gesagt, dass Linnéa eine Nutte war?«

Hedda schlang sich das Lasso um den Leib. »Seine Frau will sich scheiden lassen.«

»Ach so. Und das entschuldigt natürlich alles ...«

Hedda seufzte und wandte sich jetzt auch zum Gehen. Ihr waren solche Gespräche ein Gräuel. Bei ihr drehte sich alles darum, ob die Menschen an ihrem Platz funktionierten. Ja oder nein. Null oder eins. In einem anderen Leben wäre sie ein begnadeter Informatiker mit soziopathischen Zügen geworden.

Ravna folgte Hedda und half ihr, das einfache Tor zur Gerde zu schließen.

---

21 Mistkerl.

»Legst du dich noch mal hin?«, fragte sie, als sie fertig waren. Hedda sah nicht so aus, als hätte sie viel Schlaf abbekommen, und in wenigen Stunden stand bereits die nächste Nachtschicht an.

»Ein paar Stunden vielleicht.«

»Kann ich bei dir bleiben?«

Ihre Mutter sah sie an, als wäre sie nicht ganz bei Trost. »Natürlich.«

Den ganzen Fußweg zur Bärenschlucht kam es Ravna so vor, als hätte dieses *natürlich* ihr zwanzig Kilo Gewicht von den Schultern genommen. Mochte Hedda auch ganz und gar nicht mit Ravnas Berufswahl einverstanden sein – sie waren eine Familie, und da hielt man zusammen.

Es sei denn, man hieß Juvven oder Issko …

Dieses Mal nahm sie den Weg, den sie auch mit den Quads genommen hatten. Die Landschaft war ihr gnädig: sanft hügelig, mit moosigem Grün auf den Flächen, durchzogen von Bächen und plötzlich abfallenden Felswänden. Der Wind war etwas abgeflaut und wechselte die Temperatur und den Geruch, je nachdem, ob er direkt vom Himmel stürzte – dann war er eisig und trocken – oder sich vorher beim Flug über die weiten Täler und Höhen des Südens etwas besänftigt hatte. Dann trug er den Duft von Flechten und trockenen Steinen mit sich, von Quellwasser und dem feuchten Nebel der Wasserfälle. Nach einer knappen halben Stunde erreichte sie das Fjell und die Bärenschlucht.

Schon von Weitem war zu erkennen, dass der steinerne Frieden hier oben ein jähes Ende genommen hatte. Ein dicklicher junger Mann in Polizeiuniform versuchte gerade, Absperrband am Eingang zur Schlucht zu befestigen. Das Quad der Rentierpolizei stand in gebührendem Abstand, und ein Dutzend Leute, zum Teil in weißen Papieroveralls, mühte sich damit ab, so etwas wie eine professionelle Fundortabsicherung hinzubekommen.

Ravna lief auf den jungen Mann zu. »Hei Mikkel.«

Er drehte sich um und starrte sie an.

»Ravna. Hätte ich mir ja denken können, dass ich dich hier oben treffe.«

Sein pausbäckiges Gesicht war von der Anstrengung erhitzt. Sie schob die Hände in die Taschen ihrer Trekkinghosen, damit er gar nicht auf die Idee kam, ihr das Band in die Hände zu drücken.

»Geht mir genauso«, gab sie zurück. Zwischen ihnen herrschte Waffenstillstand. Nicht mehr, aber auch nicht weniger. Er konnte mit einem Wort oder einer Geste wieder gebrochen werden. »Sind Jonas und Filip auch hier?«

»Nö. Zu alt für so einen Scheiß.«

Er grinste.

»Wo ist Thor?«

Das Grinsen erlosch.

»Ach, das weißt du also schon. Kam mit dem Heli aus Kirkenes. Hat wohl nichts anderes zu tun, als Leute zu schinden, die nur ihre Arbeit tun wollen.«

Ravna nickte und ließ den Blick über die paar Meter schweifen, die Mikkel bis jetzt geschafft hatte.

»Ist er unten?«

»Ja. Kannst du hier weitermachen?«

Ravna überhörte die Frage und marschierte auf die Schlucht zu.

»Hallo?«, kam es empört hinter ihrem Rücken zurück.

»Sorry, ich hab Urlaub!«, rief sie gegen den Wind. Den konnte sie sich zwar mittlerweile schenken, aber das ging Mikkel nichts an.

Ein Mann, groß und irgendwie linkisch in seinen Bewegungen, hob den Arm. Über der schwarzen Uniform, die ihn als Polizisten auswies, trug er eine gelbe Warnweste. Irgendwo hatte sie ihn schon einmal gesehen. Vermutlich gehörte er zur Rentierpolizei.

»Halt, hier geht es nicht weiter.«

»Ich bin Ravna Persen, Polizeistudent aus Oslo. Rune Thor hat mich abgestellt.«

Der Name reichte, dass er schnell zur Seite trat. Ravna drückte sich mit einem freundlichen Nicken an ihm vorbei, griff nach dem Seil und hangelte sich neben dem Wasserfall so weit herab, dass sie zwei Meter über dem Fundort auf einem vorspringenden Felsstück stehen konnte.

Unten stand Thor neben einer Frau. Sie hockte gebückt vor dem Spalt, durch den Ravna sich gezwängt hatte. Ärgerlich darüber, dass jetzt schon wieder jemand störte, sah die Frau hoch. Es war Eva Hovland.

»Ravna!« Ihr Ärger verflog augenblicklich. »Was machst du denn hier?«

»Frag ihn«, rief sie gegen das Getöse des Wasserfalls zurück und wies auf Thor, der nun auch geruhte, sich nach ihr umzusehen. »Ich wurde zwangsrekrutiert. Habt ihr noch Platz da unten?«

»Wenn du vorsichtig bist«, gab Eva zurück und wies auf den weggerollten Felsbrocken. »Stell dich am besten dort in die Ecke.«

Insgesamt gab es keine zwei Quadratmeter Platz. Ravna quetschte sich hinter den Stein, wo sie gerade noch stehen konnte. Thor ging jetzt auch in die Hocke und betrachtete, was Eva mit einem Pinsel freilegte. Es war Linnéas knöcherner linker Unterarm.

Etwas fehlte. Nein, es waren nicht die Knochen, die Ravna im Einzelnen auch gar nicht hätte erkennen wollen oder können. Es war eher so, dass die Erinnerung an die Prinzessin und das, was hier lag, nicht übereinstimmte. Es fehlte ein Detail. Sie ging in die Knie und überwand sich, die Handknochen genauer zu betrachten. Thor ließ sie dabei nicht aus den Augen.

»Alles okay?«, fragte Eva.

Ravna nickte. Sie war immer noch schockiert über das, was sich hier ereignet hatte. Gleichzeitig fühlte sie Thors Blick wie Röntgenstrahlen in ihrem Kopf. Sie musste sich wenigstens halbwegs professionell verhalten.

»Fällt dir etwas auf?«

Eva sah hoch zu dem Konstabel, der hinter Ravnas Rücken stand und dessen Schweigen sehr viel gereizter wirkte als jeder Anraunzer.

»Nein«, sagte sie und atmete tief durch. Es waren nur Knochen. Das Mädchen, an das sie sich erinnerte, war schon lange fort.

»Wir haben sie schon zur Hälfte beisammen«, erklärte Eva und wandte sich wieder ihrer Arbeit zu. »Sie hat am Kopf mehrere Verletzungen. Ich muss das noch genauer untersuchen, aber ich glaube, dass der Fundort nicht der Tatort ist.«

»Und jemand hat diesen Felsbrocken über den Spalt gerollt«, setzte Ravna hinzu.

Eva nickte. »Das habe ich schon gesehen. Mit einem Werkzeug.«

»An dem sind wahrscheinlich meine Fingerabdrücke. Und die von Ben und Torbjørn. Tut mir leid.«

Die Pathologin seufzte. »Hier ist sowieso alles voller Fußspuren. Habt ihr sie bewegt?«

»Nein.«

»Aber es sieht so aus.«

»Das war ich«, erklärte Ravna schuldbewusst. »Ich bin auf halbem Weg durch die Schlucht abgerutscht und in die Höhle gefallen. Das war der einzige Weg raus. Ich musste dabei quasi über Linnéa klettern.«

»Verstehe.«

»Nachdem ich gestern Nachmittag das Skelett gefunden habe, bin ich zu meinen Leuten zurück und habe ihnen davon erzählt. Wir sind dann aber erst heute Morgen wieder hierher zurück.«

Thor geruhte nun, seinen Unwillen, mit dem er das Gespräch mit angehört hatte, auch auszudrücken.

»Ihr habt die ganze Nacht verstreichen lassen, bevor die Polizei informiert wurde?«

»Es ist *kalvmerking*.« Sie wusste selber, wie sich das anhörte. »Wir dachten, wenn sie schon zehn Jahre hier oben liegt, kommt es auf einen weiteren Tag auch nicht an.«

Thor verschränkte die Arme auf dem Rücken. Nichts in seinem hageren Gesicht verriet, wie er ihre Erklärung aufnahm und was er über den zerstörten Fundort dachte. »Du wusstest, wer sie ist?«, fragte er nur.

»Ich hab ihr Sweatshirt wiedererkannt. Oder das, was von ihm übrig geblieben ist. Die Pailletten.« Jetzt, im Nachhinein, hätte Ravna sich ohrfeigen können. Natürlich wäre es das oberste Gebot gewesen, die Fundstelle nicht mehr aus den Augen zu lassen und sofort die Bergwacht zu informieren. »Und eins und eins zusammengezählt. Es gab in den letzten Jahren keinen Vermisstenfall, der spektakulärer als Linnéas gewesen wäre. Es hätte auch ein Wanderer sein können oder ein Schmuggler, aber die tragen keine Sweatshirts mit Pailletten und Strass.«

»Und was zum Teufel treibt dich dazu, durch diesen Felskamin zu klettern und dabei ein Skelett zu zertrampeln?«

Sie atmete tief durch. Es war klar. Es musste ja so kommen. »Das habe ich nicht«, antwortete sie so ruhig wie möglich. »Jedenfalls nicht so. Ich war auf dem Weg zum *Hellestoldalen,* einer Senke ein Stück nördlich von hier. Dorthin haben sich ein paar Hundert Rentiere abgesetzt, die wir zusammentreiben mussten.«

»Und da kletterst du durch einen Felsspalt?«

»Ich bin abgerutscht, da unten, und in der Bärenhöhle gelandet. Es gab keinen anderen Ausweg, sonst säße ich jetzt immer noch da drin.«

»Bären.«

»Ja. Bären. Die gab es hier mal. Und sie wurden von uns gejagt.«

Sie wusste, dass ihn dieses *uns* ärgerte.

Er fuhr sich mit der Hand durch die Haare und atmete tief ein. Vielleicht hatten sie ihm ja in einem Seminar irgendwelche Deeskalationsmethoden eingebläut, die er nun bei sich anwandte. Ravna war zumindest heilfroh, dass er sie nicht vor Eva herunterputzte. Aber sie wusste auch, dass das durchaus noch kommen konnte.

»Okay«, sagte er schließlich. »Hilf deinem Gedächtnis auf die Sprünge, und zwar schnell. Was ist dir noch aufgefallen?«

»Das war alles!«

Er ließ von ihr ab und ließ seinen Unmut nun an Eva aus. »Wann sehen wir sie im Stück?«

»Morgen. Lass sie mich erst mal nach Vadsø bringen.«

»Das ist zu spät. Du arbeitest hier.« Eva öffnete den Mund, um zu protestieren, aber er ließ es gar nicht dazu kommen. »Wie wir alle. Es sind zehn Jahre zu viel vergangen, da lasse ich es auf keinen einzigen Tag mehr ankommen. Wir beginnen die Ermittlungen hier und jetzt.«

»Hier … und jetzt?«

Ohne auf Evas verblüfften Einwurf zu achten, griff Thor nach dem Seil und stieg nach oben. Mit Ledersohlen und einem weiten, wehenden Mantel. Es gelang ihm leicht und mühelos. Erst als er oben angekommen und verschwunden war, wurde Ravna bewusst, dass sie und Eva ihm gemeinsam hinterhergesehen hatten.

»Ähm …«, sagte sie. »Wie geht es dir?«

»Gut.«

Eva ging in die Knie und tat so, als ob sie ihre Arbeitswerkzeuge neu sortieren müsste. In Wirklichkeit war sie verärgert. Oder verletzt. Wahrscheinlich Letzteres, denn Thor war ihr gegenüber genauso unhöflich wie zu allen anderen. Der Wind wurde kräftiger und zerrte an ihrer Jacke. »Und dir? Was macht das Studium?«

»Es läuft. Aber manchmal …«

Ravna brach ab. Eva riss sich zusammen und lächelte sie an. »Manchmal fragst du dich, ob es die richtige Wahl war. Stimmts?«

Ravna nickte und sah auf die Knochen, die Eva schon freigelegt hatte. Es waren der rechte Arm und ein Teil des Schädels. In einer langen, nicht enden wollenden, taghellen Nacht vor ziemlich genau zehn Jahren hatte ihr dieser Arm über das Haar gestrichen, und ein leuchtendes Gesicht, umrahmt von Engelshaar, hatte sich zu ihr herabgebeugt und ihr etwas zugeflüstert.

»Wegen der Toten?«

»Nein.« Ravna schüttelte den Kopf. »Eher wegen der Lebenden. Mich hat jemand gefragt, wie das war, als ich sie gefunden habe. Es wäre noch etwas da, hat sie gesagt. So etwas wie ein unsichtbarer Handabdruck vielleicht, die Reste zweier Seelen … wie soll ich das sagen? Der Letzte, der Linnéa hier gesehen hat, war ihr Mörder.«

Eva dachte nach. Sie hatte Ravna immer ernst genommen, egal, wie seltsam ihr die samische Herangehensweise an den Tod auch vorkommen musste.

»Und?«

Ravna zuckte mit den Schultern. »Nichts, ich stand wohl unter Schock.«

»Das geht allen so.«

Dann machte sie sich an den Aufstieg. Als sie oben angekommen war, kamen zwei Kollegen von der Rentierpolizei mit großen Aluminiumkisten an. Es waren vier. Vier Kisten für Linnéa. Der Gedanke, was geschehen war, traf Ravna noch einmal mit voller Wucht.

Sie schaffte es gerade noch hinter einen Felsbrocken, wo sie keuchend alles von sich gab, was sie in den letzten vierundzwanzig Stunden gegessen hatte. Dann atmete sie tief durch und ging zu Mikkel, der sie beobachtet haben musste und ihr wortlos seine Wasserflasche reichte. Sie trank ein paar Schlucke und wollte sie ihm zurückreichen, aber er lehnte dankend ab.

Eine halbe Stunde später kam die erste der Kisten hoch. Linnéa, geteilt durch vier. Thor hatte die ganze Zeit mit einem speziellen Funktelefon telefoniert und irgendwelche Sachen sortiert, die er sich vorab aufs Handy schicken lassen hatte, als er noch Empfang gehabt hatte. Zwischendurch setzte er sich in den Heli der Bergwacht und las konzentriert und mit zusammengekniffenen Augen alles, was zum Fall Linnéa Berger in Kirkenes zusammengetragen worden war.

Irgendwann sah er hoch und nickte ihr zu.

Die Zeit der Geheimnisse war vorüber.

10.

Durch die leicht verdunkelten Scheiben des Cockpits sah das Falkfjellet aus wie ein fremder, unwirtlicher Planet, auf dem Raumfahrer mit weißen Overalls und schwarzen Uniformen gelandet waren. Nur Mikkel stolperte dank der Schwerkraft ziemlich ungelenk über den steinigen Boden. Er half dabei, die Kisten in Empfang zu nehmen und zum Hubschrauber zu bringen.

»Linnéa Berger wurde am 25. Juni 2011 von ihren Eltern als vermisst gemeldet«, begann Thor. Seine Stimme klang klar und rasiermesserscharf. »Die Suche konzentrierte sich auf Ekkerøy und Krampenes, weil sich ihr Handy dort zum letzten Mal eingeloggt hat, und wurde dann auf die Küste, den gesamten Varangerfjord und die Finnmark ausgeweitet.«

Ravna nickte. Sie versuchte, unauffällig etwas auf seinem Handybildschirm zu erkennen, aber er hielt ihn zu schräg.

»Es gab drei Theorien. Die erste: Linnéa beging Selbstmord im Meer. Die zweite: Sie wurde in Ekkerøy entführt. Die dritte: Sie hat alle Spuren verwischt und am anderen Ende der Welt ein neues Leben begonnen. Welche war für die Kollegen damals die wahrscheinlichste?«

»Die erste?«, fragte Ravna vorsichtig. Es war, als würde sie auf ganz dünnem Eis gehen.

»Darauf hat man sich nach einigen Monaten ergebnisloser Suche geeinigt. Es gab allerdings noch eine vierte Theorie.«

Die Männer schleppten die erste Kiste an. Mikkel öffnete die Tür des Hubschraubers. Thor beugte sich nach hinten und fragte: »Wo ist Einar?«

Einer der Uniformierten wies zum Eingang der Schlucht. »Unten. Hilft beim Einsammeln.«

»Schick ihn her.«

Die Kiste wurde neben dem Hubschrauber abgestellt und die Männer machten sich auf den Rückweg.

»Einar?«, fragte Ravna.

Thor steckte sein Handy in die Innentasche seines Mantels und versuchte, seine langen Glieder in dem Pilotensitz auszustrecken. »*Politibetjent*[22] bei der Rentierpolizei.«

»Ah, Einar«, antwortete sie etwas lahm. Sie erinnerte sich an ihn als einen gutmütigen, leicht kurzatmigen Cop, der bei Streitereien mit nervender Langsamkeit jede der Parteien endlos zu Wort kommen ließ, bis alle so erschöpft waren, dass sie aufgaben. Einar. Nicht der Hellste. Und auf

---

22 Polizeibeamter

dessen Theorie war Thor so gespannt, dass er ihn extra rufen ließ?

»Was passiert jetzt mit ihr?«, fragte sie, um die Wartezeit zu überbrücken.

»Eva setzt sie zusammen und sucht dabei nach weiteren äußeren Einwirkungen«, sagte er knapp.

Am Eingang der Schlucht kam Unruhe auf. Ein Beamter deutete auf den Hubschrauber, danach tauchte ziemlich schnell Einars runder Kopf auf. Er setzte sich in Bewegung und kam schnaufend auf sie zugeeilt. Der Einstieg über die Kufen strengte ihn sichtlich an, aber schließlich saß er, immer noch schwer atmend, hinter ihnen.

»Einar.« Aus Thors Mund klang es, als würde er einen zu spät gekommenen Schulanfänger an seinem ersten Tag vor der Klasse maßregeln. »Du hattest Dienst, als vor zehn Jahren die Eltern von Linnéa Berger eine Vermisstenanzeige aufgaben.«

Ravna drehte sich um, damit sie den Rentierpolizisten besser sehen konnte. Sie war seltsam berührt, dass er ihren Blick suchte und dabei so hilflos aussah.

»Ja.«

Er öffnete den Reißverschluss seiner Fleecejacke, die er unter der Uniform trug.

»Wo habt ihr gesucht?«

»Zunächst mal unterhalb des Falkfjellet, an der Wolfsenke.« Die kannte Ravna. Samen gaben Orten oft Namen, die mit Tieren in Verbindung standen. »Dort, wo die *Siidas* früher ihre Sommersiedlung hatten und Linnéa zum letzten Mal gesehen worden ist.«

Thor hielt sein Handy hoch und blickte auf das Display. »Hier steht, dass du dort weitergesucht hast, als Einziger. Auch noch, als ihr Handy längst unten an der Küste geortet wurde. Warum?«

Einar fuhr sich mit zwei Fingern unter den nun offenen Kragen seiner Jacke. »War so ein Gefühl.«

Mit einem kaum unterdrückten Seufzen ließ Thor das Handy wieder sinken. »Ein Gefühl. Was für ein Gefühl? Könnte das präzisiert werden? Warst du besorgt, sicher, starrköpfig, hast du die anderen für Idioten gehalten, wolltest ein Held sein? Einar, der Einzige mit dem richtigen Riecher?«

Einars kleine Augen, fast verschwunden unter den hängenden Lidern, flitzten von Thors Hinterkopf zu Ravna. »Nein!«

»Also. Was hat dich bewogen, entgegen aller Annahmen weiter im Gebirge nach ihr zu suchen?«

»Es hätte sie jemand nach Ekkerøy fahren müssen. Sie war fremd hier. Alleine hätte sie den Weg niemals gefunden. Aber keiner will sie nach der Mittsommerparty noch gesehen haben. Also dachte ich …«

Jetzt nahm er die Mütze ab und drehte sie hilflos in den Händen.

»Dass einer lügt«, fuhr Ravna fort. Ohne schlechtes Gewissen, Thors Verhör unterbrochen zu haben. Er wollte den Mann zum Reden bringen? Dann sollte er vielleicht etwas freundlicher sein.

Einar nickte. »Ich habe nie an die Handy-Geschichte geglaubt.«

Thor geruhte, seinen Kopf wenigstens etwas zu wenden, damit der Polizist in den Genuss seines Profils kam. »Und warum hat *dir* niemand geglaubt?«

Einar schwieg.

Thor klopfte mit dem Handy ungeduldig auf die Handfläche. Dann steckte er es ein.

»Ich kann es dir sagen. Weil man euch von der Rentierpolizei für Volltrottel hält.«

»Was?«, kam es empört von der Hinterbank.

»Gut genug, um die Samen im Zaum zu halten, wenn sie im Winter durchdrehen. Oder ein Tourist ein Rentier über den Haufen gefahren hat. Gut genug für all den nervenden Kleinkram, aber nicht für eine Mordermittlung. Dafür braucht es Leute mit Grips. Die eins und eins zusammenzählen können.«

Ravna starrte ihn fassungslos an.

»Für die in Kirkenes seid ihr Hinterwäldler.«

Er drehte sich jetzt noch ein Stück weiter um. Wahrscheinlich, um zu sehen, was seine verletzenden Worte bei Einar anrichteten. Der sah zu Boden und knetete seine Mütze zu Tode.

»Und deshalb, Einar, will ich, dass du jetzt aussteigst und sie alle nach Hause schickst. Alle. Bis auf deinen Kollegen, der damals mit dabei war, und Eva Hovland, die brauche ich hier noch. Dann orderst du ein Vernehmungszelt mit drei Arbeitsplätzen und ein weiteres für Eva, wo sie einen Tisch aufbauen kann. Ich will dich und dein …« Er warf Einar einen Blick zu, der an jedem anderen Ort in der Welt zu einer handfesten Schlägerei geführt hätte. »… Gefühl.«

Einar ließ aus Versehen die Mütze auf den Boden fallen und hob sie wieder auf.

»Mein, ähm … Gefühl?«, fragte er misstrauisch, als hätte Thor ihm gerade einen unsittlichen Antrag gemacht.

Der pfiff auf die Verwirrung, die er auf der Hinterbank angerichtet hatte, und drehte sich wieder zur Cockpitscheibe.

»Du gehörst ab sofort zur Mordkommission.«

Einar schluckte.

»Könntest du jetzt tun, was ich dir aufgetragen habe?«

»Das … das kann ich nicht. Also, die anderen sind aus Vadsø. Die stehen höher im Rang. Ich kann die nicht wegschicken.«

Thor seufzte, als hätte er es nicht mehr mit Erstklässlern, sondern gleich mit einem ganzen Kindergarten zu tun.

»Ravna?«

Sie nickte und stieg aus.

Thor hatte mal wieder ein Glanzstück hingelegt. Innerhalb einer Minute war aus Einar, der Versager, Einar, der Ermittler, geworden. Der Mann wusste nicht, wie er damit umgehen sollte. Immer wieder sah er sich zu dem Hubschrauber um, in dem Thor sich verschanzt hatte, und strich sich durch die kurzen, gelichteten Haare.

»Er ist einfach so«, sagte Ravna, auch wenn es sinnlos war, irgendetwas an Thor zu erklären. Sie erreichten die Schlucht, und Ravna übersetzte mit aller Diplomatie, die sie aufbringen konnte, was Thor wollte:

»Er braucht für sich und Eva je ein Zelt, und dann sollen

nur die Kollegen, die damals dabei waren, ihm hier oben helfen.«

Mikkel, der sich gerne für das Genie hielt, für das solche Anweisungen nicht galten, öffnete den Mund.

»Du kannst noch beim Aufbauen mitmachen«, unterbrach sie ihn. »Da wird jede Hand gebraucht.«

»Und was ist damit?« Henrik, Einars Kollege, war ein flinker, sympathischer Mann, der bis eben mit angepackt hatte. Er hievte gerade die zweite Kiste über die Felskante auf den steinigen Boden. Er hatte Ravna bei Thor im Hubschrauber gesehen und war wohl über den Buschfunk, wie alle, darüber informiert, dass sie zur Truppe gehörte und schon einmal mit dem seltsamen *inspektør* zusammengearbeitet hatte.

»Ich denke, Eva braucht alle Kisten. Bringt sie zu unseren Hütten. Einar?« Einar setzte hastig seine Mütze auf. »Kannst du das organisieren?«

Ihm war sichtlich unwohl, jetzt im Mittelpunkt zu stehen. Aber da musste er durch.

»Ja, klar.« Er wandte sich an die beiden Männer von der Bergwacht, die ebenfalls mit angepackt hatten. »Geht das mit eurem Heli oder brauchen wir einen Lastenhubschrauber?«

»Geht«, war die knappe Antwort.

Ravna trat an die Felskante und sah hinab in die Bärenschlucht. Eva arbeitete nun mit zwei Kollegen, einer Frau und einem Mann, beide in Overalls. Die dritte Kiste stand geöffnet auf dem großen Stein. Sie überlegte, ob sie Eva die Nachricht überbringen sollte, dass die Autopsie in einem

Zelt in der samischen Sommersiedlung durchführen würde. Aber dann dachte sie, etwas mehr Kommunikation wäre für Thor auch nicht das Schlechteste, trat zurück und lief los, die Hände tief in den Taschen ihrer Jacke vergraben.

11.

Die Gerde war leer. Erst am späten Abend würde sich hier wieder etwas tun. Dafür war das Hüttendorf bevölkert wie bei einem *tivoli*[23]. Die, die nicht abreisen durften, trafen auf die, die frisch angereist waren und natürlich das gleiche Interesse hatten: ihre Kälber zu markieren. Die Stimmung war gereizt und die Rufe nach dem oder den Verantwortlichen für das Chaos wurden immer lauter. Durch Thors Anweisung, dass alle zu bleiben hatten, galten Absprachen nicht mehr. Hütten und Lávvus waren doppelt belegt, und die, die zuerst da waren, wollten den Nachzüglern natürlich nicht weichen.

Hedda allerdings, die bei solchen Gelegenheiten eine Art garstige Hilfsbereitschaft an den Tag legte, gegen die sich niemand wehren konnte, hatte ihre Hütte an eine Familie

---

23 Jahrmarkt.

aus Svartnes abgegeben, dem letzten Dorf vor der Vardø-Insel. Die Gulliksens waren *Rendrifter*, wie alle anderen, und hatten sich mit Kind und Kegel zur Kälbermarkierung aufgemacht. Sie waren zu fünft: Espen und Maud, dazu drei Kinder wie die Orgelpfeifen. Ihr Dank wirkte etwas gequält. Ohne Heddas Angebot hätten sie ein Lávvu aufbauen müssen, doch auf der anderen Seite war es auch nicht ihre Schuld, dass so ein Durcheinander herrschte.

Um nicht obdachlos zu sein, mussten nun Ravna und Hedda ein Lávvu für sich finden. Hinter der Hütte lagen die Stangen für den Notfall bereit, der dank Thor eingetreten war. Sie half ihrer Mutter, die Hölzer ein paar Meter entfernt aufzustellen und dann die schweren Ballen mit dem Stoff aus der Hütte zu holen. Insgeheim hätte sie sich gewünscht, dass Espen vielleicht mit anpacken würde, statt ein Riesenhallo und Palaver mit Torbjørn, Niko und Ben zu veranstalten. Aber nach einer knappen Stunde waren sie mit dem Aufstellen fertig und holten die letzten Reisige vom Sammelplatz, die noch übrig geblieben waren, denn die Zahl der Zelte war nun auf acht angestiegen, während um die Schlafplätze in den Hütten teilweise immer noch gestritten wurde.

»Warte, ich helfe dir.«

Sanne, ihr Zelt direkt nebenan, griff nach dem Seil, mit dem Ravna die letzte Stoffbahn an den Stangen befestigen wollte. Dem Wind war wohl langweilig geworden: Er spielte mit den Planen, bauschte sie auf und riss sie Ravna immer wieder aus der Hand.

»Danke«, sagte sie, als endlich die letzte Bahn sicher befestigt war. Hedda sortierte drinnen bereits die trockenen

Zweige für das Lager: die dicken nach unten, die dünneren nach oben. Dann legte sie Rentierfelle aus. Es erinnerte Ravna an die Zeit, als noch viele Familien den Herden hinterhergezogen waren und eine viel engere Verbindung zu den Tieren geherrscht hatte.

»Da will einer was von dir.« Ihre Zeltnachbarin legte die Hand über die Augen, weil die Sonne für ein paar Minuten hinter den schweren, grauen Wolken hervorgekommen war.

Es war Mikkel, der wild gestikulierend auf sie zukam. »Könntest du vielleicht bei den Kisten bleiben?«, blaffte er sie an. »Da ist immerhin die Hälfte von einer Toten drin.«

Sie hörte, wie Sanne scharf einatmete. Aber Mikkel war zu sauer, um auf die Gefühle von Zivilisten Rücksicht zu nehmen. »Der Hubschrauber kommt gleich.«

Hedda, die das mit angehört hatte, klopfte drinnen weiter die Felle zurecht. Sanne nickte Ravna kurz zu und verschwand in ihrem eigenen Lávvu.

»Ich komme gleich.«

Sie hatte gerade bemerkt, dass die Ulfhednars aus Varangerbotn ein Zelt an der Stelle aufbauten, die für die provisorische Außenstelle der Kripo Kirkenes vorgesehen war. »Nicht da!«, rief sie. »Wir brauchen den Platz!«

»Wir auch«, gab Jan Ulfhednar ungerührt zurück und warf die Stangen auf den Boden. Ravna ging zu ihm.

»Hier werden zwei Untersuchungszelte von der Polizei aufgestellt.«

»Nicht mein Problem. Irgendwo müssen wir bleiben. Das hätte sich die *Polizei* vorher überlegen sollen.«

Er begann ungerührt, die Baumwollplanen auseinanderzuziehen. Ravna beschlich das Gefühl, dass er nur darauf wartete, provoziert zu werden. Sie legte alle vorhandene Sanftmut, die sie noch aufbringen konnte, in ein zwitscherndes Vogelstimmchen.

»Ich kriege einen Riesenärger, wenn die hier ankommen und keinen Platz haben.«

»Auch nicht mein Problem, Ravna. Wir müssen arbeiten.«

»Wir doch auch.«

Er richtete sich auf und nahm sie ins Visier. Ein gedrungener Mann, etwas kleiner als sie, mit einem fisseligen Bart und stechenden Augen, in denen Wärme und Mitgefühl keinen Platz hatten. Einer, der sich freute, wenn er anderen Schwierigkeiten machen konnte. Der nie zur Seite trat. Immer rempelte, der Erste sein wollte, das Gefühl hatte, zu kurz gekommen zu sein, für was auch immer, und es den Rest der Welt, der offenbar daran schuld war, spüren ließ. Seine Frau war etwas größer und von ähnlicher Natur. Sie stand abseits, eine Säule des Missmuts in der Landschaft, und überließ es ihrem Mann, die Sache klarzustellen.

»Bitte«, sagte Ravna.

»Sie war zehn Jahre da oben. Da kommt es auf einen Tag mehr oder weniger auch nicht an.«

»Sie wurde zehn Jahre nicht gefunden. Aber jetzt werden die Ermittlungen wieder aufgenommen. Ihr müsst einfach nur ein kleines Stück weiter.«

Sie wies in Richtung der Hütten. Zugegeben, es war für freiheitsliebende Naturen, die nicht wie auf einem Campingplatz aufeinanderhocken wollten, wenig Platz. Aber um des lieben Friedens willen und vielleicht auch aus Einsicht in das Notwendige würde es gehen. Sie mussten alle zusammenrücken. Aber Jan Ulfhednar hatte beschlossen, sich von niemandem etwas sagen zu lassen.

»Geht ihr doch weiter«, gab er zurück und suchte die ersten Stangen heraus.

»Okay«, lenkte sie ein. »Können wir machen. Wenn Sanne und Ben noch ein Stück rücken und ihr auch, wird es gehen.«

Der kleine Unruhestifter runzelte die Stirn. Ravna hatte das Gefühl, das könnte etwas werden. Du ein Schritt, ich ein Schritt. Fast hatte sie ihn so weit. Er wollte gerade den Mund öffnen, da kam Mikkel herübergewalzt.

»Gibts Ärger?«, fragte er auf Norwegisch. »Hier wird nichts aufgebaut. Der Platz ist beschlagnahmt.«

Ravna steckte die Hände in die Hosentaschen und wäre am liebsten im Erdboden versunken. Jan Ulfhednar warf die Stange zurück auf den Boden, stieg darüber und baute sich vor Mikkel auf. »Beschlagnahmt?«, fragte er. »Du willst *hier* einen Platz *beschlagnahmen*? Habt ihr das gehört?«

Er wandte sich zu den anderen um. Die, die sowieso nichts zu tun hatten, kamen näher. Es waren vor allem die Männer, für die ein Streit eine willkommene Abwechslung war. Mikkel entging, dass Jan Ulfhednar in ihren Augen gerade zum Showstar aufstieg.

»Wirds bald?«, trompetete er heraus. »Also weg mit dem Zeug.«

»Mikkel«, schaltete sich Ravna ein, aber dieses Mal wollte der Polizeifrischling aus Vardø zeigen, was er draufhatte. Er bekam nicht mit, dass er alleine war, weil Henrik mit dem

Quad schon wieder zurück zur Bärenschlucht gefahren war. Er glaubte, nur weil er eine Uniform trug, würde ihn das hier oben zu jemandem machen, dessen Anweisungen man respektvoll befolgte. Er kannte die Fjellsamen nicht. Und schon gar nicht Jan Ulfhednar, dem die Vorfreude auf das, was gleich so schön eskalieren würde, eine knallige Röte in die runden Wangen trieb.

»Rühr das nicht an«, sagte er drohend.

»Was soll ich nicht?«, keifte Mikkel zurück.

Ravna bekam mit, dass die Männer nach ihren Lassos griffen.

»Ich regel das schon«, sagte sie und wollte sich zwischen die beiden stellen. Aber Mikkel schob sie einfach weg und trat mit dem Fuß gegen den nächsten Stoffballen.

»Räum den Dreck hier weg!«

»Was hast du gesagt?«

»Du sollst deinen –«

Mehrere Lassos schwangen durch die Luft. Ehe Mikkel sich versah, war er von verschiedenen Richtungen festgezurrt und zu Boden geworfen worden. Er brüllte wie am Spieß. »Was soll das! Das ist Widerstand gegen die Staatsgewalt!«

Jan Ulfhednar zog sein *bruksknív* und beugte sich über ihn. Dann hielt er es ihm direkt unter die Nase. Mikkel versteifte sich und starrte mit angstgeweiteten Augen auf die Klinge.

»Was hast du gesagt?«, wiederholte er gefährlich leise.

In dem Moment wurde ihm das Messer aus der Hand getreten. Ravna stellte sich blitzschnell über Mikkel und gab dem überraschten Jan einen so heftigen Stoß, das er nach hinten auf den Boden fiel. Alles Dinge, die man beim Kälbermarkieren und Idioten-im-Zaum-Halten gut gebrauchen konnte.

»Du Miststück!«, schrie er.

Ravna zückte ihr eigenes *brukskniv* und durchtrennte die Seile. Das Zischen und Fluchen hinter ihrem Rücken ignorierte sie. Lassos waren verdammt teuer.

Sie sprang auf. Blitzschnell verschwand ihr Messer wieder in der Scheide. »Seid ihr alle verrückt geworden?«

In drei Schritten war sie bei Jan, packte ihn am Kragen und zerrte ihn hoch auf seine kurzen Beine. »Das hier ist eine Mordermittlung, falls ihr das noch nicht mitgekriegt habt. Wollt ihr mithelfen, oder ist es euch egal, dass ein Mädchen direkt vor unseren Augen umgebracht worden ist? Jan!«

Sie stieß ihn weg. Jan schüttelte sich wie ein Finnspitz.

»Wenn das deine Tochter gewesen wäre?«, schrie sie ihn auf Samisch an.

»Steck dir deine Ratschläge dahin, wo sie hingehören!«, kam es zurück. »Sei froh, dass du Heddas Tochter bist, sonst würdest du jetzt was erleben!«

Er wischte sich mit dem Handrücken den Mund ab und stapfte davon. Die Männer, deren Lassos Ravna zerschnitten hatte, kamen übellaunig näher und klaubten die Reste auf. Ravna reichte Mikkel die Hand und half ihm auf. Innerlich war sie kurz vorm Überkochen. Ausgerechnet ihm musste sie aus der Patsche helfen.

»Ein bisschen. Ein bisschen mehr Umgangsformen«, zischte sie ihm zu.

Aber Mikkel war weit über den Punkt hinaus, an dem man ihm noch mit Manieren kommen konnte. »Dann räum du das doch weg!«, giftete er mit Blick auf die Zeltstangen und stapfte wütend davon.

Hatte sie eigentlich ein besonderes Talent geerbt, sich immer zwischen die Stühle zu setzen? Und wenn ja, von wem? Wütend zerrte sie die Stangen zur Seite und rollte dann auch noch die Stoffballen weg. Niemand half ihr.

War ja klar.

Den Bullen räumt man nicht auch noch hinterher.

Ihre Wut verflog erst, als der Hubschrauber mit großem Getöse angeflogen kam. Die Zelte hingen, zu großen Ballen geschnürt, an einem Stahlseil und schwankten leicht hin und her, als der Pilot langsam niederging. Das Polizeiquad von Henrik und Einar tauchte auf. Im Gepäck: vier große Aluminiumkisten.

Mit einem mulmigen Gefühl beobachtete Ravna, wie die Last abgesetzt und von Henrik ausgeklinkt wurde. Das war also Thors Team: Einar und Henrik, die Rentierpolizisten. Ravna, seit drei Monaten Student an der Polizeihochschule. Und Eva, Pathologe aus Vadsø, die abstieg und sich umsah, als könne sie noch gar nicht glauben, wo sie gelandet war: in einem arktischen Sommercamp der Gebirgssamen.

Ravna sah über den Platz. Auf der anderen Seite standen die Rentierzüchter, als ob sie den Abstand zu dem, was sich gerade vor ihren Augen tat, räumlich noch einmal betonen wollten.

Den Abstand zu dir.

Blödsinn.

Du bist jetzt keine von ihnen mehr. Du gehörst jetzt zu denen.

Sie starrte sie an, einen nach dem anderen. Manche wichen ihrem Blick aus, andere beugten sich zu ihrem Nebenmann oder ihrer Nebenfrau und sagten etwas, das sie nicht verstand. Hedda war nicht dabei. Das war gut und schlecht zugleich.

Ravna spürte ihn, noch bevor sie ihn sah. Es war, als würde um sie herum die Luft leise zu knackendem Eis gefrieren. Langsam drehte sie sich um. Rune Thor stand, einen Fuß auf einen Felsbrocken gesetzt, oben auf einem Hügel wie ein Feldherr und blickte hinab auf das Miniaturdorf in der Senke. Alle sahen ihn an. Seine Anwesenheit breitete sich aus wie ein unsichtbarer, gewaltiger Atemzug, der Kälte und Klarheit verbreitete.

Wir suchen einen Mörder unter euch, dachte Ravna. Und wir werden ihn finden.

12.

Eva, offenbar immun gegen die Schwingungen, die sich in der Senke ballten wie dunkle Wolken vor einem Sturm, stieg mit einem freundlichen Gruß von dem Quad ab und half, die Kisten auszuladen. Dann kam sie zu Ravna und streifte sich noch im Laufen die Kapuze vom Kopf. »Jetzt haben wir sie zusammen.«

Sie ließ dabei offen, ob sie die seltsame Mordkommission oder Linnéa meinte. »Ist das dein Dorf?«

»Nein.« Ravna schüttelte den Kopf bei dem Gedanken, dass Norweger immer noch annahmen, die Fjellsamen würden hauptsächlich in unwirtlichen Steinwüsten in Holzhütten und Zelten leben. »Das ist nur die Sommersiedlung. So eine Art Camp, in dem wir zusammenkommen. Jetzt ist die Zeit der Kälbermarkierung. Im Herbst sind wir weiter im Süden, zum Schlachten und Kastrieren. Und dazwischen wohnen wir wie ihr auch.«

»Wie viele Menschen sind das denn hier?«

Kinder tollten herum, Männer luden Wasserkanister vor den Hütten und Lávvus ab. Fast ein Dutzend Quads und Enduros parkte den Zugang zur Senke zu. Aus den Schornsteinen stieg Rauch – dort wurde gekocht. Ravnas Magen war über den ersten Schock hinweg. Sie hatte Hunger.

»Fünfzig, sechzig? Heute Nacht werden in der Gerde die letzten Herden markiert. Die meisten von uns fahren dann wieder zurück nach Hause. Andere hängen noch ihren Urlaub dran.«

»Urlaub? Hier?«

Eva nickte gerade noch rechtzeitig, um ihr Erstaunen in Bewunderung umzumünzen. Aber sie verstand nicht.

Sie wusste nicht, was es hieß, hier oben zu liegen und das Brausen des Windes über dem Fjell zu hören. Diese Luft zu atmen, die sich vollsog mit jahrtausendealtem Wasser und Stein. Begleitet zu werden vom Murmeln der Bäche und dem Gluckern des schmelzenden Eises. Nachts hochzuschrecken, geweckt von Geräuschen, die in uralter Zeit ganz anderen Mächten zugesprochen wurden: Steinschlag. Schlurfendes Kratzen. Donnergrollen. Lawinen. Spuren im Schnee. Blut und Federn. Die Geister der großen Bären. Zu wissen, dass alles um einen herum mächtiger und vollkommener war als man selbst.

»Ich fliege dieses Jahr nach Granada.«

Eva gab Einar mit einem Zeichen zu verstehen, wo die Zelte aufgebaut werden sollten. »Ich wollte schon immer die Alhambra sehen. Ein maurisches Wunderwerk, Welterbe der Kultur.«

»Schau mich an.« Ravna grinste. »Das bin ich auch. Die ganze samische Arktisregion und unsere Lebensweise.«[24]

Eva lächelte. »Ich weiß. Ich bin gespannt, was mich hier erwartet. Zuallererst mal viel Arbeit. Ich habe noch nie so – Nicht! Einar!«

Sie rannte auf den Polizisten zu, der offenbar etwas mit den Zeltstangen durcheinandergebracht hatte. Ravna sah noch einmal nach oben zu Thor – er war verschwunden. Aber dann traute sie ihren Augen nicht: Májá stand vor ihrer Hütte in angeregtem Gespräch mit … dem *Gand*.

Irgendetwas daran gefiel Ravna nicht. Sie mochte Májá. Aber die Frau aus den Wäldern war eine Suchende. Jemand, der mehr sehen wollte als das, was offensichtlich war. Ihr fehlte die Heimat, die endlose Tundra und das Wispern und Flüstern der Bäume, die ihr früher wohl Antworten gegeben hatten.

Thor hingegen, der nach dem Tod seiner Frau und seiner Tochter komplett aus der Bahn geworfen war, hatte offenbar einen siebten Sinn, sich ausgerechnet von solchen Menschen angezogen zu fühlen. Das war ja das Unbegreifliche an ihm: ein kalter, analytischer Geist, der nicht damit klarkam, dass seine Seele in eine ganz andere Richtung driftete.

Mit einem ärgerlichen Seufzen überquerte Ravna den Platz und kam gerade noch rechtzeitig. Májá hatte Thor eine angebliche Wurzel- und Kräutermischung in die Handfläche geschüttet.

---

24 1996 wurden Teile Lapplands von der UNESCO zum Welterbe deklariert, um die samische Kultur und die Natur zu schützen.

»Was ist das?«, fragte er.

»Pilze«, antwortete Ravna. »Ich würde dir nicht raten, das als Tee zu trinken.«

»Es ist auf jeden Fall nichts Gesetzwidriges.« Májá zog ihren kleinen Lederbeutel wieder zu. »Aber es hilft beim Einschlafen.«

Thor ließ das krümelige Zeug auf den Boden rieseln. »Sehr interessant. Vielleicht komme ich zu gegebener Zeit darauf zurück.«

»Tu das.« Májás Lächeln war rätselhaft wie das einer Sphinx. Sie trat zurück in den Schatten ihrer Hütte.

»Ich muss was essen«, sagte Ravna. Es war schon nach sechs Uhr abends. Aus Heddas Lávvu tänzelte eine vielversprechende kleine Rauchfahne in den Himmel. »Komm mit. Dann kannst du auch gleich mit meiner Mutter reden.«

»Warum sollte ich das?«

Ravna hob perplex die Schultern. »Du hast doch gesagt, keiner darf abreisen. Willst du sie nicht alle verhören?«

»Nicht alle.« Immerhin setzte er sich jetzt endlich in Bewegung. »Nur die, die mit Linnéas Verschwinden unmittelbar zu tun hatten.«

Sie nickte, um den Weg zum Essen nicht durch unnötige Diskussionen in die Länge zu ziehen. Trotzdem sagte sie: »Und du weißt auch schon, wer das ist.«

Thor wies mit dem Kopf zu Bens und Sannes Lávvu. »Die beiden. Und er.« Damit meinte er Odd Ragnarsson, der an seinem Quad herumpolierte und sie, dank Thor an ihrer Seite, ausnahmsweise mal nicht angeierte.

»Sie.« Kaum wahrnehmbare Bewegung zu Májás Hütte.

»Er.« Torbjørn, der aus einer Kiste hinter seiner Hütte Reisig hineintrug und sie keines Blickes würdigte.

»Die dort.« Die Hütte der Bruhaugs. Niko, krummbeinig und unwirsch, stritt gerade mit einem neu angekommenen Paar mittleren Alters. Sie waren mit dem Motorrad gekommen und trugen Lederoveralls. Ravna sah sie nur von hinten, hatte aber das Gefühl, dass das Finn und Selma sein könnten, er Lehrer, sie Zahnarzt, beide von der Südseite des Fjords und eher Freizeit-*Rendrifter*.

»Die?«, fragte sie erstaunt zurück. Das Paar war mindestens fünfzig, vielleicht sogar sechzig Jahre alt.

»Nein. Die Söhne von dem kleinen Mann.«

Nikos Söhne? Ravna scannte die ganze Siedlung ab, bis sie Ante und Magnus, die gerade zusammen mit Torbjørn einen Grill neben seiner Hütte aufbauten, endlich entdeckte. Das geschah am anderen Ende der Siedlung, mindestens ein halbes Dutzend Hütten von Ante und dem Ehepaar entfernt.

»Woher weißt du, dass sie seine Söhne sind?«

Thor antwortete nicht. Natürlich nicht. Er musste nur eine halbe Stunde lang buchstäblich über den Dingen stehen. Den Blick von oben auf das kleine Sommerdorf richten und alles wissen. Wer zu wem gehörte, wer mit wem konnte und wer nicht. Wo Neuankömmlinge willkommen geheißen und wo sie abgewiesen wurden. Wer seinen Nachbarn half und wer ihnen den Rücken zukehrte.

Und in welchem Lávvu das beste Gurpi gebraten wurde, das Ravna kannte.

Hedda sah kaum hoch, als Ravna und Thor sich durch den engen Eingang zwängten, den die zurückgeschlagene Plane freigelassen hatte. Auf einem Feuer in der Mitte des Zeltes stand eine gusseiserne Pfanne, in der mehrere Scheiben des samischen Nationalgerichts schmurgelten. Auf einem sauberen Stein lag bereits ein kleiner Stapel Gákku, frisch gebackenes Fladenbrot. Hedda hockte vor dem Feuer und behielt das Gurpi im Blick. Ravna und Thor setzten sich auf die Lager.

»Das ist *Lensmann* Rune Thor«, sagte sie. »Aus Kirkenes. Er ist wegen Linnéa hier.«

Hedda nickte nur. Alle Aufmerksamkeit galt dem kostbaren Essen.

Ravna angelte nach dem Wasserkanister und ihrem Trekkingbecher. Als sie mitbekam, dass Thor wohl nicht im Traum daran gedacht hatte, sich auf seine Zeit auf dem Fjell irgendwie vorzubereiten, schenkte sie ein und reichte den Becher an ihn weiter. Er trank einen Schluck, sah dann überrascht hinein, als hätte sich das Wasser vor seinen Augen in Wein verwandelt, leerte den Becher in einem Zug und stellte ihn zu seinen Füßen ab.

Langsam wurde das Schweigen peinlich. Hedda und Thor hatten sich nicht viel zu sagen. Ravna wickelte den restlichen Verband um ihre Hände ab und klebte Pflaster auf die gut verheilenden Wunden.

»Was ist das?«, fragte Thor schließlich und deutete auf die Ketten mit den Abschnitten aus den Kälberohren. Hedda hatte sie an der Kopfseite ihres Lagers aufgehängt.

»Das ist unser Jahr«, sagte Ravna. »Die Zahl der Jungtiere, die im Frühjahr geboren wurden und uns gehören.«

Eine volle, eine halbe. Unterdurchschnittlich, aber das mussten sie Thor nicht auf die Nase binden.

Hedda zog die Pfanne vom Zentrum der Glut an die Seite. Sie nahm ein Fladenbrot und legte eine Scheibe knusprig gebratenes Gurpi darauf. Dann deutete sie auf eine Tupperdose mit saurer Sahne und Preiselbeeren. Sie reichte Ravna das Brot, die einen Löffel der Mischung darauf verstrich, es zusammenklappte und an Thor weiterreichte.

Er nahm es vorsichtig entgegen und kostete. Ravna bekam das nächste Brot. Zum Schluss bereitete Hedda sich ihre Mahlzeit zu und nahm auf dem Lager gegenüber Platz.

Eine Weile aßen sie, ohne ein Wort zu sagen. Ravna fühlte sich unbehaglich. Wie lange war es her, dass ein Mann Heddas Zelt betreten hatte? Der letzte war ihr Vater gewesen. Danach … dreizehn, vierzehn einsame Jahre. Allein bei Wind und Wetter. Nur sie und die Rentiere. Arbeit und Entbehrung jeden Tag. Ihr Herz zog sich zusammen, und sie wünschte, irgendetwas tun zu können, damit das Glück auch mal wieder bei ihrer Mutter vorbeischauen würde.

Thor aß das ganze Brot. »Das war gut«, sagte er.

Hedda kaute langsamer, konzentrierter. Sie achtete jeden Bissen, während Ravna in ihrer Gegenwart immer das Gefühl hatte, alles wie ein Raubtier zu verschlingen.

»Mja«, sagte sie mit vollem Mund. »Sehr gut.«

Sie beugte sich nach rechts und lugte aus dem Eingang. »Eure … unsere Zelte stehen schon fast. Wie geht es denn jetzt weiter?«

»Wir arbeiten«, antwortete Thor und wischte sich seine Finger an der schwarzen Hose ab.

»Heute noch?«, fragte Ravna. Es war Abend, auch wenn die Sonne schräg am Himmel stand.

»Solange es hell ist.«

Das war kein Scherz. Das meinte er ernst.

Hedda sah ihn zum ersten Mal richtig an. »Werdet ihr ihn finden?«

»Ihn oder sie, ja. Wir werden ihn finden.« Das klang ruhig und sicher.

Ravna ließ im Geiste die Namen Revue passieren, die Thor ihr genannt hatte. Sie konnte sich beim besten Willen nicht vorstellen, dass auch nur einer von ihnen irgendetwas mit Linnéas grausamem Tod zu tun hatte. Aber das war ihr schon einmal so gegangen. In der Polarnacht, als die Dunkelheit so allumfassend gewesen war, dass sie die Herzen und den Verstand verschattet hatte. Thor hatte gewusst, wer der Mörder gewesen war, als Ravna sich noch längst gegen die Wahrheit gewehrt hatte.

Hedda aß den letzten Bissen ihres Brotes. Der Kommissar wartete netterweise, bis sie fertig war.

»Du hast Linnéa gekannt. Woran erinnerst du dich?«

Ihre Mutter lauschte der Frage nach. Thor, anders, geduldiger, Heddas Suche nach Erinnerung ernst nehmend, wartete. Sie legte sich mit angezogenen Beinen auf das Lager. Dann, als ob diese Stellung immer noch nicht bequem genug war, streckte sie die Beine aus und rollte auf den Rücken. Mit verschränkten Armen hinter dem Kopf sah sie hinauf zu dem Loch an der Spitze des Lávvu, durch das der letzte Rauch abzog. Es roch nach Feuer, Holz, gebratenem Gurpi und feuchtem, ungegerbtem Leder. Nach Geborgenheit und einer Nähe, mehr Nähe, als sie die meisten Menschen heutzutage kannten.

»Als sie kam«, begann Hedda mit leiser Stimme, »war es so, als würde die Sonne nach einem langen Winter zum ersten Mal scheinen. Alle veränderten sich. Die Männer gingen aufrechter. Die Frauen kämmten ihr Haar. Die Kinder liefen um sie herum, und die Hunde, selbst die wildesten, fraßen ihr aus der Hand.«

Ravna hätte nicht gedacht, dass ihre Mutter sich so an das Mädchen erinnerte. Aber es passte in ein Bild, das sich langsam von Linnéa zusammensetzte: mit Ravnas kindlicher Schwärmerei, mit Nikos wütender Verachtung, mit Bens Bewunderung. Mit Sannes … Wie hatte Sanne eigentlich über Linnéa gedacht?

»Aber sie brachte nicht die Sonne, sondern Neid und Eifersucht. Ich glaube, sie wusste das, und sie freute sich darüber.«

»Im Ernst?«, entfuhr es Ravna. »Ich fand sie nett.«

»Du warst ein Kind.«

»Sie war nett«, verteidigte Ravna ihre Erinnerung.

»Woran erinnerst du dich noch?«, fragte Thor.

Ravna zuckte mit den Schultern.

»Und du?«, gab er nach einigen langen Sekunden die Frage an ihre Mutter weiter. Ravna atmete innerlich auf. Vor ihm wäre es peinlich gewesen, von ihrer Schwärmerei zu erzählen. Und von dem Geheimnis, in das Linnéa sie damals eingeweiht hatte. Jetzt, so viele Jahre später, wusste sie, dass es nur ein Spaß gewesen war. Die junge Frau war gar keine Prinzessin gewesen und all der flirrende Schein nur billige Pailletten.

Sie hatte sich alles eingebildet. Niemals würde ihr davon auch nur ein Wort Thor gegenüber über die Lippen kommen.

Hedda dachte nach. Schließlich sagte sie: »Ich erinnere mich an ihren Vater. Wie gelassen er war, als sie bis zum Morgen nicht zurückgekommen ist. Wie es umschlug in Sorge und grenzenlose Verzweiflung, als der Mittag kam, der Abend und die helle Nacht. Wir brachen alle auf, um sie zu suchen. Aber dann kam die Nachricht, dass sie in Ekkerøy wäre.«

Sie schloss die Augen. Über ihr Gesicht huschte Resignation. Sie hätten sich nicht damit zufriedengeben sollen. Steffen Berger war allein geblieben mit dieser großen, schwarzen Leere, die das Verschwinden seiner Tochter hinterlassen haben musste.

»Einar hat weiter gesucht. Alle haben ihn für verrückt gehalten. Und irgendwann kam die Order aus Vadsø, dass er sich gefälligst wieder um die wilden Camper in Varangerbotn zu kümmern hatte.«

Sie richtete sich halb auf und stützte den Kopf mit der Hand ab. »Du hast ihn hergeholt. Warum? Um ihn zu verhören?«

Thor schüttelte den Kopf. »Er wird mich bei der Arbeit unterstützen.«

Hedda nickte. Skeptisch und langsam, aber sie nickte. »Das ist gut. Ich wünsche mir, dass ihr herausfindet, was mit dem Mädchen passiert ist. Sie war Norwegerin, keine von uns. Aber wer unser Gast ist, steht unter dem Schutz der ganzen Gemeinschaft. Jemand hat dieses heilige Recht gebrochen. Er wird nicht mehr dazugehören.«

Thor antwortete nicht. Er stand auf und verließ das Zelt. Ravna rappelte sich ebenfalls auf. »Danke«, sagte sie.

»Es ist noch genug da.«

Aber beide wussten, dass der Dank nicht nur dem Essen galt.

13.

Evas Zelt war vielleicht acht Rentierfelle groß, nach dem alten Maß. Es passte gerade mal ein schmaler Stahltisch hinein, zwei Meter lang und einen Meter breit. Wer sich um die Stirnseite herum bewegen wollte, streifte schon die Plane. Unter dem Vordach standen die Kisten und weitere Behältnisse, in denen alles untergebracht war, was sie für die Untersuchung brauchte.

Sogar Evas Assistenten hatte Thor weggeschickt, weshalb Einar und Henrik ihr nun zur Hand gehen mussten. Sehr behutsam öffneten sie die erste Kiste und holten einen Totenschädel heraus. Ravna schluckte. Einar auch. Henrik tat so, als wäre er der starke Cop unter den Rentierpolizisten, aber das war er nicht. Sie spürte deutlich, wie verunsichert er war.

»Hierhin«, wies Eva sie an. Sie trug jetzt Mundschutz, Haarnetz und einen Papieroverall. Vorsichtig legte sie den Schädel so auf den Tisch, dass sie ihn von oben begutachten konnte. »Ich sehe einige Läsuren durch äußere Gewaltanwendung.«

Ravna wandte sich ab, aber Thor beugte sich interessiert über den Stahltisch. Die Hände auf dem Rücken verschränkt, den Kopf vorgereckt, erinnerte seine Gestalt wieder an eine schwarze Krähe aus einem düsteren Märchen.

Einar und Henrik brachten die nächsten Knochen. Auch diese arrangierte Eva so, dass sie, sobald sie fertig war, an der anatomisch richtigen Stelle liegen würden.

»Es wird dauern«, erklärte sie. »Ich will auch noch das Brecheisen untersuchen und alles, was wir nach dem Durchsieben des Gerölls da oben gefunden haben. Unter anderem das hier. Ravna?«

»Ja?« Ravna drehte sich hastig um.

»Gehört das dir?«

Es war der Schieber eines Reißverschlusses. Ravna tastete ihre Jacke ab. »Scheint so«, gab sie kleinlaut zu. »Ich muss ihn mir abgerissen haben.«

Eva verstaute den Zipper in einer Plastiktüte. »Lasst mich jetzt am besten alleine. Und bringt mir einen Kaffee.«

Einar nickte und stob davon. Die Erleichterung, wenigstens für ein paar Minuten diesem Zelt entronnen zu sein, war ihm sogar noch von hinten anzusehen.

»Lagebesprechung in zehn Minuten«, sagte Thor im Hinausgehen.

Auch Ravna wollte das Zelt verlassen, aber ein leises Zischen hielt sie zurück. Es kam von Eva. Sie wartete, bis alle außer Hörweite waren.

»Erzähl mir, wie du dich da oben rausgearbeitet hast. Ich

muss das wissen, damit mir die Lage der Knochen klar wird, in der wir sie gefunden haben.«

Neben ihr stand ein aufgeklappter Laptop mit Fotos des Fundortes.

Ravna fasste die Schilderung in wenigen Sätzen zusammen. Dabei stromerte sie am Regal mit den Asservatentüten entlang. Viel hatte Eva nicht zusammengetragen. Die Eisenstange und Linnéas Kleidung, mehr war nicht zusammengekommen. Die Pailletten schimmerten stumpf in der Plastiktüte.

Das ist unser Geheimnis. Das darfst du niemandem verraten. Hast du das verstanden?

»Ravna?«

Ihr war klar, dass sie irgendwann mit der Geschichte herausrücken musste. Aber nicht jetzt. Nicht in diesem Zelt und sowieso nicht, bevor sie herausgefunden hatte, ob es wirklich einen Zusammenhang mit Linnéas Tod gab.

Natürlich gibt es den.

Aber wenn ich den Ermittlungen damit eine ganz falsche Richtung gebe …

»Ist alles okay?« Eva sah sie besorgt an.

»Ja, klar. Und mit ihm? Mit Thor?«

Bei allen Fragen, die Thor betrafen, hatte Ravna eins gelernt: einfach so tun, als ob man von nichts eine Ahnung hätte. Was in diesem Fall sogar stimmte.

»Was meinst du?«

»Er ist so anders. Ruhiger. Ist dir das nicht aufgefallen?«

»Ehrlich gesagt nein.« Ravna ging zum Vorzelt. »Höchstens ein bisschen. Vielleicht kriegt er Medikamente oder so was. Oder er macht eine Therapie.«

Eva hob die Augenbrauen, was ihr die Skepsis eines Huskys verlieh, dem man Haferflocken für Hackfleisch unterjubeln wollte.

»Kann doch sein«, setzte Ravna hinzu. »Oder er kommt langsam darüber hinweg.«

Eva nickte zögernd. »Vielleicht«, sagte sie.

Aber sie war ebenso wenig überzeugt wie Ravna.

Das Vernehmungsszelt war größer, aber auf gar keinen Fall dafür geeignet, eine Mordkommission unterzubringen. Es gab weder Strom noch Internet, aber immerhin einen Campingtisch und vier kippelige Stühle, die auf dem unebenen Grund keinen richtigen Stand hatten. Erstaunlicherweise lag eine Akte auf dem Tisch, direkt neben einem weiteren Laptop. Sogar eine ziemlich dicke. Im digitalen Zeitalter wirkte sie wie ein Bärenspieß neben einem Maschinengewehr. Thor las darin und sah nicht hoch, als sie hereinkam.

An der linken Zeltwand in einem provisorischen Regal stapelten sich Solarakkus, Tablets, Netzteile, Tastaturen und jede Menge Büroutensilien. Rechts vom Tisch stand ein Whiteboard, das auf seinen drei Beinen auch nicht sehr stabil aussah. Ravna erinnerte es an die Schule. Sie mussten arbeiten wie vor der Erfindung des Internets. Deshalb hatte Thor sich auch den Fall Linnéa Berger auf Papier aus dem Archiv gezogen.

Ein Stuhl war zu wenig, aber Reise nach Jerusalem stand wohl kaum als Aufwärmübung an. Ravna war die Jüngste, dazu noch ein Anfänger. Also ging sie nach nebenan und fragte Eva, ob sie eine der leeren Alukisten zweckentfremden könnte.

»Nur vorübergehend«, war die zerstreute Antwort.

Die Kiste bekam den Platz zwischen Tischkante und Whiteboard. Sie war gespannt, was Thor vorhatte. Wahrscheinlich hatte er noch mit diesen Dingern gelernt. Oder standen zu seiner Zeit Kreidetafeln und Overhead-Projektor hoch im Kurs?

Sie checkte ihr Handy – kein Empfang. Keine neuen Nachrichten. Thor blätterte leise eine Seite um. Draußen knatterte der Wind in den Zeltplanen. *Ich vermisse dich*, schrieb sie und schickte die Nachricht ab. Irgendwann und irgendwo würde sie vielleicht davonfliegen.

»*Bures.*«

Einar kam herein und sah Thor. »Hei.«

Er rieb sich nervös die Hände und sah sich um. »Gibt es eine Sitzordnung?«

Bci vicr Campingstühlen und einer Asservatenkiste eigentlich eine überflüssige Frage. Dennoch lächelte Ravna ihn freundlich an.

»Wer zuerst kommt … Such dir einfach einen Platz aus.«

Einar setzte sich auf den Stuhl ihr gegenüber, wechselte dann aber, weil er nach hinten zu kippen drohte. Henrik tauchte auf, schließlich Eva. Jetzt war es voll und eng.

Thor sah hoch und klappte die Akte zu.

»Ich brauche eine aktuelle Lageskizze.« Er wies auf das Whiteboard. »Wo sind wir hier eigentlich?«

Einar sah unsicher zu Ravna. »In der Sommersiedlung der Samen, *Renbeitedistrikt* 5 und 6«, sagte sie.

Thor trommelte leicht mit den Fingern auf der Akte. »Vor zehn Jahren lag sie weiter südlich. Warum?«

Ravna stand auf und quetschte sich an Henrik vorbei zum Whiteboard. Sie nahm den Filzschreiber in die Hand und malte ein Oval an den unteren Rand.

»Das Wetter ändert sich und deshalb auch der Zug der Herden. *Wir* müssen uns anpassen, nicht die Tiere. Deshalb sind wir weiter hochgezogen, um ihnen näher zu sein. Unten war es durch den Klimawandel zu warm geworden.«

Sie malte ein zweites Oval in die obere Hälfte. »Hier sind wir jetzt. Im *Rypevinge*[25]. So nennen wir dieses Hochtal im Fjell. Die alte lag in der *Ulfsynke*, dem Wolfstal.«

Sie schrieb die Ortsnamen hinzu.

»Zwischen der alten und der neuen Sommersiedlung liegen das Ordofjell und das Nattfjelldalen, das Tal der Nachtberge.«

Ravna zeichnete ein paar krakelige Hügel zwischen die beiden Ovale. Es sah aus, als würde ein Kind ein Osternest malen.

»Weiter westlich liegt die Bärenschlucht.« Zackige Linie. »Darüber das *Hellestoldalen*. Und hier«, darunter, »unsere Gerde.«

Ein Kreis. Vermutlich würde niemand etwas damit anfangen können. Eva starrte auf das Gekritzel und lehnte sich dann mit verschränkten Armen zurück. Ein Fehler. Sie hatte den Kippelstuhl erwischt und konnte sich gerade noch mit einem leisen, erschrockenen Aufschrei fangen.

Thor warf ihr einen, wie Ravna meinte, genervten Blick zu. Dann konzentrierte er sich wieder auf das Whiteboard.

---

25 Schneehuhnflügel.

»Und wo ist …« Er schlug die Akte auf, suchte etwas, fand es und klappte sie wieder zu. »… das Gänsenest?«

Ravna ließ den Filzstift sinken. »Gänsenest?«

Sie hatte noch nie von einem Ort dieses Namens gehört.

Einar hüstelte. Thor wandte ihm den Kopf zu. »Bist du krank oder willst du etwas sagen?«

Der Rentierpolizist öffnete den Mund, kam aber nicht dazu, etwas von sich zu geben, denn in diesem Moment trat Mikkel ein. Damit platzte das Zelt fast aus allen Nähten.

»Also, Jusse würde jetzt die Kollegen an der Bärenschlucht einsammeln und zurückfliegen. Braucht ihr noch was?«

Thors Blick ruhte auf Mikkels Gesicht. Ein breiter Striemen glühte auf der feisten linken Wange. Vermutlich von den Lassos der *Rendrifter*, mit denen er sich angelegt hatte.

»Das ist nichts. Nur ein paar Idioten.« Mikkel grinste unsicher. »Die wollten nicht Platz machen. Ist halt so hier oben.«

Hier oben. Im wilden Norden, wo echte Männer noch echte Kämpfe ausfechten. So sollte das klingen.

Thor lehnte sich zurück. Erstaunlicherweise war sein Stuhl der einzige, der nicht wackelte. Er rieb sich nachdenklich mit dem Daumen übers Kinn und sagte dann: »Hol mir Ante und Magnus Bruhaug. Dann Májá Nystø. Dann Torbjørn Skjelsbæk. Ben und Sanne Nielsen. Issko und Juvven Persen. Du bleibst hier.«

Thor wandte sich ab und betrachtete wieder das Whiteboard. Mikkel klappte der Unterkiefer herunter.

»Soll ich es dir aufschreiben?«

»Nein«, stammelte Mikkel, der nicht wusste, wie ihm geschah. »Okidoki. Wird gemacht.«

Ravna fühlte einen kleinen Nadelstich im Herzen. Eifersucht. Mikkel war jetzt also auch mit von der Partie. Was zum Teufel bezweckte Thor damit? Dieser Klotz war schon bei seiner ersten Begegnung mit den Fjellsamen zusammengerasselt. Er musste nur den Mund aufmachen, und jeder hatte den Wunsch, ihm ein Pflaster draufzukleben.

Und dann … Juvven und Issko? Ihr Blick fiel auf die Akte, aber Thor hatte offenbar nicht vor, sein Herrschaftswissen mit ihnen zu teilen. Das fing ja gut an.

Mikkel verdrückte sich mit einem »Ich geh dann mal«. Beim Hinausgehen warf er Ravna noch einen triumphierenden Blick zu. *Drittsekk,* dachte sie nur. Hol erst mal Ante und Magnus. Mal sehen, ob das für die nächste blutige Nase reicht.

»Einar?«

Alle Köpfe flogen zu ihm. So plötzlich im Mittelpunkt der Aufmerksamkeit zu stehen, machte den Rentierpolizisten nervös. Ravna erinnerte sich an ihre ersten Tage mit Thor und lächelte ihm aufmunternd zu.

»Das … ähm … ja … Gänsenest. Wir Samen geben Orten oft den Namen von Tieren oder etwas, das uns an sie erinnert. Einen Vogelflügel oder zwei schlafende Kälber.«

Er suchte Thors Blick, aber das hätte er lieber bleiben lassen sollen. Dessen dunkle Augen schienen durch Einar hindurchzusehen, was den Neuermittler noch mehr verwirrte.

»Also das Gänsenest sieht von oben, na ja, mit viel Fantasie, es sieht aus wie … wie …« Er verlor den Faden.

»Ein Gänsenest?«, kam Ravna ihm zu Hilfe. Sie hatte noch nie eines gesehen, aber Einar nickte erleichtert.

»Die Felsen gehen um eine Kuhle herum.« Er machte eine weit ausholende Handbewegung, vor der Eva in Deckung ging. »Oh, Verzeihung. Sie sind zackig und in der Kuhle liegen runde Steine. Ziemlich groß. Also wie sehr große Gänseeier.« Er schluckte. »Sehr große. Zwei, drei Meter große. Es ist … es war ein beliebter Platz, zu meiner Zeit. Man konnte dort Partys feiern, und wenn man genug hatte, legte man sich zwischen die, ähm, Eier, und es war wie in einem Nest.«

Thor hatte sich das alles mit unbewegtem Gesicht angehört. Ravna fand die Beschreibung gar nicht schlecht. Sie konnte sich den Ort gut vorstellen. Schließlich nickte er in Richtung Whiteboard.

»Es ist weiter unten«, fuhr Einar fort. »Also unterhalb der Bärenschlucht.«

»Hier etwa?«, fragte Ravna.

Einar nickte. Sie zeichnete etwas Rundes ein, das genauso gut ein geschmolzenes Frisbee sein konnte, und schrieb vorsichtshalber noch Gänsenest dazu. *Gåsreir.* Seltsam, dass der Ort so gar nichts in ihr zum Klingen brachte. Vielleicht war er nach dem Umzug der Sommersiedlung in Vergessenheit geraten oder er wurde einfach nicht mehr erwähnt.

»Du hast vier Tage nach Linnéas Verschwinden noch einmal einen Suchtrupp zusammengestellt und bist mit ihm zum Gänsenest. Warum?«

Einar hatte sich mittlerweile etwas gefasst. Thors Frage war keine Kritik. Die hatte er wohl oft genug von seinen Vorgesetzten einstecken müssen.

»Alle haben ausgesagt, dass sie eine Mittsommerparty gefeiert hätten.«

»Wer?«

»Sanne, Ben, Magnus, Ante.«

»Wo?«

Einar stand auf, warf dabei fast den Campingtisch um und deutete auf die alte Sommersiedlung. »Da. In der Sommersiedlung. Ein paar Lávvus standen außerhalb, dort haben sie gefeiert. Zusammen mit Linnéa. Sie sind erst später ins Gänsenest.«

»Zeugen?«

»Steht das nicht alles in dem Bericht? Ich meine, ich will jetzt nicht irgendwas Falsches sagen.«

»Zeugen?«

Ein schweres Seufzen. »Májá? Torbjørn? Issko und Juvven? Vinnan?«, wiederholte er Thors Aufzählung. Bis auf Vinnan, den Jungen, der Linnéas Freund gewesen sein sollte, stimmten die Namen exakt mit Thors Verdächtigenliste überein. So viel zu seiner Gabe, sich genau die richtigen herauszupicken. Thor hatte einfach die Zeugen von damals aufgezählt.

»Nicht auch noch Henrik?«, fragte er nun scharf.

Überrascht sah Ravna zu dem zweiten Rentierpolizisten, der bis jetzt noch gar nichts Erhellendes zu der Situation beigetragen hatte. Er spannte nur ab und zu diskret seine Oberarmmuskeln an und bewunderte sie.

»Ich?« Er sah sich um, als gäbe es noch einen zweiten seiner Art im Zelt. »Zeuge? Ach ja, stimmt. Ich war in der Sommersiedlung an dem Abend. Steffen Berger hatte Probleme. Der Tierarzt wollte mehrere Rentiere in Quarantäne schicken, weil ihm was aufgefallen war. Die gehörten Rássmos und der ist daraufhin ausgeflippt.«

»*Der* Rássmos?«, entfuhr es Ravna. Ein echter Widerling, gewalttätig, übellaunig, bigott und menschenverachtend. Sie war froh, dass sie ihm in diesem Jahr nicht begegnet war.

»Ja«, sagte Henrik. »Nachdem das geklärt war, wollten Einar und ich wieder zurück. Da haben wir sie gesehen. Weiter außerhalb, weg von den Hütten, hinter einem Lávvu. Es ging ziemlich hoch her. Sie haben gefeiert, getrunken und getanzt. Ich musste mit meinem Quad vorbei und Vinnan Skogrand hat sich mir in den Weg gestellt und wollte Streit anfangen. Steht alles da drin.« Er wies auf die Akten. »Ich kenne die Sorte. Kaum einen Fuß ins Gebirge gesetzt, und schon glauben sie, sie sind Ranger. Ich bin dann weitergefahren.«

Ravna setzte sich. Alle sahen Thor erwartungsvoll an.

»Eva?«, sagte er nur.

Die Pathologin schenkte ihnen ein leicht gestresstes Lächeln. Sie wollte zurück in ihr Zelt.

»Alles, was ich bis jetzt weiß, ist, dass Linnéa Berger sich, der Lage ihrer Gebeine nach zu schließen, in einer hilflosen Position befand. Zudem hatte sie eine Kopfverletzung. Wenn sie nicht das Bewusstsein verloren hätte, hätte sie es noch mit viel Glück geschafft, aus dem Felsspalt zu kriechen, aber vorher hat jemand einen Stein über den Ausgang gerollt.«

»Hat sie da noch gelebt?«, fragte Ravna mit leiser Stimme.

»Das ist nach so langer Zeit nicht mehr zu sagen. Aber wer auch immer den Ausgang versperrt hat, wusste, was er tat. Er hat sie dorthin gebracht und konnte nicht riskieren, dass Linnéa zu schnell gefunden wurde. Mit dem Stein hat er ihr die letzte Chance genommen, noch lebend aus der Falle zu kommen. Und gleichzeitig verdeckte der Brocken die Sicht auf das Mädchen. Vom oberen Eingang der Schlucht hätte sie niemand mehr sehen können. Und selbst wenn jemand beim Canyoning den Wasserfall hinuntergeklettert wäre, hätte er sie wohl auch nicht entdeckt. Es grenzt fast an ein Wunder, dass Ravna weiter unten in die Höhle gerutscht ist und sich durch diesen Spalt hocharbeiten konnte.«

Sie sah kurz zu ihr. Ravna fühlte sich miserabel. So, als ob sie irgendeine Schuld träfe, dass sie sich befreien konnte und Linnéa nicht.

»Du warst auch nicht verletzt«, fuhr Eva etwas sanfter fort.

Ravna ballte unter der Tischplatte die Hände und wünschte sich, sie würden mehr schmerzen und nicht so schnell verheilen. Irgendetwas brauchte sie, um mit diesem Gefühl von Schuld und Versagen klarzukommen.

»Es gibt also eine Vielzahl alter und neuer Spuren. Aus diesem Grund kann ich erst mehr sagen, wenn ich einige Laboranalysen gemacht habe.«

Sie sah zu Thor.

»Ich will sie zusammenhaben, wenn möglich in der Lage, in der sie verstorben ist«, sagte er. »Und zwar hier. So schnell wie möglich.«

Eva seufzte und wollte etwas erwidern, aber in diesem Moment näherten sich laute Stimmen dem Zelt. Ante und Magnus, Nikos Söhne, in Begleitung von Mikkel.

»Was soll dieser Scheiß?« Ante, ein bulliger Mann Ende

zwanzig, riss die Plane zur Seite und baute sich im Eingang auf. Die Ärmel seines Holzfällerhemdes hatte er aufgekrempelt, die Jeans steckten in derben Stiefeln. Hinter ihm tauchte Magnus auf. Breite Nase, heller Blick, dieselben schweren Wangenknochen wie Vater und Bruder, vom gleichen knorrigen Stamm. *Rendrifter* aus echtem Schrot und Korn, die keinen Zweifel daran ließen, dass sie sich von Mikkel nichts sagen ließen.

»Wer will was von uns?«

Thor sagte: »Wir machen später weiter. Einar und Henrik, ihr helft Eva.«

Die drei standen erleichtert auf. Ante machte Eva widerwillig Platz. Die beiden Rentierpolizisten nutzten den Moment und schlüpften mit hinaus.

»Setzt euch.«

Thor legte ein kleines Diktafon auf den Tisch und schaltete es ein. »Freitag, 25.6.2021, 20 Uhr 31. *Lensmann* Rune Thor, *Criminal Investigation Norway.*«

Die beiden sahen sich an und hoben spöttisch die Augenbrauen. Dann ließen sie sich auf die Campingstühle krachen, die unter diesem Gewicht fast in die Knie gingen.

»Ravna Persen, *Politihøgskolen* Oslo. Vernehmung im Fall Linnéa Berger. Ante Bruhaug, Magnus Bruhaug. Beruf?«

Ante lehnte sich zurück und steckte die Daumen in die Gürtelschlaufen. Das Stühlchen ächzte in Todesangst. »Sieht man das nicht?«

»Beruf?«

»*Velferdsmottakere.*« Sozialhilfeempfänger.

Magnus war nicht ganz so selbstsicher wie sein Bruder.

Aber wenn es darum ging, der norwegischen Obrigkeit zu zeigen, was man von ihr hielt, war er dabei.

»Und du?«

»*Velferdsmottakere*«, grinste er.

»Beurlaubt?«

Magnus' Grinsen erlosch. »He, was soll das?«

»Ob ihr bei der NAV[26] Urlaub beantragt habt? Oder seid ihr zum Arbeiten hier? Habt ihr einen Job? Werdet ihr bezahlt? Wurde das gemeldet?«

Auch die norwegische Obrigkeit hatte ihre Methoden.

Magnus wollte den Mund zu seiner Verteidigung öffnen, aber Ante fuhr dazwischen. »Wir hatten einen familiären Notfall. Morgen sind wir wieder zurück und stehen dem Staat ab Montag selbstverständlich vollumfänglich zur Arbeitsvermittlung zur Verfügung. Sofern es einen Job für uns gibt.«

Die beiden wirkten schon wesentlich kooperativer.

»Wo wart ihr, als vor zehn Jahren Linnéa Berger verschwand?«

Magnus kratzte sich mit seinen Pranken den Hinterkopf, Ante verschränkte die baumstarken Unterarme und starrte interessiert an die Zeltdecke.

»Vor zehn Jahren … Keine Ahnung. Wusste doch keiner genau, wann sie sich verdünnisiert hat. Ist abgehauen. Hatte wahrscheinlich Stress mit ihrem Freund. So ein gelackter Studierter. Einer, der noch glaubt, Rentiere würden den Schlitten vom Weihnachtsmann ziehen.«

---

26 *Arbeids- og Velferdsforvaltning*, Arbeits- und Wohlfahrtsverwaltung.

Sein Grinsen kam zurück. Thor wollte etwas von ihm, dann sollte er es sich holen.

»Vinnan Skogrand«, sagte Thor.

»Hieß der so? Keine Ahnung.«

Mikkel zog sich den letzten leeren Stuhl heran und setzte sich, die Arme vor der Brust verschränkt. Seine Uniform sah aus, als würde sie jeden Moment an den Nähten reißen. Auf dem Rücken trocknete Dreck. Vielleicht würde Ravna ihn später darauf hinweisen. Vielleicht auch nicht.

»Habt ihr mitgefeiert?«

»Was?«

»Mittsommer«, antwortete Thor mit bemerkenswerter Geduld.

»Feiern wir hier nicht. Machen nur die Norweger mit dem ganzen Gedöns. Wir müssen arbeiten um die Zeit. Also, wir helfen aus. Hier oben.« Ante ging das alles wahnsinnig auf den Keks. Er hatte keine Lust, irgendjemandem Rede und Antwort zu stehen. Schon gar nicht, wenn es darum ging, in welche Töpfe er für seinen Lebensunterhalt griff.

Thor gab Ravna ein minimales Nicken. Was zum Teufel hatte das zu bedeuten? Sollte sie die Vernehmung weiterführen?

»Wie alt wart ihr damals?«, fragte sie aus echtem Interesse.

Ante wies mit einem fast verächtlichen Nicken auf die Akte. »Schau doch nach. Lesen kannste ja wohl.«

Thor lehnte sich zurück. Er wartete. Niemand sagte ein Wort. Ante und Magnus sahen sich an, dann zuckte der Ältere mit den Schultern und stand auf. Magnus machte es ihm nach. Noch bevor sie sich überhaupt nur Richtung Ausgang drehen konnten, hatte Thor Mikkel ein Zeichen gegeben. Der sprang auf, packte beide am Kragen und bugsierte sie wieder auf die Stühle.

Ravna hielt den Atem an. Die beiden waren zu überrascht, um sich zu wehren, aber normalerweise hätten sie Mikkel zwischen ihren Handflächen zerrieben.

»Was soll das?«, meckerte Magnus.

Ante schlug Mikkels Hand weg. Ravna spürte, wie ihr Herz gegen die Rippen hämmerte. Wenn die beiden den Laden aufmischen wollten, konnten sie das ohne Weiteres tun.

»Wie alt wart ihr damals?«, fragte sie noch einmal und war froh, dass ihre Stimme die Anspannung nicht verriet.

Mikkel ließ sich wieder auf seinen Platz fallen, nahm die Mütze ab und strich sich selbstgefällig über das kurz geschorene Haar. Wären sie Freunde, würde sie ihm raten, in den nächsten Stunden nicht allein an der Hütte der Bruhaugs vorüberzustolzieren.

»Er siebzehn, ich neunzehn«, knurrte Ante. Sie konnte sehen, wie in seinen Augen eine kalte Glut schimmerte.

Nicht allein, Mikkel, und vor allem im weiten Bogen um die Hütte herum, ergänzte Ravna innerlich.

»Und da habt ihr die Chance auf eine Party nicht wahrgenommen?«

Ante drehte sich zu ihr um und sagte überdeutlich, als wäre sie schwer von Begriff: »Es war keine Party. Wir haben Musik gehört und getrunken.«

»Und wer ist dann mit wem ins Nest?«

»Weiß ich doch nicht.«

Für den Bruchteil einer Sekunde hatte sich Magnus' Mund verzogen. Als ob er etwas wüsste, aber nicht daran erinnert werden wollte.

Ravna versuchte, sich die beiden zehn Jahre jünger vorzustellen. In ihrer Erinnerung waren sie kaum präsent. Sie selbst war ja noch nicht mal zehn gewesen und mit ganz anderen Dingen beschäftigt. Da war jeder über vierzehn von einem anderen Stern.

Magnus konnte ganz hübsch gewesen sein. Wenn man auf Kerle wie aus Stein stand. Stoisch, ruhig, kraftvoll. Vielleicht hatte er auf die Mädchen wie ein Beschützer gewirkt. Einer, an den man sich anlehnen konnte, der alle Hindernisse einfach mit seinen Händen aus dem Weg räumte. Damals. Jetzt sah er müde und verwaschen aus, als hätte saurer Regen den Stein ausgehöhlt und porös gemacht. Sein Gesicht, das in jungen Jahren vielleicht ganz interessant ausgesehen hatte mit der breiten Nase und dem kräftigen Kinn, war flach und ausdruckslos. Als ob er ahnen würde, dass sein weiteres Leben als *Velferdsmottakere* keine großen Überraschungen mehr bereithalten würde. Die Bruhaugs waren keine sehr erfolgreichen *Rendrifter*. Ihnen fehlte der lange Atem. Auch mal ein Jahr den Gürtel enger schnallen. Aussetzen mit dem Schlachten, gerade wenn der Winter hart gewesen war. Der Herde Zeit zum Erholen geben. Sie waren unruhige Seelen. Ungeduldig. Ungehalten. Unzufrieden. Eigentlich alles, was mit *un-* anfing.

Bei Ante war sich Ravna nicht sicher. Sein Wesen hatte etwas Heimtückisches und nicht Vorhersehbares. Vor zehn Jahren war er vielleicht einer der Jungen, die nach zu viel

Alkohol plötzlich aggressiv wurden. Sich nicht mehr im Zaum hielten. Keine Schranken kannten. Sich nahmen, was sie wollten.

Sie versuchte, sich die harten Züge wegzudenken, aber es gelang ihr nicht.

»Haste Bedarf?« Er ließ einen anzüglichen Blick über ihren Körper wandern. »Oder warum starrst du mich so an?«

»So sehr nun auch wieder nicht«, gab sie zurück. Sie wandte sich an Magnus, der zumindest etwas ansprechbarer schien. »Wie waren die Konstellationen damals?«

»Die was?«

Thor reichte es jetzt. Sie konnte geradezu spüren, dass seine Ungeduld wuchs. »Wer hatte mit wem Geschlechtsverkehr?«

»Geschlechtsverkehr«, platzte es aus Ante hervor. »Redet ihr so in Kirkenes?«

»Beantworte die Frage.«

»Das weiß ich nicht mehr. Keine Ahnung. Mann, das ist so lange her! Ich hatte jedenfalls keinen. War zu besoffen. Magnus? Haste mir was verschwiegen?«

Wenn Ravna sich nicht täuschte, stieg gerade ein Hauch von Röte in Magnus' Wangen. Vermutlich spürte er das, denn er rieb sich heftig über das Gesicht, um das zu verbergen.

»Da war nichts. Jedenfalls nicht mit mir.«

Das klang nach einem Hauch von Bitterkeit, und der passte nicht zu den Bruhaugs.

»Wie stand es denn bei euch mit den Frauen?«, fragte sie. »Hattet ihr damals eine Freundin? Ante?«

Ante legte die Stirn in Falten, als ob er sehr bemüht nachdenken würde. »Ich kann mir Namen so schlecht merken«, sagte er schließlich mit einem anzüglichen Unterton. »Ich achte bei einer Frau mehr auf andere Merkmale.«

Er wollte, dass sie weiterfragte, aber den Gefallen tat sie ihm nicht. So leicht ließ sie sich nicht provozieren.

»Und du, Magnus?«

»Nee«, kam es zurück. Aber es klang so, als ob er sich wünschen würde, dass es anders gewesen wäre.

Thor schaltete sich wieder ein. Er hatte während der gesamten Befragung einen Punkt hinter ihnen an der Zeltplane fixiert, wo nichts, aber auch gar nichts Interessantes zu sehen war.

»Ihr könnt gehen«, sagte er. »Aber ihr haltet euch zu unserer Verfügung.«

Thor holte unter dem Tisch zwei Paar Handschellen hervor, die er Mikkel hinüberschob. Der nahm sie mit einem Ausdruck höchster Zufriedenheit entgegen.

»Bleibt einfach da«, sagte Thor nur.

Ante stand auf. Er verabschiedete sich nicht und verließ das Zelt, ohne sich noch einmal umzusehen. Magnus verhedderte sich in den Beinen seines Campingstuhls und stolperte dann seinem Bruder hinterher.

Thor stand nun ebenfalls auf und deutete auf die Akte.

»In zwei Stunden will ich Sanne und Ben hier haben. Zusammen.«

Mikkel nickte eifrig und hatte schon die Hand nach der Akte ausgestreckt, aber Ravna war schneller. »Wir gehen das gemeinsam durch.«

Sie zog sie an sich. Mikkel gefiel das gar nicht, aber er fügte sich schließlich mit einem knappen Nicken.

Thor verließ den Raum, und es war, als ob sie wieder aufatmen konnte.

14.

Wir arbeiten, solange es hell ist… Es würde wieder eine lange, taghelle Nacht werden. Die Akte war umfangreich. Sogar die Zeitungsmeldungen über den Vermisstenfall waren darin abgeheftet. Nicht ausgeschnitten wie in den Archiven, sondern einfach die ganze Seite zusammengefaltet und in Klarsichthüllen gesteckt. Vermisst, gesucht, nicht gefunden. Vermutlich ertrunken.

»Einar hat damals versucht, die Verbindungsnachweise von allen zu kriegen«, sagte Ravna und reichte Mikkel stirnrunzelnd den abgelehnten Antrag hinüber. »Leider ohne Erfolg. Kann man da noch was machen?«

Mikkel legte den Antrag zur Seite. »Hab ich schon gesehen. Nee, geht nicht. Datenschutz und Vorratsdatenspeicherung, das wär nur für Terrorismus und Gefahr im Verzug. Damals waren die Anhaltspunkte zu schwach.«

Sie betrachtete die Titelseite der *Finnmarken*, der Zeitung für Vadsø und Umgebung. Linnéas Foto war unten rechts abgedruckt, neben einer Geschichte über einen vereitelten Schnapsschmuggel, »vermutlich« organisiert – was sonst? – von einer Gruppe Fjellsamen, die unerkannt flüchten konnten. »Tierarzttochter vermisst« lautete die Überschrift. Die Polizei bat um Hinweise, von dem Mädchen fehlte jede Spur.

Sie griff nach einer Ausgabe von Ende Juli, in der ein weiterer kleiner Bericht zu Linneás Verschwinden und den erfolglosen Ermittlungen der Polizei stand, und blieb bei der Titelgeschichte hängen. »Ich würde es wieder tun«. Am 22.07.2011 hatte ein Massenmörder gestanden, 77 Menschenleben ausgelöscht zu haben.

War das wirklich schon so lange her? Die Tat von Utøya hatte sich ins Gedächtnis einer Nation gesprengt und würde dort für immer bleiben. Sie dachte an Thor, der seine Frau Frida und die gemeinsame Tochter Leni damals verloren hatte, und sie fragte sich, wie er nicht nur diesen Schicksalsschlag überlebt hatte, sondern auch den Prozess und die Aussagen dieses Monsters. Hoffentlich hatte er die Zeitung nicht ganz aufgeschlagen.

Sie faltete das Blatt so zusammen, dass man als Erstes die Vermisstenmeldung sehen konnte und nicht an den Prozess erinnert wurde.

Auch die *Østhavet,* das Lokalblatt von Vardø, hatte über die Suche nach Linnéa und den vereitelten Schmuggel berichtet. Glücklicherweise erst auf Seite drei. Die Titelgeschichte über das Massaker blieb den Lesern der Akte erspart.

Es gab noch mehr Berichte, doch sie wurden mit der Zeit

immer kürzer. Der letzte war gut ein Jahr nach Linnéas Verschwinden gedruckt worden. »Suche eingestellt, vermisstes Mädchen für tot erklärt«.

Eine Stunde später brauchte Ravna eine Pause und trat vor das Zelt. Die helle Nacht war gekommen und die Farbe des Himmels änderte sich zu einem tiefen Blau. Hinter den Hügeln stand die Sonne und beleuchtete die Wolken von unten. Sie entzündete eine Glut, als würde dort oben ein Höllenfeuer brennen. Eine Erinnerung an die alten Sagen, dass der Teufel im ewigen Eis wohnte und man zu ihm nur über eine stürmische See gelangen konnte. Vielleicht hatten die Ahnen diesen Widerschein gefürchtet und *horagalles* angerufen, den Gott des Himmels, des Donners und des Regens, des Regenbogens und der See. Ein guter Gott, der Dämonen jagte und sie mit seinem *Dauge,* dem Bogen, zur Strecke brachte und den Menschen Frieden schenkte.

Wo waren sie jetzt, die Göttinnen und Götter? Wohin hatten sie sich zurückgezogen, während sie die Menschen ihrem neuen Herrscher überließen: dem Verstand? Ein Donner war Physik, genau wie das Nordlicht, der Schneesturm, die gefrorenen Wasserfälle, der rollende Stein …

Májá saß vor ihrer Hütte. Ihre Blicke trafen sich über den Platz in der Mitte hinweg, unbeirrt von Männern, Frauen und Kindern, die die letzten Vorbereitungen für die Kälbermarkierung dieser Nacht trafen. Bald war Mitternacht. In wenigen Stunden würden die letzten Herden in der Gerde eintreffen.

Sie wollte bei Eva vorbeischauen, blieb aber im Vorzelt stehen, als sie sah, dass Linnéas Gebeine schon vollständig auf dem Tisch lagen. Eva saß an ihrem Laptop und schaute zerstreut hoch.

»Hast du eine Ahnung, wo man hier Kaffee herbekommt?«

»Ich hole welchen.«

Ravna war froh, einen klar umrissenen Auftrag zu haben und nicht neben Mikkel, der in seiner Uniform schwitzte und dampfte, weiter die Akte auswendig zu lernen.

Heddas Lávvu war leer. Sie goss Wasser aus dem Kanister in die verbeulte schwarze Kanne und zündete den Petroleumkocher an. Nach wenigen Minuten sprudelte das Wasser, und sie fügte nur noch gemahlenen Kaffee hinzu, den Hedda in einer kleinen, luftdichten Aluminiumkiste lagerte. In ihr hatte ihre Mutter noch andere Schätze verwahrt, an die keine Feuchtigkeit kommen durfte: Zucker, Tee, Salz, Medikamente.

Ravna nahm eine der Tablettenschachteln heraus. Sie konnte sich keinen Reim darauf machen – es hatte noch nie mehr als Aspirin und Jod in der Hütte gegeben. Neben den selbst gemachten Salben und Pflanzenauszügen, die in keiner samischen Hausapotheke fehlen durften. Sie las die Bezeichnung. Das hier sah ernst aus. Ernst und beunruhigend. Es waren blutdrucksenkende Mittel, Betablocker. Hedda hatte Herzprobleme und nicht mit ihr darüber geredet. Sie legte die Schachteln zurück und verschloss die kleine Kiste sorgfältig. Es tat weh, dass ihre Mutter sie nicht ins Vertrauen zog.

Der Kaffee musste sich setzen. Bis er fertig war und abgefüllt werden konnte, trat Ravna vor das Zelt und ging ein paar Schritte zu Májá hinüber.

Die Waldfrau lächelte sie freundlich an und deutete auf

den Platz neben sich auf einer sehr einfach gezimmerten Holzbank vor ihrer Hütte.

»Setz dich, *uhcci loddi.*« Ravna lächelte. Kleiner Vogel hatte sie schon lange niemand mehr genannt.

»*Giitu.*[27]«

Thor war nirgends zu sehen. Sie hatten nur noch die Verbindungsdaten von Linnéas Handy in den Akten und die konnte Mikkel auch alleine durcharbeiten. Also setzte sie sich zu Májá.

»Kommt ihr voran? Ich hab Ante und Magnus aus eurem Zelt herauskommen sehen. Da hast du dir keine Freunde gemacht.«

»Die waren wir auch vorher schon nicht.«

»Es kann sein, dass sie jetzt Stimmung gegen Hedda machen.«

Ravna lehnte sich mit dem Rücken an die schartige Bretterwand der Hütte. Das Spektakel am Himmel war vorbei, weil sich wieder dichte Wolken zusammenzogen. Sie schnupperte. Es roch nach Regen.

»Warum?«

Májá legte den Kopf etwas schief. »Es wird viel geredet, viel diskutiert.«

»Ach, du meinst Issko und Juvven. Das sind Probleme südlich des Fjords. Die haben doch mit uns nichts zu tun.«

»Findest du?«

Etwas an Májás Nachfrage veranlasste Ravna, den Kopf leicht zu drehen und sie anzusehen.

---

27 Sam.: danke.

»Es herrscht jetzt schon böses Blut zwischen uns und den Norwegern. Seit die Gerichte entschieden haben, dass wir die Jagd- und Fischereilizenzen vergeben dürfen.«

»Was hat Hedda damit zu tun?«

»Oh, nichts. Rein gar nichts. Aber die Frage ist doch, an wen wir die Lizenzen vergeben. Und wer in Zukunft Rentiere züchten darf. Dieses Leben ist doch viel mehr als ein Broterwerb. Es hält uns zusammen, egal ob wir See-, Fluss- oder Gebirgssamen sind, ob wir einen norwegischen, schwedischen, finnischen oder russischen Pass haben. Die Rentiere kennen keine Grenzen, genauso wenig wie wir.«

Májá lächelte sie an. »Schau dich um. Wir kennen uns alle, Generation um Generation. Odd Ragnarssons Urgroßvater hat hier noch Bären gejagt, mit einem einfachen Spieß. Die Ulfhednars waren nicht immer die Kotzbrocken, die sie heute sind. Vor vielen, vielen Jahren, in einem der härtesten Winter aller Zeiten, als zuerst die Vögel erfroren, dann die Rentiere verhungerten und dann die Menschen, zog einer von ihnen mit einem Schlitten los übers Eis bis Russland, um dort Geweihe und Felle gegen Mehl und Fett zu tauschen. Keiner glaubte, dass er zurückkam. Viele starben. Doch dann, nach drei Wochen, war er wieder da und rettete nicht nur seine *Siida*, sondern auch die der anderen in der Nähe.«

»Ein Ulfhednar?«

Májá nickte.

»Und dann die da, Finn und Selma.« Die beiden hatten ihre Motorradkluft gegen Trekkinghosen und Fleecejacken getauscht und ordneten gerade ihre Lassos, die ziemlich neu aussahen. »Kommen nur noch hoch, weil sie damit vor den

Leuten in der Stadt angeben können. Sie haben norwegische Namen angenommen. Ihre Urgroßmutter hätte sich für sie in Grund und Boden geschämt. Sie war nämlich eine …«

Májá brach ab.

»Eine was? Woher weißt du das alles?«

»Du meinst, woher weiß eine, die nicht hier geboren ist, mehr als eine vom Fjell?«

Es klang amüsiert, aber auf keinen Fall überheblich. Dennoch fühlte Ravna sich kritisiert.

»Genau das ist ja der Konflikt«, fuhr Májá fort. »Wann gehört man dazu? Geht das überhaupt? Können Norweger, Finnen oder von mir aus auch Chinesen oder Brasilianer Rentiere züchten? Natürlich können sie das. Aber es wird ihnen nicht erlaubt, weil wir der Meinung sind, es ist unser alleiniges Recht.«

»Das ist es auch«, sagte Ravna schärfer, als sie es beabsichtigt hatte.

Oves Mutter nickte. »Ich freue mich, dass du das so siehst. Dass du unsere Traditionen so achtest. Warum ich das alles weiß? Soll ich dir das Geheimnis verraten?«

Ravna atmete tief durch und dachte an den Kaffee.

»Ich bin freundlich zu ihnen. Ich bin nett. Ich borge, und ich frage nicht, wann ich es zurückbekomme. Ich gebe Rat, wenn ich gefragt werde, und halte den Mund, wenn ich schweigen sollte. Sie haben Vertrauen zu mir. Und trotzdem werde ich bis ans Ende meiner Tage eine aus dem Süden bleiben. Bei Aili dauerte es drei Generationen, bis ihre Familie nicht mehr als eine von den Bauern-Samen aus Tromsø betrachtet wurde.«

Ihr Blick wanderte fast liebevoll über Ravnas Gestalt. »Ihr Persens seid Fjellsamen vom Anbeginn der Zeiten. Die Varangerhalvøya[28] ist eure Heimat. Gäbe es Königsgeschlechter, ihr würdet dazugehören.«

Ravna stand mit einem Lachen auf. »Ich muss Kaffee rüberbringen. Prinzessin Ravna hat leider zu arbeiten.«

Májá stand auf. »Du verstehst mich nicht. Du bist etwas Besonderes.« Sie sah sich um. Niemand achtete auf sie. Allein dieses vorsichtige Abchecken der Lage schuf einen Kokon um sie – eine Heimlichkeit, auf die Ravna nicht die mindeste Lust hatte.

»Ich kann es dir beweisen.«

»Ach Májá.«

»Doch, wirklich! Ich kann es dir beweisen! Ich gebe dir etwas. Ein Geschenk, nur für dich.«

Májás Hand legte sich sanft auf Ravnas Unterarm. In den hellen Augen der Waldsamin stand nichts als liebevolle Güte, jedoch gepaart mit einem eisernen Willen. Ravna zog den Arm weg.

»Ich will kein weiteres Geschenk, Májá.«

»Dann vielleicht … ein Geschenk an Linnéa?«

Ravnas Atem wurde kaum merklich schneller. »Wie meinst du das?«

Nun war es, als ob der Kokon dichter würde. Als ob sie vor den Augen der anderen verschwunden wären, die, selbst wenn ihr Weg sie direkt an Májás Hütte vorbeiführte, noch nicht einmal den Kopf wandten.

---

28 Varangerhalbinsel.

»Ich kann dir helfen.«

»Wie?«

»Mit etwas, das die Norweger niemals verstehen würden. Aber du, Ravna. Du weißt, was du damit anfangen kannst.«

Ravna trat einen Schritt zurück und damit heraus aus dem unsichtbaren Kreis, den diese Frau um sie gezogen haben musste. »Wenn du etwas über Linnéas Tod weißt, musst du es mir sagen.«

Ganz kurz zuckte ein Lächeln um Májás Mundwinkel. »Ich weiß rein gar nichts. Damals nicht und heute auch nicht. Aber ich könnte etwas herausfinden. Mit dir zusammen. Wenn die anderen an der Gerde sind, treffen wir uns. Dann wirst du sehen, was ich meine.«

Ravna nickte. Sie ging die paar Schritte zu Heddas Lávvu, und es war, als wäre sie ein Insekt, das sich gerade mit letzter Kraft aus einem Spinnennetz befreit hätte. Hatte Májá ihr gerade durch die Blume angeboten, ein schamanistisches Ritual anzuwenden, um mehr über Linnéas Tod zu erfahren?

»Kommst du?«, hörte sie die sanfte Stimme hinter ihrem Rücken.

Sie drehte sich noch einmal um. »Wohin?«

Májá holte eine kleine Dose Kautabak aus ihrer Jackentasche und steckte sich ein Stück in den Mund. »Zum Gänsenest«, sagte sie nur und verschwand im Inneren der Hütte.

15.

Mikkel schlief. Er schnarchte. Ravna knuffte ihn an den Oberarm, und er erwachte mit einem grässlichen Geräusch, das an einen platzenden Lkw-Reifen erinnerte.

»Bist du durch?« Sie stellte die Kanne ins Regal.

»Ja.« Hastig rieb er sich über die Augen und setzte die Mütze auf, die auf den Boden gefallen war.

»Und?«

Er schlug die Akte auf und suchte nach den Verbindungsnachweisen. »Nichts. Das letzte Mal im Gebirge hat sie sich über den Funkmast am Holmfjellet eingeloggt.«

Ravna ging zur Karte und malte einen langen Strich, der von zwei kurzen gekreuzt wurde. Ziemlich nah am Gänsenest und der alten Sommersiedlung.

»Und dann in Ekkerøy.«

Ravna sah auf die Karte. Unten am Rand war noch etwas Platz geblieben. Er reichte aus, um die Küstenlinie und die

Vogelinsel zu skizzieren. Und die Europastraße am Ufer. Sie vervollständigte die Zeichnung, trat einen Schritt zurück und ließ sie auf sich wirken.

»Dann hätte ihr Handy sich aber auch an der Uferstraße eine Funkzelle suchen müssen. Hat es das?«

Mikkel, der Kriminalspezialist für alle Lebensfragen, sah sich in seiner Ehre gekränkt. »Wenn ich sage, zwischen Gänsenest und Ekkerøy ist nichts, dann ist da auch nichts. Jedenfalls nach den Funkdaten.«

»Demnach hat sie ihr Handy im Gebirge noch angehabt und dann ausgeschaltet. Und unten in Ekkerøy wieder angemacht, zu keinem anderen Zweck, als es ins Meer zu werfen. Es wurde ja nicht gefunden.«

Das war ihm zu viel. Er trommelte ungeduldig mit seinen kurzen Fingern auf dem Aktendeckel herum. »Ist doch idiotisch«, sagte er schließlich.

»Sehe ich auch so.«

Sie legte den Marker zurück und betrachtete ärgerlich ihre Fingerkuppen, an denen schwarze Farbe haftete.

»Niemand schaltet sein Handy aus. Also komplett aus. Man switcht in den Stand-by-Modus, um Akku zu sparen. Aber wann hast du dein Handy zum letzten Mal richtig ausgeschaltet?«

Mikkel zuckte mit den Schultern. »Ich hatte es im Flugmodus, als ich letztes Jahr nach London geflogen bin.«

»London, echt?« So viel Weltläufigkeit hätte sie Mikkel gar nicht zugetraut. Da sie allein im Zelt waren, setzte sie sich auf den kippeligen Stuhl ihm gegenüber.

»Junggesellenabschied von einem Freund«, schob er hinterher. »Drei Tage all inclusive. Von der Stadt hab ich nichts gesehen. Oder ich kann mich nicht mehr erinnern. Nur an die ersten Pubs. Das war geil.«

Er holte tief Luft. Zweifellos, um sie detailliert an seinen Ausschweifungen im Londoner Nachtleben teilhaben zu lassen. Sie ging sofort dazwischen.

»Flugmodus ist jedenfalls auf die Funkdaten bezogen das Gleiche wie Ausmachen. Man muss in die Einstellungen und das Handy aktiv abschalten. Kann man tun, wenn man keine Lust darauf hat, erreichbar zu sein. Ich glaube aber, jemand hat ihr Handy mitgenommen, es in den Flugmodus geschaltet und ist damit nach Ekkerøy, um eine falsche Spur zu legen. Gibt es noch andere Verbindungsnachweise?«

»Nö.« Er pulte sich mit dem kleinen Finger im Ohr. »Für ganz Ekkerøy gibt es nur einen Funkmast, das Handy hätte also überall dort verschwinden können. War ja ein Vermisstenfall. Sie wurde für tot erklärt, ziemlich genau ein Jahr nach ihrem Verschwinden.«

Ravna lehnte sich vorsichtig zurück. »Würdest du das tun?«

»Hä?«

»Wenn du Kinder hättest. Dein Kind schon nach einem Jahr für tot erklären lassen. Sie hätte ja auch nach Gott weiß wo abhauen können.«

»Weiß ich nicht. Vielleicht. Selbstmord ist einfach naheliegend hier im Norden.«

Ravna unterdrückte einen Seufzer. Was Thor geritten haben musste, ausgerechnet Mikkel als Verstärkung hinzuzuziehen, würde auf ewig ein großes Mysterium bleiben.

»Jetzt ist es wohl ein Mordfall«, sagte sie.

»Ja.« Mikkel betrachtete seinen kleinen Zeigefinger.

»Wo ist Thor?«

»Keine Ahnung. Der lässt uns hier die ganze Arbeit machen und steht selbst nur in der Gegend rum. Haben die sonst keinen in Kirkenes?«

Die Frage war keine Antwort wert. Sie zog die Akte zu sich heran und betrachtete das Foto von Linnéa. Ein Passbild, vergrößert. Hübsches Gesicht, glatte Haare, wacher Blick. Wo war die Prinzessin geblieben, die alle verzaubert und verrückt gemacht hatte? Ihre Gedanken glitten ab zu der Begegnung am Fluss, zu diesem Mädchen aus Licht und Sonne, das ihr ein Geheimnis anvertraut hatte … wer war der Prinz, auf den es gewartet hatte? Konnte das der Schlüssel zu diesem Fall sein? Sie musste mit Thor darüber reden, sie hatte schon viel zu lange gewartet.

Die Plane wurde zurückgeschlagen. Thor kam zurück, aber ein Blick in seine verschlossene Miene verriet ihr, dass es nicht der richtige Zeitpunkt war, Kindheitserinnerungen mit ihm zu teilen. Ihm folgte ein Mann, der Ravna vage bekannt vorkam. Vielleicht lag es an der gleichen neuen, völlig ungeeigneten Kleidung. Vielleicht an der Art, wie er über sie hinwegsah und am liebsten auf dem Absatz kehrtgemacht hätte.

»Vinnan Skogrand«, stellte er sich vor und reichte erst Mikkel, dann Ravna die Hand. Sein Blick glitt abschätzig über die provisorische Einrichtung. »Interessant, wie eine Mordkommission heutzutage arbeitet.«

Thor setzte sich und warf sein Diktafon auf den Tisch. Dann schaltete er es ein.

»Setz dich.«

Täuschte sie sich oder klang seine Stimme etwas verwaschen?

»Ich will zu ihr.«

»Setz dich.«

Sie täuschte sich nicht.

»Ich bin nicht den ganzen Weg hier raufgekommen, um Small Talk mit unfähigen Polizisten zu halten! Zehn Jahre!«

Vinnan stützte sich mit den Handflächen auf der Tischplatte ab. Das hätte er vielleicht nicht machen sollen, denn der Tisch knickte daraufhin auf einer Seite ein. Thors Diktafon rutschte davon und konnte von Ravna gerade noch aufgefangen werden.

Das also war Linnéas Freund. Zumindest war er das vor zehn Jahren gewesen. Immer noch gut aussehend. Breitschultrig. Ein Surfer in Trekkingklamotten. Am Strand von Hawaii würde er mit dem Rolls-Royce der Surfbretter auflaufen. Er trug eine auffällige Armbanduhr, die, wenn sie echt war, ein Vermögen gekostet haben musste. Aber bei Leuten wie Vinnan war alles echt. Zumindest wenn es um Klamotten, Uhren, Surfbretter und Selbstbewusstsein ging. Eins neunzig groß, mit dem Kreuz eines Athleten, nahm er fast den gesamten freien Platz im Zelt ein.

Ravna schob das Gerät zurück in die Tischmitte. »*Lensmann* Rune Thor, *Politidistrikt* Kirkenes, Finnmark.« Das mit *Criminal Investigation Norway* zog hier bei niemandem. »Ravna Persen, *Politihøgskolestudent*.«

Sie zögerte. Wenn es sein musste … »Mikkel Bonsaken, *Politibetjent* Vardø.«

»Ich will sie sehen!«

Thor sagte nichts, sondern betrachtete die Digitalanzeige des Geräts, das eine Aussage aufzeichnen sollte. Vinnan wandte sich nun an Ravna.

»Also?«

»Das geht jetzt nicht.« Sie versuchte, so freundlich wie möglich zu sein. Vinnan trug einen Ehering. Sein Leben war zehn Jahre lang weitergegangen. Er hatte geheiratet, vielleicht Kinder bekommen. Er konnte es sich leisten, Stiefel für dreihundert Euro zu tragen und eine Uhr für das mindestens Zehnfache. Er war braun gebrannt, mit einem winzigen Stich ins Rote, was auf einen schnellen Urlaub irgendwo im Süden schließen ließ, aus dem er vor Kurzem zurückgekehrt war. Er machte Sport, ziemlich exzessiv, und hatte ein Auftreten, mit dem er sicher eine Menge Leute beeindruckte.

Er war nicht hängen geblieben in einem Sommer vor zehn Jahren, wie Magnus und Ante. Aber er tat so, als wäre alles erst gestern passiert.

Dem trauernden Vater glaubte sie. Dem wütenden Liebhaber nicht.

»Du würdest sie nicht mehr erkennen.«

»Darf ich das vielleicht selbst entscheiden?«

Thor fuhr hoch, als wäre er kurz vor dem Einschlafen gewesen, und nickte. »Kannst du. Sie ist im Zelt nebenan. Danach wieder zu mir.«

Er schaltete das Gerät aus. Vinnan, überrascht davon, mit seiner Forderung so problemlos durchgekommen zu sein, nickte nur und verschwand.

Thor wandte sich an Mikkel. »Ich will mit Sanne und Ben sprechen.«

»Mit wem?«

»Jetzt. Vom Rest die Personalien aufnehmen, sie können gehen.«

Mikkel nickte und eilte nach draußen. Thor lehnte sich zurück und schloss die Augen. Irgendetwas stimmte nicht mit ihm. Es lag nicht am Alkohol, da war Ravna sich sicher.

»Kann sein, dass sie schon auf der Gerde sind«, sagte sie vorsichtig. »Mitternacht. Es wird langsam Zeit.«

Thor achtete nicht auf ihren Einwand. Er blinzelte zum Whiteboard und nahm die Änderungen wahr, die sie in seiner Abwesenheit auf der Karte vorgenommen hatte.

Von nebenan kamen seltsame Geräusche. Ravna sprang auf und lief hinaus. Vinnan taumelte aus dem Vorzelt nebenan, gefolgt von Eva, die einen wütenden Blick auf Ravna abschoss.

»Wer zum Teufel hat erlaubt, dass er einfach so hereinkommen kann?«

Vinnan verschwand hinter dem Zelt und würgte, als müsste er ein halbes Rentier loswerden.

»Thor«, antwortete Ravna lapidar. »Was ist passiert?«

Eva stopfte wütend eine Haarsträhne unter das Netz zurück, das sie sich für die Untersuchungen aufgesetzt hatte.

»Was soll passiert sein? Er kommt rein, ohne Guten Tag zu sagen, schaut auf meinen Tisch und fängt an zu brüllen.«

Ravna lugte vorsichtig in die Richtung, aus der sich die Würgegeräusche langsam abschwächten.

»Show?«, fragte sie leise.

»Was weiß ich denn.« Immerhin senkte Eva jetzt die Stimme. »Ich will nach Vadsø, in einen anständigen Sektionssaal mit Klimaanlage und Licht und den richtigen Instrumenten. Warum macht Thor das?«

»Er will sie alle zusammenhaben. So wie damals.«

Ravna wusste nicht, ob das stimmte. Aber es war eine Erklärung. Sanne, Ben, Ante, Magnus, Vinnan … und Linnéa. Auch sie war da. Anders als damals, aber sie war da. Fünf junge Menschen, eine Party und etwas Unbegreifliches, das geschehen sein musste.

Sie sah zu Májás Hütte. Die Tür war verschlossen, also war sie schon auf dem Weg zur Kälbermarkierung. Ein Quad quälte sich gerade den Hügel herauf, und vor Sannes und Bens Zelt stand Mikkel und diskutierte mit den beiden im Inneren. Es würde nicht einfach werden, die Personalien von allen aufzunehmen. Sie beneidete Mikkel nicht um seine Aufgabe.

Vinnan kam zurück, wischte sich theatralisch den Mund ab und hielt sich an einer Zeltstange fest.

»Das ist unmenschlich. Ihr hättet mich vorwarnen sollen!«

Ravna erinnerte sich an ihre erste Reaktion, nachdem ihr klar geworden war, was sie entdeckt hatte.

»Es tut mir leid«, sagte sie ehrlich und aufrichtig. »Aber du warst so schnell weg.«

Eva presste die Lippen aufeinander und schwieg.

»Wisst ihr schon, wie es passiert ist?« Er ließ die Stange los und atmete tief durch. »Wie ist sie gestorben? Hat es lange gedauert?«

Die Pathologin wartete einen Moment, bis sie sich zu

einer Antwort durchrang. »Das kann ich nach zehn Jahren nicht mehr feststellen. Alles, was ich bis jetzt weiß, ist, dass sie verletzt in einer Felsspalte lag und sich nicht befreien konnte.«

Von dem Felsbrocken erwähnte sie nichts. Täterwissen.

Vinnan nickte. Einar und Henrik kamen kurz an den Zelteingang. Doch nachdem sie feststellten, dass ihre Hilfe nicht benötigt wurde, kehrten sie zurück zu zwei weiteren Campingstühlen, neben denen eine Thermoskanne und eine Brotbox standen. Ravnas Magen begann zu knurren. Vielleicht hatte jemand in der Gerde ein Sandwich dabei.

»Wollen wir wieder rüber?«, fragte sie. »Je eher du Thors Fragen beantwortest, desto schneller hast du es hinter dir.«

Ben und Sanne kamen aus dem Lávvu und folgten Mikkel über den Platz. Vinnans Augen wurden schmal. Sein hübsches Gesicht, markant und ebenmäßig gezeichnet, verzog sich.

»Was machen denn die hier?«

Ben bemerkte als Erster, wer vor dem Zelt stand. Er sagte etwas zu Sanne. Beide blieben stehen.

»Sie sind zur Kälbermarkierung da«, erklärte Ravna. Glaubte er, sie hätten die Sommersiedlung nur zu seinen Ehren aufgebaut?

Mikkel forderte etwas, Ben antwortete wütend. Mikkel packte ihn am Arm, Ben riss sich los. Sanne ging dazwischen und versuchte, zu schlichten.

Ravna nickte Eva noch kurz zu und ging zurück ins Vernehmungszelt. Das konnte heiter werden.

16.

Vinnan war schlau genug, vor den beiden ins Vernehmungszelt zu gehen. Er saß bereits, als Sanne, Ben und Mikkel eintraten.

Sanne setzte sich, Ben und Mikkel blieben stehen.

»Was macht dieser *Gaiga*[29] hier?«, fragte Ben wütend.

Vinnan lächelte ölig. »Ich freue mich auch, dich zu sehen. Ist lange her, nicht wahr? Sanne?«

Die Frau nestelte ihr Haar nervös zu einem Knoten. Da sie kein Band dabeihatte, rieselte es wieder herunter, sobald sie es losließ.

»Vinnan«, sagte sie. »Wie geht es dir?«

»Wie soll es mir gehen? Ich bekomme einen Anruf von der Polizei, dass ich mich hier oben melden soll. Natürlich alles freiwillig.« Er hob die Hände, als wäre er der koopera-

---

29 Sam.: Idiot.

tivste Mensch der Welt. »Was mache ich als braver Staatsbürger? Ich komme der Bitte selbstverständlich nach. Obwohl ich nicht weiß, was ich nach zehn Jahren noch Erhellendes beitragen könnte.«

Thor schaltete das Diktafon wieder ein.

»*Lensmann* Rune Thor, CIN. Vernehmung Vinnan Skogrand, Sanne und Ben Nielsen. Ihr habt das Recht, die Aussage …«

»Ihr seid verheiratet?«, platzte es aus Vinnan heraus. »Ihr beide?«

Ben versuchte, Haltung zu bewahren. »Ja.«

»Seit wann?«

»Ich wüsste nicht, was dich das angeht. – *Inspektør*, könnten wir das alles etwas abkürzen? Wir müssen gleich in die Gerde. Die Herden sind schon an der Bärenschlucht vorbei, es geht bald los.«

Thor heftete seinen Blick auf ihn. Zum ersten Mal bekam Ben mit, dass nicht Vinnan in diesem Zelt das Sagen hatte. Etwas von der alten, magnetischen Kraft leuchtete in seinen Augen.

»Ihr habt das Recht, die Aussage zu verweigern und einen Anwalt hinzuzuziehen. Wollt ihr das?«

Ben fragte: »Ist das ein Verhör?«

»Nein. Eine Befragung. Hat sich an eurem Familienstand, dem Geburtsdatum, eurem Beruf seit eurer damaligen Aussage etwas geändert?«

»Wir sind verheiratet«, antwortete Sanne. »Und ich arbeite jetzt als Kunsterzieher. Ben ist in der Verwaltung tätig. Wir wohnen in Kirkenes, Egebergsgate 12. Keine Kinder.«

Auch Vinnan fügte sich in das Unvermeidliche. »Ich bin verheiratet und lebe in Tromsø, Skippergata 35. Zwei Kinder, Wilma und Liam.«

»Wann habt ihr euch an diesem Abend vor zehn Jahren getroffen?«

Ben seufzte. »Das haben wir damals alles schon gesagt. Ich kann mich gar nicht mehr richtig daran erinnern. Warum soll das jetzt alles noch mal eine Rolle spielen?«

»Weil wir jetzt wissen, dass Linnéa ermordet wurde.«

»Was?«, entfuhr es Vinnan. »Ermordet? Von wem denn?«

Thor lehnte sich zurück und verschränkte die Arme.

»Ich stelle die Fragen. Ihr antwortet. Wir gehen die ganze Mittsommernacht noch einmal durch, von Anfang an. Wann habt ihr euch wo getroffen?«

Sanne schluckte. »Das war … ich glaube … hinter den Zelten in der alten Sommersiedlung. Wir kannten uns aus der Schule. Ante, Magnus, Ben und ich. Wir hatten was zu trinken besorgt. Und dann kam Linnéa dazu.«

»Einfach so?«, fragte Thor.

Seine Aufmerksamkeit fokussierte sich komplett auf die unscheinbare blonde Frau. Alle Leichtigkeit, alle Freude waren verschwunden. Ben legte seine Hand auf ihre Schulter.

»Linnéas Vater, Steffen Berger, war bei der Kälbermarkierung dabei. Und sie hatte sich wohl etwas Spannenderes hier oben vorgestellt. Ja, sie kam einfach dazu. Ich glaube, Magnus hatte sie eingeladen.«

»Eine Norwegerin.«

Sanne legte nun ihre Hand auf Bens. »Da ist doch nichts dabei.«

Ravna dachte an die Partys mit Lars in Oslo und Kirkenes und vor allem an die letzte bei Jens. Sie war die Einzige mit samischen Wurzeln gewesen. Hatte sie vielleicht deshalb einen Minderwertigkeitskomplex gegenüber der umwerfenden Turid entwickelt? Und wie mochte es Sanne bei Linnéas Auftauchen gegangen sein?

»Wir haben bis nach Mitternacht am Feuer gesessen und Musik gehört. Gequatscht, getrunken, was man halt so macht. Dann kam Vinnan.«

Ben zog die Hand zurück. Sanne wartete einen Moment, aber als klar war, dass Ben nicht übernehmen würde, zog sie kurz die Augenbrauen zusammen, als ob sie intensiv nachdenken würde.

»Vinnan wollte Linnéa abholen. Aber die hatte keine Lust zu gehen. Es war auch ein wirklich netter Abend. Ohne Streit, ohne dieses ewige *Ich hab den Größeren*.«

»Ist das sonst so?«, fragte Thor.

»Was?« Sanne war verwirrt.

»Wer den Größeren hat.«

»Also … ich meine, es gibt doch immer diese Machtspielchen unter den Jungens.«

Ben zog minimal die Augenbrauen zusammen. Er wirkte nicht so, als ob er jemals freiwillig bei irgendwelchen Größenvergleichen mitgemacht hätte. Und Sanne machte nicht den Eindruck, als hätten sich die Kerle ihr gegenüber beim Balzen überboten. Aber irgendetwas musste passiert sein, mit dem sie nicht herausrücken wollten. Thor spürte das. Erst durch seine Nachfrage war auch Ravna aufmerksam geworden.

»Erklär es mir.«

Sanne geriet ins Schwimmen. »Das ist doch nur so dahergesagt.«

Thor deutete auf das Diktafon. »Es wird in deiner Aussage auftauchen. Das ewige *Ich hab den Größeren.*«

Sie presste die Lippen zusammen und wich seinem bohrenden Blick aus. Ben straffte die Schultern. »Wir waren siebzehn, achtzehn Jahre alt und im Testosteronrausch. Natürlich gab es Anmachen und Rempeleien.«

»Auch an diesem Abend?«

Natürlich auch an diesem Abend. Ravna hätte dafür die Hand ins Feuer gelegt, so wie die beiden es herunterspielten. Ein schöner Abend, fast zu schön, um wahr zu sein. Kein Platz für Eifersucht, Neid und Jagdtrieb, nur Musik und Lagerfeuer und Orangenbrause.

»Nein!«, schaltete sich Sanne wieder ein. »Ich hab es doch schon gesagt, es war alles okay.«

»Obwohl Linnéa dazukam? Ein Mädchen wie die erste Sonne nach einem langen Winter?«

Ravna sah Thor erstaunt an.

»Alle veränderten sich. Die Männer gingen aufrechter. Die Frauen kämmten ihr Haar. Die Kinder liefen um sie herum, und die Hunde, selbst die wildesten, fraßen ihr aus der Hand.«

Heddas Worte. Es war still, niemand sagte etwas. Sanne blickte zu Boden. Ben schob das Kinn vor und heftete einen finsteren Blick auf das vollgekritzelte Whiteboard. Es war Vinnan, der diesen seltsamen Augenblick zerriss.

»Ja, sie war schon eine Granate.«

Thor hatte die Augen halb geschlossen, als ob er sich den Eindruck, den Linnéa gemacht haben musste, vorstellen wollte.

»Wann bist du gekommen?«, fragte er.

»Ich?« Vinnan sah in die Runde. Als Thor nicht antwortete, sagte er: »Gegen eins oder zwei.«

»Wie?«

»Wie?«

»Wie.«

Thor öffnete die Augen und Vinnan traf ein Blick aus Stahl. Vielleicht hatte Linnéas Lover noch bis eben geglaubt, es mit einem durchgeknallten, unkonzentrierten Kleinstadtbullen zu tun zu haben, den er locker in die Tasche stecken konnte. Doch Thors Ton und sein Blick belehrten ihn eines Besseren.

»Mit dem Auto. Einem Geländewagen.«

»Das war bei der alten Sommersiedlung noch möglich«, sagte Ravna.

»Warum?«

»Warum?«

»Ich wiederhole meine Frage nicht noch einmal.«

»Weil ich sie sehen wollte.«

Thor zog die Akte näher zu sich heran, schlug sie aber nicht auf. »Wolltest du sie sehen oder wolltest du sie kontrollieren?«

Jetzt hatte Vinnan endgültig genug. »Sie war meine Freundin! Ich habe sie geliebt und vermisst. Und sie mich auch. Deshalb bin ich gekommen. Und wenn das so weitergeht, sage ich nichts mehr ohne meinen Anwalt. Ich bin hergekommen, weil ihr Vater mich angerufen und gesagt hat, ihr hättet sie gefunden. Er selbst schafft es im Moment nicht, hier raufzukommen. Also bin ich los. So viel bedeutet sie mir, selbst heute noch!«

Er lehnte sich wütend zurück und wäre fast mit seinem Stuhl umgefallen.

»Was geschah, als ihr euch getroffen habt?«

Vinnan atmete tief ein und aus, als wäre er an die Grenzen seiner Beherrschung getrieben worden.

»Ich hab sie bei den anderen getroffen und sie hat sich gefreut. Dann sind wir aufgebrochen, irgendwohin, an einen seltsamen Ort.«

»Das Gänsenest«, sprang Sanne ihm bei. »Es war schon spät, zwei oder drei Uhr morgens. Wir wussten, dass die anderen irgendwann mit den Kälbern fertig sein würden und zurückkämen. Dann wäre es vorbei mit der Party. Und da fiel uns das Gänsenest ein.«

»Wem?«

Sanne sah zu Vinnan, der abschätzig den Mund verzog und dann auf seine Uhr blickte.

»Keine Ahnung. Das weiß ich nicht mehr. Das machte auf einmal die Runde. Tut mir leid, aber nach zehn Jahren? Wer weiß denn da noch alles so genau?«

Thor beugte sich vor und legte die Unterarme auf dem Campingtisch ab.

»Ben.«

Die Schultern des *Rendrifters* spannten sich.

»Warst du damals schon mit Sanne zusammen?«

»Wie, damals?«

»In der Nacht von Freitag, den 24.06.2011 auf Samstag, den 25.06.?«

»Ja, ich denke schon.«

»Wart ihr oder wart ihr nicht?«

Sanne sah zu Ben hoch.

»Doch, das waren wir.«

Vinnan stieß einen leisen, verächtlichen Ton aus. »Dann habt ihr beide das aber gut verborgen. Ich weiß noch, wie Ante dich angebaggert hat. Und das schien dir ganz gut gefallen zu haben.«

»Was?«, fauchte Sanne. »Hast du sie nicht mehr alle?«

Ben kam einen halben Schritt vor, mehr Platz war nicht in dem Zelt. »Wenn du was zu sagen hast, Vinnan, dann sag es jetzt. Klar und deutlich. Vielleicht verrate ich dir dann, wen Linnéa *angebaggert* hat, während du nicht da warst!«

Vinnan legte den Kopf in den Nacken und lachte. »Vielleicht dich, Ben? Mein Gott, ist das witzig. Hätte ich nie von dir gedacht, dass du so einen Sinn für Humor hast!«

»Vielleicht wollte sie ja mal jemanden, der sich seine Beliebtheit nicht erkaufen muss?«

Ravna wollte den Mund öffnen, um dazwischenzugehen, aber ein winziges, kaum wahrnehmbares Kopfschütteln von Thor brachte sie davon ab.

»Ich muss mir nichts erkaufen«, kam es immer noch schwer erheitert von Vinnan zurück. »Das wirst du nie checken. Und lass Linnéa aus dem Spiel. Sie war nicht so.«

»Ach ja?« Ben hielt sich gerade noch unter Kontrolle. »Da hatte ich einen anderen Eindruck.«

»Wenn du dich so genau erinnern kannst«, sagte Sanne

spitz, »dann kannst du ja weitererzählen.« Bens Andeutung hatte sie getroffen, aber sie wollte es nicht zeigen. »Ich hatte jedenfalls irgendwann einen Filmriss. Ich weiß nicht mehr, wer die Idee mit dem Gänsenest hatte, aber irgendwann waren wir da und …« Sie fuhr sich mit der Hand über die Augen. »Und ab da weiß ich nichts mehr.«

»Wie wart ihr da?«, fragte Thor.

»Was meinst du?«

»Seid ihr gelaufen, gefahren, geflogen?«

Sannes Hände fuhren nervös über ihre Hose. »Das weiß ich nicht mehr. Zum Gänsenest braucht man ein Quad, ein Auto schafft das nicht. Ante und Magnus sind mit einem aufgetaucht, und Ben …«

»Ja?«, fragte der. Er hatte plötzlich etwas Lauerndes in der Stimme.

»Ist gelaufen?«, vollendete sie unsicher den Satz.

Thor sah abwartend in die Runde. »Ben ist gelaufen. Kann sich jemand daran erinnern? Ben? Du vielleicht?«

»Wird wohl so gewesen sein.«

Thor schlug mit der Hand auf die Tischfläche. Alle zuckten zusammen. »Wer ist wann mit wem aufgebrochen? Ich würde euch raten, euch zu erinnern. Jetzt.«

Sanne holte tief Luft. »Ich bin bei Ante und Magnus mitgefahren. Vinnan war auch mit dabei.«

»Und Linnéa?«

»Das weiß ich nicht.«

Thor wandte sich an Vinnan.

»Die ist auch mitgefahren«, sagte er. »Es war ein großes Quad.«

»Und Ben?«

Ben schürzte trotzig die Lippen. »Ich bin gelaufen. War kein Platz mehr.«

Er war der Prinz, schoss es Ravna durch den Kopf. Es war Ben! Auf ihn hatte Linnéa unten am Fluss gewartet. Nicht auf Magnus, Ante oder Vinnan. Es musste Ben gewesen sein. Weiß der Himmel, was damals zwischen den beiden passiert war, aber sie hätte nicht so geleuchtet, wenn es Vinnan gewesen wäre. Aber dann hatten Sanne und Vinnan gelogen. Irgendwann musste Linnéa sich davongestohlen haben, um sich heimlich mit Ben zu treffen.

Ravna spürte, dass Thor sie ansah. Vielleicht konnte er keine Gedanken lesen, aber er war verdammt nahe dran.

»Gelaufen«, wiederholte er Bens Worte. »Gut. Die einen sind die Ersten, die anderen die Letzten. Irgendwann sind dann alle im Gänsenest und die Party geht weiter.«

Ben wusste, dass er sich nicht unnötig provozieren lassen durfte. Er klaubte mühsam die Reste seiner Umgangsformen zusammen und fuhr fort.

»Wir haben auch da ein Feuer gemacht, weil es verdammt kalt wurde und das Gänsenest so tief liegt, dass die Sonne nicht mehr hinkam. Vinnan hatte Wodka dabei, Ante und Magnus waren sturzbesoffen. Irgendwann sind Vinnan und Linnéa weg und dann bin ich auch eingeschlafen.«

»Ja«, sagte Vinnan gedehnt, immer noch das Grinsen im Gesicht. »Das steht jetzt vielleicht nicht in der Zeugenaussage, aber wir hatten ein gewisses Bedürfnis, das nicht alle Anwesenden hier verstehen dürften. Anschließend kamen wir zurück. Es war vielleicht vier Uhr morgens. Alles schnarchte und furzte durcheinander. Linnéa musste zurück nach Varangerbotn. Sie hatte da jobmäßig was am Laufen. Also habe ich die Schlafsäcke rausgeholt, und wir haben uns etwas abseits hingelegt, um noch etwas Schlaf zu kriegen. Als ich aufwachte, war es neun. Alle pennten noch, nur Linnéa war weg. Ich dachte, sie wäre zur Siedlung, umziehen, waschen oder so. Aber da war sie nicht. Sie war weg. Spurlos verschwunden.«

Je länger er geredet hatte, desto weniger arrogant hatte es geklungen. Die letzten Worte hatte er sehr leise gesagt. Doch dann, um sofort dem Eindruck zuvorzukommen, er könnte sich verwundbar zeigen, sagte er: »Vielleicht hat sie da noch gelebt. Und keiner von euch ist auf die Idee gekommen, sie in dieser verdammten Schlucht zu suchen!«

»Du auch nicht!«, gab Ben zurück. »Du bist einfach abgehauen.«

»Ach, bin ich jetzt schuld? Was hätte ich denn tun sollen?«

»Jedenfalls nicht beleidigt abzischen.«

Jetzt wurde Vinnan sauer. Bisher hatte ihn das alles noch amüsiert. Aber nun ging es um seine Ehre.

»Ich dachte, sie wäre allein zurück! Sie hätte eine Woche später einen Job angefangen, auf den sie sich gefreut hat. Darauf wollte sie sich vorbereiten. Ich dachte, meine Güte, vielleicht hab ich irgendwas gesagt oder getan, dass sie sauer auf mich ist.«

»Hast du«, gab Ben eisig zurück. »Du hast gesagt, sie hätte den Job nie bekommen, wenn sie nicht mit ihrem zukünftigen Chef geschlafen hätte.«

»Hat sie?«, fragte Thor in einem Ton, der Vinnan erst recht auf die Palme brachte.

»Nein!«

»Sicher?«

»Moment mal. Was soll das?«

»Ob du hundertprozentig sicher bis, dass Linnéa nicht mit ihrem zukünftigen Chef geschlafen hat.«

Vinnan begriff früher als Ben eben, dass es gar nicht um eine Antwort ging, sondern um die Reaktion auf die Frage. Er holte betont Luft, um zu demonstrieren, wie sehr er sich in der Gewalt hatte. »Das kann keiner sein. Oder weißt du, was deine Frau hinter deinem Rücken treibt?«

Erschrocken sah Ravna zu Thor.

»Sie ist tot«, sagte er kalt.

»Oh shit.« Vinnan fuhr sich durch die Haare. »Das tut mir leid. Sorry.«

Zum ersten Mal wirkte er hilflos. Sanne und Ben blickten ernst, taten ihm aber nicht den Gefallen, ihm zu Hilfe zu kommen.

»Ich bin ziemlich sicher, dass sie nichts mit ihrem Chef hatte. So sicher, wie man halt sein kann. Es war doch nur ein dummer Spruch. Deswegen ist sie doch nicht abgehauen!«

Im Großen und Ganzen deckten sich die Aussagen von damals mit dem, was hier erzählt wurde. Party in der Sommersiedlung, dann Hardcore-Saufen im Gänsenest, kollektiver Blackout. Aber von der schnellen Nummer um die Ecke war nicht die Rede gewesen. Und auch nicht von den Begehrlichkeiten untereinander und erst recht nicht davon, was sie unter den Männern ausgelöst hatte. Wann hatte Ben Linnéa am Fluss getroffen? Wie hatte sie sich unbemerkt davonstehlen können? War sie ihrem Mörder in die Arme gelaufen?

Thor griff nach dem Diktafon. Bevor er es ausschaltete, sagte er: »Null Uhr 43, Vernehmung beendet.«

Vinnan stand langsam auf. »Dann kann ich ja wohl gehen.«

»Nicht zu weit«, erwiderte Thor und ließ das Gerät in seine Manteltasche gleiten. »Ihr haltet euch vorläufig für weitere Befragungen zu meiner Verfügung. Solange ich hier oben die Erstbefragungen durchführe, verlasst ihr die Sommersiedlung nicht.«

»Moment. Ich muss morgen wieder in Tromsø sein. Wenn ihr noch irgendwas von mir wollt, dann kommt gefälligst zu mir.«

Thor stand auf. Er war zwar einen halben Kopf größer als Vinnan, der ihn vermutlich mit einem einzigen gezielten Kinnhaken außer Gefecht setzen konnte. Aber der Blick, mit dem er den Mann vor ihm musterte, ließ keinen Zweifel aufkommen, dass es ihm ernst war.

»Ich warne euch. Jedes Wegbewegen wird von mir als Flucht und Verdunkelung gewertet.«

»Ach ja?« Vinnan klang schon etwas kleinlauter. »Und unter welchem Vorwand?«

»Verdacht der gemeinschaftlichen Ausübung eines Tötungsdeliktes an Linnéa Berger. Ravna?«

Sie sprang auf.

»Abmarsch.«

17.

Das überraschte Schweigen im Zelt folgte ihr bis hinaus auf den Vorplatz. Dort wagte sie, Thor zu fragen: »Du hast sie alle unter Verdacht?«

Er antwortete nicht, sondern betrat Evas Zelt. Um nicht draußen dumm herumzustehen oder einem der Verdächtigen zu begegnen, folgte sie ihm.

»Einar?«

Der Rentierpolizist trank gerade einen Schluck Kaffee, den Ravna jetzt auch ziemlich nötig hatte. Es ging auf ein Uhr nachts zu, auch wenn die Sonne ein anderes Gefühl vermittelte. Das Leben im Mittsommer hatte einen ganz eigenen Rhythmus. Man schlief weniger und blieb viel länger auf. Aber langsam spürte sie, dass die kurze Rast am Nachmittag nicht ausgereicht hatte, um wirklich fit zu sein.

Eva hatte ebenfalls einen Becher in der Hand. Vor ihr auf dem Tisch lag Linnéas Skelett, in einem Regal, sorgfältig in

Plastikbeutel verpackt, die Kleidung. Um nicht hinsehen zu müssen, nahm Ravna den Beutel mit den pinken Stiefeln heraus. Sie waren verwittert, aber ein Blick auf die Sohle verriet, dass sie kaum benutzt worden waren.

»Das Gänsenest. Wie weit ist es von hier?«, wollte Thor wissen.

Einar stellte hastig den Becher unter seinen Klappstuhl. »Ungefähr eine halbe Stunde über eine ziemlich holperige Piste, aber mit dem Quad müsste das zu schaffen sein.«

Thor ging hinaus. Einar sah ratlos zu Henrik und dann zu Ravna.

»Was … ähm … heißt das?«

»Dass wir dahin fahren«, vermutete Ravna.

Eva blies in ihren Kaffee und vertuschte damit ein amüsiertes Lächeln.

»Oh. Ja. Gut. In zwei Minuten.«

Er verließ eilig das Zelt. Henrik, der sich in seinem Stuhl kurz aufgerichtet hatte, ließ sich wieder zurücksinken und starrte auf sein Handy. Dort lief gerade eine actiongeladene Filmszene, vermutlich heruntergeladen für lange Wachen an Orten ohne Internet.

Internet.

Lars.

Verdammt. Vielleicht hatte sie unterwegs auf einem Bergrücken Empfang. Sie konnte ihm unmöglich schreiben: *Ich liebe dich und will mit dir zusammen sein. Und Turid soll die Finger von dir lassen, denn du gehörst mir.*

Aber warum eigentlich nicht? Sie führten doch eine Beziehung, auch wenn sie es noch nie ausgesprochen hatten.

Die Wochenenden, die Nächte, die langen Gespräche, das Gefühl, sich bei ihm angenommen und geborgen zu fühlen. Sein Lachen, seine Zärtlichkeit … war das alles nur daten? Das war mehr, viel mehr. Sie atmete tief durch und tippte auf ihren Handybildschirm, um eine Nachricht zu verfassen.

»Hier«, sagte Eva, die ihren Becher auf einer der Alukisten abgestellt hatte und sich wieder über ihren Tisch beugte.

»Unser Verdacht, dass sie eine Verletzung am Kopf hatte, hat sich bestätigt. Eine Läsur am linken Schläfenbein. Nicht sehr groß, und ich muss sie auch noch genauer untersuchen. Vielleicht post mortem, nach all den Jahren. Oder durch den Sturz zugefügt.«

Ravna steckte schnell ihr Handy ein. Lars musste warten.

»Oder vorher«, mutmaßte sie.

Eva nickte. »Ich kann hier nur mutmaßen. Mehr habe ich bis jetzt nicht. Und bei euch?«

»Thor hat alle, die damals mit Linnéa gefeiert haben, quasi unter Hausarrest gestellt.«

»Was hat er vor?«

Von draußen erklang das auffordernde Brüllen eines Quads. Ravna warf einen schnellen Blick auf Henrik, der aber völlig in sein Handy vertieft war und nicht einmal aufsah.

»Ich weiß es nicht«, sagte sie leise. »Aber hat er uns das jemals gesagt?«

Einar lenkte das Quad. Es hatte vier Sitze und Überrollbügel, aber keine Verkleidung. Immer wieder spritzten kleine

Steine hoch, wenn er einen Hügel in Angriff nahm oder stark abbremste. Ravna wurde hin und her geschleudert, sodass sich die halbe Stunde wie eine Ewigkeit hinzog. Der Fahrtwind verstärkte noch die Böen, die frei und ungehindert über das Land pfiffen. Der Himmel hatte sich wieder zugezogen und von der Sonne war nur noch eine matte Scheibe am Himmel zu sehen. Wie im Herbstsommer, dachte Ravna. Die melancholischste unserer acht Jahreszeiten. Die hellen Tage neigen sich dem Ende und nachts schleicht sich der Frost heran. Vorboten des langen Winters und der Polarnacht, Zeit des Abschieds …

Sie passierten ein *Sieidi*, das Ravna kannte. Der einsame Felsbrocken lag wie vergessen auf dem Rücken eines Hügels. Seine Form erinnerte an die eines schlafenden Wolfes: der steinerne Wächter über die *Ulfsynke*. Südlich von hier lag die alte, aufgegebene Sommersiedlung.

Einar lenkte das Quad nach Norden über Geröllbrocken aus einer Senke und gab ihm die Sporen. Der Motor ließ die Chassis erzittern, und für einen Moment sah es so aus, als ob er die nächste Steigung nicht mehr schaffen würde. Aber dann waren sie oben. Einar bremste, das Gefährt kam zum Stillstand, und er drehte den Zündschlüssel. Stille.

Thor stieg ab. Ravna, durchgeschüttelt bis ins Mark, folgte ihm mit unsicheren Schritten, bis sie an den Rand einer weit abfallenden Mulde kam. Tief unten lagen gewaltige, runde Steine, umschlossen von zackigen Felsen: das Gänsenest.

Thor begann, über Geröllfelder und stufige Felsvorsprünge herabzusteigen. Einar, der keine klare Anweisung bekommen hatte, blieb auf dem Quad sitzen. Sie nickte ihm kurz zu und folgte ihrem Boss.

Es war eine seltsame Laune der Natur, diese sanft gerundeten Rieseneier inmitten einer unwirtlichen, fast zersplittert wirkenden Felslandschaft zu platzieren. Bestimmt war das Gänsenest auch ein *Sieidi*, obwohl Ravna noch nie von ihm gehört hatte. Sie versuchte, etwas von der Kraft dieses Ortes zu spüren, aber für sie war die Gegend nur steinig, staubig und unwirtlich.

Unten angekommen, hatte Thor bereits die Steine umrundet und starrte auf ein paar klägliche Flechten zu seinen Füßen. Wenn das der Ort sein sollte, in dem sich Liebespaare ein paar nette Stunden machten, dann war es ein ziemlich unbequemes Vergnügen.

»Und?«, fragte sie. »Wonach suchst du? Es ist zehn Jahre her.«

Die Spitze seines Stiefels bohrte sich in den Boden.

Ravna steckte die Hände in die Taschen ihrer Windjacke. Es war verdammt kalt, Sommer hin oder her. Er gab es auf, den Boden noch weiter zu malträtieren.

»Wie weit ist es von hier bis hinauf zur Bärenschlucht?«

»Eine halbe Stunde mit dem Quad, mindestens. Zu Fuß mehrere Stunden.«

Sie drehte sich ein Mal im Kreis, aber alles, was sie sah, war ein steinernes Meer.

»Sie müsste einen verdammt guten Grund gehabt haben, nach einer durchwachten Nacht noch so einen Marsch zu machen«, sagte sie.

»Sie ist nicht gelaufen. Nicht mit dieser Verletzung. Sie

wurde dorthin gebracht. Entweder war sie da schon tot oder bewusstlos. Es ist hier passiert.«

»Hier?«

»Es war ein Einzeltäter. Sie haben den Mord nicht gemeinsam begangen, dafür widersprechen sie sich zu sehr.«

»Ah«, antwortete Ravna verständnislos. Vielleicht war sie auch nur zu müde, um seinen Gedankensprüngen zu folgen.

»Ihre Erinnerungen sind nach all den Jahren in einem ganz normalen Maß unterschiedlich. Aber einer lügt.«

»Wer?«

»Das werden wir herausfinden. Du hast Ben in Verdacht. Warum?«

»Hab ich gar nicht. Ich fand es nur seltsam, dass er gelaufen ist. Magnus und Ante hätten eher Vinnan stehengelassen.«

Ihr war nicht wohl unter seinem forschenden Blick. Irgendwann musste sie mit der Wahrheit herausrücken.

»Und du?«

»Es ist noch zu früh, denn alle haben ein Motiv. Bei Sanne und Vinnan ist es Eifersucht. Bei Ben Begehren. Bei Magnus Zurückweisung. Bei Ante Kontrolle, über seinen Bruder und alle anderen.«

»Und bei Torbjørn?«

»Angst.«

»Angst?«

»Wir sind erst am Anfang. Aber wir müssen uns beeilen. Auch wenn zehn Jahre seit der Tat vergangen sind, beginnt der Täter erst jetzt, das Ausmaß zu begreifen. Er wird alles daransetzen, nicht gefasst zu werden.«

Sie nickte. Das verstand sie. Aber nicht, wie er Torbjørn und Angst unter einen Hut brachte.

Der Wind wehte Thor die fast schwarzen Haare in die Stirn. Sein schmales Gesicht wirkte nicht mehr ganz so ausgezehrt wie damals, als sie zum ersten Mal zusammengearbeitet hatten, aber gesund sah anders aus.

Sie nahm all ihren Mut zusammen und fragte: »Wie geht es dir?«

Er antwortete nicht. War ja klar.

»Danke für deine …« Empfehlung, wollte sie sagen. Dass ich den Studienplatz bekommen habe. Ich hätte es wahrscheinlich auch ohne dich geschafft, aber es war nett von dir.

Doch solche Worte blieben einem bei Thor im Hals stecken.

Er hörte gar nicht zu. Er ging ein paar Schritte, spähte mal in die eine, mal in die andere Richtung, als ob ein Bus Verspätung hätte.

Mit einem resignierten Seufzen setzte sie sich auf das größte Ei. Es gab hier nichts mehr. Einar hatte damals jeden Stein umgedreht, und selbst wenn er etwas übersehen hätte, waren zehn Jahre einfach zu lang.

Thor hob den Kopf und blähte die Nasenflügel, als ob der Wind gerade etwas zu ihm hinübergetragen hätte. Abrupt drehte er sich um und spähte nach Nordost. Von dort näherte sich etwas, das er eher witterte als sie. Ravna stand auf und stellte sich neben ihn. Und dann sah sie, wie über dem Kamm des Hügels ein Kopf auftauchte, umweht von langen, grauen Haaren.

»Májá«, flüsterte sie.

Ihre Verabredung am Gänsenest. Die hatte sie völlig vergessen.

Die Waldfrau balancierte vorsichtig über die Steine und kam langsam zu ihnen hinunter. Sie trug eine beige Hose und die dazu passende Windjacke, darunter Pullover und Fleeceshirt. An ihrem Gürtel baumelten ihre drei Messer, Karabiner und eine *kåsa,* die hölzerne Trinkschale. Ihre Schuhe fassten sicher Tritt, nur das trockene Geröll rutschte ab und zu unter den Sohlen weg.

»Ah«, rief sie. »Hier seid ihr!«

Die Schuhe und Hosenbeine sahen so verdreckt aus, als wäre sie noch bis eben in der Gerde gewesen.

»Rune Thor und Ravna Persen.« Mit einem breiten Lächeln brachte sie auch die restlichen Höhenmeter hinter sich und kam dann, fast ein wenig zu schnell wegen des abfallenden Geländes, bei ihnen an. »Zwei Konstabel auf der Suche nach den Geistern der Vergangenheit.«

In Thors Gesicht regte sich kein einziger Muskel. Ausgerechnet hier mussten die beiden wieder aufeinandertreffen. Ravna wollte nicht daran zurückdenken, was schon einmal bei Thor ausgelöst worden war, als er völlig unvorbereitet mit samischem Schamanismus konfrontiert worden war. Und jetzt Májá, die immer noch hoffte, ihr Waldzauber würde auch im Gebirge wirken.

Ravna hatte großen Respekt vor dem, was Menschen glaubten. Solange sie damit anderen nicht zu nahe traten. Beim Mord an Olle Trygg, den sie in Vardø aufgeklärt hatten, war es um ein Haar schiefgegangen. Sie hatten die Grenze zwischen Wahrnehmung und Wunschvorstellung nicht entschieden genug gezogen. Es war ihr gemeinsamer Fehler gewesen, und Ravna war fest entschlossen, es kein zweites Mal dazu kommen zu lassen.

Májá hingegen sah aus, als ob solche Gedanken sie nicht im Mindesten berühren würden. Ein Mord? Zwei Ermittler auf Spurensuche? Davon ließ sie sich nicht beeindrucken und schon gar nicht davon abhalten, hier aufzutauchen. Sie stemmte die Hände in die Hüften und sah sich um. »Es ist so lange her, dass ich das letzte Mal hier war. Ich glaube, mein Mann hat mir damals den Ort gezeigt. Das Gänsenest.« Sie kicherte. »Neun Monate später kam Ove, unser Nachzügler. Und das bei einem Tier, das für Reinheit steht.«

Als sie merkte, dass der Witz weder bei Thor noch bei Ravna ankam, räusperte sie sich. »Der Gans werden viele magische Eigenschaften zugesprochen. Jungfrau, Mutter, weise Frau, all das vereint sie in sich. Zauberinnen verwandelten sich gerne in ihre Gestalt, weil sie so unschuldig wirkt. Und sie sagt die Zukunft vorher, wenn man daran glaubt.«

»Mich erinnert das einfach an ein Nest«, sagte Ravna gegen ihre innere Überzeugung. »Es könnte von jedem Vogel sein.«

»Aber ihr habt die Gans gewählt. Das muss doch etwas bedeuten, oder?«

Májá schlenderte zu dem Stein, auf dem eben noch Ravna gesessen hatte, und strich sanft mit den Fingerspitzen über die Oberfläche.

»Es freut mich, Ravna, dass du meine Einladung angenommen hast. Und du, Thor, auch. Es ist ein guter Ort, an dem wir uns befinden. Geschützt vor Blicken und bösen

Mächten.« Sie ging zum nächsten Stein und drehte ihnen dabei den Rücken zu. Auch dort strich sie mit den Fingern über die Oberfläche. »Aber dann wurde die Magie zerstört. Blut ist geflossen. Ein Leben wurde ausgelöscht.«

Jetzt stützte sie sich mit beiden Händen auf den Stein, als hätte sie plötzlich die Kraft verlassen.

»Wir müssen diesen Ort heilen. Er wird sonst auf immer dieses Mal tragen.«

Ravna wandte sich an Thor. »Sie wollte, dass du herkommst?«, fragte sie leise.

Er nickte knapp. »Allerdings hatte ich mir anderes erhofft als eine Steinheilung.« Die alte Ironie blitzte wieder auf.

»Was denn?«

Wieder sog er die Luft ein, als ob er damit etwas in sich aufnehmen könnte, was sie weiterbringen würde. »Sie weiß etwas.«

Májá, die sie hoffentlich nicht hören konnte, stützte sich immer noch mit geschlossenen Augen auf den Stein.

»Bist du sicher? Sie kommt aus dem Süden, sie hat von uns Fjellsamen keine Ahnung. Hier ist kein Wald, aus dem sie irgendetwas lesen könnte. Vielleicht …«

»Das meine ich nicht.«

»Du meinst … sie *weiß* etwas?«

»Das habe ich gerade gesagt.«

Er ging zu Májá, die sich aufrichtete, als sie seine Schritte hörte.

»Was ist damals geschehen?«, fragte er sie.

Ein winziges Blitzen leuchtete in den Augen der Waldfrau auf und erlosch sofort wieder. »Ich war nicht dabei.«

»Kam jemand zu dir und wollte etwas zur Beruhigung?«, fragte Ravna. »Gegen Albträume? Menschen verändern sich nach einer Tat. Sie machen nicht einfach so weiter. Sie müssen verbergen, was sie getan haben. Allen ins Gesicht lügen. Wurdest du angelogen, Májá?«

Doch die Augen der Waldfrau blieben ruhig. »Nein.«

Thor wollte etwas sagen, aber Májá war schneller.

»Was nimmst du?« Sie legte ihre Hand auf seinen Arm, den er unwillig, fast reflexhaft wegzog.

»Was haben sie dir gegeben, damit du funktionierst?«

Er schnaubte verächtlich. »Ich weiß nicht, was du meinst.«

Ihre Hand fuhr in die Jackentasche und kam mit ein paar Krümeln heraus. »Nimm das stattdessen. Du wirst sonst nicht weiterkommen. Du musst das Böse einfangen und in einen Käfig sperren. Aber das wird dir nicht gelingen, solange du selber im Käfig sitzt.«

»Was ist das?«, fragte Ravna.

Májá schaute auf die Krümel in ihrer Hand. »Etwas Hornkraut, getrocknete Beeren, Engelwurz, gesüßt mit Birkensirup. Und noch ein paar Kräuter, deren Namen ich jetzt vergessen habe, die aber äußerst hilfreich bei …« Sie sah hoch. »… bei eigentlich allem sind. Vermischt mit Rentierfett. Ich gebe das den Leuten, die Hunde im Kopf haben.«

»Was?«

»Kleine Hunde, die miteinander spielen und nach ihrem Schwanz schnappen.«

Thor griff nach einem Krümel, zerrieb ihn in der Hand und roch daran. »Interessant.«

Dann ließ er die Reste auf den Boden fallen. Ravna atmete

erleichtert auf. Für Thor war Alkohol gefährlich, aber glücklicherweise nicht die Drogen aus heimischem Anbau, denn es war keinesfalls ein harmloses Naturmittel. Seltsam, dass Májá sie ausgerechnet einem Polizisten angeboten hatte.

Májá zog die Hand zurück. »Deine Entscheidung, Rune Thor.«

»Du bleibst bei den Hütten, bis ich deine Aussage habe.«

»Ja, natürlich«, erwiderte sie, fast ein wenig zu gehorsam. »Darf ich noch ein wenig bleiben oder soll ich gleich mitkommen?«

Thor antwortete nicht, sondern drehte sich um und begann mit dem Aufstieg. Ravna fühlte sich hin und her gerissen. Sie wusste, das Májá etwas verbarg, aber sie konnte auch nicht einfach bei ihr bleiben.

»Mach das nicht«, bat sie. »Biete ihm nicht noch mal was an. Er funktioniert. Gut sogar.«

Májá sah der düsteren Gestalt mit dem wehenden schwarzen Mantel hinterher. »Aber keiner weiß, wie lange.«

Etwas Beängstigendes griff nach Ravnas Herz. »Wie meinst du das?«

»Ich sehe es an seinen Augen. Ist dir das nicht aufgefallen? Diese großen Pupillen? Er nimmt irgendein Teufelszeug. Vielleicht hilft es ihm, zu funktionieren. Aber mit Sicherheit nicht, einen Mörder zu fangen.«

»Was weißt du?«

Der bekümmerte Ausdruck verschwand von Májás Gesicht. »Nichts. Nur, wie man etwas Frieden schenkt.«

»Wer hat diesen Frieden gebraucht?«

Aber die Waldfrau wandte sich ab und ging zu einem

Stein, der etwas entfernt von den anderen lag. Dort setzte sie sich hin und sah in den grauen Himmel.

Ravna hätte dieselbe Frage hundertmal stellen können und keine Antwort mehr erhalten. Unwillig stapfte sie Thor hinterher, der schon oben an der Abbruchkante der Felsen angekommen war. Er wollte weitergehen, aber etwas hielt ihn davon ab, sodass er sich noch einmal umdrehte und hinunterblickte.

Es war ein Ton. Leise zunächst, kaum hörbar. Doch dann wurde er lauter, wie ein Grollen aus einer erzürnten Kehle. Dann wieder spielerisch, mit kleinen halben Noten wie tänzelnde Schritte.

Ravna blieb stehen und lauschte. Májá sang den Bärenjoik, der die Seele des Tieres nach der Jagd besänftigen sollte. Dem alten Glauben nach war der Bär allwissend, allgegenwärtig und der Sprache der Menschen mächtig. Deshalb nannte man auf der Jagd auch nicht seinen Namen. Man nannte ihn den Winterschläfer. Den Herrensohn. Die Mutter, wenn es um eine Bärin ging, denn der Sage nach war ihre Urahnin ein verwildertes Mädchen.

Der Gesang kletterte die Felswände hoch und echote über das Gänsenest. Langsam stieg Ravna weiter auf, bis sie Thor erreicht hatte. So standen sie nebeneinander und lauschten dem Joik einer Waldfrau, die es in das fremde Gebirge verschlagen hatte.

»Wach doch auf, mein Bruder«, flüsterte Ravna. »Schon leuchtet der Tag auf den Bergen.«

Thor sah sie fragend an.

»Es gibt auch Worte zu diesem Joik«, erklärte Ravna.

»Aber ich kenne sie nicht richtig. Der Bärenjoik ist nichts für mich.«

»Warum nicht?«, fragte Thor.

»Weil ich nicht jage«, antwortete sie und wusste im selben Moment, dass das nicht stimmte.

Thor wusste das auch.

Gemeinsam gingen sie zurück zum Quad, wo Einar über dem Lenkrad hing und schlief.

18.

Das Vernehmungszelt war bei ihrer Rückkehr leer. Die ersten paar Minuten freute sich Ravna, dann allerdings begann sie sich zu fragen, wo Mikkel geblieben war, und ging nach nebenan.

Thor ließ sich gerade von Eva auf den neusten Stand bringen, die auf ihrem Stuhl eingeschlafen war und ziemlich einsilbig auf seine Fragen antwortete. Es war fast zwei Uhr morgens. Ravna war todmüde und gleichzeitig hochnervös, weil dies die Zeit war, in der alle wieder in der Gerde zusammenkamen. Sie war hin und her gerissen zwischen dem, was Thor von ihr verlangte, und dem, was als Heddas Tochter ihre Pflicht gewesen wäre: jetzt dabei zu sein, wenn die Rentiere zusammengetrieben und die Kälber markiert wurden. Sie berührte ihr *kalvmerking*-Messer am Gürtel und strich mit den Fingerspitzen leicht über die Verzierungen, um ihre Nervosität in den Griff zu bekommen.

In Anwesenheit des ermittelnden Kommissars hatte Henrik sein Handy verschwinden lassen und tat so, als ob er den Worten der Pathologin mit Hingabe lauschen würde.

»Wo ist Mikkel?«, fragte sie ihn leise.

»Wer?«

»Der *Politibetjent* aus Vadsø.«

»Der Dicke? Der hat gesagt, er nimmt Personalien auf.«

»Seit wann?«

Henrik überlegte. »Eine Stunde?«, fragte er, als ob Ravna ihm die richtige Antwort geben könnte.

Sie ging hinaus und scannte die Siedlung ab. Mikkel war nirgendwo zu sehen. Die Hütten und Zelte sahen verlassen aus. Bis auf das Polizeifahrzeug stand kein Quad, keine Enduro mehr herum. Alle waren draußen in der Gerde, um ihre Arbeit zu tun. Und mittendrin Mikkel.

Sie hatte den Verdacht, dass das genau Thors Absicht gewesen war. Die *Siidas* ein bisschen aufmischen. Einen Trampel wie ihn losschicken, damit sie alle aus der Deckung kämen.

»Einar?«

Sie öffnete die Plane zum Vernehmungszelt. Der Rentierpolizist fuhr wie ertappt herum, im Mund ein belegtes Brot. Sie war nahe daran, ihn zu fragen, ob er ihr die Hälfte für ihr Schweigen geben würde.

»Kannst du mich zur Gerde fahren?«

»Klar«, antwortete er mit vollem Mund. Er war gewohnt, zu Mittsommer rund um die Uhr in Bereitschaft zu sein. »Zwei Minuten?«

»Okay.«

Sie rannte über den Platz zu Heddas Zelt und stopfte sich zwei Fladen in die Tasche. Dann eilte sie zum Quad der Rentierpolizei und war zeitgleich mit Einar am Fahrzeug.

Dieses Mal saß sie neben ihm. Er fuhr vorsichtiger, denn er musste nichts beweisen. Der Lärm war deshalb nicht ganz so heftig, sodass sie ihn fragen konnte: »Wer hat dich damals daran gehindert, weiter nach Linnéa zu suchen?«

Er konzentrierte sich auf die Schotterpiste, falls man die buckelige Strecke überhaupt so nennen konnte. Auf dem freien Feld frischte der Wind wieder auf, es roch nach Nässe und Diesel.

»Kam von oben.«

»Wie weit oben?«

»Kann ich nicht sagen. Aber du bist auf dem Holzweg, wenn du vermutest, dass irgendwas vertuscht werden sollte. Es lief ab wie bei jedem Vermisstenfall. Erst sucht man überall. Jede Minute zählt, denn es kann ja sein, dass jemand verletzt irgendwo liegt und keine Hilfe mehr rufen kann. Dann wird es routinierter. Sie hatten Linnéas Handyverbindungen und keiner ihrer Freunde hatte was von ihr gehört. Also checkt man, ob sie sonst wo untergetaucht ist oder ob da was im Hintergrund tickt, Drogen, irgendwas. War auch negativ. Na ja, dann blieb also nur noch ein Schluss. Sie hat die Party am Gänsenest verlassen und ist nach Ekkerøy.«

»Genau das hat sie ja nicht getan, wie wir jetzt wissen.« Ravna hielt sich am Überschlagbügel fest, denn Einar donnerte über eine Reihe von Schlaglöchern. Dann wurde es wieder etwas erträglicher. »Mich interessiert einfach, wie die

Polizei darauf gekommen ist, dass sie es zu Fuß aus dem Gebirge an die Küste geschafft hat.«

»Das haben sie ausgerechnet. Kommt hin, wenn jemand sportlich ist. Und das war sie ja wohl. Jedenfalls war sie jung, grade achtzehn. Da ist das ja das Gleiche.«

Ravna erinnerte sich an ihren japsenden Aufstieg und daran, dass sie beim Sport immer als Letzte in eine Mannschaft gewählt wurde. Jung sein hieß nicht zwangsläufig, Marathons zu laufen. Aber Linnéa hätte sie die Strecke ohne Weiteres zugetraut.

»Du hast gesagt, du hast diese Version nie geglaubt. Warum nicht?«

Einar verlangsamte das Tempo. »Die, mit denen sie gefeiert hat, haben alle ausgesagt, sie hätten ordentlich getrunken. Linnéa kannte das Gelände nicht. Und sie hatte einen in der Krone. Ich würde sagen, wenn überhaupt, hätte sie mindestens die doppelte Zeit gebraucht.«

Ravna nickte. Da er das nicht sehen konnte, weil er voll und ganz auf die Strecke konzentriert war, sagte sie: »Stimmt. Also hat sich jemand ganz schön Mühe gegeben, es so aussehen zu lassen, als wäre sie abgehauen. Gab es danach noch ein gefaktes Lebenszeichen?«

»Nein. Ich weiß zumindest von keinem. Sie haben mich ja dann abgezogen.«

»Was genau hast du am Gänsenest gesucht?«

Der Geruch wurde wärmer, erdiger. Sie nahm die Tiere wahr, noch bevor sie sie sehen konnte.

»Ich weiß nicht. Nichts Genaues. Irgendwas.«

»Hast du was gefunden?«

Sie hatten die Gerde erreicht. Einar stieg ab, nahm den Helm vom Kopf und strich sich durch die platt gedrückten Haare. Seine braunen Augen, die so oft mit Sanftmut und dem Glauben an das Gute im Menschen die Wogen geglättet hatten, blickten mit einem Mal unendlich traurig.

»Nein«, sagte er. »Aber vielleicht habe ich nicht lange genug gesucht.«

Bevor Ravna weiterfragen konnte, wurde ihre Aufmerksamkeit abgelenkt. Noch waren die Rentiere nicht eingetroffen, aber die Rufe kippten schon jetzt in Gebrüll und anfeuernde Schreie. Etwas Außergewöhnliches tat sich gerade in der Gerde. Einar und sie wechselten einen bestürzten Blick.

»Komm!«, rief sie und stürmte los.

Mikkel stand in der Mitte des riesigen Geheges, verdreckt mit etwas, das sich erst bei näherem Hinsehen als Rentierkacke herausstellte.

»Ich zeig dich an!«, brüllte er mit sich überschlagender Stimme. »Ich zeig euch alle an!«

Die Männer hielten sich die Bäuche vor Lachen, die Frauen gackerten wie eine Schar Hühner. Mikkel taumelte über den weiten Platz, mit ausgestrecktem Zeigefinger auf alles deutend, was sich über ihn ausschüttete.

»Das ist Widerstand gegen die Staatsgewalt!«, japste er. »Ihr habt zu tun, was ich euch sage!«

»Na, noch 'ne Handvoll?«, rief Torbjørn. Er klaubte mit derben Handschuhen etwas vom Boden auf. »Wie war das? Wir haben zu tun, was du uns sagst?«

»Hast du einen Haftbefehl?« Das war Aili, die sich sofort

hinter dem breiten Rücken ihres Mannes verschanzte, als Mikkel sich in ihre Richtung umdrehte.

»Oder Handschellen? Eine Pistole? Komm, zeig uns deine Pistole!«

Ein Lasso schwirrte durch die Luft. Mikkel sah es aus den Augenwinkeln kommen und warf sich zur Seite. Es verfehlte ihn nur knapp.

»Aufhören!« Ravna stieg in Windeseile über den Zaun und schubste jeden beiseite, der ihr im Weg stand. »Sofort aufhören!«

Es ging los mit *Oho* und *Aha* und *Schau mal, wer sich da so aufspielt*, aber sie machten ihr Platz. Ravna erreichte ihren Kollegen und half ihm wieder auf die Beine.

»Was zum Teufel soll das werden?«, zischte sie, hob seine Mütze auf und reichte sie ihm.

Mikkel schluckte, schwankte und wollte sich den Dreck aus dem Gesicht wischen. Glücklicherweise sah er vorher auf seine Hand und ließ sie angeekelt sinken.

»Die Feststellung der Personalien. Von jedem Einzelnen von euch!« Wütend sah er sich um. »Das kommt euch teuer zu stehen! Ihr werdet schon sehen, was jetzt passiert!«

»Gar nichts passiert.« Ravna konnte ihren Ärger kaum noch im Zaun halten. Welcher Teufel hatte Thor geritten, Mikkel auch noch auf die Gerde zu schicken? »Weg hier.«

Sie griff nach seinem Ärmel, aber er riss sich los. »Nichts da. Ich habe einen dienstlichen Befehl. Und dem komme ich jetzt …«

Er vergaß, was er sagen wollte, sah über seine Schulter und dann, fast ängstlich, in den Himmel. Ein sanftes Grollen näherte sich, rollte die Hügel hinunter und schickte die Nachricht voraus: Die Rentiere kommen! Die Posse um Mikkel war zu Ende, jetzt ging es zur Sache. Alle packten mit an, um die Tore weit zu öffnen. Dann stellten sie sich links und rechts des Zugangs auf. Als die ersten Rentiere auftauchten, angetrieben vom wütenden Knattern der Enduros, feuerte jeder die Stampede aus Leibeskräften an. Die Tiere kamen näher, scharten sich enger zusammen und drängten sich dann im Laufschritt in die Gerde hinein. Eine braune Wand aus dampfenden Leibern, ein wogender Wald von Geweihen, ein Trappeln von Tausenden Hufen.

»Was … was …«, stammelte Mikkel, der mit großen Augen auf das starrte, was sich da auf ihn zubewegte. »Die trampeln uns tot!«

Jetzt krallte sich seine Hand in ihren Arm. »Die hetzen die Tiere auf uns! Ravna!«

Ihr war klar, dass jeder, der so eine gewaltige Herde zum ersten Mal im Leben auf sich zukommen sah, nicht wusste, was ihn erwartete. Renhirsche wurden bis zu zwei Metern groß und 300 Kilogramm schwer. Die Versuchung war groß, ihn im Unklaren zu lassen.

»Ravna! Tu was!«

»Bleib ruhig.«

»Was?«

»Bleib ganz ruhig stehen. Sie weichen uns aus. Alle. Siehst du?«

Die Vorhut hatte sie erreicht und teilte sich. Sie wurden von den Tieren noch nicht einmal berührt. Eine Flut von braunscheckigen Leibern und pelzigen Geweihen wogte links und rechts an ihnen vorbei, das Klicken der Sehnen klang, als würden Tausende Stricknadeln klappern. Mikkel, zur Salzsäule erstarrt, stand mit erhobenen Händen da, als hätte jemand eine Waffe auf ihn gerichtet. Dann aber, als er erkannte, dass noch nicht einmal ein Huf auf seine Zehen trat, entspannte er sich etwas.

»Die Kälbchen!« Ravna hatte das Gefühl, neben einem Fünfjährigen zu stehen. »Siehst du sie?«

»Ja.« Ein unsicheres Lächeln zupfte an seinen dicken Lippen. »Die sind süß!«

Er ließ die Arme sinken und streckte vorsichtig die Hand aus. Ein Hirsch drehte ab, beäugte sie, schnupperte neugierig und Mikkel nahm allen Mut zusammen und berührte das Geweih. Es war unglaublich, was sich in ihm abspielte: Er wurde zu einem Kind, einem liebenswürdigen, neugierigen Kind, das Kontakt mit den sanften Riesen aufnehmen wollte.

»Warum sind die so scheckig? Sind sie krank?«

»Sie wechseln gerade ihr Fell«, erklärte Ravna geduldig. Viele glaubten das, wenn sie Rentiere um diese Jahreszeit sahen: zerrupft und mit kahlen Stellen am Leib. Überall in der Gerde lagen weiße und braune Haarbüschel. »In ein paar Wochen ist das vorbei.«

Immer mehr Rentiere wurden in die Gerde getrieben. Auf der Suche nach einem Ausweg rasten sie über Stock und Stein, immer im Kreis. Ihr lautes Röhren und Blöken, dazu das leisere Quieken der Kälbchen und das Trappeln der Hufe mischte sich in die Rufe der Treiber, die nun langsam die gewaltigen Tore schlossen.

»Da!«, rief Ravna. »Das ist eine Kuh von uns! Siehst du die Markierung im Ohr?«

»Nö.«

»Und ihr Kalb ist nicht von ihrer Seite gewichen.« Sie sah sich um. Wo war Hedda? Die *Rendrifter* kamen als Letzte in die Gerde. Ravnas Mutter half Torbjørn zum Schluss, die Gatter zu verriegeln.

»*Shit*«, entfuhr es ihr.

Mikkel, der sich gerade getraut hatte, einem verirrten Kälbchen über den Kopf zu streichen, sah sie irritiert an.

»Nichts«, sagte sie schnell.

Issko und Juvven waren im letzten Moment aufgetaucht. Sie kletterten an den Querbalken hoch und sprangen auf der anderen Seite wieder herunter, wobei Issko etwas schwer aufkam.

Er bemerkte sie zuerst und rief Juvven etwas zu, der sich daraufhin zu Ravna in der Mitte der Gerde wandte, ein abfälliges Grinsen im Gesicht. Sie und der kackeverschmierte Mikkel waren das Gespött der *Siidas*, dagegen konnte sie nun auch nichts mehr machen. Zu der Wut auf Thor gesellte sich der Ärger über die *Rendrifter*. War denn kein Einziger unter ihnen, der dieser Sache Einhalt geboten hatte? Hatten alle mitgemacht? Hier war nicht nur an Mikkel ein Exempel statuiert worden, sondern auch an ihr.

»Hedda!«, rief sie ihrer Mutter zu, die das Kalb aber schon entdeckt hatte. Sie schwang das Lasso – und in dem Moment legte sich Juvvens Schlinge um den Hals des Kleinen und zog sich zu. Brutaler als nötig zerrte er das schreiende Tier zu sich heran.

»*Várra!* [30]«, brüllte Ravna auf Samisch. Sie ließ Mikkel los und kämpfte sich durch ein Knäuel aufgescheuchter, fast panischer Rentiere zu ihm durch. »*Helveha!* [31]«

Das Kälbchen wehrte sich mit Leibeskräften. Sein linkes Bein hatte sich in der Schlinge verheddert und stand in einem unnatürlichen Winkel ab. »Du Mistkerl! Du hast ihm das Bein gebrochen!«

Schon war Hedda bei dem Kälbchen angekommen. Ein Blick – und ein resigniertes Kopfschütteln. Gemeinsam mit Juvven trug sie es an den Rand der Gerde. Ravna wusste, was kommen würde. Sie ballte die Fäuste, um ihm nicht hinterherzurufen, was sie von ihm hielt. Es war nicht nur der wirtschaftliche Verlust. Jedes Tier hatte das Recht zu leben. Wenn es viel zu früh sterben musste, nur weil ein Trottel wie Juvven Hedda eins auswischen wollte, machte sie diese Sinnlosigkeit einfach nur wütend.

»Komm her!«, schrie sie Mikkel an, der immer noch im Weg herumstand. Und machte gleich mit Juvven weiter, der betreten auf das hilflos zappelnde Kälbchen blickte. »Hast du so was bei uns gelernt? Dann sind wir ja wirklich die Versager, als die du uns dauernd hinstellen willst!«

Das Kälbchen musste erlöst werden. Hedda trat zur Seite und überließ ihrer Tochter den Platz. Mit zusammengepressten Lippen steckte sie die Fäuste in die Tasche ihrer Windjacke und ging ein paar Schritte zur Seite. Ravna sollte Juvven zeigen, dass sie nicht kniff.

---

30 Sam.: Achtung! Vorsicht!

31 Sam.: Verdammt!

»Festhalten.«

»Wo denn?«, fragte Mikkel panisch, der sich zu ihr durchgekämpft hatte.

»Hier.« Sie deutete auf Hals und Rücken, zog ihr Messer und hockte sich über das Kälbchen. *Helveha.* Sie hasste es, das zu tun. Zwei Stiche. Perfekt platziert. Das Tier wusste gar nicht, wie ihm geschah, und schon hatte es sein junges Leben ausgehaucht. Ravna strich das Blut an seinem Fell ab und stand auf.

»Sorry«, sagte Juvven.

»Ach ja, ist das alles? Sorry? Fahrt nach Hause und übt noch mal!«

Sie nahm das Tier an den Hinterbeinen hoch und schleifte es zum Zaun. Mikkel folgte ihr wie ein begossener Pudel.

»Passiert das öfter?«, fragte er.

»Nein. Also es kommt schon vor, dass sie sich unterwegs verletzen oder die ganz Kleinen Opfer von Raubvögeln werden. Aber wir sollten eigentlich wissen, wie wir mit ihnen umgehen. Hier.«

Sie drückte ihm die Hinterläufe in die Hand und kletterte über den Zaun. Dann ließ sie sich das tote Kälbchen reichen, schnürte die Läufe zusammen und hängte es kopfüber an einem Pfosten auf. Noch ein paar Schnitte. Später würden sie es essen.

Sie kehrte zurück und suchte Heddas Rucksack, der bei den anderen hinter dem Eingang lag. Mit dem Wasser aus der Flasche wusch sie sich die blutigen Hände. Sie wollte sie wieder zurücklegen, aber dann hielt sie das Wasser Mikkel auffordernd entgegen und ließ einen dünnen Strahl auf seine

Hände laufen. Dankbar und kleinlaut wusch er sich den Dreck ab.

»Wie viele hast du schon befragt?«

»Niemand«, gestand er. »Keiner wollte mir was sagen.«

»Hm.« Die Flasche war fast leer, Hedda würde sich bedanken. »Wir machen das jetzt gemeinsam.«

Er wischte sich die nassen Hände an der Uniformhose ab. »Weiß nicht …«

»Thor ist anderweitig beschäftigt.« Sie sah sich um, aber sie konnte Májá nirgends entdecken. Hoffentlich war sie nicht bei den Hütten und wies den *inspektør* in die Zubereitung magischer Krümel ein, die Hunde im Kopf vertreiben sollten.

»Linnéa hatte eine böse Verletzung am Schläfenbein«, sagte sie. »Entweder war sie schon tot, oder jemand hat sie k. o. geschlagen und dann rauf zur Schlucht gebracht, um sie verschwinden zu lassen.«

»Huckepack? Oder wie?«

»Das ist die Frage.«

»Und wenn es jemand ganz anderes war?« Mikkel schlug den Dreck von seiner zerknautschten Mütze und setzte sie wieder auf. »Bis jetzt haben wir doch nur Ante, Magnus, Vinnan, Ben und Sanne auf dem Schirm.«

Alle waren auf der Gerde, sogar Vinnan Skogrand. Er blieb allerdings außerhalb der Gerde und beobachtete, an den Zaun gelehnt, das lebhafte Treiben. Die Kälbermarkierung war in vollem Gange. Ständig rasten die Rentiere vorüber, in Trupps zu Dutzenden oder gleich eine Hundertschaft. Die Lassos schwirrten durch die Luft und trafen fast immer ihr Ziel. Juvven hatte Hedda das Feld überlassen, aber er half ihr, sobald sie ein Kalb eingefangen hatte.

»Du meinst, wir sollten auch nach jemandem suchen, der nicht eingeladen war?«

Sie sah Odd Ragnarsson, der mit seinem Vater gerade ein Kalb markiert hatte und es wieder freiließ. Er richtete sich zu voller Größe auf und äugte zu ihr hinüber.

»Der da vielleicht?«

Mikkel war ihrem Blick gefolgt. »Der dich schon die ganze Zeit so anglupscht?«

Odd grinste. Es sollte lässig und herausfordernd zugleich aussehen, aber dann streifte ihn das Geweih eines Renhirschs und brachte ihn fast zu Fall. Ein herrischer Anraunzer von seinem Vater ließ ihn das Messer in den Schaft stecken und sich abwenden.

»Er war damals im gleichen Alter«, sagte sie. »Aber sie haben ihn mit keinem Wort erwähnt. Vielleicht sollten wir mit ihm anfangen.«

Mikkel zog einen ziemlich ramponierten kleinen Block aus seiner Tasche und klappte ihn auf. Gemeinsam gingen sie in die Mitte der Gerde. Ravna spürte die Blicke der anderen wie Nadelstiche im Rücken. Sie hatte sich eindeutig auf Mikkels Seite gestellt. Nicht, dass er das in irgendeiner Weise verdient hatte, aber er war Polizist, genau wie sie. Sie straffte die Schultern und erinnerte sich an das, was Thor ihr beigebracht hatte: Bei Verbrechen gab es keine halben Sachen. Kein Sowohl-als-auch, kein Aber und keine alten Seilschaften. Sie suchten einen Mörder, und wenn aus unerfindlichen Gründen Mikkel dabei mithalf, dann sollte es so sein.

»Odd«, sagte Ravna, als sie den *Rendrifter* erreichten. Er spähte nach weiteren Kälbern, die das Zeichen der Ragnarssons bekommen sollten. »Wie geht's?«

»Äh … ja … Ravna!« Sein großspuriges Grinsen war wie weggeblasen. Zum einen, weil der dicke Kerl in Uniform mit ihr gekommen war, zum anderen, weil er nur über eine Distanz von fünfhundert Rentieren hinweg mutig sein konnte. »Gut, ja. Viel zu tun. Siehst du ja.«

»Hast du deinen Ausweis dabei?«

»Meinen Ausweis?«

Sein Vater Nisse Ragnarsson, ein wendiger, kompakter Mann mit zeitsparenden Bewegungen, schulterte sein Lasso und kam zu ihnen.

»Was wird das?«, fragte er sie. Mikkel ignorierte er völlig.

»Wir stellen die Personalien fest.«

»Warum? Hab ich mein Quad falsch geparkt?«

»Jeder, der vor zehn Jahren bei der Kälbermarkierung dabei war, muss uns seine Personalien geben. Das sind eigentlich wir alle. Es tut mir leid, Nisse.«

Er reichte seinem Sohn das Lasso und suchte in den Taschen seiner Trekkinghose herum. »Warum macht Einar das nicht?«, fragte er auf Samisch. »Warum schickt ihr solche Trottel wie ihn?«

»Weil bei der Polizei statistisch genauso viele Trottel vertreten sind wie in dieser Gerde«, antwortete sie. »Mach es mir nicht schwer. Vielleicht hat der *inspektør* noch Fragen an dich.«

»Der *inspektør*. Du meinst doch nicht den schwarzen Zauberer?«

Ravna zuckte innerlich zusammen. Ein Glück, dass Mikkel sie nicht verstand. Samisch war eine verdammt schwere Sprache.

»Wen meinst du?«

Nisse zuckte nur mit den Schultern, fand endlich sein Portemonnaie und präsentierte ihr seinen Ausweis. Ravna reichte ihn an Mikkel weiter, der sich alles notierte.

»Er war schon mal in Vardø«, sagte der *Rendrifter.* Sein wettergegerbtes Gesicht verzog sich abfällig. »Keiner hat ihn vergessen. Wo ist er eigentlich? Fliegt er nachts über den Dolmen und verführt unsere Frauen?«

»Thor?«, gab sie spitz zurück. »Glaub mir, der hat andere Interessen.«

»Kennst ihn gut, was? Wie gut?«

Mikkel reichte den Ausweis zurück.

»Odd?«, fragte sie, um sich nicht weiter auf das Thema einlassen zu müssen. Thors Liebesleben, von dem sie stark bezweifelte, dass es überhaupt existierte, war das Letzte, über das sie sprechen wollte. Lars, dachte sie.

Du musst dich endlich mal bei ihm melden.

»Den hab ich nicht dabei«, quengelte Odd.

Mit einem Seufzen wandte sie sich an ihren Kollegen und sagte auf Norwegisch: »Das ist Odd Ragnarsson, Sohn von Nisse. Wohnt auch bei ihm. Wie alt bist du?«

Kurzer Blick zu seinem Vater, ob die Antwort schon zu viel des Guten wäre. »Neunundzwanzig«, antwortete er auf Samisch.

»Neunundzwanzig«, gab sie genervt an Mikkel weiter. »Willst du nicht irgendwann mal ausziehen?«

Odd sah hilflos zu seinem Vater. »Warum?«

»Schon gut. Du warst Mittsommer vor zehn Jahren in der alten Sommersiedlung?«

»Sag du es mir. Keine Ahnung.«

Wieder trampelte eine Herde vorbei. Mikkel fuhr instinktiv zusammen und trat ein paar Schritte zurück, aber Ravna blieb in Odds unmittelbarer Nähe.

»Erzähl mir keinen Mist«, sagte sie und wechselte wieder in ihre Sprache. »Wir waren alle auf dem Fjell. Sogar ich kann mich noch daran erinnern. Wo warst du?«

Odd sah wieder zu seinem Vater, aber der war von einem halben Dutzend Rentieren abgedrängt worden und mit seiner Aufmerksamkeit bei den Kälbern.

»In unserer Hütte wahrscheinlich.«

»Nicht in der Gerde?«

»Doch, wahrscheinlich auch. Aber danach wieder in der Hütte.«

»Du hast nicht mitgefeiert? Mit Magnus und Ante?«

Sie sah sich um, wo die beiden Bruhaugs steckten, und entdeckte sie ganz in der Nähe. Beide taten so, als ob sie auf ein Kalb aus ihrer Herde warten würden, aber in Wirklichkeit beobachteten sie, was dieser dämliche Polizist und diese wahrscheinlich noch dämlichere Ravna gerade mit den Ragnarssons anstellten.

Odd rang sich zu einem »Nö« durch.

»Ist dir in dieser Nacht etwas aufgefallen? Irgendwas?«

Er dachte nach und das dauerte. Er kaute auf der Unterlippe, sah mal in den Himmel und dann wieder auf seine Hände und sagte schließlich: »Nö.«

»Okay. Wenn dir noch was einfällt, gib mir Bescheid. Es ist wichtig.«

Sie berührte kurz zum Abschied seinen Oberarm und bereute es im selben Moment. Das Lächeln, das er ihr jetzt schenkte, war eines von der Sorte, das man nach dem dritten Bier unmittelbar vor dem Satz *Hast du heute noch was vor?* an die Frau brachte.

Sie kehrte zu Mikkel zurück, der schon ungeduldig mit dem Notizblock auf die Handinnenfläche schlug.

»Was hat er gesagt?«

»Er war nicht dabei und hat in der Nacht auch nichts gehört.«

»Über Thor, meine ich.« Er wies mit dem Kopf auf Nisse, der das Lasso einsatzbereit in der Hand hielt und mit Blicken ein Kälbchen verfolgte, bis der richtige Moment zum Wurf gekommen war.

»Nichts«, antwortete sie schnell. Sie musste selber noch verarbeiten, was sie gerade gehört hatte. Thor als teuflische Gefahr für die tugendsamen *Rendrifter*-Frauen – wie kam Nisse nur darauf? Dann erinnerte sie sich daran, wie Eva bei ihrer ersten Begegnung mit dem *Gand* reagiert hatte. Es sah zwar so aus, als ob sie sich ihre Schwärmerei aus dem Kopf geschlagen hatte, aber offenbar musste Thor etwas an sich haben, das man wohl erst über dreißig begriff.

»Er wollte nur wissen, warum wir das mit den Personalien machen. Da drüben. Das sind Aili und Fred. Komm.«

Aili und Fred bemerkten erst spät, dass Ravna im Anmarsch war. Aber sie machten weder Probleme noch stellten sie dumme Fragen.

»Ich hoffe, ihr findet, was ihr sucht«, sagte Aili nur.

Die anderen waren schneller. Sobald Ravna und Mikkel sich in ihre Richtung in Bewegung setzten, tauchten sie in den Herden ab. Aber irgendwann erwischten sie jeden. Zum Schluss blieben noch Hedda, Juvven und Issko.

»Das ist meine *Siida*«, sagte sie. »Die Angaben kriegst du von mir.«

Mikkel wollte widersprechen, aber dann steckte er den Block weg.

Sie kehrten zu Einar zurück, der immer noch im Fahrersitz des Quads saß und schon wieder ein Nickerchen machte. Ravna erinnerte sich an ihre Fladenbrote, holte eines heraus und begann zu essen.

Es wurde ruhiger in der Gerde. Bald würde das Gatter geöffnet werden, dann war die letzte Kälbermarkierung vorbei. Die meisten würden abreisen und zurück blieben nur noch Verdächtige, ein paar Cops und ein schwarzer Zauberer.

»Warum grinst du so?«, fragte Mikkel.

»Weil du aussiehst wie ein Erdferkel«, gab sie zurück und riss sich noch ein Stück Brot ab.

19.

Die Sonne tauchte noch einmal kurz zwischen den Wolken auf. Kraftlos, blass und weit davon entfernt, dem Bild zu genügen, das man sich gemeinhin von ihr um diese Jahreszeit über dem Polarkreis machte. Mittsommernacht. Goldenes Licht auf stillen Seen, Birkenwälder wie Scherenschnitte vor dem leuchtenden Horizont. Nichts von dem gab es hier oben. Das Fjell war kein Motiv für Instagram. Es war kalt und grau und windig. Als sie die Hütten erreichten, wurde die Luft sogar noch ein paar Grad kälter, weil die tief liegende Sonne die Mulde für ein paar Stunden nicht mehr erreichte.

Ravnas Handy zeigte zehn nach vier Uhr morgens an, und sie hätte schon auf dem Quad tief und fest geschlafen, wenn sie nicht bei jedem Schlagloch einen halben Meter in die Luft geworfen worden wäre.

In der Siedlung empfing sie eine unübersehbare Aufbruchstimmung. Die letzten Kälber waren markiert, die Arbeit erledigt, nun ging es für viele zurück nach Hause. Auch Ravnas Urlaub war eigentlich zu Ende. Sie hoffte, dass sie für ihre Hilfe bei den Ermittlungen vielleicht einen zusätzlichen Tag herausschlagen konnte. Glücklicherweise war Wochenende. Sie konnte sich also mit der Rückkehr nach Oslo Zeit lassen.

Keine Nachricht von Lars. *Shit.*

Wahrscheinlich war es zu spät, sich jetzt noch bei ihm zu melden und ihm von ihren Gefühlen zu schreiben. Sie könnte es versuchen, aber ihr fehlten die Worte. Wie geht es dir? Vermisst du mich? Wann sehen wir uns wieder? Sie waren doch eigentlich ganz einfach zu finden. Aber so schwer zu sagen oder zu schreiben.

Später.

Zu spät.

Helveha.

Zwischen den Hütten und Zelten herrschte reger Betrieb. Die Türen waren geöffnet, die Planen zurückgeschlagen. Rucksäcke, Reisetaschen und Kanister stapelten sich. Nur Ben und Sanne hockten missmutig vor ihrem Lávvu und an der Hütte der Bruhaugs tat sich gar nichts. Vielleicht hatten sich Ante und Magnus vor Frust irgendwohin verzogen, um den Ärger über den von Thor verhängten Hausarrest mit selbst gebranntem Molteschnaps hinunterzuspülen.

Dann sah Ravna zu Májás Hütte. Ove und sein Vater Sverre schleppten gerade zwei schwere Taschen heraus. Am liebsten wäre Ravna sofort in Heddas Lávvu gekrochen, aber sie raffte sich doch noch einmal auf und ging zu ihnen hinüber.

»*Bures*«, sagte sie. »Bleibt Májá alleine hier?«

Sverre stellte die Tasche ab. »Wieso sollte sie?«

Mikkel. Noch nicht einmal die einfachste Aufgabe bekam er hin.

»Thor will, dass sie sich zur Verfügung hält. Hier. Sie darf noch nicht abreisen.«

Ove kam näher, in seinem jungen, schlaksigen Gang: immer bereit, abzudrehen und zu verschwinden.

Ravna lugte in die Hütte. »Wo ist sie denn?«

Sverre, ein schlanker, sportlicher Mann mit kurz geschorenen Haaren, ging hinein und kam mit einer weiteren Reisetasche heraus. »Das sind ihre Sachen. Sie hat schon gepackt. Von hierbleiben war keine Rede.«

»Wo ist sie?«

Ove sah seinen Vater ratlos an. »Gute Frage. Hast du sie bei der Kälbermarkierung gesehen?«

»Nein«, sagte Sverre. Erste Unsicherheit in der Stimme.

»Ich auch nicht«, bestätigte Ravna.

Kaum vorstellbar, dass Májá immer noch am Gänsenest sein sollte. Aber wer weiß – vielleicht brauchte sie diese Stunden?

Blut ist geflossen. Ein Leben wurde ausgelöscht. Wir müssen diesen Ort heilen. Er wird sonst für immer dieses Mal tragen.

»Ich habe sie zuletzt am *Gåsreir* gesehen«, sagte sie.

Sverre setzte langsam die Tasche ab. »Am Gänsenest? Was will sie denn da? Hat es was mit Linnéa zu tun?«

»Ich fürchte, ja. Das war aber vor Stunden, um Mitternacht. Ist sie öfter einfach weg?«

Sverre nickte. »Aber sie sagt mir sonst vorher Bescheid.«

Er ging zurück in die Hütte und kam mit einer Handtasche aus Rentierleder zurück. Eine schöne Arbeit, traditionelles samisches Kunsthandwerk.

»Ihr Handy, ihr Portemonnaie … alles da«, stellte er nach einem kurzen Blick auf den Inhalt fest. Seine Unruhe verstärkte sich und sprang auf Ove und Ravna über.

»Das Gänsenest?«, fragte der Junge. »Soll ich hinfahren und nachsehen?«

Sverre nickte und grub in seiner Hosentasche nach den Zündschlüsseln. »Ich bleibe hier. Vielleicht ist sie ja nur zum Meditieren an einen ruhigen Ort.«

Ove lief zu ihrem Quad. Ravna spürte, wie die Anspannung in ihr wuchs und mit der Müdigkeit kämpfte. Die Plane an Heddas Lávvu war verschlossen. Sie nahm an, dass ihre Mutter schlief, und war hin und her gerissen zwischen dem Wunsch, sie nicht zu stören, und dem Drang, am liebsten sofort nachzusehen, ob sie auch wirklich zurück von der Gerde war.

Um Sverre nicht noch mehr zu beunruhigen, fragte sie stattdessen: »Wo meditiert sie denn immer?«

Er ging zu der roh gezimmerten Bank vor der Hütte und setzte sich. Dann rieb er sich mit den Händen über die Knie. Vermutlich schmerzten sie nach der harten Arbeit.

»Irgendwo draußen, an einem stillen Ort«, sagte er schließlich. »Ihr fehlen die Bäume. Die dunklen, schattigen Wälder. Das Moos und die Gräser am Ufer der Quellen.« Er sah sie an. »Wir lieben uns, weißt du?«

Ravna, überrascht von der Offenheit dieses plötzlichen Geständnisses, setzte sich neben ihn.

»Es war Liebe auf den ersten Blick. In Jokkmokk, vor dreißig Jahren.«

»Auf dem Wintermarkt?«, fragte sie.

Natürlich auf dem *Vintermarknad*. Einem der ältesten Märkte der Welt. Alle Samen trafen sich dort. Es gab Taufen, Hochzeiten, Schlittenrennen, Konzerte, große Feste. Jede Menge Kunsthandwerk für die Touristen, die sich mehr und mehr für das Leben der Samen interessierten und sich selbst von minus dreißig Grad nicht abschrecken ließen, denn er fand immer in der ersten Februarwoche statt.

»Wir waren mit die Ersten, die wieder Tracht trugen. In den Neunzigerjahren ging das los, als wir langsam begannen, wieder auf unsere Kultur stolz zu sein. Ich sah sofort an ihrem *Gáhkti*[32], dass sie eine *Skokssamer*[33] war. Das wird schwierig, dachte ich. Berg und Wald, wie soll das zusammengehen?«

Er rieb sich mit der Hand über den Mund. Wahrscheinlich hatte er diese Geschichte schon oft erzählt, und noch immer war etwas von dem Wunder zu spüren, das diese beiden Menschen zusammengeführt hatte.

»Dann war der Wintermarkt vorbei und ich konnte dieses Mädchen nicht vergessen. Wie sie getanzt und gesungen hat! Wie ihre Augen blitzten und wie ihre Haare flogen und wie ihr Lachen klang … zum Abschied hat sie mir einen Joik geschenkt. Manchmal glaube ich, sie hat mich damit verzaubert.«

---

32 Sam.: gegürteter, farbenfroher Überwurf. Die Trachten unterscheiden sich je nach Herkunft in den Details der Verzierung.

33 Waldsamen. *Kustsamer* leben an der Küste, *Fjellsamer* im Hochland.

Er lächelte, ganz in die Gedanken an eine Jugend versunken, nach der Ravna plötzlich eine heiße, fast schmerzhafte Sehnsucht spürte. Ob Lars eines Tages auch so von ihr reden würde? Im Moment bezweifelte sie das. Was war das für eine Beziehung, wenn man nach einer schiefgelaufenen Party ein paar Tage nichts voneinander hörte und alles in Zweifel zog? Davon war bei Sverre nichts zu spüren. Er hatte Májá gesehen und gewusst: die oder keine. Sie vergrub ihre Hände in den Jackentaschen und stieß in der linken auf die kühle Seide des Tuchs, das Májá ihr geschenkt hatte.

»Dann habe ich sie besucht und am nächsten *Vintermarknad* haben wir geheiratet. Und dann kamen zwei Söhne und eine Tochter auf die Welt und ganz zum Schluss Ove, unser Nachzügler.«

Ravna nickte und versuchte, den eisernen Ring, der sich bei Sverres Erinnerung um ihr Herz gelegt hatte, zu ignorieren.

»Er wird auch die Zucht übernehmen. Unsere anderen Kinder haben kein Interesse mehr daran. Sie wollen ein modernes Leben, und wer kann es ihnen verdenken? Wir haben unsere besten Jahre geopfert für harte Arbeit und wenig Lohn. Ich hoffe, Ove wird glücklich. Májá glaubt ja, er wird Rennfahrer.« Sverre lächelte. »Er hat zwei Seelen in seiner Brust. Wie wir alle.«

Ravna nickte. »Wenn er es wirklich von Herzen will, schafft er auch beides.«

Sverre drehte seinen Kopf zu ihr. Sie sah, dass er früher gealtert war, als es seinen Jahren entsprochen hätte. Die harte Sonne und der grausame Frost hatten seine Haut ge-

gerbt und tiefe Furchen in dem freundlichen Gesicht hinterlassen. »Und du? Bist du glücklich mit dem *einen* Weg, den du gewählt hast?«

Die Frage überrumpelte sie und ließ ihr keine Zeit, nach einer diplomatischen Antwort zu suchen. »Ja und nein. Ja, weil ich glaube, dass ich diesen Beruf mag. Er gibt mir das Gefühl, etwas Wichtiges zu tun. Und weil ich denke, dass mehr von uns dabei sein sollten, wenn über uns bestimmt wird. In der Politik, in der Wirtschaft und auch bei der Polizei.«

Sverre nickte. »Genau deshalb ist es auch ein schwerer Weg.«

»Stimmt.« Sie lehnte sich zurück und beobachtete über den Platz hinweg Ben, der Sanne mit einem Kuss begrüßte, obwohl sie kaum fünf Minuten weg gewesen sein konnte. Gab es eigentlich nur glückliche Paare um sie herum? »Aber es ist nicht einfach. Für euch bin ich offenbar verloren und für die Norweger gehöre ich nicht dazu.«

»Ist es immer noch so schlimm?«

»Nicht mehr ganz. Es gibt immer mehr, die anders denken. Meistens sind sie in meinem Alter. Man kann ja schlecht für *Black Lives Matter* demonstrieren, aber bei *Samish Lives Matter* den Mund halten. Da tut sich eine Menge. Aber halt eben nur bei den Jungen.«

»Nicht nur, Ravna.«

»Okay. Nicht nur.«

Thor trat aus Evas Untersuchungszelt. Ihre Blicke trafen sich über den Platz hinweg und versetzten Ravna sofort in Alarmbereitschaft. Sverre spürte das.

»Du bist im Dienst?«

»Ja. Leider. Ich wollte das nicht, aber ich bin tatsächlich weisungsgebunden.«

Noch während sie überlegte, ob sie sich zu Thor schleppen und dann vor Müdigkeit zusammenbrechen sollte, kam das Knattern eines Quads näher, das sich mit halsbrecherischer Geschwindigkeit über die Hügel quälte. Sie spürte, wie Sverre neben ihr jeden Muskel anspannte. Beide standen auf und sahen Ove entgegen, der fast abhob, als er über die letzte Hürde bretterte und hinunter in die Senke fuhr. Er hielt direkt auf die Hütte zu. Aili, die gerade mit einem frisch aufgefüllten Kanister Quellwasser den Platz überquerte, konnte ihm gerade noch ausweichen.

»*Áhčči*[34]!«, rief Ove.

Es war klar, dass etwas passiert sein musste. In seinem Gesicht standen Schrecken und heulende Verzweiflung. »*Áhčči*!«

Ove bremste das Quad. Sverre und Ravna liefen auf ihn zu. Er stieg ab und konnte sich kaum auf den Beinen halten.

»Sie ist tot.«

»Wer?«, fragte Sverre.

Eine kalte Hand griff nach Ravnas Herz.

»*Eadni* [35]!«

Ove schlug die Hände vors Gesicht und beugte sich, vom Kummer überwältigt, nach vorne. Sverre konnte ihn gerade noch auffangen.

---

34 Sam.: Vater

35 Sam.: Mutter

»Was ist? Junge, sprich mit mir!«

»*Mamma* ist tot.«

»Tot?«, fragte Sverre, ohne zu begreifen, was er da wiederholte. »Sag doch nicht so was!«

Der Junge nickte heftig, aber er konnte nicht mehr sprechen. Er lag in den Armen seines Vaters, der ihn fest an sich drückte. Sein Blick flehte Ravna verzweifelt um Hilfe an.

»Wo?«, fragte sie.

Ove schüttelte nur den Kopf und schluchzte.

»Im Gänsenest?«

Wildes Nicken.

Aili stellte den Kanister ab und kam zu ihnen. Sanne und Ben sahen sich erschrocken an und eilten dann auch dazu. Im Nu waren Vater und Sohn von allen umringt, die noch in der Sommersiedlung waren.

Ravna rannte zu Thor. »Májá!«, rief sie. »Im Gänsenest! Irgendetwas ist passiert!«

Thor verschwand in Evas Zelt und kam Sekunden später wieder mit ihr und Einar heraus. Gemeinsam liefen sie zum Quad der Rentierpolizei. Dieses Mal war es eine Fahrt von der Sorte, bei der man am besten nicht aufhörte zu beten. Einar holte das Letzte aus dem Motor heraus. Alle Erfahrung im Gelände, die der Rentierpolizist gemacht hatte, zahlte sich jetzt aus. Niemand sagte ein Wort, was bei dem Lärm und den Schlägen, mit denen das Quad immer wieder aufkam, sowieso keiner gehört hätte. Ravna saß mit Eva hinten. Sie konnte Thors Profil sehen, das verschlossen und hart wie Stein wirkte.

Májá, dachte sie nur. Und immer wieder: Májá.

Sie erreichten dieselbe Stelle, an der Einar vor ein paar Stunden gehalten hatte. Alle eilten auf die Felskante zu, von der aus man hinab ins Gänsenest sehen konnte.

Májá lag zwischen zwei Steinen und sah aus, als ob sie schliefe. Zusammengerollt auf der Seite, die Beine angezogen. Doch selbst aus so großer Entfernung war klar: etwas stimmte nicht. Das Leben war verschwunden, alles dort unten war tot und kalt.

Eva schnappte ihren Koffer, den sie geistesgegenwärtig noch auf dem Quad festgeschnallt hatte, und machte sich mit den anderen an den Abstieg.

Es war alles so unwirklich, so unbegreifbar. Eben noch hatte Sverre von der jungen Frau erzählt, in die er sich verliebt hatte, vor ein paar Stunden noch hatte dieselbe Frau dem Ort etwas von seinem Zauber zurückgeben wollen, und nun …

Fast wäre Ravna ausgerutscht und hingefallen, konnte sich aber im letzten Moment noch abfangen. Sie nahm Evas zur Hilfe ausgestreckte Hand, die wesentlich mehr mit dem Gelände zu kämpfen hatte, weil sie auch noch den Koffer trug. Gemeinsam kamen sie unten an, während Thor sich bereits über Májá beugte und ihren Puls fühlte. Dann schüttelte er den Kopf.

Etwas außer Atem stellte Eva ihren Koffer auf einem Stein ab.

»Lasst sie mich bitte ansehen.«

Thor stand auf und machte ihr Platz. Er ging ein paar Schritte zur Seite und drehte ihnen den Rücken zu.

»Ravna?«

Sie kam zu ihm, immer noch gefangen unter der Glasglocke des Nicht-Begreifens. Aber bevor sie bei ihm angekommen war, streckte er die Hand aus, was sie mitten in der Bewegung einfrieren ließ.

»Nicht weitergehen. Asservatensicherung.«

Auf dem Boden, halb in den Dreck getreten, lag eine Glasscherbe. Nicht weit von der Stelle, an der er bei ihrem letzten Besuch vor ein paar Stunden halbherzig gesucht hatte.

»Ich hab nichts dabei«, gestand sie kleinlaut.

Eva hatte das mit halbem Ohr mitbekommen. »In meinem Koffer sind Pergamin-Taschen und Handschuhe.«

Thor trat vorsichtig zwei Schritte zurück, um die Fußabdrücke nicht zu zerstören. Der Boden war steinig und nur auf ein paar Quadratzentimetern hatte sich Steinstaub gesammelt. Es würde schwer werden, verwertbare Spuren zu sichern.

Dieses Stück Glas musste schon eine Ewigkeit hier liegen, verborgen unter einer Schicht Dreck. Es war dick und stammte offenbar vom Boden einer Flasche, in die eine Chargennummer gepresst war. Wodka vielleicht oder Gin. Während Ravna vorsichtig die Scherbe einpackte, fragte sie sich, ob Thor jetzt sämtlichen Abfall im Falkfjellet einsammeln wollte.

Andererseits: Bis auf dieses Fundstück lag hier oben nichts weiter herum. Das Gänsenest kannten nur Eingeweihte und noch nicht einmal die kamen noch hierher. Sie fragte sich, ob es einen zeitlichen Zusammenhang gab zwischen dem Umzug von der alten in die neue Sommersiedlung und Linnéas geheimnisvollem Verschwinden. Wenn ja, dann war dieser Ort tatsächlich eine Zeitkapsel, die zehn Jahre verschlossen gewesen war. Bis Májá sie geöffnet hatte. Sie wollte das Tuch herausholen, um irgendetwas von ihr zu haben, an dem sie sich festhalten konnte. Aber dann hätte sie vielleicht erklären müssen, woher sie es hatte und in welcher Stimmung Májá es ihr geschenkt hatte, und das wollte sie nicht.

Einar hockte fassungslos neben Májá und weinte. Ihre Kehle wurde eng. Am liebsten hätte sie ihn in den Arm genommen, um jemanden zu spüren, zu halten und gehalten zu werden, aber sie fühlte sich hoffnungslos unsicher, was man als Polizist tun durfte und was nicht.

»Wer tut denn so was?«, stammelte der Rentierpolizist immer wieder. »Wer tut denn so was?«

Thors moralischer Kompass zumindest war eingenordet.

»Du sicherst das Gelände.«

Einar wischte sich die Tränen aus den Augen und nickte.

»Jetzt. Bevor noch alle hier herumtrampeln.«

Eva schickte Thor einen wütenden Blick, den der ignorierte. Menschliches Empfinden oder gar Rücksichtnahme gab es bei ihm nicht.

»Was ist passiert?«

Sie bewegte vorsichtig Májás Kopf, wobei ihre Fingerspitzen sanft den Nacken abtasteten. Ravna konnte kaum hinsehen. Sie wünschte sich, Lars wäre da. Oder Hedda.

Lars. Mehr Lars als Hedda. Verdammt, sie hatte so eine Sehnsucht nach ihm.

»Es gab einen Kampf.« Vorsichtig legte Eva Májás Kopf wieder ab. Dann hob sie den rechten Arm der Waldfrau hoch und schob den Ärmel der Windjacke zurück. Am

Handknöchel waren schwache Blutergüsse zu sehen. »Májá war eine kräftige Frau, sie hat sich gewehrt. Aber der Angreifer war stärker. Oder geschickter. Sie hat Kopfverletzungen.«

Erst jetzt sah Ravna, dass Evas hellblaue Plastikhandschuhe blutverschmiert waren.

»Vielleicht gab es einen Überraschungsmoment. Májá war verletzt, konnte sich aber noch wehren. Doch der zweite Schlag war tödlich.«

»Tatwerkzeug?«

Wieder quittierte Eva Thors Frage mit einem Blick, der Wirbeltiere zu Stein erstarren lassen konnte. Aber nicht ihn.

»Ein Stein, vermute ich, wenn ich mich hier so umsehe. Den hat der Täter einfach einstecken können und wird ihn irgendwo entsorgen. Genau weiß ich das erst, wenn ich sie in Vadsø habe. Du erwartest doch nicht, dass ich sie hier oben in einem Zelt aus dem letzten Jahrhundert obduziere?«

Thor überlegte. Allein, dass er darüber nachdachte, ließ Eva ein empörtes Schnaufen entweichen. Sie stand auf und streifte sich die Handschuhe ab.

»Sorry. Wir werden sie ins *Helsesenter* bringen. Alles andere ist unverantwortlich. Von mir aus kannst du hier oben arbeiten wie in der Steinzeit. Aber eine Obduktion mit Öffnen der Schädeldecke und Organentnahmen werde ich nicht in einer samischen Sommersiedlung durchführen! – Entschuldige, Ravna. Du weißt, wie ich das meine.«

»Schon gut«, rang die sich ab.

Sie verstand Eva, aber sie verstand auch Thor, der so schnell wie möglich Ergebnisse haben wollte. Ein zweiter Mord war geschehen, fast direkt vor seinen Augen.

Sie weiß etwas.

Und wir sind zu spät gekommen …

Die Müdigkeit traf sie wie ein Schlag. Dazu kam die Trauer, die ihr Herz in Blei verwandelte. Warum, fragte sie sich. Warum Májá?

Einar rollte das Absperrband ab, das im Wind immer wieder davonflog. Es gab keine Möglichkeit, irgendwo etwas festzubinden. Thor nahm das zur Kenntnis, aber Einar sah aus, als ob er sich persönlich für diese Landschaft verantwortlich fühlen würde, die sich gegen jede Ermittlung zu wehren schien. Er war genauso fertig wie sie und Eva. Nur Thor schien von einer dunkel glühenden Energie erfüllt.

Der schwarze Zauberer …

So einen Unsinn hatte sie noch nie gehört. Aber seltsam war es schon, dass dieser Ort, der nun von einem zweiten Verbrechen heimgesucht worden war, seine Kraft offenbar auf Thor übertrug.

Sie strich sich über die Augen. Offenbar halluzinierte sie bereits. Sie musste schlafen, unbedingt. Aber gleichzeitig wusste sie, dass dies das Letzte war, an das sie im Moment denken durfte.

»Wo haben wir Handyempfang?«, fragte Thor.

Ravna überlegte. »Oben an der Bärenschlucht. Ein Balken.«

Dort hatte er noch mit Kirkenes telefoniert und E-Mails empfangen. »Aber das ist von hier aus mit dem Quad ziemlich weit entfernt.«

»Ich weiß, wo«, sagte Einar. »In der alten Sommersiedlung. Die ist ganz in der Nähe.«

Thor wandte sich an Eva. »Ich werde die Bergwacht informieren. Du fliegst mit ihr nach Vadsø. Ravna und ich kommen nach.«

»Warum denn?«, fragte Ravna. »Warum ich?«

Aber da hatte er Einar schon ein Zeichen gegeben und sich auf den Rückweg gemacht. Fast empört wandte sie sich an Eva.

»Was soll ich denn bei einer Obduktion?«

Aber die Pathologin hatte nach dieser kleinen Machtdemonstration auch keine Lust mehr auf Diskussionen. »Lass mich einfach in Ruhe. Bis die Bergwacht kommt, mache ich noch ein paar Tests, für die ich kein Labor brauche. Wenn du hierbleiben willst, kannst du mir helfen.«

»Lieber nicht«, antwortete Ravna hastig.

Eva wartete.

»Dann solltest du jetzt gehen.«

Thor und Einar waren schon ein ganzes Stück weg.

»Kannst du … kannst du mir noch mal …« Ravna holte tief Luft. »Kannst du mir noch mal ihr Handgelenk zeigen?«

Eva seufzte, ging wieder in die Hocke, streifte die Handschuhe über und hob Májás rechten Arm an. Ravna hatte sich nicht getäuscht. Unter den bunten Bändern, die nur zum Schmuck getragen wurden, war auch das mit den Knoten. Aber nun hing es buchstäblich am seidenen Faden. Májá musste es kurz vor ihrem Tod abgenommen und die Knoten gelöst haben.

»Fällt dir etwas auf?«, fragte Eva und sah sie aufmerksam an. »Ist etwas mit diesen Bändchen?«

»Ja«, sagte sie zögernd.

Vorsichtig legte Eva Májás Arm wieder ab. Sie sah Ravna ernst und interessiert an. Die holte tief Luft, bevor sie versuchte, etwas zu erklären, das man Fremden kaum begreiflich machen konnte.

»Es gibt alte Sagen und Legenden. Dinge, die ich nur vom Hörensagen kenne. Dazu gehören auch die drei Knoten.«

»Erzähl mir davon.«

Ravna überlegte. »Man kann den Wind damit aufwecken.«

»Den Wind.«

Eva lachte nicht, das machte ihr Mut, mehr zu erzählen.

»Den Wind, unter dem man geboren wurde. Man kann auch drei Knoten weitergeben, als Wunsch, als Geschenk. Der erste steht für beständiges Glück, der zweite für ein heftiges Ereignis, das andere umhaut, einen selber aber verschont. Und der dritte ...«

»Der dritte?«

»Bringt Tod und Verderben«, flüsterte Ravna. Sie fuhr sich mit den Handflächen über das Gesicht, um wacher zu werden. Der Schlafentzug machte sie noch verrückt.

»Im alten Glauben wohl ein ziemlich starker Zauber«, sagte Eva. »Ich nehme an, dass diese Erzählung auf die Zeit zurückgeht, in der Missionare zum ersten Mal mit Schamanismus in Berührung kamen. Da wurde ziemlich viel zusammengeschrieben, und was man sich nicht erklären konnte, wurde einfach zu Zauberei gemacht. Wind ...«

Sie hob den Kopf, als ob etwas in dem kalten Luftzug zu spüren wäre.

»Was hat Májá mit Wind zu tun? Ist das nicht eher was für die Seesamen?«

»Nicht nur. Er ist ja überall. Als ich dieses Band zum letzten Mal gesehen habe, waren drei Knoten darin. Májá hat sie gelöst, einen nach dem anderen. Und mit dem dritten …«

Eva stand auf, ging zu ihrem Koffer und suchte darin herum. »Du meinst, sie hat Tod und Verderben mit Absicht angelockt? Durch das Lösen eines Knotens?«

Ravna wagte kaum zu nicken.

»Was ist dann mit den anderen zwei?«

»Ich weiß es nicht«, sagte Ravna leise.

»Vielleicht hat sie daran geglaubt, Ereignisse heraufbeschwören zu können«, fuhr Eva fort. »Danke, dass du es mir erzählt hast. Aber ich muss mich an die Fakten halten. Ich nehme das Band auf jeden Fall zu den Asservaten.«

»Das ist okay. Sorry, ich muss los.«

»Schon gut.«

Ravna hechtete Einar und Thor hinterher und erreichte das Quad bei laufendem Motor. Der Kommissar stand daneben und wartete. Ohne ein Wort stieg er auf, nachdem sie endlich keuchend Platz genommen hatte. Der Rentierpolizist wollte wieder zeigen, was er draufhatte, und legte eine Wende hin, bei der eine Fontäne kleiner Steine aufspritzte. Dann jagte er das Gefährt über die Hochebene des Holmfjellet und fand zielsicher die Pfade, Wege und Pässe, über die er hinunter zu einer halb verfallenen, längst aufgegebenen Siedlung fand.

20.

Sie erinnerte sich an den Höhenzug, dessen gezackte Linie an manchen Stellen einer gewaltigen, zerstörten Stadtmauer glich. An das weite Geröllfeld, ausgebreitet am Hang der Berge wie die Bettdecke eines riesigen Trolls. An die drei riesigen Steinbrocken, von denen es hieß, wenn eine Jungfrau bei Vollmond in die Mitte träte, wäre sie es in einem Jahr nicht mehr …

Sie ist ein Kind und rennt mit den anderen um die Wette. Wer ist zuerst am Fluss? Die Füße fliegen über die Erde, als ob sie sie kaum berühren. Das Herz jagt. Der Atem trägt sie wie die Wellen das Boot. Dieses Mal wird sie den Wettlauf gewinnen!

Doch am Fluss ist sie allein, und kaum hat sich der Atem beruhigt, hört sie das Wasser flüstern und die kleinen Kiesel kichern. Die Steine lächeln ihr unter fließenden Oberflächen zu, und der Wind flicht ein Netz in ihre Haare. Wo sind die anderen? Und wer ist die verwunschene Schönheit, die am Ufer sitzt und dem Wasser lauscht?

Die Prinzessin trägt einen Ring aus Silber mit einem Stück von einem blauen Stern. Er ist so schön, er kann nur ein Versprechen sein. Wer hat es ihr gegeben? Das will die Prinzessin nicht verraten. Aber sie reicht den Ring dem Kind und selbst am Daumen ist er noch zu groß.

Er passt mir auch nicht, seufzt die Prinzessin. Eigentlich gehört er jemand anderem. Aber jetzt ist es meiner. Das ist unser Geheimnis, hörst du? Du darfst es niemandem verraten. Schwöre es.

Ich schwöre.

Schwör noch mal.

Ich –

Peng.

Der Ring. Es ist Sannes Ehering …

Ravnas Kopf schlug unsanft an den Überrollbügel. Sie war eingenickt und brauchte einen Moment, um wieder in der bedrückenden Gegenwart anzukommen. Einar fuhr auf die Wolfsenke am Fuß der Nachtberge zu, ein riesiges Tal, das sich vor Jahrmillionen gebildet hatte, als die Erde beschloss, sich noch einmal neu zu arrangieren. Wie die Falte in einem gewaltigen Gewand, das sich nach Süden hin ausbreitete und an der Küste in sanften Wellen abfiel.

Als Ravna noch ein Kind war, hatten die Erwachsenen Funkgeräte und später klobige Handys, mit denen sie sich Nachrichten schicken konnten. Doch auch jetzt noch, mit den modernen Smartphones, die jeder besaß, war der Empfang ein Problem. Streamen ging gar nicht, aber telefonieren oder eine SMS schicken war ab und zu möglich, wenn man sich an der richtigen Stelle befand. Einar stoppte und schaltete den Motor ab.

»Die alte Sommersiedlung.«

Ravna stieg ab und sah sich um. Ein paar verfallene Hütten standen noch, den Rest hatte sich das Fjell wiedergeholt. Die Dächer waren eingesunken, in manchen klafften große Löcher. Vernagelte Fenster, ausgehebelte Türen, leere Räume. Alt und müde wirkten die Gebäude, als würden sie sich nicht mehr lange gegen Wind und Wetter wehren können. Eine leere Plastiktüte wurde vom Wind über den Platz getrieben, es sah aus wie in einem futuristischen Western.

In Ravnas Erinnerung hatte das Lávvu der Persens etwas abseitsgestanden, aber natürlich waren sie und Inga bei den anderen ein und aus gegangen. Wenn es kalt wurde, brannten Holzfeuer in den Kaminen und es duftete nach geräuchertem Rentierfleisch, Fladenbrot und frisch gegerbtem Leder. Hundegebell und Kindergeschrei, Glockengeläut von den zahmen Rentieren, Motorenlärm und laute Musik aus Transistorradios verwoben sich zu einem Klangteppich, der bis weit in die Mittsommernacht über den Hütten schwebte.

Die ersten Jahre, die ersten Sommer. Ein Vater, der sie abends zudeckte und morgens Spiegeleier briet. Die alte Sommersiedlung. Meine Güte, dachte Ravna, werde ich etwa sentimental, wenn ich daran denke? Eindeutig ja. Der Anblick berührte sie, und mehr noch der Gedanke, dass das Glück nicht geblieben war.

Thor wanderte, das Handy in der Hand, auf und ab. Plötzlich blieb er abrupt stehen und wählte eine Nummer.

Er hatte Empfang. Im selben Moment vibrierte ihr Handy. Hastig holte sie es heraus und sah, dass Lars ihr vier Nachrichten geschickt hatte.

Wünsch dir viel Spaß. Herzchen-Emoji.

Meld dich mal. Wann kommst du eigentlich wieder? Herzchen-Emoji.

Lebst du noch?

Bin übers Wochenende angeln.

Keine Herzchen mehr. Ravna wählte seine Nummer und sah, dass ihre Hände zitterten. Nicht wegen Lars, obwohl ihr Herz pochte, als sie auf eine Antwort wartete. Es würde noch lange dauern, bis sie Májás Schicksal verarbeitet hatte.

Sie erreichte nur die Mailbox. Was sollte sie ihm sagen? Mir würde es gut gehen, wenn hier oben nicht zwei Morde passiert wären. Thor hat mich in die Ermittlungen geholt. Jemand hat den dritten Knoten gelöst und damit etwas in Gang gesetzt, das schrecklich ist und ich noch nicht abschätzen kann. Gleich fliegen wir nach Vadsø und ich muss bei einer Obduktion dabei sein. Hab Spaß beim Angeln.

Sie holte tief Luft – und legte wieder auf. Thor hatte sein Gespräch ebenfalls beendet und kam auf sie zu.

»Die Bergwacht ist in einer Viertelstunde am Gänsenest. Ich fliege mit nach Vadsø. Du fährst mit Einar zurück zu den anderen.«

»Ich?«, fragte Ravna perplex. »Sollte ich nicht –«

»Alle Verdächtigen haben sich nicht vom Fleck zu rühren, bis ich mit einem Haftbefehl wieder zurück bin.«

»Also Ante und Magnus, Sanne und Ben und …«

»Juvven, Issko und Torbjørn.«

»Juvven und Issko? Torbjørn?«

Das Entsetzen in ihrer Stimme brachte ihn dazu, mit einem ärgerlichen Seufzer eine Erklärung abzugeben. »Es könnte sein, dass ich sie noch befragen muss. Bis dahin sind sie in meinen Augen verdächtig, ob sie mit dir verwandt oder befreundet sind oder nicht. Ist das klar?«

Ravna schluckte.

»Ja. Was ist mit Odd?«

»Gestrichen. Der Rest bleibt.«

Sie hob in einer halbherzigen Geste der Verzweiflung die Hände. »Und wenn sie nicht wollen? Soll ich mich jemandem wie Torbjørn in den Weg stellen? Du glaubst doch nicht im Ernst, er hat etwas mit Linnéas Tod zu tun. Oder dem von Májá«, setzte sie hinzu.

»Ich glaube nicht. Aber ich weiß, dass es einer von ihnen war. Ich habe außerdem die Spurensicherung angefordert. Sie werden alle in Vadsø untersucht.« Seine Augen wanderten über den verlassenen Ort. Er wirkte klarer, entschlossener. Wie ein Hund, der eine Fährte witterte. »Es ist an der Zeit, dass du mir sagst, was du weißt.«

Der Wind spielte mit der Plastiktüte. Sie würde sie einfangen und entsorgen.

Sein Blick kehrte zu ihr zurück. Sie wich ihm aus, indem sie die Tüte nicht aus den Augen ließ.

»Wie alt warst du damals?«

»Ich war ein Kind.«

»Das ist kein Argument. Ihr habt Messer, bevor ihr laufen könnt.«

Die Plastiktüte verfing sich an einer Felskante.

»Du weißt mehr, als du mir sagst. Willst du enden wie Májá?«

Sie drehte ihren Kopf herum und sah ihn entsetzt an. »Das ist etwas anderes!«

»Warum?«

Sie dachte an die Knoten und dass die Waldfrau gewusst hatte, was sie heraufbeschwor. »Májá hat ihren Mörder gekannt. Sie hat ihn ja fast angelockt. Aber ich …«

»Ja?«, half er ihr auf die Sprünge. Sein Ton verriet, dass er am Ende seiner Geduld war. »Wenn du jetzt den Mund nicht aufmachst, werde ich dich zur Vernehmung nach Kirkenes mitnehmen. Ravna Persen, Zeuge in zwei Mordfällen und nicht in der Stimmung, ihr Wissen mit dem ermittelnden Beamten zu teilen. Ist dir dein Studium an der Hochschule so wenig wert?«

»Ich habe gedacht, es ist nicht wichtig!«

»Nicht wichtig?«, fragte er eisig.

Sie zog die Schultern hoch, weil sie unwillkürlich fröstelte.

»Was hast du in der Bärenschlucht gefunden? Lüg mich nicht an, Ravna. Ich weiß, dass dir da oben etwas aufgefallen ist. Wenn du jetzt nicht den Mund aufmachst, bist du für immer draußen.«

»Okay. Okay! Ich hab es nicht gewusst.« Sie ahnte, dass ihre Verteidigung schwach klingen würde. »Mir fehlte etwas, eine Erinnerung. Ohne die war alles andere wertlos.«

»Und hast du sie gefunden?«

»Ja. Eben gerade.«

Er zog die Augenbrauen hoch, was seinem zerfurchten

Gesicht einen Ausdruck von abwartendem Misstrauen verlieh.

»Wirklich! Ich bin kurz eingenickt und auf einmal war alles wieder da. Vorher war es nur ein Gefühl, und ich weiß doch, wie allergisch du darauf reagierst. Auf, ähm, Gefühle.«

Sie verrannte sich gerade fürchterlich, holte tief Luft und begann noch einmal von vorne.

»Ich bin Linnéa zwei Mal begegnet. Einmal kurz nach ihrer Ankunft und einmal am Fluss. Da hatte sie einen Ring bei sich, und die Erinnerung an ihn war es, die mir die ganze Zeit gefehlt hat.«

»Und das fällt dir ausgerechnet jetzt ein?«

Sie wandte sich ab und ließ den Blick über den verwaisten Platz schweifen. »Es ist dieser Ort. Ich musste erst wieder hier sein, um mich zu erinnern. Linnéa trug einen Ring, der einer anderen gehörte. Sanne. Sannes Ehering. Linnéa hat ihn mir gezeigt und sogar gesagt, dass er für eine andere gedacht war. Ich hatte es vergessen. Ich war doch erst neun Jahre alt.«

Sie wandte sich ab, um Thors bohrendem Blick nicht mehr ausgesetzt zu sein. Es half alles nichts. Er hatte den Instinkt eines Hais, der Blut über Seemeilen hinweg wittern konnte. Nur dass er ihn dafür einsetzte, bei anderen Menschen aus minimalen Widersprüchen und sogar dem unbewussten, kaum merklichen Zögern vor einer Antwort seine Schlüsse zu ziehen. In der Bärenschlucht, als sie Linnéas knöcherne Hand gesehen hatte, war es ihm eher aufgefallen als ihr.

»Wir sind damals immer zum *Idjajohka* gelaufen, Norweger nennen den Fluss Storelva. Er entspringt dem Falkfjellet und fließt durch die Bärenschlucht zu den Nachtbergen. Den Ort da oben kennst du ja.«

Verdammt, warum war es so schwer, das zu erzählen? *Weil du stolz warst, Teil vom Team Thor zu sein*, gab sie sich selbst die Antwort. *Und jetzt gestehst du ihm, dass du immer noch ein kindischer Teenager bist.*

»Hier unten ist der Fluss breiter und flacher. Wir haben an seinem Ufer gespielt und Lachse geangelt und Staudämme gebaut und *Sieidis* für Touristen gefakt und uns versteckt, all diesen Kram, den Kinder so machen. Die Eltern waren im Mittsommer auf der Gerde und wir Kinder hier.«

In der Ferne, in einer der flacheren Falten des Erdkleides, schimmerte ein silbernes Band: der Fluss.

»Ich hatte die anderen verloren. Kein Grund zur Panik, man findet immer wieder zurück. Aber in dieser Nacht war es anders. Es war hell, die Sonne schien, aber Mittsommer verwandelt die Welt und schickt uns in die Irre. Die Schatten werden länger und die Landschaft verändert sich. – Nicht in echt, natürlich.«

Sie spürte, dass Thor hinter sie getreten war und ebenfalls in Richtung des Flusses schaute. Er hörte ihr zu, und das machte ihr Mut, so von dieser Begegnung zu erzählen, wie sie sie empfunden hatte. Und nicht, wie man sie vielleicht in einem Protokoll beschreiben würde.

»Auf einmal sah ich sie da sitzen. Auf einem Stein am Ufer, wie Andersens kleine Meerjungfrau. Ich weiß noch, dass das Wasser gefunkelt hat wie tausend Diamanten. Wahrscheinlich kann man das nur so sehen, wenn man ein Kind ist. Und dann bleibt es wie ein Märchen in der Erinnerung. Aber die Erinnerung ist echt. Jedenfalls, sie saß da und guckte ins Wasser und erschrak, als ich auftauchte. Ich fragte sie, was sie da macht, und sie sagte, sie wartet auf jemanden. Ich wollte natürlich wissen, wer das war. Linnéa war eine Märchenprinzessin, da gehört ein Prinz einfach dazu. Sie war wunderschön, mit langen blonden Haaren und einem Lächeln … Gold, denke ich immer. Um sie herum war alles fließendes Gold. Albern, nicht wahr?«

»Du warst verliebt.« Eine Feststellung. Kein Sarkasmus.

Sie dachte darüber nach und war erstaunt, wie leicht ihr die Antwort fiel.

»Schon möglich. Als Kind rationiert man seine Liebe nicht, man verteilt sie einfach, ohne nach Alter, Hautfarbe oder Geschlecht zu fragen. Ich geb's zu, ich war in Linnéa verliebt. Bis über beide Ohren. Mit neun. Ich glaube, das gilt nicht.«

Schweigen.

Ravna drehte sich um. Thor starrte immer noch in Richtung des Flusses.

Vielleicht … nein, kein Vielleicht. Etwas an ihrer Geschichte erinnerte ihn an seine eigene Tochter, Leni. Vermutlich irgendein Bild von einem Mädchen am Fluss. Seit ihrer letzten Begegnung musste es Risse gegeben haben, durch die etwas in ihn hineingedrungen war. Die Fähigkeit, Erinnerungen auszuhalten, beispielsweise. An eine Tochter, die vor zehn Jahren zusammen mit ihrer Mutter grausam ermordet worden war.

Er trug das Mal immer noch. Die unsichtbare Hand des Teufels, die ihn berührt und zu dem gemacht hatte, was er jetzt war. Doch von irgendwoher schien etwas Licht in diese Dunkelheit gekommen zu sein. Das scharfkantige Gesicht mit den tiefen Falten wirkte mit einem Mal fast entspannt, fast … verträumt.

Über ihnen wölbte sich ein bleigrauer, hoher Himmel. Der Wind spielte nicht länger. Er zerrte nun an ihren Haaren und ließ den Stoff ihrer offenen Jacke knattern. Es roch nach Regen und nach etwas Uraltem, Vergangenem. Feuer. Wärme. Filz. Wolle. Asche. Morsches Holz. Ihr Blick wanderte über die Reste der alten Siedlung. Warum ist es so wichtig für uns, die Vergangenheit zu bewahren?, fragte sie sich. Was macht sie zu dem Schatz, der die Zukunft noch nicht ist? Vielleicht, weil die Kindheit ein Land ist, das jeder irgendwann verlassen muss, ohne Chance auf Rückkehr.

Sie holte tief Luft. »Jedenfalls wollte sie mir nicht verraten, von wem der Ring war.«

»Von Ben«, sagte Thor und kehrte mit seiner Aufmerksamkeit zu ihr zurück.

»Wahrscheinlich. Aber er war doch damals schon mit Sanne zusammen. Da verschenkt man doch nicht einfach den Ring, den man für seine Liebste gekauft hat, an eine andere.«

»Erinnere dich an das, was deine Mutter gesagt hat. Linéa hatte die gar nicht so seltene Gabe, den Männern den Kopf zu verdrehen.«

Den Kopf zu verdrehen. Fast hätte Ravna bei dieser altmodischen Ausdrucksweise gegrinst, ließ es aber in letzter Sekunde bleiben. Thor jetzt zu provozieren wäre ganz schlechtes Timing.

»Du meinst, Ben hat den Ring, den er Sanne schenken wollte, Linnéa gegeben? Ich weiß nicht. Die beiden sind seit einer Ewigkeit zusammen.«

»Die Halbwertzeit von Ewigkeit ist, was die Liebe betrifft, beträchtlich.«

»Ja, klar. Aber Ben … der kann doch keiner Fliege was zuleide tun. Und Sanne …« Sie sah auf ihre staubverkrusteten Trekkingschuhe. »Sanne. Wirklich?«

»Deine Aussage entlastet keinen von beiden.«

Der Gedanke, diese Begegnung am Fluss unter Eid noch einmal wiederholen zu müssen, war fast unerträglich. »Ich weiß doch gar nicht mehr, ob Linnéa das wirklich so gesagt hat.«

Einar hupte. Thor drehte sich zu ihm um und wandte sich dann noch einmal an Ravna. »Du hast es zehn Jahre lang nicht vergessen. Nur verdrängt.«

Gemeinsam machten sie sich auf den Weg zurück zum Quad. Bevor Ravna einstieg, sah sie zurück auf die alte Sommersiedlung. Noch ein paar Jahre, dachte sie, und nichts wird mehr von ihr übrig bleiben, nur unsere Erinnerungen.

Die Plastiktüte hatte sie vergessen.

21.

Einar setzte Thor am Gänsenest ab, wo wenig später der Hubschrauber der Bergwacht eintraf. Dann fuhren sie weiter zur Sommersiedlung. Ravna sah den Helikopter – ein riesiger dunkler Raubvogel am Himmel. Er war gekommen, um Májá für immer aus dem Gebirge zu holen. Die Endgültigkeit einer furchtbaren Tat wurde Ravna erst jetzt begreiflich: Sie würde sie nie mehr wiedersehen. Ihr Lächeln, ihre Güte, ihr Verständnis, das sie für Ravnas Situation hatte, es war für immer fort. Sie war eine Wanderin zwischen zwei Welten gewesen und hatte in Ravna ihr Spiegelbild erkannt. Ihr Magen wurde zu einem Klumpen Eis, wenn sie daran dachte, wie abweisend sie sich verhalten hatte.

»Warte.«

Einar hörte sie nicht.

»Halt an!«

Der Rentierpolizist verlangsamte das Tempo und stoppte. »Was ist denn?«

Statt einer Antwort stieg sie ab und lief zu einer kleinen Anhöhe, von der man weit ins Gebirge sehen konnte. Dort wartete sie.

Es dauerte fast eine halbe Stunde. Dann hob der Hubschrauber wieder ab und flog auf die Küste zu. Der Rotorenlärm war nur ein dumpfes Wummern, das man nicht hätte zuordnen können, wenn man den Helikopter nicht gleichzeitig gesehen hätte. Sie schloss die Augen.

Ich wünsche deiner Seele, dass sie heimkommt nach Savoaimo[36]*. Dass du Ruhe findest, Frieden und Glück. Ich wünsche Sverre und Ove, dass nach der Trauer die Liebe bleibt. Verzeih mir, wenn ich dich verletzt oder gekränkt habe. Ich werde den finden, der dir das angetan hat. Das schwöre ich.*

Neben ihr knirschte es, Einar war zu ihr getreten. Sie öffnete die Augen – der Hubschrauber war nur noch ein kleiner, schwarzer Punkt am Firmament.

»Hier.«

Er reichte ihr eine abgegrabbelte Packung Taschentücher. Sie zupfte das heraus, das am wenigsten von seiner Hosentasche abbekommen hatte, und wischte sich die Tränen ab. Schweigend standen sie nebeneinander, bis der schwarze Punkt verschwunden war.

Sie reichte Einar das Päckchen zurück.

»Sie war etwas ganz Besonderes«, sagte er leise.

---

36 Eine der drei Unterwelten der samischen Mythologie. In ihr leben die Schamanen.

Ravna nickte. Dann gingen sie gemeinsam zurück zum Quad. Bevor er den Zündschlüssel drehte, ließ er die Hand sinken.

»Er kriegt ihn doch? Ich meine den, der das getan hat. Und das mit Linnéa auch. Thor wird ihn doch erwischen? Alle sagen, er war mal der beste Kriminalist, den Norwegens Polizei je hatte.«

»*Wir* kriegen ihn«, sagte sie. »Und er ist es immer noch.«

Es war das, was Einar hören musste, um wieder zu glauben. Er startete den Motor und fuhr los.

Sie fragte sich, für wen der Haftbefehl gedacht war. Thor schien sich ziemlich sicher zu sein. Die Frage war nur, ob der Haftrichter in Kirkenes das auch so sah. Sie hatten nichts in der Hand, noch nicht einmal das kleinste, schwächste Indiz, nur ihre eigene, verklärte Erinnerung. Es sei denn, Thor hätte hinter ihrem Rücken ermittelt und Tatwaffen gesichert oder heimlich Handyfilme zugespielt bekommen, die die Party am Gänsenest und Linnéas gewaltsamen Sturz in die Schlucht zeigten. Was ziemlich unwahrscheinlich war, weshalb sie auf nichts anderes als ein Geständnis hoffen mussten. Aber von wem? Zweifellos waren Thors Methoden, Menschen zum Reden zu bringen, höchst fragwürdig, aber effektiv. Doch hier oben bei den *Rendriftern* herrschten andere Gesetze als in der Stadt. Mikkel hatte das bereits zu spüren bekommen.

Und dann der Auftrag, alle Verdächtigen in der Siedlung festzuhalten. Wie denn? Mit Lassos an die Zeltstangen binden? Mit Sanne und Ben konnte sie vielleicht noch reden. Bei Ante und Magnus halfen wohl nur Drohungen, von denen sie keine Ahnung hatte, ob sie die im Ernstfall auch umsetzen konnte. Aber was war mit Torbjørn? Und mit Juvven und Issko? Die drei würden ihr was husten, wenn sie mit Thors Anweisungen kam. Je näher das Quad der Siedlung kam, desto nervöser wurde sie.

Doch dann war alles einfacher als gedacht. Den beiden Bruhaugs saß wohl immer noch das letzte Gespräch mit Thor in den Knochen. Sie hockten mit finsteren Mienen auf der Bank vor der Hütte, was ein klares Zeichen war, dass sie seine Anordnung verstanden hatten und zähneknirschend akzeptierten. Sanne und Ben machten sich gerade etwas zum Frühstück und benutzten dazu einen kleinen Campingkocher vor dem Lávvu. Auch sie würden die Sommersiedlung vorläufig nicht verlassen.

Ravna traute sich nicht zu fragen, ob sie etwas von dem Speck abhaben könnte, der in der Pfanne brutzelte. Es musste sieben Uhr morgens sein und die zweite durchwachte Nacht forderte mehr und mehr ihren Tribut. Immerhin reichten ihr die beiden ungefragt einen Becher Kaffee, den sie mit zu den anderen nahm.

Hedda stand mit Torbjørn, Issko und Juvven zusammen. Das Gespräch verstummte, als Ravna auftauchte. Sie war sich sicher, dass es um die Zukunft des Clans gegangen war.

»*Bures*«, sagte sie.

Der Gruß kam gemurmelt zurück. Ravna sah, dass die Hütte der Nystøs verschlossen war.

»Wo sind Ove und Sverre?«, fragte sie.

»Nach Vadsø.« Hedda hatte rote Augen. An niemandem war die Nachricht von Májás Tod spurlos vorübergegangen.

»Sie wollen in der Nähe sein, sobald sie dort mit ihr fertig sind.«

»Muss das denn sein?«, fuhr Issko Ravna an. »Sie mitnehmen und aufschneiden und was auch immer ihr noch alles mit ihr anstellt? Weißt du, was das für Sverre und den Jungen bedeutet?«

»Ja«, sagte sie leise. »Ich meine, ich kann mir ihren Schmerz kaum vorstellen, und dann fahren wir auch noch dazwischen.«

Wieder sah sie das Bild vor sich, wie Májá leblos im Gänsenest lag. Jedes Mal fuhr sie innerlich zusammen. Ging das irgendwann vorbei? Hatte man mit der Zeit eine Mauer um sich errichtet, an der solche Dinge abprallten? Es musste so sein, sonst könnte es niemand lange bei der Polizei aushalten. Doch was tat so eine Mauer mit dem, der sich hinter ihr zurückgezogen hatte? Schützte sie oder hielt sie gefangen? Sie ahnte, dass sie das eines Tages herausfinden würde, und hoffte, den Unterschied dann noch zu bemerken.

»Aber wir alle wollen wissen, was Májá getötet hat«, fuhr Ravna fort.

»Das kann ich dir sagen. Es war ein Herzinfarkt. Sie hatte dieselben Probleme wie Hedda, aber die lässt sich wenigstens behandeln. Aber Májá hat ja lieber auf ihre Kräuter und Wurzeln vertraut.«

Ravna tat so, als ob Hedda nächtelang mit ihr über ihre gesundheitlichen Probleme geredet hätte und sie über jede noch so geringe Befindlichkeit ihrer Mutter Bescheid wüsste. In Wirklichkeit war sie immer noch schockiert. Nicht nur, dass Issko und Juvven davon wussten, sondern auch darüber, dass Hedda ihre Herzprobleme verschwiegen hatte. Warum?, fragte sie sich. Hast du so wenig Vertrauen in mich, dass du sogar deine Medikamente vor mir versteckst?

»Es war kein Herzinfarkt«, sagte sie und trank einen Schluck Kaffee. »Definitiv nicht. Es war auch kein Unfall. Mehr wissen wir, wenn die Untersuchungen abgeschlossen sind. Ich glaube, das sind wir Májá schuldig. Und Sverre und Ove.«

Juvven steckte die Daumen in den Kälberstrick, den er um seine Taille geschlungen hatte. »Dann können wir ja langsam aufbrechen. Ich will den Betrieb nicht so lange allein lassen.«

»Gute Idee.« Torbjørns finstere Miene sprach Bände. »Und nimm deinen Bruder gleich mit. Dann tust du auch noch was für den Umweltschutz und gegen die Luftverpestung hier oben.«

»Lass dich nicht provozieren«, sagte Issko zu seinem jüngeren Bruder. Heute trug er sein Bandana um den Hals. Der geschnitzte Rentierknochen, der das Tuch zusammenhielt, war an den Rändern aufwendig mit Silber verziert und musste eine Menge gekostet haben. Dafür sahen seine Tätowierungen auf den Unterarmen aus wie ein verunglücktes Kindermalbuch. »Hedda, wir müssen jetzt endlich reden. Können wir das vielleicht ohne deinen Freund machen?«

Torbjørn grinste. Dumme Anspielungen jeder Art hoben seine Laune ungemein, waren sie doch nichts anderes als eine Einladung, mal wieder die Kräfte zu messen.

»Das muss meine geliebte Hedda entscheiden«, sagte er mit einem gewollt zweideutigen Unterton.

Die verdrehte die Augen. »Hört doch endlich damit auf. Ihr habt meine Entscheidung. Ich bin der *Rendrifter*, also entscheide ich auch für unseren Clan.«

»Du bist krank.« Issko versuchte so etwas wie geschwisterliche Sorge in seine Stimme zu legen. »Wie lange willst du das noch machen?«

»Solange es geht.«

»Und dann? Was ist, wenn du morgen umfällst und alles hier vor die Hunde geht?«

Ravna schnappte nach Luft. »Issko!«

»Misch du dich nicht ein, ja?« Er fuhr zu ihr herum. »Du bist doch fein raus. Studierst, wirst Staatsbeamter, tanzt uns irgendwann allen auf der Nase rum. Ich will wissen, wie es *hier* weitergeht!«

»Du willst wissen, an wen du irgendwann die Lizenzen meistbietend verscherbeln kannst«, gab sie giftig zurück.

Issko holte tief Luft, um sich zu beherrschen. »Möglich. Vielleicht. Viel mehr Wege zu Geld zu kommen haben wir nicht. Geht das irgendwann in deinen Kopf hinein? Oder hat Hedda auch in dieser Hinsicht versagt?«

»Auch?«, fragte ihre Mutter. Am Ton erkannte Ravna, dass Hedda langsam wütend wurde, es aber noch gut unter Kontrolle hielt. »Wo habe ich denn sonst noch so versagt?«

Issko wischte ihre Frage mit einer Handbewegung fort. »Wie lange wollen wir uns denn noch behandeln lassen wie Menschen zweiter Klasse? Jetzt haben wir endlich das Urteil, dass wir die Jagd- und Fischlizenzen vergeben können. Und du willst das nicht? Was willst du dann? Weiter so leben wie vor hundert Jahren?«

Heddas schmale Augen wurden noch kleiner. »Weißt du eigentlich, warum es uns noch gibt? Warum wir das letzte alte Volk auf diesem Kontinent geblieben sind? Weil wir uns nicht dem gebeugt haben, was angeblich so modern und fortschrittlich ist. Wir sind geblieben, wer wir waren, vom Anbeginn der Zeiten. Das ist der Grund, dass wir immer noch existieren. Und nun kommen Norweger, Schweden und Finnen und sagen: Wir wollen sein wie ihr und machen, was ihr macht. Sie werden mit den Rentieren tun, was sie zuvor schon mit dem Erz und dem Holz gemacht haben: eine Industrie aufbauen. Wirtschaftlich züchten. Die ertragreichste Kosten-Nutzen-Rechnung aufstellen. Wenn wir das zulassen, gebe ich uns nur noch ein oder zwei Generationen, und es ist vorbei mit den großen Trecks und den Winterweiden. Niemand wird sie mehr aufhalten, wenn sie weiter ihre Schneisen ins Land schlagen, die Berge plündern und die Wälder abholzen. Weil keiner mehr da ist, der das tun kann. Wir sind die Letzten. Meine Antwort, unsere Antwort ist Nein. Solange ich noch einen Atemzug tun kann, bleibt sie Nein.«

Ravna hatte Hedda noch nie so lange reden hören. Ihre beiden Brüder wohl auch nicht. Juvven sah betreten zu Boden, Issko hatte sich alles mit steinerner Miene angehört. Aber in Torbjørns Augen blitzte Anerkennung.

»Ich hätte zu dem ganzen Ansinnen auch nur ein einziges Wort beizusteuern, und das heißt Nein«, sagte er. »Falls mich jemand fragen sollte.«

Issko schnaubte verächtlich. »Dann ist ja alles klar. Wir gehen pleite und du verhungerst in einem der nächsten Winter. Aber Hauptsache, die Ehre der Persens bleibt gewahrt.«

»Ja«, sagte Hedda ernst und ohne einen Funken Ironie. »Das hast du gut erkannt.«

Issko drehte sich um und marschierte davon. Juvven wandte sich etwas hilflos an Hedda, aber die dachte nicht daran, ein paar nette Floskeln zum Abschied von sich zu geben.

»Viel Glück«, sagte er. Dann folgte er seinem Bruder.

»Äh – Moment!« Ravna drückte Hedda den Kaffeebecher in die Hand und rannte hinter den beiden her. »Ihr dürft noch nicht weg.«

Issko stoppte und drehte sich um. »Ach ja? Und warum nicht?«

»Anweisung von *Lensmann* Rune Thor.«

»*Lensmann* Rune Thor kann mich mal.«

»Issko, bitte. Wir müssen zwei Morde aufklären!«

»Und da fragst du ausgerechnet mich? Nachdem du mir gerade zusammen mit Hedda in den Rücken gefallen bist? Ich sag dir eins: Das letzte Wort ist noch nicht gesprochen. Yárá wird für uns stimmen und dann ist es aus mit dieser Starrsinnigkeit.«

»Du willst wirklich deine Frau dazu benutzen, um dich gegen deine eigene Familie zu stellen?«

Issko erreichte sein Quad und holte zwei Helme aus der Ablage. Einen reichte er Juvven. »Meine eigene Familie hat sich gerade gegen *mich* gestellt. So sieht es aus.«

Vorsichtshalber blieb Ravna direkt vor der Motorhaube stehen. Er müsste sie umfahren, wenn er wirklich abhauen wollte. »Steht es echt so schlimm?«

»Was meinst du?«

Er suchte nach dem Zündschlüssel.

»Das weißt du ganz genau. Es geht um Geld, Issko. Wie schlimm ist es?«

Er wich ihrem Blick aus und gab seinem Bruder mit einer ebenso herrischen wie auffordernden Geste zu verstehen, dass er gefälligst einsteigen sollte.

»Ich komme schon zurecht. Hat sich ja bisher keiner von euch gefragt, wie es bei uns aussieht.«

»Wie sieht es aus?«

Issko hieb wütend mit der Faust auf die Motorhaube. »Hör auf! Tu doch nicht so, als ob dich das wirklich interessieren würde! Es sieht beschissen aus! Wie bei uns allen! Wenn Yárás Shop nicht so gut laufen würde, wären wir schon längst pleite. Ein tolles Gefühl, vom *goodwill* seiner Frau abhängig zu sein. Kriegst du das nicht mit oder haben sie dir in Oslo schon das Gehirn gewaschen? Kaum einer von uns kann von der Rentierzucht leben. Wir müssen alle Jobs nebenbei annehmen, um über die Runden zu kommen.«

»Hedda nicht.«

Er presste die Lippen aufeinander und starrte zum Himmel, als ob von dort irgendeine gütige Macht Geduld auf ihn abwerfen würde, die er dringend für seine begriffsstutzige Nichte brauchte.

»Hedda«, sagte er schließlich, riss sich vom Himmel los und blickte finster in die Richtung, aus der sie gekommen waren. »Hedda lebt ohne Strom, Abwassergebühren, Müllabfuhr, Fernsehen, Internet. Ohne Schulkinder, die Kleider brauchen und Schuhe und gerne mal ins Kino gehen. Ohne jemanden an ihrer Seite, dem man vielleicht mal was bieten will. Hedda kommt mit zwei Kilo Gurpi über den Winter, gerbt Leder, schnitzt Messer, lebt wie vor hundert Jahren. Das ist ihre Entscheidung und keiner will sie ihr streitig machen. Aber sie soll verdammt noch mal anderen nicht vorschreiben, wie sie zu leben haben.«

»Das tut sie doch gar nicht.«

»Doch. Sie hält sich für den Chef vom Clan und spricht im Ting für die Persens mit einer Stimme. Aber das ist vorbei. Wir sind mehr und wir wollen uns nicht mehr bevormunden lassen.«

Vieles von dem, was Issko gesagt hatte, war richtig. Aber vieles, was Hedda ins Feld geführt hatte, auch.

»Ich kann dich verstehen. Aber wir bringen da was ins Rollen, das sich vielleicht nicht mehr aufhalten lässt«, sagte sie. »Ich wünschte, du könntest eine andere Lösung für deine Probleme finden.«

Issko nickte widerwillig. »Danke. Ich will nicht, dass wir beide auch noch Feinde werden.«

»Hedda ist nicht dein Feind.«

Juvven hatte Platz genommen, Issko stieg nun ebenfalls in das Quad.

»Mach den Weg frei, Ravna.«

Sie blieb stehen, obwohl er sie mit einem Tritt aufs Gaspedal aus dem Weg räumen könnte.

»Geh weg!«

Er drehte den Zündschlüssel und ließ den Motor im Leerlauf aufheulen.

»Sag deinem Boss, wenn er was von uns will, soll er nach Vadsø kommen! Wir sind noch bis morgen im Scandic. Dank Yárá, die bezahlt die Rechnung.«

Langsam trat sie zur Seite. Issko gab so heftig Gas, dass das Quad einen Satz nach vorne machte und Juvven unvorbereitet nach hinten warf.

So viel zu ihrer Durchsetzungskraft.

Mit einem schweren Seufzen kehrte sie zurück zu Heddas Lávvu. Ihre Mutter schenkte sich einen Becher Kaffee aus der Thermoskanne ein und hockte sich damit vors Zelt. Ravna tat es ihr gleich, griff sich aber vorher noch zwei Fladenbrote und belegte sie mit einer Scheibe kaltem Gurpi.

Wieder knatterte ein Quad davon. Fred und Aili Carlsen waren fertig mit Packen und kamen für ein paar Worte des Abschieds herüber. Nisse Ragnarsson gesellte sich dazu, wenig später kam auch noch Odd. Sogar der Giftzwerg Jan Ulfhednar schaute noch vorbei.

Ravna aß und nickte, grüßte zurück und murmelte ein paar Worte, doch die Abschiedsbesuche galten nicht ihr, sondern ihrer Mutter. Genauer gesagt, einem vorsichtigen Sondieren der Lage, für welche Zukunft sich die Persens entschieden hatten.

»Wir haben jetzt die Rechte«, sagte Fred. »Warum sollten wir sie also nicht nutzen?«

»Fürs Fischen und Jagen, ja«, knurrte Ulfhednar. »Die zischen danach ja wieder ab. Aber die Rentierzucht? Stellt euch mal vor, all die Anfänger hier. Im Winter erfrieren sie, im Sommer finden sie ihre Herde nicht mehr.«

In die darauffolgende Heiterkeit stimmte Aili nicht mit ein. »Wir haben schon vielen geholfen, auch Anfängern.«

»Aber die gehörten zu uns!«, protestierte Nisse. »Irgendwie jedenfalls.«

Hedda schüttelte den Kopf. »Nein. Zu uns gehören nur die *Siidas*, die seit Jahrhunderten dabei sind. Plötzlich entdecken Städter, die vor zwanzig Jahren noch über uns gelacht haben, ihre samischen Wurzeln und wollen zurück zur Natur. Und all die *Sjosamer*[37] von der Küste und den Fjorden, die jetzt auch noch anfangen wollen – die sind doch in Wirklichkeit alle Norweger.«

Nisse hockte sich neben Hedda und griff mit seinen Händen, die aussahen wie knorrige Baumwurzeln, nach ihrem Becher. »Wo soll das denn aufhören, wenn wir jetzt auch noch damit anfangen, die Samen untereinander in Klassen einzuteilen?«

Er trank den Kaffee aus und schüttelte die letzten Tropfen auf dem Boden aus.

»Es geht vorüber«, sagte Hedda. »Wie alles vorübergeht, nur die Kolonialisierung nicht.«

Ravna vergaß zu kauen.

»Es ist eine Mode«, fuhr ihre Mutter fort. »Jetzt, wo die Klimakatastrophe nicht mehr zu leugnen ist, entdecken sie uns. Sie stärken unsere Rechte, besuchen unsere Feste, hören unsere Musik. Sie umarmen uns wie verlorene Kinder und bekennen sich schuldig, uns so lange so viel Unrecht getan zu haben. Aber lasst andere Katastrophen kommen und alle Lippenbekenntnisse sind vergessen. Wenn die Ressourcen nicht mehr ausreichen, sind wir unsere Rechte im Handumdrehen wieder los. Rechte. Auch so eine Mode.«

Hedda spuckte auf den Boden. Nisse reichte ihr betreten

37 Seesamen, südliches Siedlungsgebiet Sápmis.

den Becher zurück, die anderen nickten. Bis auf Fred, der kopfschüttelnd zurück zu seinem Quad ging und genug von der Diskussion hatte. Dafür gesellte sich Torbjørn nun dazu, was die Diskussion wieder aufs Neue entfachte.

Ravna aß ihr Brot. Es war bekannt, dass Hedda keine gute Meinung von diesem Staat hatte. Sie dachte, wie sie lebte: als Hardliner. Aber wie militant sie geworden war, hatte sie nicht geahnt.

»Was sagst du denn dazu?« Ulfhednar, der Spaltpilz, hatte nichts dagegen, noch etwas Öl ins Feuer zu gießen.

»Ich?«, hustete Ravna und tat so, als hätte sie sich verschluckt. In Wirklichkeit wollte sie nur Zeit gewinnen.

»Ja, du. Wenn Hedda recht hat, bist du ja ein richtiges Modepüppchen, so wie du dich auf Recht und Gesetz eingelassen hast.« Alle lachten wohlwollend. Aber es konnte jederzeit umschlagen.

»Jeder kann sagen, was er denkt«, erwiderte sie schließlich. »Aber Verbrechen haben nichts mit der Herkunft zu tun. Ich will, dass Mörder hinter Gittern landen. Ich glaube, das seht ihr auch so.«

»Früher haben wir das selbst in die Hand genommen«, knurrte Ulfhednar.

»Wie denn? Hättet ihr einen ausgeknobelt?« Ravna steckte den Rest ihres Brotes ein. Sie hatte keinen Hunger mehr. »Was würdest du denn jetzt tun? Wen würdest du gern selbst in die Finger bekommen?«

»Woher soll ich das wissen? Ich war's jedenfalls nicht!«

»Das sagen alle.« Ravna stand auf. Es war neu, zu den Erwachsenen wie eine Erwachsene zu reden. »Niemand will es gewesen sein. Nicht bei Linnéa und nicht bei Májá. Was nun? Sag es mir, Jan Ulfhednar. Losen wir einen aus und jagen ihn mit dem Bärenspieß? Oder sollen wir weitermachen wie bisher? Werden Sverre und Ove weiterhin mit uns leben wollen, wenn sie wissen, dass einer der Mörder von Májá ist?«

Stille. Ravna hätte am liebsten den letzten Satz ersatzlos gestrichen, aber er war ihr nun einmal herausgerutscht.

»Jedenfalls ermitteln wir in diese Richtung.«

Torbjørn fand als Erster die Sprache wieder. »Und ... die, die hierbleiben müssen?«

Etwas Ungutes braute sich zusammen. Ante und Magnus vor ihrer Hütte wurden aufmerksam, weil sich jetzt alle nach ihnen umdrehten.

»Sind noch nicht fertig mit ihren Aussagen.«

Das klang lahm. Zu lahm, um das Misstrauen noch zurückhalten zu können.

»Und Sanne und Ben?«, fragte Torbjørn weiter.

Alle Augen richteten sich auf die beiden. Sanne hielt mit der Pfanne in der Hand, die sie gerade zurück ins Zelt tragen wollte, inne. Ben, mit dem Rücken zu der kleinen Versammlung vor Heddas Zelt, drehte sich um, nachdem Sanne etwas zu ihm gesagt hatte.

»Auch die.«

Torbjørn ließ den Blick über die Anwesenden schweifen. Er, Fred und Jan Ulfhednar gegen Ante, Magnus und Ben. Ravna konnte fast sehen, wie sich hinter seiner breiten Stirn die verschiedensten Szenarien abwechselten.

»Du lässt sie in Ruhe«, sagte sie.

»Einer von denen ist ein Mörder.«

»Das ist nicht gesagt. Wir ermitteln.«

Torbjørn verschränkte die Arme. Seine gewaltigen Muskeln spannten das Holzfällerhemd und ließen erahnen, zu was er rein körperlich fähig wäre.

»Ermitteln kann ich auch. Wer ermittelt mit?«

Er ging ein paar Schritte im Kreis, ließ die Arme sinken und griff nach dem größten seiner drei Messer. Ravnas Puls schnellte nach oben. Sie sah zum Ermittlerzelt, aber weder von Henrik noch von Einar war etwas zu sehen. Wahrscheinlich würden sie erst nach dem Lynchen auftauchen und sich verwundert den Schlaf aus den Augen reiben.

Hedda stellte den leeren Becher auf den Boden und stand auf.

»Es ist nicht dein verdammter Job«, sagte sie. »Sondern der meiner Tochter.«

Damit verschwand sie im Zelt. Torbjørn ließ die Hand von seinem Messer sinken.

»Dann eben nicht.« Er trat einen Schritt zu Ravna. »Aber lass dir nicht zu viel Zeit mit deinen Ermittlungen. Sonst übernehmen wir das.«

»Schon klar.« Innerlich war sie immer noch zum Zerreißen angespannt. »Du sollst übrigens auch hierbleiben. Also geh schon mal in dich.«

Torbjørns Wikingerbrauen zogen sich zusammen. »Ich?«

»Jep.«

»Was hab ich mit der ganzen Sache zu tun? Los! Sag es mir!«

Ravna schwieg. Es kostete sie den gesamten Rest ihrer

Kraft, diesem Blick standzuhalten. »Die Vernehmung führt Rune Thor.«

»Thor.« Torbjørn schnaufte. »Ich sag dir was: Wenn das alles hier vorbei ist …«

Er fuhr sich wütend durch die Mähne. Alle warteten darauf, dass er den Satz mit einer wüsten Drohung beenden würde. Aber er hatte offenbar gerade noch rechtzeitig einen Zipfel Verstand erwischt und drehte schweigend ab.

Mit äußerlich unbewegtem Gesicht beobachtete Ravna, wie alle zurück zu ihren Hütten und Quads gingen. Aili lächelte ihr noch etwas hilflos und bedauernd zu. Konnte sie sich schenken. Hätte sie lieber mal was gesagt.

Ravna stieg ins Zelt und legte sich auf das schmalere Lager gegenüber von Hedda. Ihre Mutter war nicht der Mensch, der vergangene Gespräche noch einmal stundenlang Revue passieren ließ. Sie lag mit angezogenen Beinen, den Kolt eng um sich geschlungen, auf ihrem Reisigbett und hatte die Augen geschlossen.

Sie sah unendlich müde aus. Und viel älter als am Morgen.

Eine Welle der Liebe schoss in Ravnas Herz. Es war eine harte Nacht gewesen, die ihnen allen viel abverlangt hatte. Draußen tupfte die Sonne an den Horizont. Ein riesiger glühender Ball in Zeitlupe, der nun langsam wieder höher stieg.

In weniger als einer Minute war sie in einen tiefen, traumlosen Schlaf gefallen.

3. Teil

Die Insel

Sommersiedlung am Fuß der Nachtberge, Falkfjellet, Finnmark
Mittsommer. Freitag, 24. Juni 2011
Tageslänge: 24 Stunden

Wie das so ist auf spontan organisierten Feten: Irgendwann geht der Sprit aus. Ante und Magnus bekommen den Auftrag, mehr zu besorgen. Ben begleitet sie. Im Gehen wirft er mir einen wütenden Blick zu. Ich bleibe mit Sanne am Feuer sitzen. Es ist kalt, auch wenn die Sonne eine Handbreit über dem Horizont steht.

Ich habe zur Feier des Tages mein Lieblingssweatshirt angezogen, das mit den schimmernden Pailletten, die das Nordlicht darstellen sollen. Ich dachte, es passt hierher, dabei könnte nichts alberner sein als Pailletten in einem samischen Sommerlager. Es schützt nicht vor dem scharfen Wind, und mir ist kalt, außerdem bin ich müde und gleichzeitig aufgekratzt. Zwei Uhr morgens. Vinnan hat sich nicht gemeldet. Wahrscheinlich ist er sauer auf mich.

Wie Ben. Wie alle eigentlich. Dabei will ich doch nur ein

bisschen Spaß. Ich hole den Ring heraus und stecke ihn an meine Hand. Er ist etwas zu groß für mich.

»Der ist schön«, sagt Sanne. Offenbar hat sie von nichts eine Ahnung.

»Geht so«, sage ich leichthin. »Ben hat ihn mir geschenkt.«

Sie zuckt zusammen, hat sich aber sofort wieder in der Gewalt. »Ben?«

»Keine Ahnung, warum. Macht er das öfter? Einfach so Sachen verschenken?«

»Nein«, kommt es gepresst aus ihr heraus. Wahrscheinlich hat er ihr noch nie etwas geschenkt. »Und warum?«

Ich strecke die Hand aus und tue so, als ob ich dieses billige Ding bewundern würde. »Ich denke, er hatte damit etwas vor und es sich dann anders überlegt. Hat er eine Freundin?«

Sie nimmt ein Stück Holz und stochert damit in der Glut herum. »Weiß ich nicht«, sagt sie schließlich.

Ich lächle sie an, als wären wir die besten Freundinnen. »Komm schon. Das musst du doch wissen. Ich will niemandem in die Quere kommen.«

Das klingt doch tatsächlich ziemlich überzeugend. Schade, dass ich keine Freundinnen habe. Mir sind Frauen meines Alters einfach zu langweilig. Zu sehr Sanne. Zu wenig Linnéa.

Sie wischt sich über die Augen, als hätte sie Qualm hineinbekommen.

»Er hat niemanden, soweit ich weiß.«

»Und du?«

»Auch nicht.« Sie ringt mit sich, ob sie Vertrauen zu mir haben soll. Hätte sie auch nur einen Funken Verstand oder Menschenkenntnis oder am besten beides zusammen, würde sie

keinen Ton mehr sagen. Aber vielleicht hat sie auch keine echte Freundin. »Es ist nicht so einfach, jemanden zu finden. Ich will an die Uni und irgendwann in der Stadt leben.«

»Verstehe. Und die Jungens machen das nicht mit?«

»Doch. Eigentlich schon. Aber ich lese halt gerne und mag Kunst. Ich wünsche mir jemanden, der das versteht.«

»Und Ben tut das?«

Sie legt das Holz weg und wischt sich die Hände an einem Stofftaschentuch ab. Sanne-like.

»Er hat mich sehr unterstützt, als ich mich im Samske Museum in Varangerbotn beworben habe.«

»Ach«, sage ich erstaunt. »Das habe ich auch.«

Habe ich nicht, aber die Bestürzung in Sannes Augen ist die kleine Lüge wert.

»Bei dem Projekt, wo man eine eigene Ausstellung kuratieren darf?«

Ich nicke freundlich. »Ja.«

»Aber … du bist doch nicht sámi. *Da geht es um unsere Geschichte! Ich verstehe das nicht.«*

»Geschichte hat ja immer zwei Seiten«, sage ich vorsichtig. Ich will mich nicht verraten, aber Sanne glaubt scheinbar, dass ich das im Sinne tiefster Bescheidenheit gesagt habe. »Außerdem wollen wir ja endlich damit aufhören, in diesen dummen Schubladen zu denken. Wirklicher Fortschritt ist, nicht die Herkunft eines Menschen heranzuziehen, wenn man ihn beurteilt.«

Das klingt echt gut. Aber Sanne ist nicht überzeugt. »Die ganzen alten Fotos zu sichten und einzuordnen, das war ja sogar für mich schwierig. Wie will denn jemand wie du das hinkriegen?«

Aha, es ging also um Fotos. Vermutlich 19. Jahrhundert, Samen im Wintersturm. Vereiste Zelte, zottelige Rentiere. Familien in Tracht, aufgereiht wie Zinnsoldaten.

»Ich glaube, darum ging es gar nicht«, antworte ich. Immer noch sehr nett und zugewandt. »Die Ausstellung soll die Leute ja interessieren und nicht belehren. Also mehr Optik als Inhalt.«

»Ah«, meint Sanne skeptisch. Sie glaubt mir nicht.

»Deshalb habe ich den Zuschlag bekommen.«

Welcher Teufel reitet mich eigentlich gerade? Dieses Mädchen hat mir nichts getan und ich trete sie gerade in Grund und Boden. Das schlechte Gewissen muss mir im Gesicht geschrieben stehen, aber auf mein Gegenüber wirkt es natürlich so, als ob es mir unendlich leidtäte, dass Sanne nun in die Röhre guckt.

»Du?«, stößt sie hervor.

»Aber behalte es für dich. Es ist noch nicht offiziell.«

Sanne wirft den Stock in die Glut und steht auf. »Ich geh mal ein paar Schritte.«

»Klar. Ich bewache das Feuer.«

Sie verschwindet Richtung Westen, vermutlich muss sie einen Berg besteigen oder einen Felsen verwünschen, um das zu verarbeiten. Ich spüre den jähen Wunsch, ihr hinterherzulaufen und zu sagen: War doch alles nur Spaß. Aber er verfliegt, denn es geht gar nicht um sie. Es geht darum, dass ich neidisch bin auf so eine langweilige Kuh, weil sie jemanden wie Ben abkriegen wird, ein zufriedenes Leben vor sich hat und sich nie Gedanken darum machen muss, warum man nicht glücklich ist und verdammt noch mal den anderen ihr Glück nicht gönnen kann.

Schritte nähern sich. Noch bevor ich mich umdrehen kann, halten mir zwei Hände die Augen zu. Ich will schreien, doch da höre ich ein kehliges Lachen, das ich kenne.

»Vinnan!« Ich reiße seine Hände herunter. Er will mich küssen, aber ich stoße ihn wütend weg. »Wie kannst du mich so erschrecken!«

Er kommt um mich herum und setzt sich auf den Platz, auf dem eben noch Sanne saß. Er trägt Jeans, Stiefel und einen nagelneuen Anorak, offen natürlich, damit jeder das Logo auf seinem rosafarbenen Polohemd sehen kann.

Rosa.

Ich glaube, damit ist alles gesagt.

»Ich dachte, ich sehe mal nach dem Rechten.«

»So.«

Vinnan hat mir gerade noch gefehlt. Wenn ich mir vorstelle, wie die anderen reagieren, wenn ich so etwas als Freund anschleppe, wird mir schlecht. In Kirkenes macht er was her, auf dem Fjell ist er eher ein Totalausfall.

»Warum hast du mir nicht geschrieben?«, frage ich.

»Hab ich doch. Ist wohl nicht durchgegangen. Ich bin die ganze Nacht durchgefahren. Gibt es was zu trinken?«

»Wird grade geholt.«

Wieder will er mich küssen. Okay, das kann er. Und noch ein paar andere Dinge, von denen die hier oben wahrscheinlich noch nie etwas gehört haben.

»Meine Prinzessin«, flüstert er mir ins Ohr. »Mach ja nie wieder so was mit mir.«

»Was meinst du?«, frage ich.

»Wo sind sie denn, die coolen Typen, mit denen du dich

amüsierst?« Selbstzufrieden sieht er sich um. »Sind das etwa die?«

Ante und Magnus schleppen einen Kasten Bier, Ben hat irgendwo noch zwei Weinflaschen abgestaubt. Ante schwenkt etwas, das ich erst, als er näher kommt, als Autoschlüssel erkenne.

»Wir fahren ins Gänsenest!«, grölt er.

Auf Vinnans Gesicht spiegeln sich Erleichterung und Herablassung. Erleichterung, dass diese Typen keine Konkurrenz sind. Herablassung, weil er sich jetzt mit ihnen abgeben muss.

»Hei.« Er steht auf. »Ich bin Vinnan. Linnéas Freund.«

Ante überlässt Magnus den Bierkasten und scannt Vinnans Erscheinung von oben bis unten. Dann zieht er sich die Hose hoch, spuckt auf den Boden und brummt: »Nimm dir ein Bier.«

Vinnan dreht sich grinsend zu mir um. Die Hinterwäldler haben ihn in ihren Kreis aufgenommen, glaubt er. Ben kommt mit der Weinflasche und schraubt sie auf. Er reicht sie mir und flüstert: »Wenn die anderen fahren, treffen wir uns am Fluss. Wo ist Sanne?«

Das klingt fast panisch.

»Sie wollte sich die Beine vertreten.« Ich trinke einen Schluck und schaue verwundert auf das Etikett. Deutscher Riesling, alle Achtung. »Sie ist sauer, weil ich ihr die Ausstellung weggeschnappt habe.«

Besser, er erfährt es von mir. Für eine Aufklärung meiner Lüge ist es sowieso zu spät.

Ben fällt die Kinnlade runter. »Was?«

»Glaub ihr kein Wort.« Vinnan hat wohl das Gefühl, sich als Dolmetscher zu betätigen. Ich funkle ihn wütend an.

»Die Ausstellung in Varangerbotn, für die ich mich bewor-

ben habe«, sage ich überdeutlich. Hoffentlich kapiert er und spielt mit.

»Ach die? Für die du mit dem Direktor geschlafen hast?«

Magnus lässt die Kiste fallen, dass die Flaschen scheppern. Alle sehen mich an. Ich könnte Vinnan killen.

Der haut Ben auf die Schulter. »Hat sie nicht. Sie hat ja mich. Das lastet aus, kann ich euch sagen.« Und lacht dröhnend.

Was für ein unglaublicher Vollidiot. Ben fasst sich an die Stelle, an der Vinnan ihn berührt hat, und wischt sie ab, als ob etwas Unangenehmes haften geblieben wäre.

Magnus wendet sich an seinen Bruder.

»Ich hol mal das Quad.«

»Ja, mach hin. Sie sind bald zurück.«

Offenbar haben sie vor, eines dieser Fahrzeuge zu klauen, ohne die man hier oben aufgeschmissen wäre. Im Gehen wirft er mir einen waidwunden Blick zu. Ich lächle ihn an, was ihn fast zum Stolpern bringt. Armer Magnus. You can't always get what you want. *Vinnan setzt sich wieder und legt seine Hand auf mein Knie. Er hat diesen kurzen Blickwechsel mitbekommen.*

»Nicht dein Ernst, oder? Seit wann stehst du auf Dumm fickt gut?«

Ich zucke zusammen. »Halt den Mund«, zische ich.

Ben ist in der Nähe. Hoffentlich hat er nichts mitbekommen. Vinnan zieht die Hand weg und greift sich ein Bier, wird aber ausgebremst, weil nirgendwo ein Flaschenöffner zu finden ist. Ante nimmt es ihm ab, zieht eine zweite Flasche aus dem Kasten und zack sind beide offen.

Vinnan bedankt sich noch nicht mal und ext das Bier.

Er ist mir peinlich. Dabei benimmt er sich genau so, wie ich es getan habe. Ich suche Bens Blick, aber er weicht mir aus.

Sanne kommt zurück. Sie hat geweint, das sehe ich an ihren roten Augen.

»Hei«, begrüßt sie Vinnan, der ihr wohlwollend zunickt. »Brechen wir auf?«

Ante nickt. In seinem groben Gesicht ist keinerlei Regung zu erkennen.

»Du wolltest doch nicht mit denen allein ins Gebirge?«, raunt Vinnan mir zu.

»Warum nicht? Sie sind doch nett.«

»Nett.« Sein Grinsen ist hämisch. Er zieht mich an sich und küsst mich wieder. Ich will das nicht, aber ich kann jetzt keinen Aufstand machen. Wenn er trinkt, ist er unberechenbar. Mal weinerlich wie ein Kind, mal grob wie ein Matrose im Puff.

Ben setzt sich uns genau gegenüber.

»Wo kommst du her, Vinnan?«, fragt er.

Immer noch den Arm um mich gelegt antwortet er: »Aus Kirkenes. Eigentlich studiere ich in Tromsø, aber im Moment sind Semesterferien. Und was studierst du?«

»Noch gar nichts. Ich bin grade mit der Schule fertig und helfe meinen Eltern mit den Rentieren. Mal sehen.«

»Ein Hirte.«

»Ja, kann man so sagen.«

Bens Stimme ist ruhig. Ich bin ihm dankbar, dass er cool bleibt, obwohl Vinnan ihn provoziert.

Ein bulliges Tuckern nähert sich, das Geräusch eines starken Motors in Lauerstellung. Magnus kommt zurück mit einem riesigen, dreckbespritzten Quad. Alle rennen johlend zu ihm. Es hat vier Sitze. Wir sind aber sechs.

»Ich laufe«, sagt Ben und wirft mir noch einmal einen verschwörerischen Blick zu. Hat Sanne ihn bemerkt? Sie ist schon aufgestiegen.

»Ich fahre euch hinterher«, sagt Vinnan.

Er hat einen geländegängigen SUV, schneeweiß, mit dem er wohl hergekommen ist.

»Mit Linnéa.«

Noch bevor ich etwas sagen kann, zieht er mich weg.

Sein Wagen steht am Rand der Siedlung.

»Was ist mit dir und diesem Typen?«, herrscht er mich an.

»Wen meinst du? Ben? Magnus? Ante?«

»Es ist mir egal, wie er heißt. Du lässt die Finger von ihm.«

Sagt mir ein Kerl im rosa Hemd.

Okay, er sagt es zu einer Frau im Paillettenshirt an einem Ort, an dem alle mit Messern, Lassos und Trekkingboots rumlaufen.

»Da musst du mir schon sagen, von wem«, antworte ich gedehnt und provozierend.

»Willst du mich vor allen bloßstellen?«

»Das schaffst du auch ohne mich.«

Er starrt mich hasserfüllt an, und ich denke: Das wird nichts mehr mit uns. Ich weiß nicht, warum mir das in diesem Moment so klar wird. Es hat nichts damit zu tun, dass mich hier oben etwas verändert hätte. Eher mit einem Jungen, der mich einfach nur anschauen wollte, solange ich noch nüchtern war. Verdammt.

Vinnan nimmt meine Hand hoch. »Von wem ist dieser Tinneff? Wer hat dir diesen Ring geschenkt?«

»Das geht dich nichts an.«

»Linnéa …«

Der Schmerz in seinem Gesicht ist das erste Echte, das ich an ihm sehe.

»Fahr nach Hause«, sage ich.

Ich drehe mich um und gehe los.

»Linnéa!«

Er folgt mir. Ich fange an zu rennen. Erst langsam, dann schneller, immer schneller. Weit, dann immer weiter. Ich renne und renne und renne. Irgendwo da unten schimmert der Fluss. Hastig drehe ich mich um – von Vinnan ist nichts zu sehen. Ich bin allein in einem hügeligen Feld aus Stein.

Keuchend falle ich in einen schnellen Laufschritt. Endlich ist mir wieder warm geworden. So viele Gedanken schießen mir durch den Kopf. Ich hätte Sanne das nicht antun dürfen. Sie liebt Ben, und Ben … Tränen schießen mir in die Augen. Ben liebt Sanne. Heute Nacht wollte er sie etwas fragen und hat ihr dafür den Ring gekauft, den ich jetzt an meinem Finger trage. Geraubt, gestohlen. Einfach nur, weil ich Ben nicht will, ihn aber auch keine andere haben soll. Wie krank ist das denn?

Und Vinnan. Als wir uns kennenlernten, war er charmant, aufmerksam, ein bisschen langweilig, aber eigentlich genau das, was ich brauche: Jemand, der mich bedingungslos anbetet. Dass er sich so verändert hat, liegt an mir. Ich habe mit ihm gespielt und ausprobiert, wie weit ich gehen kann, und es tut mir leid.

Magnus … Ich wische mir die Tränen ab und muss lächeln. Er hat sich etwas eingebildet, aber habe ich ihn darin nicht bestärkt? Als ich am Fluss ankomme, habe ich sämtliche Fehler, Fettnäpfchen und Schuldgefühle aufgelistet und stelle fest: Ich habe es verkackt. Am besten sollte ich sofort zurück und meinen Vater irgendwie dazu bringen, früher aufzubrechen.

In mir breitet sich die Sehnsucht aus, ein besserer Mensch zu werden. Aber das schaffe ich nicht, nicht allein. Ich brauche jemanden, der mir dabei hilft.

»Was machst du hier?«

Erschrocken drehe ich mich um. Vor mir steht das Mädchen aus der Sommersiedlung. Es sieht mich staunend an. Vielleicht habe ich bei unserer ersten Begegnung keinen ganz so guten Eindruck hinterlassen, deshalb will ich jetzt einfach nur nett sein.

»Hei. Ich warte auf jemanden.«

Ich setze mich auf einen Stein und sie geht neben mir in die Hocke.

»Auf einen Prinzen?«

»Ja.«

Ihr Blick fällt auf den Ring. »Hat der ihn dir geschenkt?«

»Ja. Aber eigentlich gehört er einer anderen.«

Große, braune Augen sehen mich verständnislos an.

»Aber das darfst du niemandem verraten. Das ist unser Geheimnis. Geh jetzt.«

»Aber ich will den Prinzen sehen!«

»Der kommt nur, wenn ich allein bin. Geh.« Ich beuge mich zu ihr und hauche einen Kuss auf ihr Haar. »Das ist unser Geheimnis. Du darfst es niemandem verraten. Nie.«

Das Mädchen steht auf. Es weiß nicht, ob es trotzig verharren oder den Gesetzen der Märchen folgen soll. Schließlich dreht es sich um und hüpft davon.

Ich sehe hinunter auf den Fluss. Er ist glasklar und fließt mal breit, mal durch Felsen beengt. Ich stehe auf und gehe so nahe wie möglich heran. Die Sonne berührt fast den Horizont und lässt ihre Strahlen wie Milliarden Diamanten auf der Oberfläche tanzen. Es rauscht und gurgelt und tropft und perlt, eine Symphonie aus Wasser und Stein, die Musik der Natur. Für einen Moment hat sich der Wind gelegt, und es ist, als ob die Zeit den Atem angehalten hätte.

Alles ist einfach und so klar wie dieses Wasser. Ich werde zurückgehen und sie um Verzeihung bitten. Sanne, Magnus, Ante, Vinnan und Ben. Man kann die Vergangenheit nicht ändern, aber die Zukunft. Dabei kann mir keiner helfen, das schaffe ich nur allein.

Ich gehe in die Knie, beuge mich vor und schöpfe etwas von dem Wasser mit der hohlen Hand. Es schmeckt wunderbar. Ich bin so nah an allem, was wirklich wichtig ist. Und zum ersten Mal fühle ich, dass Glück möglich ist. Auch für mich.

Ben wird den Ring zurückbekommen. Das mit Vinnan werde ich irgendwie hinbiegen. Und vielleicht schaffe ich es sogar, Sanne die Wahrheit zu sagen.

Schritte hinter meinem Rücken. Ich stehe auf und drehe mich um. Mein Herz schlägt bis zum Hals.

»Du?«, frage ich.

Zehn Jahre später …

Sommersiedlung am Fuß der Nachtberge, Falkfjellet, Finnmark
Mittsommer. Samstag, 26. Juni 2021
Tageslänge: 24 Stunden

22.

Ravna schreckte hoch. Jemand hüstelte vor dem Zelt. Sie sah auf ihr Handy – es war acht. Morgens oder abends? Sie hatte jedes Zeitgefühl verloren.

»Ravna?«, flüsterte jemand. »Bist du wach?«

Hedda schlief. Dabei machte sie leise Schnarchgeräusche, die Ravna noch nicht kannte. Durch die Ritzen der Planen drang Licht ins Innere des Zeltes, alles lag in einem gedämpften Halbdunkel.

Der leise Ruf reichte, damit sich ihre Mutter unruhig von der einen auf die andere Seite drehte. Mit einem unterdrückten Stöhnen wälzte Ravna sich auf den Boden und kam auf die Beine. Zähneputzen. Duschen. Vielleicht mal auf ein anständiges Klo. Die Zeit der Kälbermarkierung war in jeder Hinsicht eine Herausforderung.

Und Kaffee. Sie brauchte Kaffee.

Draußen wartete Sanne. Sie sah frisch aus wie der Morgentau, mit gekämmten Haaren und in einem Sweatshirt, das nach Weichspüler duftete. Wahrscheinlich war sie schon am Fluss gewesen und hatte ein Bad in dem vier Grad warmen Wasser genommen.

»Hier.«

Kaffee! Dankbar nahm Ravna den dampfenden Becher an.

»Es ist so still. Fast alle sind fort. Ich war noch nie so lange hier oben.« Sanne lächelte sie unsicher an.

»Ben schläft noch. Aber ich dachte, du bist vielleicht auch ein Frühaufsteher.«

»Ah? Wie kommst du darauf?«

Der Kaffee war großartig. Fehlte nur noch die heiße Dusche.

»Keine Ahnung. Polizisten. Die schlafen nie.«

»Das ist einer der Irrtümer, die immer noch über uns im Umlauf sind.« Ravna zwang sich zu einem Lächeln. Mit ihrer Schwester Inga hatte es ein Agreement gegeben, vor dem zweiten Kaffee kein einziges Wort zu wechseln. Sie wären sich sonst jeden Morgen an die Kehle gegangen. »Ich bin ein Morgenmuffel.«

»Hab ich dich geweckt?« Sannes sanfte Augen weiteten sich in Mitgefühl. »Das tut mir leid.«

»Alles gut.« Ravna stellte den fast leeren Becher ab und dehnte sich. Die Siedlung wirkte wie ausgestorben. »Wer ist noch da?«

»Ich glaube, Ante und Magnus. Zumindest steht ihr

Quad da, und aus ihrer Hütte kommt ein Grunzen, dass die Wände wackeln.« Sie hielt die Hand über die Augen, als ob die Sonne blenden würde. Aber die Wolkendecke war so dicht, dass man noch nicht einmal hätte sagen können, wo sie gerade stand. »Torbjørn wollte ja mit den beiden zusammen zurückfahren. Also ist er wohl auch noch da, aber bei ihm zu klopfen würde ich mich jetzt nicht trauen.«

»Ich auch nicht.«

»Vor allem nach heute Nacht. Ihr hattet Streit? Geht mich ja nichts an, aber kurz hatte ich das Gefühl, dass wir auch eine Rolle spielen würden.«

»Ihr?«, fragte Ravna mit aller Unschuld, die sie am Morgen aufbringen konnte. »Nein. Es war eher allgemein. Wohin uns die Zukunft trägt und so.«

»Ah. Ja.« Sanne lächelte. »Magst du noch? Ich hab eine ganze Kanne gemacht.«

»Gerne.« Ravna trank den letzten Schluck und ging dann mit Sanne hinüber zu dem Nachbar-Lávvu. »Ihr könntet wieder in eine Hütte ziehen. Es stehen jetzt genug leer.«

»Kommt darauf an, wie lange das alles noch dauert. Hast du eine Ahnung?«

Die Eingänge zu den Polizeizelten waren immer noch verschlossen. Sie hatte keine Ahnung, ob und, wenn ja, wann Thor zurückgekehrt war, und hoffte, dass zu Einars und Henriks Ausrüstung auch Schlafsäcke gehörten.

»Wir machen es so kurz wie möglich, für alle.«

»Ich habe noch nie unter Mordverdacht gestanden. Es ist so unwirklich.« Sanne blieb stehen, um noch einen Moment mit Ravna allein zu haben, bevor sie das Zelt betreten würden. »Das ist doch absurd. Wir waren Teenager. Niemand von uns würde jemanden umbringen, weder damals noch heute. Was denkt sich dein Chef eigentlich?«

Es war keine rhetorische Frage. Sanne erwartete eine Antwort.

»Ich kann dir nicht sagen, was er denkt. Das weiß keiner. Aber ihr wart die Letzten, die mit Linnéa zusammen waren. Vielleicht will er die Nacht von damals noch mal rekonstruieren.«

»Das ist zehn Jahre her! Weißt du, wie oft wir damals gefeiert haben? Ich kann mich doch nicht an jede einzelne Party erinnern!«

»Das sollst du auch nicht. Nur an die mit Linnéa.«

Sannes hübsches Gesicht verzog sich. Ihr gefiel nicht, dass Ravna so zurückhaltend war und sich nicht loyal auf ihre Seite schlug.

»Dann glaubst du also auch, wir haben etwas damit zu tun.«

Ravna seufzte. Es half nichts, sich jetzt alle zum Feind zu machen. »Was ich glaube, wird leider niemanden interessieren. Ich helfe mit, Fakten zusammenzutragen.«

»Aber es gibt keine! Was soll es denn für Fakten geben? Sie ist verschwunden, mitten in der Nacht, und keiner wusste wohin. Wenn wir geahnt hätten, was wirklich passiert ist, hätten wir Himmel und Hölle in Bewegung gesetzt. Aber wir dachten, sie hatte Streit mit ihrem Freund und ist durchgebrannt. So war es. Mehr werdet ihr auch nicht herausfinden, weil es nicht mehr gibt.«

Die Plane zum Eingang des Lávvu war zurückgeschlagen.

Drinnen sah es gemütlich und ein wenig durcheinander aus. Taschen lagen halb ausgepackt auf der einen Seite. Lebensmittel hingen in einem Beutel in der anderen Ecke. Bens Schuhe standen im Weg, er selbst lag noch im Schlafsack auf dem Reisig.

»Morgen, Ravna«, murmelte er verschlafen.

Es war ihr peinlich, ihn so nestwarm und ungeschützt vor fremden Blicken zu sehen. Schnell schlug sie die Augen nieder.

»Willst du auch einen Kaffee?«, fragte Sanne.

Ben lächelte sie an. »Gerne, *dávvir*[38].«

Sie reichte ihm einen blauen Campingbecher und goss vorsichtig Kaffee hinein. Dann füllte sie bei Ravna nach.

»Jetzt sind wir also unter uns«, sagte sie. »Alle, die unter dem Verdacht stehen, etwas mit Linnéas Verschwinden zu tun zu haben.«

Ravna nickte. Für Sanne war es wohl einfacher, von Verschwinden statt von Mord zu reden.

»Hättet ihr …« Sie wusste nicht, wie sie anfangen sollte, und setzte sich erst einmal umständlich auf Sannes Lager. Im Zelt war es wärmer als draußen, und ein Rest der Geborgenheit, die der Schlaf mit sich brachte, hing noch in der Luft. »Hättet ihr eigentlich Freundinnen werden können?«

Sanne verschraubte sorgfältig die Thermoskanne. »Wer?«

»Du und Linnéa?«

Die Antwort war ein nichtssagendes Schulterzucken. »Keine Ahnung. Wir kannten uns ja kaum.«

---

38 Sam.: Schatz.

»Ihr habt euch um denselben Job beworben«, sagte Ben und blies in seinen Becher.

»Ja, aber was heißt das schon?«

»Um welchen Job denn?«, fragte Ravna.

»Eine Ausstellung im Varanger Samske Museum in Varangerbotn. Sie wollten damals die Abteilung mit den historischen Fotos neu aufbauen. Es war eher ein Wettbewerb als ein Job, aber wichtig für mein Studium.«

»Wow«, kam es voller Bewunderung von Ravna zurück. »Ich war vor ein paar Jahren mit der Schule da. Toll gemacht, wirklich.«

Sanne lächelte verlegen und schob sich eine Haarsträhne hinters Ohr. »Danke.«

»Du warst die Beste«, sagte Ben, was Sanne noch fahriger machte.

»Ich geh mal kurz vor die Tür.« Sie schnappte sich einen Jutebeutel und eine Schippe. In der Natur gibt es keine WCs mit Wasserspülung.

Ben stellte den Becher vorsichtig auf dem unebenen Boden ab.

»Nun frag schon.«

»Was denn?«, fragte Ravna.

»Du willst es doch wissen. Nur aus diesem Grund bist du hier. Oder?«

Da kaum anzunehmen war, dass Ben vorhatte, ein Geständnis für einen Doppelmord abzulegen, sagte sie nur: »Ja. Und wegen dem Kaffee.«

»Den macht sie gut. Stimmt.«

Er legte sich mit verschränkten Armen zurück. Sein

T-Shirt rutschte hoch und präsentierte eine erstaunlich durchtrainierte Bauchregion. Sofort lenkte Ravna den Blick auf Unverfänglicheres. Die rußschwarze Kanne, mit der das Wasser über dem Campingkocher heiß gemacht wurde. Beide hatten aus nachvollziehbaren Gründen keine Lust gehabt, das Zelt mit einem offenen Feuer auszuräuchern.

»Ich hab nichts mit ihr gehabt.«

»Mit Linnéa? Ich glaube doch.«

Er richtete sich auf. »Nein! Natürlich nicht! Was denkst du denn von mir?«

»Ich hab sie gesehen, kurz vor ihrem Tod. Unten an der alten Sommersiedlung. Sie war mit jemandem verabredet.«

»Frag Vinnan.«

»Dann wäre es kein Geheimnis gewesen.«

»Frag Ante und Magnus.«

»Das glaubst du doch wohl selber nicht.«

»Ich war es jedenfalls nicht.« Ben öffnete den Reißverschluss seines Schlafsacks. »Hast du dich mal gefragt, ob alles, was du siehst, auch der Wirklichkeit entspricht?«

»Wie meinst du das?«

Er schlug die Oberseite des Schlafsacks zurück und stellte die Füße auf den Boden. Immerhin trug er Boxershorts, seine Beine waren ebenso durchtrainiert wie der Rest. Er griff wieder nach seinem Becher und trank einen Schluck.

»Jeder weiß doch, aus welcher Familie du kommst. Die Persens. Lénas Ruf ging runter bis zum Saltfjord. Deine Urgroßmutter war eine der letzten *noaidi*[39].« Er beugte sich vor.

39 Sam.: Schamanen.

Der Blick aus seinen braunen Augen wurde intensiver. »Man sagt, besondere Fähigkeiten überspringen gerne mal ein paar Generationen. Ich glaube dir, dass du etwas gesehen hast. Aber du warst ein kleines Mädchen und da bildet man sich viel ein. Vielleicht ist ja was in dir zum Vorschein gekommen, von dem du noch nichts wusstest?«

»Ah?«, fragte Ravna gewollt ratlos. »Zum Beispiel?«

»Na ja, Visionen halt. Einbildungen. Ich will das nicht kleinreden, wirklich nicht. Schamanismus ist Teil unserer Kultur. Die *noaidi* haben sich durch Trommelklänge in Trance versetzt und haben dann Sachen gesehen … na ja, Sachen halt, die es nicht gibt.«

»Ich war nicht in Trance«, sagte sie langsam. »Und ich habe mir auch nichts eingebildet. Linnéa hatte ein Date mit einem Unbekannten. Warst du das?«

»Nein! Jetzt bist du sauer. Dabei meine ich es gar nicht so.«

»Was genau meinst du dann?«

Er fuhr sich durch die Haare, suchte nach einer harmlosen Umschreibung für das, was sie in seinen Augen war: nicht ganz zurechnungsfähig.

»Ihr seid die seltsamsten Ermittler, die man sich vorstellen kann. Weißt du, wie sie Thor nennen?«

»*Lensmann* Rune Thor, *Criminal Investigation Norway*«, sagte Ravna eisig.

»Den *Gand*. Den schwarzen Zauberer. Und ausgerechnet so ein Typ arbeitet mit dir, dem Urenkel einer der bekanntesten *noaidi* von Sápmi, zusammen? Das kann doch kein Zufall sein. Ist das eine neue Spezialeinheit der norwegischen

Polizei? Schamanen und Hexer? Die CIA hat es, glaube ich, mal mit Wahrsagern probiert.« Er schüttelte amüsiert den Kopf.

Ravna war es gewohnt, nicht ernst genommen zu werden. Als Same hatte man in Norwegen immer noch keinen leichten Stand. Aber dass sie aus ihren eigenen Reihen heraus verspottet wurde, war schon eine neue Qualität. Gerade Ben hätte sie das nicht zugetraut.

Als er merkte, dass der Witz auf Ravnas Kosten nicht ankam, räusperte er sich.

»Was ich meine: Du warst die Einzige, die vor ihrem Verschwinden noch mit Linnéa gesprochen haben will. Warum rückst du erst jetzt damit heraus?«

Sanne tauchte am Eingang auf und legte Spaten und Beutel ab. »Na ihr zwei? Ist alles okay?«

»Alles okay«, sagte Ravna und stand auf. »Ich glaube, ich muss jetzt arbeiten.«

Ben ließ sie nicht aus den Augen. Sie trat zuerst aus dem Zelt und hielt dann für Sanne die Plane zurück.

»Dann viel Erfolg«, sagte die Frau. »Ich hoffe, ihr kommt gut voran.«

»Danke.«

In einem hatte Ben recht: Es war alles viel zu wenig. Thor fuhr auf Sicht. Es gab keine Beweise, nur *Wahrnehmungen.* Und der einzige Zeuge war ein neunjähriges Mädchen am Ufer eines Flusses, das sich vor langer Zeit in eine Prinzessin verliebt hatte.

23.

Es waren zwei Personen im Vernehmungszelt. Einar, der schnarchte wie ein Nilpferd, und – Thor. Mikkel schlief vermutlich nebenan auf dem Seziertisch. Zuzutrauen wäre es ihm jedenfalls. Henrik war wohl in Vadsø geblieben, ganz im Gegensatz zu der zweiten Person, die sie nicht so schnell zurückvermutet hätte.

»Hei!«, sagte Ravna, überrascht, Thor hier vorzufinden. »Wann bist du gekommen?«

Der Kommissar blickte kaum von dem Bericht hoch, in dem er gerade gelesen hatte. Unter seinen Augen lagen tiefe Schatten. Er sah aus, als hätte er wochenlang nicht geschlafen.

»Vor ein paar Stunden. Die Bergwacht hat mich hochgebracht, zusammen mit der Spurensicherung. Den Rest bin ich gelaufen. Schöne Gegend.«

Einar schnarchte laut auf. Er hatte es sich mit einer Isomatte und dem Schlafsack in der Ecke bequem gemacht.

Ravna setzte sich auf den Stuhl, der am wenigsten wackelte. In ihrer Tasche fand sie noch den Rest des mittlerweile steinharten Fladenbrotes vom Vorabend.

»Ist Eva in Vadsø schon weitergekommen?«

Er schloss den Bericht und rieb sich die Augen. »Unser Verdacht hat sich bestätigt. Májá wurde erschlagen, vermutlich mit einem Stein. Im Moment kämmen Evas Kollegen jeden Quadratzentimeter im Gänsenest durch, um irgendetwas Verwertbares zu finden.«

Er lehnte sich zurück und stöhnte leise, als sei der unbequeme Stuhl schuld. In Wirklichkeit steckte er in derselben Sackgasse, in der sich auch Ravna befand. Sie hatten nichts in der Hand, nur Vermutungen.

»Hast du einen Haftbeschluss?«

»Nein.«

Ravna biss sich auf die Lippen. Das sah nicht gut aus. Aber behördliche Vorgehensweisen hatten Thor noch nie interessiert.

»Issko und Juvven sind nicht mehr da.« Besser, es war gleich heraus. »Ich konnte sie nicht aufhalten. Sie mussten zurück zu ihren Betrieben im Süden.«

»Spanien?«

»Äh, nein. Bei Svanvik. Nicht weit von der russischen Grenze.«

»Dann haben wir also noch Ben, Sanne, Ante, Magnus und Torbjørn. Die sind noch hier?«

»Ja. Ich nehme es an. Also, ihre Quads stehen noch da, und mit Ben und Sanne habe ich gerade gesprochen.«

»Über was?«

»Über was?«, wiederholte sie sich dumm stellend. »Also, nichts Besonderes. Über Sannes Job und …«

»Was hat er gesagt?«

Sie seufzte. Aussichtslos, vor Thor irgendetwas geheim zu halten. »Er meint, ich hätte mich geirrt. Ich hätte mir die Begegnung mit Linnéa nur eingebildet.«

Thors Finger trommelten ungeduldig auf die Tischplatte.

»Ich hätte eine Vision oder so was Ähnliches gehabt. Das soll ja in meiner Familie liegen.«

»Tut es das?«

»Natürlich nicht. Er hat an Léna gedacht.« Es war das erste Mal, dass sie diesen Namen seit damals wieder erwähnte.

In Thors Augen glimmte ein warmes Leuchten auf. »Mir fehlt ihr Sommerwein.«

Sie nickte. Es musste die Erinnerung an die enge Wohnung in Vardø sein, in der Léna das Geheimnis ihrer Runentrommel offenbart hatte, die ihr das Herz mit einem Mal etwas leichter machte.

»Mir auch«, sagte sie. »Und noch viel mehr.«

Zurückbleiben war wohl eine Lebensaufgabe. Ben hatte sie provozieren wollen, aber tatsächlich hatten Ravna und der *Gand* etwas gemeinsam. Sie und Thor mussten, jeder auf seine Weise, mit Verlusten fertigwerden. Vielleicht ließ das einige Dinge in einem anderen Licht erscheinen, aber es führte sicher nicht zu Visionen. Zumindest nicht bei ihr.

»Und Sanne?«

»Sie hat erzählt, sie und Linnéa hätten sich in Varangerfjord am Museum um die Neugestaltung einer Ausstellung beworben. Sanne hat sie gewonnen.«

»Vor oder nach Linnéas Tod?«

»Dass sie gewonnen hat? Das weiß ich nicht. Es war eher ein privates Gespräch, da wollte ich nicht –«

»Du bist im Dienst.«

»Ja, aber –«

Er fixierte sie, als ob er sie mit seinem Blick an die Zeltstange fesseln wollte. »Kein Aber. Auch wenn du das vergessen hast, die anderen haben das nicht. Jedes Wort und jede Geste ist davon bestimmt, wer du bist und welche Funktion du hier hast.«

»Ich bin zufälligerweise auch noch zur Kälbermarkierung hier«, sagte sie spitz. »In der Gerde ist man *Rendrifter*, sonst nichts.«

»Falsch.« Er lehnte sich zurück und warf einen ärgerlichen Blick auf Einar, der langsam zu erwachen schien. »Keiner wird vergessen, für was du dich entschieden hast. Komm endlich damit klar, dass du keine von ihnen mehr bist.«

Sie wollte etwas erwidern, aber es war sinnlos, mit Thor zu diskutieren. Er war Norweger. Dazu noch ohne jedes Einfühlungsvermögen, ohne einen Funken Verständnis für alles, was das manchmal miteinander komplizierte Verhältnis von Menschen ausmachte. Möglich, dass er damit arbeiten konnte und es ihn vor langer Zeit einmal zu einem brillanten Kriminalisten gemacht hatte. Aber er sollte endlich aufhören, ihr zu erklären, wie die Gemeinschaft der *Siidas* tickte. Davon hatte er nämlich keine Ahnung.

»Was machen wir jetzt?«

Mit einem ärgerlichen Seufzen beugte sich Thor in die Richtung des Rentierpolizisten. »Einar!«

Der Mann schreckte hoch, als hätte jemand neben ihm eine Pistole abgefeuert. »Ja? Wie?«

Mit verständnislosen Augen blickte er sich um und erschrak, als er in Thors unerbittliches Gesicht blickte.

»Bring Torbjørn Skjelsbæk zur Vernehmung. Und hol dir am besten noch Mikkel zur Verstärkung hinzu.«

»Wird erledigt.«

Einar stand auf, quetschte sich um Ravna herum und verließ das Zelt.

Autsch, dachte sie. Das kann ja nur schiefgehen.

Und genau so sollte es kommen.

Mikkel hatte offenbar seine ganz eigene Diplomatie spielen lassen, als er Torbjørn ins Zelt schob. Der drehte sich wütend um.

»Nimm deine Griffel von mir, sonst kannst du was erleben! – Ah! Ravna. Kannst du mir sagen, was das hier soll? Der Herr Konstabel ist sich ja wohl zu fein, uns niederes Volk einzuweihen.«

Der Herr Konstabel, gerade wieder hereingekommen, verschränkte die Arme und wartete, während Torbjørn den ersten Stuhl beim Hinsetzen wenig überraschend schrottete. Dann bot er ihm eine von Evas Alukisten an, die seinem Gewicht glücklicherweise standhielt.

»Falkfjellet, Sommersiedlung, Samstag, 26.06.2021«, begann Thor die Vernehmung und legte sein Aufnahmegerät auf den Tisch. »9.23 Uhr. *Lensmann* Rune Thor, CIN Kirkenes, *Politihøgskolestudent* Ravna Persen, *Renpolitibetjent* Einar …«

»Einar Skjelnes«, antwortete der Rentierpolizist.

»… Skjelnes, Vadsø, und *Politibetjent* Mikkel Bonsaksen, *Stasjon* Vardø. Vernehmung Torbjørn Skjelsbæk im Lauf der Ermittlungen zu den Mordfällen Májá Nystø und Linnéa Berger. Alles, was du sagst, kann gegen dich verwendet werden. Willst du einen Anwalt?«

»Ja«, knurrte Torbjørn.

»Ruf ihn an. Bis dahin stehst du unter Arrest. Ich glaube, in Vadsø ist grade noch was frei.«

Torbjørn ballte die Hand zur Faust und öffnete sie langsam wieder. »Frag.«

»Sieh dir die Karte an.«

»Welche Karte?«

»Die hier«, sagte Ravna hastig und deutete auf das Bord mit ihrer dilettantischen Zeichnung.

»Was soll das sein?«

»Sieh sie dir an.«

»Ich erkenne rein gar nichts.«

Thor beugte sich vor. Die beiden hätten nicht unterschiedlicher sein können: der eine hager, düster und von einer Eiseskälte erfüllt, die jeden anderen frösteln lassen würde, der andere groß, grob und innerlich glühend vor Wut. Diese beiden Mächte prallten aufeinander, keiner gab nach. Es war ein Kräftemessen. Torbjørn war hier oben der King, aber Thor hatte den gesamten Staatsapparat hinter sich. Noch. Ravna hoffte, dass die Vernehmung nicht wieder aus dem Ruder lief, wie sie das schon mehrfach bei Thor erlebt hatte.

»Wo warst du am Abend des 24.06.2011?«

Torbjørn antwortete nicht. In seinem wuchtigen Schädel

überlegte er wohl noch, ob er diesen Mann mit der linken Hand zerquetschen sollte oder nicht.

»Torbjørn«, sagte Ravna leise. »Hilf uns.«

Der Riese beendete das Duell der Blicke mit Thor und sah auf seine Hände.

»In der alten Sommersiedlung.«

Ravna stand auf, nahm einen Kugelschreiber und deutete auf die Stelle ihres Gekrakels, die unterhalb der Nachtberge, aber oberhalb der Küste lag.

»Bist du Linnéa Berger begegnet?« Thors Stimme klang jetzt weniger kalt. Es war nur eine Nuance, aber auch er ging einen Schritt auf Torbjørn zu.

»Nein. Vielleicht von Weitem. Ihrem Vater, ja. Steffen war ein ganz passabler Veterinär, mit einem Händchen für die Tiere. Wir hatten große Probleme mit zu vielen weißen Kälbern. Er konnte immerhin ein paar retten.«

»Noch einmal. Bist du Linnéa Berger persönlich begegnet?«

»Nein.«

Das kam genervt und ehrlich.

»Erzähl mir, wie die Kälbermarkierung läuft. Packen alle mit an?«

»Alle, die können.«

»Was war mit Ante und Magnus?«

Der große Mann hob die Schultern. »Weiß ich nicht mehr. Bestimmt waren sie dabei, sonst hätte Niko sie wahrscheinlich an den Haaren in die Gerde geschleift.«

»Niko ist ihr Vater«, erwähnte Ravna. »Niko Bruhaug.«

Torbjørn sah sie mit einem verächtlichen Blick an. »Sagst du ihm jetzt alles vor?«

Sie ging nicht darauf ein. Thors Worte hallten in ihr nach: Keiner würde auch nur für einen Moment vergessen, dass sie bei der Polizei war. Nie mehr. Sie konnte sich gegen dieses Urteil wehren, aber etwas blieb hängen. Eine Prise Misstrauen, ein Körnchen Vorsicht. Ein Hauch von Verdacht, dass es zwischen ihr und den *Siidas* nach dieser Ermittlung vielleicht nicht mehr so sein würde wie zuvor.

Auch Thor ignorierte die Beleidigung.

»Ist es möglich, sich während der Markierung aus dem Staub zu machen, ohne dass es jemand bemerkt?«

Torbjørn wandte sich wieder an den Kommissar und nickte widerwillig. »Wir sind ziemlich darauf fixiert, unsere eigenen Kälber herauszupicken. Da achten wir kaum auf die anderen.«

»War Linnéa mit in der Gerde?«

»Nein. Das wäre mir aufgefallen. Auch wegen Steffen, dem wir ja die Kälbchen gebracht haben. Wenn sie bei ihrem Vater gewesen wäre, hätte ich sie gesehen.«

»Wer hat Linnéa umgebracht? Warst du es?«

»Was?«

»Hast du Linnéa Berger getötet?«

»Bis du irre?«

»Und zehn Jahre später Májá, um das zu vertuschen?«

Torbjørn sprang auf und genau darauf hatte Mikkel gewartet.

»Hinsetzen!«, brüllte er und griff Torbjørn von hinten an die Schulter.

Der holte aus, fuhr herum, und Mikkel fing die krachendste Schelle, die er jemals bekommen haben dürfte. Mit einem jaulenden Schrei fiel er nach hinten in die Zeltplane, die glücklicherweise stabil genug war, ihn aufzufangen.

»*Sáhtán!*[40]«, brüllte Torbjørn. »Niemand fasst mich von hinten an!«

Einar reichte Mikkel die Hand und zog ihn hoch. Der hielt sich die linke Wange. Ein Blutfaden lief aus seinem Mund.

»Er hat mir einen Fahn ausgeschlagen! Diefer Miftkerl hat mir einen Fahn ausgeschlagen!«

»Lass sehen.« Torbjørn schob Einar, der mindestens einen Kopf kleiner war als er, einfach zur Seite. Mikkel schlotterte vor Angst, als der *Rendrifter* seinen Kopf in beide Hände nahm. »Mund auf.«

»Aaah«, machte Mikkel und sah mit angstgeweiteten Augen zu dem Riesen hoch.

»Alles in Ordnung.« Noch ein Klaps mit der flachen Hand auf die malträtierte Wange. Mikkel heulte auf. »Vielleicht wackelt er noch kurz. Wenn er rausfällt, steck ihn wieder rein.«

Torbjørn rückte widerwillig die Kiste zurecht und setzte sich. Mikkel deutete mit ausgestrecktem Zeigefinger auf den breiten Rücken.

»Das hat ein Nachspiel!« Es klang wie Nachfbiel.

Er holte ein Taschentuch hervor und presste es auf seinen Mund.

»Seid ihr fertig?«, fragte Thor nur. »Also. Hast du Linnéa umgebracht?«

---

40 Sam.: Verdammt noch mal!

»Willst du auch eine?«, knurrte Torbjørn. »Natürlich nicht, du *sukker*. Was denkst du eigentlich von mir?«

Um Thors schmalen Mund zuckte die Andeutung eines Lächelns. »Sag mir, wo du an diesem Abend warst.«

Ravna hatte das Gefühl, seit Torbjørns Angriff auf Mikkel die Luft angehalten zu haben. Etwas war explodiert, aber entschieden in die falsche Richtung. Und Thor schien nur darauf gewartet zu haben.

»Ich war auf der Gerde, verdammt noch mal.«

»Nicht auf Ekkerøy?«

»Was?«, entfuhr es ihr. Sie starrte Thor und dann Torbjørn entgeistert an. Das musste ein Irrtum sein. Torbjørn konnte doch nicht in dieser Nacht nach Ekkerøy gefahren sein, um Linnéas Handy zu entsorgen. Nach einem Mord … Nein. Ausgeschlossen.

»Warst du in jener Nacht in Ekkerøy?«, fragte Thor unerbittlich.

Nein!, schrie alles in Ravna. *Natürlich warst du nicht da! Warum solltest du denn nach der Kälbermarkierung in der Nacht am frühen Morgen runter zur Küste fahren? Sag es!*

»Warst du oder warst du nicht?«

Vor ihren Augen begann der große, wilde Mann zu schrumpfen. Die Schultern fielen vor, der Kopf senkte sich, sodass sie nur noch seine Mähne sah.

»Ich frage dich zum letzten Mal: Warst du Mittsommer vor zehn Jahren zwischen vier und sieben Uhr morgens auf der Vogelinsel Ekkerøy?«

Es war so still, dass Ravna den Wind hören konnte, der über die Höhen streifte und dessen Flügelspitzen mit den

Planen der Lávvus spielten. Mikkel hielt das Taschentuch vor den Mund gepresst. Einar sah ungläubig erst zu Thor und dann zu Torbjørn.

»Ich will einen Anwalt«, sagte der Riese leise.

Ravna wollte einschreiten. Widersprechen. Thor klarmachen, dass er sich irrte, aber ein scharfer Blick aus dessen schmalen Augen ließ sie gar nicht erst den Mund aufmachen. Er wandte sich wieder an den Verdächtigen.

»Das ist dein Recht, Torbjørn Skjelsbæk. Bis er hier eintrifft, werde ich dich in Gewahrsam nehmen. Ruf ihn an. Mikkel, bring ihn in eine der Hütten, nimm ihm dann das Handy weg und schließ gut ab. Am besten setzt du dich davor und passt auf, dass er uns nicht abhaut.«

Torbjørn hob wieder den Kopf. Ein Glück, dass Mikkel hinter seinem Rücken stand, denn die Miene des *Rendrifters* war voller Hass.

»Das wird dir noch leidtun, Rune Thor.«

»Hast du Májá Nystø umgebracht?«

»Ich will einen Anwalt.«

Thor griff nach dem Diktiergerät, sagte: »Vernehmung beendet«, und schaltete es aus. »Einar, du begleitest Mikkel.«

Ravna legte vorsichtig den Kugelschreiber ab. »Ich könnte –«

»Du kannst Ante Bruhaug rufen.«

Sie wartete, bis alle mehr oder weniger freiwillig gegangen waren, und fragte: »Was hat das zu bedeuten?«

Thor hatte bereits einen Laptop aufgeklappt.

»Torbjørn bleibt so lange in Gewahrsam, bis er dem Haftrichter vorgeführt wird. Mit den anderen.«

»Mit welchen anderen?«

Stirnrunzelnd sah er hoch. Sie nervte ihn, aber das musste sie in Kauf nehmen.

»Allen, die am Mord an Linnéa Berger beteiligt waren.«

»Du glaubst doch nicht, dass irgendeiner da draußen etwas damit zu tun hat? Dass … dass Torbjørn und Sanne und Ben oder Ante gemeinsam ein Mädchen umgebracht haben? Und Májá?«

Er suchte stirnrunzelnd nach einer Möglichkeit, das Netzkabel mit etwas zu verbinden, das nach Strom aussah.

»Beide Opfer kamen durch äußerliche Gewalteinwirkung ums Leben. Weder damals noch heute tauchte ein geheimnisvoller Unbekannter auf. Also …« Er fand eine Powerbank und schloss sie an. »… war es jemand, der damals wie heute eine Verbindung zu Linnéa hat. Májás Tod ist eine Vertuschungstat.«

Er sah hoch. »Hol Ante Bruhaug. Er ist der Nächste.«

Sie presste die Lippen zusammen und nickte. Dann folgte sie den dreien hinaus auf den Platz vor den Zelten. Torbjørn drehte sich noch einmal um, musterte sie von oben bis unten und spuckte dann auf den Boden.

Mikkel packte ihn an der Schulter und stieß ihn vor sich her. Es musste ihm eine unendliche Genugtuung bereiten, dem Riesen zu zeigen, wer hier jetzt das Sagen hatte.

Sie ging zur Hütte der Bruhaugs und klopfte. Drinnen waren Geräusche zu hören, die darauf schließen ließen, dass jemand hastig versuchte, Flaschen verschwinden zu lassen.

»Ich bin es, Ravna.«

Die Tür wurde aufgerissen und Ante baute sich vor ihr

auf. Er sah gemeingefährlich aus wie immer, aber Ravna steckte immer noch der Schock von Torbjørns Festnahme in den Knochen, da spielte Antes Kater nur eine untergeordnete Rolle.

»Was ist?«

Auf der gegenüberliegenden Seite des Platzes wurde es laut. Mikkel und Torbjørn lieferten sich doch noch einmal einen kleinen verbalen Schlagabtausch. Einar ging dazwischen und wollte schlichten. Ante steckte sein Hemd in die Hose, offenbar hatte er in beidem geschlafen.

»Was machen die denn da?«

Ravna schluckte. »Torbjørn wurde vorübergehend festgenommen, bis sein Anwalt eintrifft.«

Ante trat heraus und beobachtete das Schauspiel. Ravna betete, dass Hedda in ihrem Lávvu nichts davon mitbekam. Sie würde es früher oder später sowieso erfahren, aber in diesem Fall war später eindeutig die bessere Option.

»Warum? Was hat er getan?«

»Weiß ich nicht«, antwortete sie hilflos. »Du sollst zu Thor kommen.«

»Ich?«

In der Hütte fielen weitere Flaschen um und eine schlaftrunkene Stimme meldete sich. »Könnt ihr euch vielleicht draußen weiter unterhalten?«

Ante drehte um und rief ins Dunkel der Hütte. »Die haben Torbjørn verhaftet!«

»Was?«

Ein Stolpern und Stöhnen, und dann stand auch Antes jüngerer Bruder mit rutschender Jogginghose vor der Hütte und bekam gerade noch mit, wie sich die Tür hinter Torbjørn schloss. Einar rannte los, vermutlich auf der Suche nach irgendetwas, mit dem man die provisorische Gefängnishütte verriegeln konnte. Niemand hatte in einer Sommersiedlung bisher eine Tür abgeschlossen.

»Wieso denn?«

»Frag Ravna«, knurrte Ante. »Ich bin der Nächste.«

»Du?«

»Das ist doch gar nicht gesagt«, versuchte sie, die Wogen zu glätten. Gegenüber trat nun auch Sanne aus dem Zelt, gefolgt von Ben.

»Sie haben Torbjørn verhaftet!«, brüllte Magnus über den Platz.

Erschrocken wandte Sanne sich an ihren Mann, beide wechselten ein paar Worte, die Ravna nicht verstehen konnte. Aber das musste sie auch gar nicht. Es war auch so klar, worüber sie redeten.

»Kommst du?«, fragte sie ungeduldig. Sie wollte keine Wurzeln schlagen.

»Ich lass mich doch nicht verhaften!« Ante baute sich vor ihr auf, fest entschlossen, sich von niemandem etwas sagen zu lassen. »Wenn er was will, soll er herkommen und es sich holen!«

Ravna war die Diskussionen leid. Thor hatte sich entschieden, wieder den miesen Cop heraushängen zu lassen. Dann musste sie nicht auch noch die Kartoffeln für ihn aus dem Feuer holen. »Okay. Ich sag es ihm.«

»Nicht nötig.« Ante wies mit dem Kopf zu den Polizeizelten. »Da kommt er schon.«

Thor war hinausgetreten. Die Hände auf dem Rücken, abwartend, analysierend, was seine ungeheuren Anschuldigungen anrichten würden. Langsam setzte er sich in Bewegung und kam auf die Hütte zu. Magnus und Ante wechselten einen unsicheren Blick, dann drehte der Ältere Thor den Rücken zu.

»Los. Sag es. Was will er von uns?« Ante hatte die Stimme gesenkt. Ravna war jetzt seine Verbündete. Glaubte er.

»Wir ermitteln«, antwortete sie nur. »Ich würde euch raten, mehr zu kooperieren als Torbjørn.«

»Er glaubt doch nicht, dass der was mit der Sache zu tun hat?«

Sie hielt seinem Blick so lange stand, bis Ante ihn abwendete und sich schließlich mit der Hand über sein unrasiertes Kinn strich.

»Ante und Magnus Bruhaug?«

Thor hatte sie erreicht und blieb vor der Hütte stehen. »Wollen wir hier reden oder lieber hineingehen?«

»Hier«, sagte Ante schnell. »Ist doch besser an der frischen Luft.«

Womit er, wenn man den Aufzug der beiden betrachtete, unzweifelhaft recht hatte.

Thor legte das Diktiergerät auf der Bank vor der Hütte ab und wiederholte die Einleitung.

»Alles, was ihr sagt, kann gegen euch verwendet werden. Wollt ihr einen Anwalt hinzuziehen?«

»Brauchen wir denn einen?«, fragte Magnus.

Thor antwortete nicht. Schließlich drehte er sich um und sah zu Torbjørns Arresthütte. Einar legte gerade ein Vorhängeschloss an, das der Hüne vermutlich mit einem einzigen Tritt sprengen würde. Mikkel nahm auf der Bank davor Platz, selbstzufrieden und voller Genugtuung, dass es endlich mal den Richtigen erwischt hatte und dass Thor sehen konnte, wie pflichterfüllt er hier die Stellung hielt.

Der Konstabel wandte sich wieder an die beiden Bruhaugs.

»In der Nacht vom 24. auf den 25. Juni 2011 hattet ihr im Gänsenest ein kollektives Besäufnis. Was geschah danach?«

Magnus zog die Jogginghose hoch. »Wir haben unseren Rausch ausgeschlafen und sind dann morgens von Vinnan geweckt worden.«

»Er hat einen ziemlichen Aufstand gemacht«, fuhr Ante fort. »Wo Linnéa wäre, aber keiner hats gewusst.«

»Wer war zu diesem Zeitpunkt noch da?«

»Im Gänsenest? Keiner.«

Thor schaute auf das Diktiergerät. »Wo seid ihr aufgewacht?«

»In unserer Hütte. Wo sonst?«

»Wie seid ihr dahin gekommen, betrunken, wie ihr wart?«

Ante wandte sich mit einem, wie er meinte, wissenden Grinsen an seinen jüngeren Bruder. »Wie kommen wir immer nach Hause, wenn wir besoffen sind?«

»Mit dem …«

»Zu Fuß«, wurde er sofort unterbrochen. »Wir sind zu Fuß gegangen.«

»Ehrlich jetzt. Was soll das denn?« Magnus wollte in die Hütte zurückgehen, aber Ante hielt ihn zurück.

»Warte. Ich glaube, mit Torbjørns Quad.«

»Ah ja?« Hinter Magnus' Stirn arbeitete es. Dann sah es so aus, als habe jemand hinter seinen Augen ein Licht angezündet. »Ja. Torbjørns Quad. Haben wir uns ausgeliehen. Und damit sind wir auch wieder zurück.«

»In die Sommersiedlung.«

»Ja«, kam es trotzig zurück. »Wohin denn sonst?«

Thor schwieg. Er legte wieder die Hände auf den Rücken und wartete, ob von den beiden noch etwas Erhellendes kommen würde.

»Ekkerøy«, sagte er schließlich.

Ante starrte ihn an. Magnus vergaß seine rutschende Hose. »Ekkerøy?«

»Seid ihr gemeinsam in der Nacht vom 24. auf den 25. Juni 2011 nach Ekkerøy gefahren?«

»Nein«, sagten Ante und Magnus wie aus einem Mund. Aber sie waren verunsichert.

Thor drehte sich nach Einar um, der gerade an der gegenüberliegenden Hütte fertig geworden war, und machte eine auffordernde Geste mit der Hand. Der Rentierpolizist kam im Laufschritt zu ihnen.

»Ante und Magnus Bruhaug, ich nehme euch fest unter dem Verdacht des gemeinsam begangenen Mordes an Linnéa Berger und Májá Nystø. Noch mal: Ihr habt das Recht –«

»Ich pfeif auf dein Recht.« Ante, die Hände in den Hosentaschen, kam die eine Stufe zum Trittrost hinunter und baute sich direkt vor Thor auf. »Ich lass mir von euch nichts anhängen. Nicht von dir und nicht von der da.«

Er schaute Ravna gar nicht erst an.

Thor zog ungerührt ein weiteres Paar Handschellen aus

der Manteltasche und reichte sie Einar. »Hol dir deinen Kollegen, wenn du es alleine nicht schaffst.«

Der Polizist geriet ins Schwitzen. Ihm war klar, dass er gegen die beiden keine Chance hatte. Ravna sah ihrem Boss hinterher, der mit weit ausholenden Schritten die Sommersiedlung in Richtung *Hellestoldalen* verließ.

»Ich würde euch raten, euch nicht zu widersetzen«, sagte sie so freundlich wie möglich. Ihren Zorn hatte sie schon auf sich gezogen, daran ließ sich nichts mehr ändern. Aber sie wollte auf jeden Fall vermeiden, dass die Sache wie bei Torbjørn eskalierte.

Ante nahm sie ins Visier. »Kannst du mir sagen, was das soll?«, fauchte er.

»Warst du in Ekkerøy?« Wie zum Teufel kam Thor auf so eine verrückte Idee? Aber sie musste mit den beiden Morden in Verbindung stehen. Wer auch immer das Handy in dieser Nacht auf die Vogelinsel gebracht hatte, wusste, was mit Linnéa geschehen war.

Magnus gesellte sich jetzt auch zu ihnen, indem er Einar einfach wegschubste. »Der darf uns doch nicht einfach verhaften, oder?«

Sie zuckte vage mit den Schultern. Ob Thor etwas *tat* oder etwas *durfte*, waren zweierlei Dinge. Die zu unterscheiden machte sich der Herr Konstabel selten die Mühe.

»Er hat hier zumindest das Sagen, sonst wäre ich jetzt auch ganz woanders, das kannst du mir glauben.«

»Warum machst du so einen Scheiß überhaupt mit?«

»Weil ich wissen will, wer das getan hat. Und weil die Bergers und Sverre und Ove ein Recht darauf haben, zu erfahren, was geschehen ist. Was ist mit Ekkerøy? Wer von euch war dort? Habt ihr Linnéas Handy ins Wasser geworfen? Habt ihr jemandem einen Gefallen getan?«

»Nein!« Antes zerfurchtes Gesicht verzog sich. Ein nervöses Zucken um seine Augen verriet, dass er nun endlich mitbekam, dass es ihm an den Kragen ging. Und noch schlimmer: Er musste sich eingestehen, dass sogar Ravna mittlerweile am längeren Hebel saß. »Wir haben damit nichts zu tun! Warum verhaftet ihr nicht die Richtigen?«

»Wen denn, zum Beispiel?«

»Bin ich Polizist? Lern erst mal deinen Job!«

Sie wandte sich an Einar. »Bring sie in die Hütte und schließ ab. Ich hole Henrik.«

Einar, der gute Cop, musste es sich ausgerechnet mit den beiden aufwieglerischsten *Rendriftern* verderben. Und Torbjørn dazu. Sie beneidete ihn nicht um seinen Stand im Winter, wenn er hier oben wieder Streife fuhr. Für die Bruhaugs war er nicht mehr der Freund und Helfer, sondern der Handlanger eines Feindes, der gekommen war, die Gemeinschaft der Fjellsamen zu zerstören.

Aber Ravna ahnte, dass es die nicht mehr geben würde, wenn sie hier oben keinen Erfolg hatten. Mochte Linnéas Verschwinden auch zehn Jahre lang kein Thema mehr gewesen sein – der Mord an Májá hatte alle erschüttert. Jede Stunde, die verging und in der sie keine Ergebnisse vorweisen konnten, machte alles nur noch schlimmer.

24.

»Ravna?«

Sie war in Gedanken in die andere Richtung gelaufen. Hedda kam aus dem Lávvu und sah geblendet in diesen neuen, langen Tag.

»Was ist da los?«

Natürlich machten Ante und Magnus ordentlich Lärm und Torbjørn brüllte am Fenster der Hütte etwas von Staatswillkür und Beugehaft.

»Thor hat ein paar Festnahmen angeordnet.«

Hedda sah sich verwirrt um, dann begriff sie.

»Was soll das?« Ihre Stimme klang scharf wie ein gerade geschliffenes Messer.

Ravna wusste nicht, was sie erwidern sollte, konnte, durfte. Noch nicht einmal ihrer eigenen Mutter gegenüber war es möglich, aufrichtig zu sein: Sie hatte keinen blassen Schimmer. Es gab nur Thors Gewissheit, dass alle zusammen in der Mordnacht in Ekkerøy gewesen waren, aber dafür hatte es damals nicht den geringsten Anhaltspunkt gegeben. Und heute erst recht nicht.

»Es läuft, glaube ich, unter Flucht- und Verdunkelungsgefahr.«

»Torbjørn? Allen Ernstes? Ihr glaubt, er flüchtet und lässt seine Familie im Stich? Die Persens und die Skjelsbæks sind seit Generationen befreundet. Wie soll ich Rika jemals wieder unter die Augen treten? Und Malin und der kleinen Lilly?«

Rika war Torbjørns Frau, Malin und Lilly die beiden Töchter.

»Ist euch eigentlich klar, was ihr hier tut?«

Das Blut schoss Ravna ins Gesicht. Heddas Ton war nie sehr liebevoll gewesen, trotzdem hatte es selten echte Zurechtweisungen gegeben. Diese wütende Enttäuschung zu erfahren tat weh.

»Und Ante und Magnus, diese Holzköpfe? Wohin sollen die denn abhauen? Und weshalb sollten sie das tun?«

Hedda stemmte die Hände in die Hüften, wie sie das vor langer Zeit einmal bei einer Standpauke getan haben mochte.

»Sie waren …« Ravna drehte sich nach Ben und Sanne um, die sich das Schauspiel, das die Bruhaugs den letzten Zurückgebliebenen boten, nicht entgehen ließen. Sie steckten vor ihrem Lávvu die Köpfe zusammen und tuschelten. »Er nimmt an, sie waren in der Nacht von Linnéas Verschwinden in Ekkerøy«, sagte sie so leise, dass sie von niemand anderem als Hedda gehört werden konnte.

Hedda nickte, wobei diese Geste das genaue Gegenteil bedeutete. Mit geschürzten Lippen und schmalen Augen ließ sie diese Information zunächst einmal ankommen, um sie dann mit einem Tritt in die Abteilung Irrsinn zu befördern.

»Thor. Ein Konstabel aus Kirkenes, der von nichts hier eine Ahnung hat, nimmt einfach mal so an, dass alle, die Mittsommer vor zehn Jahren in Ekkerøy waren, etwas mit Linnéas Tod zu tun haben.«

»Ihr Handy muss irgendwie dahin gekommen sein.«

»Vielleicht war sie es auch selbst?«

»Dann wäre sie wohl kaum in die Berge zurück.«

»Bin ich auch verhaftet? Ich war zwar nicht dabei, aber so genau nimmt man das in Kirkenes wohl nicht.«

»Nein!«

»Darauf werde ich mich nicht verlassen. Ich fahre jetzt nach Vardø, in Lénas Wohnung. Oder ist das auch verboten?«

Egal wie die Antwort lauten würde, es wäre die falsche. Hedda wartete auch gar nicht ab, sondern kroch zurück in ihr Zelt. Wenig später hörte Ravna das wütende Scheppern von Alugeschirr.

Mikkel ließ sich vor Torbjørns Hütte den Wind um die Ohren pfeifen. Henrik und Einar bezogen vor Antes und Magnus' Quartier Stellung. Sanne und Ben blieben freiwillig, Thor war verschwunden. Sie suchte ihn erst im Ermittlerzelt und dann in Evas verwaistem provisorischen Sektionsraum. Vergebens.

Der Tag würde lang und grau werden. Immer wieder

fielen einzelne Regentropfen aus den schweren Wolken. Sie kehrte zurück an den Campingtisch und nahm sich die alte Akte noch einmal vor. Sie musste etwas übersehen haben, das für Thor reichte, die ganze Truppe unter Generalverdacht zu stellen.

Aber sie konnte sich nicht konzentrieren. Ihr Blick fiel durch einen Spalt in der Plane hinaus auf den Platz. Er liegt da wie seit Tausenden von Jahren, dachte sie. Wären die Hütten und die Zelte nicht, die im Lauf der Zeit genauso schnell vergehen, wie sie gekommen sind, gäbe es keinen Unterschied für einen Betrachter aus dem 21. Jahrhundert vor oder nach Christus.

Sie hatte diese steinerne Ewigkeit immer geliebt, aber jetzt machte sie ihr Angst. Sie hatten so wenig Zeit, und man konnte schnell auf seltsame Gedanken kommen. Zum Beispiel, dass alles, was im Fjell je geschehen war, vergangen und vergessen sein würde, bevor auch nur einer der riesigen Steine ein paar Millimeter zum Meer hin rollen würde. Oder dass der einzige Sinn des Lebens wohl darin bestand, neues Leben zu produzieren. Egal, ob es gut oder schlecht gelebt worden war, wer erinnerte sich nach hundert, tausend, zehntausend Jahren noch daran? Und: Was das eigentlich für einen Sinn machte, längst Vergessenes wieder ans Tageslicht zu zerren.

Dann dachte sie an den Kranz auf den Wellen und dass manches nie vorüberging. Und jeder Mensch nur dieses eine Leben hatte und man eben kein Stein war, sondern verdammt noch mal etwas fühlte und nicht nur existierte. Es machte den Fall nicht klarer, aber das Herz etwas leichter.

Sie hörte, wie ein Quad startete, und ging hinaus. Hedda hatte die Zündschlüssel von Torbjørn und machte nun von ihnen Gebrauch. Kein Abschied, kein Wort, das die Enttäuschung abmildern würde. Ravna presste die Lippen aufeinander und sah ihr hinterher, wie sie das Gefährt über die holperige Piste lenkte, bis sie hinter den Hügeln verschwunden war.

Sie hatte sich getäuscht. Hedda würde sie immer wie eine Löwenmutter verteidigen, aber nie akzeptieren, dass Ravna einen anderen Weg gewählt hatte.

Ein Geräusch wummerte über die Gipfel und lenkte von diesen Gedanken ab. Mittlerweile war es Ravna so vertraut, dass sich sofort eine leise Unruhe in der Magengrube bemerkbar machte. Auch Einar und Henrik standen auf, nur Mikkel blieb sitzen, aber auch er verrenkte den Hals und sah in den trüben Himmel.

Es war schwer zu orten, weil die Schallwellen sich brachen und von allen Seiten zurückzukommen schienen. Doch dann tauchte über den Hügeln ein Helikopter auf und hielt auf die Siedlung zu. Über der Mitte stoppte er und kam mit ohrenbetäubendem Getöse herunter. Staub wirbelte auf und flog in Ravnas Augen, die den Arm hob, um sich dagegen zu schützen.

Er war weiß, gelb, schwarz und trug den Schriftzug *Politi*. Noch bevor er landete, erschien Thor in der geöffneten Tür. Sein schwarzer Mantel flatterte im Wind. Er sah hinab auf die Siedlung und hatte etwas von einem düsteren Wesen aus einer anderen Welt, das gekommen war, um Elend und Verderben über die Irdischen zu bringen.

Der Helikopter setzte auf, und Thor sprang ab und eilte gebückt, um dem Luftzug der Rotorblätter zu entkommen, auf das Ermittlerzelt zu. Ravna wartete, bis er bei ihr angekommen war.

»Was wird das?«, rief sie und hatte Staub im Mund.

Thor schlug sich den Dreck von seinem Mantel und wartete, bis der Motorenlärm verklungen war. »Überführung nach Kirkenes. Die Ermittlungen hier oben sind beendet. Sie sind früher gekommen und haben mich auf dem Weg zur Bärenschlucht mitgenommen.«

Sie nickte. »Dann bin ich also entlassen?«

»Noch nicht.« Er spähte zu den Bewachern der Hütten. »Wir haben nur Platz für vier weitere Personen. Du bleibst mit Sanne und Ben.«

»Hast du für sie auch einen Haftbeschluss?«

»Ich habe, was ich brauche.«

Zwei Finger an die Lippen, ein Pfiff, und Einar, Henrik und Mikkel setzten sich in Bewegung. Als sie am Zelt angekommen waren, sagte er: »Wir bringen sie zur weiteren Vernehmung nach Kirkenes. Mikkel fliegt mit.«

Der *Politibetjent* strahlte, als hätte man ihn gerade befördert.

»Einar und Henrik, wenn ihr sie in den Hubschrauber verfrachtet habt, könnt ihr zurück nach Vadsø.«

Damit verschwand er im Zelt. Die Rentierpolizisten sahen sich überrascht an. »War es das? Also werden wir nicht mehr gebraucht?«

»Danke«, sagte Ravna. »Ihr wart großartig. Gute Arbeit.« Sie hoffte, dass das nicht überheblich klang.

»Kein Problem, gerne wieder.« Wenn Einar mehr erwartet hatte, so ließ er es sich nicht anmerken. Er tippte sich an die Mütze. »Ihr wisst ja, wo ihr uns findet.«

Die beiden gingen davon zu Torbjørns Hütte.

»Vielleicht hilfst du ihnen«, schlug sie Mikkel vor. »Immerhin bist du ja der begleitende Beamte. Ich hoffe, Torbjørn hat sich so weit beruhigt, dass er kein Risiko in der Luft ist.«

Mikkels buschige Augenbrauen zogen sich zusammen. In seinem runden Gesicht spiegelte sich die Frage, ob die Beförderung eigentlich ein Himmelfahrtskommando war. »Ich hol mir mal lieber die Handschellen.«

»Tu das.« Sie folgte ihm ins Zelt, wo Thor bereits Unterlagen, Kabel, Geräte und Akten in die übrig gebliebenen Alukisten warf. Mikkel bekam noch mal drei Paar Handschellen von ihm.

»Und wenn sie Radau machen?«, fragte er schließlich.

Thor, der vor dem gebrechlichen Regal hockte, sah erstaunt zu ihm hoch.

»Gegenüber einem *Politibetjent* 3?«

»Ich weiß nicht, ob die das so ernst nehmen.«

Sein Chef stand auf und riss das Blatt mit Ravnas Zeichnung ab. »Ich komme mit.«

»Oh. Na dann …«

Respektvoll drehte Mikkel auf den Fersen um und hastete aus dem Zelt, um Einar und Henrik zu Hilfe zu kommen. Ravna hatte immer noch das Gefühl, etwas nicht ganz begriffen zu haben.

»Ich bleibe ganz allein mit Sanne und Ben?«

»Ich kann sie nicht gemeinsam zu Fuß bis zur Straße treiben.«

Thor zerknüllte die Zeichnung und warf sie in einen Pappkarton, der als Mülleimer diente.

»Okay. Und was mache ich mit ihnen?«

»Nichts. Du passt einfach auf, dass sie nicht das Weite suchen.«

»Sie wohnen in Kirkenes, hast du das vergessen? Das sind fast zweihundert Kilometer.«

»Nein.« Ein kurzer Seitenblick auf sie, während er beim Zusammenpacken ein noch größeres Durcheinander anrichtete, als wenn er es einfach gelassen hätte. »Flucht- und Verdunkelungsgefahr.«

»Wohin sollen sie denn fliehen?« Sie beugte sich vor und legte die Handflächen auf dem wackeligen Campingtisch ab, damit er sie wenigstens ansah. »Keiner von denen, die du unter Generalverdacht stellst, hat die Möglichkeiten, auf den Bahamas ein neues Leben anzufangen!«

Die Hand mit der Akte schwebte in der Luft, dann ließ Thor sie fallen. Der Knall auf der Tischplatte ließ Ravna zusammenfahren.

»Genau das ist dein Problem, Ravna. Du bist bereit, dich belügen zu lassen. Ich bin das nicht. Alle, alle da draußen haben etwas mit Linnéas Verschwinden zu tun!«

»Aber nicht mit Májás Tod!«

»Also ist der eine Mord weniger schwerwiegend als der andere?«

»Das meine ich doch gar nicht! Woher weißt du das eigentlich mit Ekkerøy?«

Er deutete auf die Akte. »Hättest du sie gelesen, wüsstest du das.«

»Ich habe sie gelesen.« Ravnas Stimme war kurz vorm Kippen. Sie atmete tief durch, um nicht wie ein Schulmädchen zu wirken, das gerade ein hundsmiserables Zeugnis überreicht bekam.

»Dann hat dein Verstand hoffentlich erfasst, dass alle Teil eines von Torbjørn initiierten Alkoholschmuggels waren.«

Alkoholschmuggel … Sie starrte auf den Papierdeckel und erkannte, wie wenig sie eigentlich begriffen hatte.

»Die Schlagzeilen.« Sie griff nach der Akte und holte die abgehefteten Zeitungsseiten heraus. »Die Nacht von Linnéas Verschwinden.«

Alkoholschmuggel vereitelt, las sie. In Ekkerøy hatten Patrouillen des Zolls ein Boot verfolgt, das mehrere Paletten Bier, Wein und Schnaps geladen hatte. Die Ware konnte sichergestellt werden, die Täter hatten sich aber unerkannt abgesetzt.

»Du glaubst, das waren Torbjørn und die anderen?«

Er ging zur Asservatenkiste und holte eine Tüte heraus, die er ihr reichte. In ihr lag ein verdreckter Glassplitter. Er musste von einer Weinflasche stammen, denn es war noch ein kleines Stück vom Etikett zu erkennen.

»Ries…«, las sie.

»Riesling, das ist ein deutscher Wein. Er wurde auch auf dem Boot sichergestellt. Sie haben geschmuggelten Wein aus Deutschland getrunken, vermutlich arbeitete Torbjørn mit Matrosen von Kreuzfahrtschiffen zusammen und hat ein einträgliches Geschäft aufgezogen. Diese Scherbe lag im Gänsenest. Seit Jahren. Untersuchungen werden ergeben: seit ziemlich genau zehn Jahren. Durchs Hineintreten in den Boden einigermaßen vor Erosion geschützt. Du hattest sie in der Hand.«

Ravna fühlte sich, als hätte man ihr den Boden unter den Füßen weggezogen. Der erste, belastbare Beweis für einen Zusammenhang zwischen Gänsenest, Bärenschlucht und Ekkerøy und sie hatte ihn nicht erkannt. Sie legte die Tüte auf dem Tisch ab.

»Aber … wie kommst du auf Torbjørn? Es kann auch jemand ganz anderes gewesen sein.«

»Er hatte ein Quad und er hat es in dieser Nacht gebraucht. Aber es war weg, weil sich ein paar junge Leute einen schönen Abend machen wollten. Er hat sie gesucht und gefunden, sich sein Quad geholt und ist nach Ekkerøy gefahren. Und weil alle betrunken waren und Lust auf einen Ausflug hatten, sind sie mit. Alle. Nur Linnéa nicht, denn die war zu diesem Zeitpunkt schon tot. Jemand hat ihre Leiche verschwinden lassen und suchte nach einer passenden Gelegenheit, ihr Handy zu entsorgen. Das erklärt, warum es sich dort zum letzten Mal eingeloggt hat.«

»Warum fragst du ihn nicht einfach?«

»Das werde ich tun, aber sicher nicht hier. Ich will den gesamten Apparat um mich haben. Eine Arrestzelle. Einen Haftrichter. Beweismaterial sichern. Die Erstermittlung in der Sommersiedlung ist abgeschlossen. Jetzt beginnt der mühsame Teil.«

Er warf die Tüte in die Kiste zurück. »Alle leugnen, niemand will etwas gesehen oder gehört haben. Noch halten sie zusammen. Aber einer wird bei der vierten, fünften, zehnten Wiederholung Fehler machen, sich in Widersprüche verwickeln. Und dann haben wir ihn.«

Ravna setzte sich. Was sie gerade erfahren hatte, war in zweierlei Hinsicht niederschmetternd. Zum einen hatte sie die Zeitungsseiten eigentlich nur im Hinblick auf das Attentat vor zehn Jahren gelesen und sich Gedanken darüber gemacht, wie Thor darauf reagieren würde. Natürlich war ihm die Schlagzeile nicht entgangen, aber er brauchte sicher keine uralten Zeitungen, um an das Grauen erinnert zu werden, das seine Familie so unvorbereitet getroffen hatte. Er war ein Profi. Sie war ein gefühlsbetonter Anfänger, der sich ablenken ließ und sich nicht auf die richtigen Hinweise konzentriert hatte.

Zum anderen, und das war vielleicht noch schlimmer, zog sich die Schlinge um Torbjørns Hals immer enger zu. Er war kein Mörder, aber er hatte entweder selbst das Handy entsorgt oder denjenigen mitgenommen, der die Gelegenheit genutzt und die falsche Spur gelegt hatte. Seit Linnéa in der Bärenschlucht gefunden worden war, musste er wissen, dass er einen Mörder deckte. Und hielt dennoch den Mund.

»Man kann nur enttäuscht sein, wenn man vorher getäuscht wurde.« Thor überlegte kurz und nickte. »Ich betrachte Enttäuschungen als etwas, das wirklich voranbringt im Leben.«

Ich nicht, wollte sie sagen. Für mich sind sie traurig. Sie verändern mich. Ich merke es jetzt schon.

»Wenn der Hubschrauber Sanne und Ben abholt, kannst du dich in Vadsø absetzen lassen.«

Er hob den Blick und ließ ihn über die Zeltwände und hinaus auf den Platz schweifen. »Einer der seltsamsten Tatorte, den ich je gesehen habe.«

Aber er erklärte nicht, warum. Von seiner Seite aus war alles gesagt. Ravna erkannte, dass sie von einer weiteren Täuschung hinters Licht geführt worden war. Sie hatte geglaubt, ihr Beitrag wäre wichtig für ihn gewesen. Dass es eine Bedeutung gehabt hätte, mitzuarbeiten. Aber es war der Zufall gewesen, nichts anderes als eine Laune des Schicksals, die sie hier oben zusammengeführt hatte.

Draußen wurden Stimmen laut. Eine willkommene Gelegenheit, ihre Enttäuschung hinunterzuschlucken oder sie sich zumindest nicht anmerken zu lassen. Bloß raus hier. Bloß weg von dem *Gand*.

Sie stand auf und verließ das Zelt. Torbjørn wurde gerade von Mikkel zum Hubschrauber eskortiert. Bevor der große Mann einstieg, drehte er sich um. Sie hatte erwartet, mit Wut und Empörung konfrontiert zu werden, doch er schenkte ihr einen Blick, auf den sie sich keinen Reim machen konnte. Bei jedem anderen hätte sie auf eine Bitte um Verzeihung getippt.

Und dann ging alles so schnell, dass sie es erst begriff, als es schon vorbei war.

Torbjørn rammte seinen Ellenbogen in Mikkels Magen. Der klappte zusammen und ließ sich brüllend auf den Boden fallen. Torbjørn gab ihm noch einen Tritt in den Allerwertesten und sprintete zu den leeren Hütten auf der anderen Seite des Platzes.

Einar und Henrik, mit den Bruhaugs beschäftigt, riefen

ihm wütend hinterher. Ante und Magnus johlten vor Freude und Torbjørn zeigte allen noch einmal den ausgestreckten Mittelfinger. Dann verschwand er hinter der Hütte der Carlsens, die schon am Vormittag nach Hamningberg zurückgekehrt waren.

»Tut was!«, kreischte Mikkel und hielt sich den Bauch. »Steht nicht so blöde rum!«

Thor war hinter sie getreten. Sie spürte seinen Ärger bis in ihre Nackenhaare, die sich aufstellten. Aber statt dem wilden Mann ins Gebirge hinterherzusetzen, blieb er nur mit verschränkten Armen stehen. Die Welle der Verachtung, die von ihm zu Mikkel schwappte, war beinahe zu sehen.

Ravna wollte losrennen, aber Thor hielt sie zurück.

»Spar dir die Mühe.«

»Aber –«

In ihrem Kopf ratterten die Bilder wie bei einer verrosteten Super-8-Kamera. Torbjørn auf der Flucht, Mikkel am Boden, der Hubschrauberpilot, der ausstieg und sich erst mal um den Übertölpelten kümmerte, Einar, der die Handschellen bei Ante einschnappen ließ, Henrik, der dasselbe bei Magnus tat.

»Wir postieren eine Wache vor seinem Haus in Vardø. Der Marsch wird ihm guttun und ihn vernünftig werden lassen.«

Zu Fuß dauerte das mindestens einen Tag. Sie hatte keine Zweifel, dass Torbjørn es schaffen würde, und sie konnte verstehen, dass er wütend über die Festnahme war. Was sie nicht begriff, war, warum er sich mit seiner Flucht noch verdächtiger machte.

Und Thor das offenbar kaum berührte.

»Und nun?«

Die beiden Rentierpolizisten führten Ante und Magnus, beide in Handschellen, zum Heli. Einars Mütze saß schief und Henrik ließ beim Griff an Antes Oberarm die Muskeln spielen. Die Bruhaugs hatten ganz offensichtlich schon in der Hütte testen wollen, wer der Stärkere war – und in diesem Fall verloren.

»Das wird dir noch leidtun!«, brüllte Ante über den Platz. »Euch allen wird das noch verdammt leidtun!«

Mikkel kam auf die Beine und taumelte zu ihnen hinüber. Es war ziemlich viel Show dabei, denn wenn Torbjørn ihn wirklich hätte verletzen wollen, wäre der *Politibetjent* noch nicht mal in der Lage gewesen, sich an seinen Namen zu erinnern.

»Das …«, keuchte er, »das ging so schnell! Ich konnte mich gar nicht wehren!«

Er blieb vor Ravna und Thor stehen, die Hände auf den Magen gepresst und immer noch ziemlich zusammengekrümmt. Thor musterte ihn von oben bis unten.

»Bist du transportfähig?«

»Ich weiß nicht«, kam es in jammervollem Ton zurück. Es war klar, dass er jemanden wollte, der ihm über die Haare strich und armer schwarzer Kater murmelte. Thor würde es nicht sein.

»Dann bleibst du hier.«

»Was?«

Mikkel sah sich mit weit aufgerissenen Augen um. Betrogen um den Auftrag seines Lebens, ausgesetzt im Falkfjellet unter Wilden, die ihn als Nächstes wahrscheinlich skalpieren würden.

»Der Helikopter wird dich beim nächsten Flug mitnehmen.«

»Du kannst bis dahin in unsere Hütte. Dort hinten.« Ravna wies auf den Standort. Mikkel richtete sich mit einem Stöhnen halb auf und spähte in die Richtung.

»Ich muss ins Krankenhaus«, protestierte er. »Vielleicht habe ich innere Blutungen!«

Aber Thor hörte sich das gar nicht mehr an. Er marschierte zum Hubschrauber, in dem der Pilot bereits wieder Platz genommen hatte, und sah sich noch nicht einmal mehr um.

»Vielleicht sterbe ich! Ihr könnt mich nicht einfach hierlassen!«

Mikkels Brüllen ging unter im Starten der Propeller. Mit angstvoll aufgerissenen Augen drehte er sich zu Ravna um.

»Das ist ein Notfall! Ich muss evakuiert werden!«

»Wir haben alles da, was gegen Magenbeschwerden hilft«, sagte sie. »Ich kann dir nachher einen Tee kochen.«

So hatte Hedda immer reagiert, wenn klar war, dass nichts Ernstes hinter Ravnas oder Ingas Weigerung steckte, das warme Bett zu verlassen. Es war das erste Mal, dass sie sich anhörte wie ihre eigene Mutter. Und Mikkel reagierte genau wie sie damals: kindisch.

»Du steckst doch mit allen unter einer Decke. In Wirklichkeit freust du dich, dass es mich erwischt hat und Torbjørn das Weite gesucht hat.«

»Das bildest du dir ein.«

»Ich weiß es.« Mit einem Mal konnte er aufrecht stehen. »Denkst du, ich merke nicht, wie du mir immer wieder in den Rücken fällst? Wie ihr euch über uns lustig macht, als würden unsere Gesetze für euch nicht gelten? Es hat dir doch gefallen, wie Torbjørn mich fertiggemacht hat. Soll ich dir was sagen? Du wirst es nie schaffen.«

»Was?«, fragte sie. Ihr Herz klopfte, und es fiel ihr schwer, diese Vorwürfe mit unbewegtem Gesicht auszuhalten.

»Du wirst nie …«

Er brach ab. Vielleicht hatte ihm etwas in ihrem Blick verraten, wie verletzend er geworden war.

»Du wirst uns nie verstehen«, beendete er den Satz etwas lahm.

»Komisch. Dasselbe denke ich von dir.«

Sein pralles Gesicht, gerötet vor Wut, die er irgendwie wegstecken musste, verzog sich. »Da haben wir ja wenigstens etwas gemeinsam.«

»Leg dich hin. Der Hubschrauber wird bald zurück sein. Dann ist das hier oben beendet.«

Endlich, dachte sie. Mikkel nickte und trottete davon. Etwas in seinem Gang erinnerte an einen geschlagenen Boxer, der den Ring verließ und nicht begriffen hatte, dass der Kampf für ihn vorbei war.

Ravna baute das Lávvu ab und packte dann ihre Sachen zusammen. Als der Rucksack verschnürt war, nahm sie ihn mit in das Ermittlerzelt, um ihre Sachen nicht noch einmal der Staubwolke eines landenden Helikopters auszusetzen. Sie nahm auf Thors Stuhl Platz und versuchte, den ganzen Fall mit seinen Augen zu sehen. Kühl, unerbittlich und gewappnet gegen jede Art von Enttäuschung. Es wollte ihr nicht gelingen.

25.

Sie träumte von dem Mädchen auf den Sommerweiden. Mit seinen leuchtenden Augen und den blonden, windzerzausten Haaren stand es auf einem Geröllfeld und wartete darauf, dass die Party begann. Seltsamerweise wusste Ravna die ganze Zeit, dass sie schlief und dass wenig später Wolken aufziehen und die Nebel aus den Tälern steigen würden. Schatten glitten heran und nahmen sich das Land und mit ihm alles, was je darauf gelebt hatte.

Geh nicht. Geh nicht dahin, wollte sie sagen, aber das Mädchen wandte sich um und lief davon.

»Ravna?«

Sie schreckte hoch und strich sich die Haare aus dem Gesicht. Sanne stand im Eingang des Zeltes. Die Bündchen ihres Pullovers über die Hände gezogen und die Arme um den Oberkörper geschlungen, wirkte sie wie ein verirrter, frierender Wanderer, der vom Weg abgekommen war.

»Entschuldige bitte, ich wollte dich nicht stören.«

»Tust du nicht. Komm rein.«

Sie spürte, dass der Traum immer noch in ihr war, und musste ihn zerreißen wie ein Spinnennetz. Dennoch blieb eine unkonkrete Traurigkeit zurück, die sie nicht so schnell abschütteln konnte. Sie war froh über die Ablenkung.

Sanne sah sich um und setzte sich. Das Chaos, das Thor hinterlassen hatte, machte wohl einen tiefen, aber nicht unbedingt guten Eindruck auf sie.

»Es sieht nicht immer so aus«, entschuldigte sich Ravna und schob die Zeitungsblätter zur Seite. Wahrscheinlich würde es nie aufhören, dass man hinter ihm herräumen musste. »Wir haben improvisiert.«

»Ja, klar. Ich verstehe das.«

»Möchtest du einen Kaffee? Ich weiß nicht, wo die Thermoskanne ist, aber ich kann ja jetzt zurück in Heddas Hütte und welchen kochen.«

Irgendwo müsste auch noch eine Packung Haferkekse stecken. Ravna konnte nichts dafür, aber ihr Magen knurrte so laut, dass man es wahrscheinlich bis hinaus auf den Platz hören konnte.

»Nein, danke. Das ist lieb, aber ich brauche nichts«, sagte Sanne.

Wieder glitten ihre Augen über die halb leeren Regale und den Papierkorb. »Ich wollte eigentlich nur fragen, ob du weißt, wie lange das noch dauern wird.«

»Der Heli ist in etwa einer halben Stunde zurück und holt uns.«

»Und dann?«

»Sobald die Beweisaufnahme abgeschlossen ist und wenn du nichts mit der Sache zu tun hast, kannst du gehen.«

Ravna verfluchte Thor, dass er es wieder einmal ihr überlassen hatte, unangenehme Wahrheiten zu verkünden.

Sanne seufzte und dachte nach. Dann kehrte sie mit ihrem Blick zu Ravna zurück. Bereit, nun auf den schwächeren Gegner loszugehen. »Ich weiß nicht, ob er das darf.«

»Ganz ehrlich? Ich auch nicht. Aber bisher ist er immer mit allem durchgekommen. Es sind zwei Morde geschehen, und Thor …«

… *war mal einer der besten Ermittler Norwegens*, schluckte sie gerade noch hinunter. »… Thor wird Himmel und Hölle in Bewegung setzen, um sie aufzuklären. Wenn er glaubt, ihr könnt ihm dabei helfen, wird er euch in der Nähe haben wollen. So lange, wie er euch braucht.«

»Also ehrlich, Ravna. Sind das nicht vorsintflutliche Methoden? Ante und Magnus habt ihr so ins Bockshorn jagen können und Torbjørn wahrscheinlich auch. Und ihn hat Thor laufen lassen.«

»Torbjørn ist abgehauen. Hätte Thor auf ihn schießen sollen?«

Sanne zuckte nur mit den Schultern. »Vielleicht hauen wir ja auch einfach ab. Was willst du dagegen tun? Dich uns in den Weg stellen? Du weißt genau, dass es so nicht läuft und ihr uns nichts befehlen könnt. Ben und ich haben durchaus eine Ahnung davon, wie ein Rechtsstaat funktioniert.«

»Das glaube ich dir«, erwiderte Ravna im schönsten Deeskalations-Tonfall. Sanne wollte Dampf ablassen und sie konnte es ihr nicht verdenken. Ihr selber würde es wahrscheinlich ähnlich gehen. Ein klassischer Lagerkoller, wie ihn alle kannten. »Aber Thor hat auch eine Ahnung, wie Mordermittlungen funktionieren. Ich an eurer Stelle würde hierbleiben und auf den Heli warten.«

Vielleicht war es ein winziges Aufflackern in Ravnas Augen. Vielleicht das zu Beiläufige, mit dem sie ein Knäuel Kabel auf die Schlagzeilen legte. Sannes Hand fuhr vor, und ehe Ravna reagieren konnte, hatte sie sich die Titelseite der *Finnmarken* gegriffen.

»Gib her.« Ravna wollte danach greifen, aber schon war das Papier außer Reichweite. »Das muss in die Akten. Es sind nur Meldungen über Linnéas Verschwinden vor zehn Jahren.«

Sannes Augen flogen über das Blatt, dann ließ sie es sinken und reichte es Ravna zurück. »Warum sind die so wichtig?«

»Alles ist wichtig. Mach das nicht noch mal. Du darfst hier eigentlich gar nicht sein.«

Sie fragte sich, was Sannes eigentlicher Grund für ihren Besuch war. Außer ihrem Unmut über die Situation Luft zu machen, die für keinen der Beteiligten angenehm war. Es gab noch etwas, mit dem sie nicht so ohne Weiteres herausrücken wollte.

»Ben …«, begann Sanne schließlich. »Er redet manchmal im Schlaf. Letzte Nacht sagte er etwas. Es hat bestimmt nichts zu bedeuten.«

»Ja?«, fragte Ravna, gespannt, auf was Sanne hinauswollte.

»Er ist weg.«

»Wer? Ben?«

»Nein. Das ist, was er gesagt hat. Er ist weg. Und es klang so verzweifelt!«

»Hat er etwas verloren in letzter Zeit?«

Sanne schüttelte sofort den Kopf. »Nein. Nicht dass ich wüsste. Er hat es sogar mehrmals gesagt und sich dabei hin und her geworfen. Ich habe richtig Angst bekommen. Er ist weg!«

»Okay. Was glaubst du denn, wen oder was er damit gemeint hat?«

»Keine Ahnung. Aber da war noch was. Auf einmal ist er hochgefahren und hat gesagt: Und sie ist wieder da. Er sah grauenhaft aus dabei, als ob er ein Gespenst sehen würde.«

Sanne umschlang wieder ihren Oberkörper mit den Armen. »Dann fiel er um und schnarchte weiter.«

Ihr Blick war ein einziges Flehen um Hilfe und Aufklärung.

»Ein Albtraum«, sagte Ravna nüchtern. »Hab ich auch manchmal. Früher soll ich auch eine Weile geschlafwandelt sein. Inga hat mir das erzählt. Ich würde nachts zum Kühlschrank gehen, reinschauen und der Milch sagen, sie soll sich verpissen.«

»Inga …«

Sanne wusste, was Ravnas Schwester offiziell passiert war. Nach Oslo gegangen, nicht zurechtgekommen, Tabletten. Die wahren Hintergründe[41] hatte Ravna bisher mit niemandem geteilt, noch nicht einmal mit Hedda. Nur Thor kannte

---

41 Nachzulesen in *RAVNA – Tod in der Arktis.*

sie. Sie rechnete ihm hoch an, dass er sie nie wieder erwähnt hatte.

Sie bekam von Sanne ein kleines Verlorene-Kindheit-Lächeln. »Richtige Wildfänge wart ihr. Ich habe euch beneidet. Ihr konntet das ganze Jahr hier oben sein. Ihr wart echte *Rendrifter*, nicht solche halbherzigen Freizeitzüchter wie wir.«

Es war ein seltsames Gefühl, von jemandem um etwas beneidet zu werden, das man selbst oft und lange genug verflucht hatte. Um es dann wieder heiß und innig zu lieben. Je älter Ravna wurde und je mehr sie über die ganz anderen Lebensentwürfe innerhalb der *Siidas* lernte, umso mehr kam sie zu dem Schluss, dass ihr von Hedda etwas geschenkt worden war. Etwas, das ihr und Inga viel abverlangt hatte, das sich aber im Nachhinein betrachtet als etwas Einzigartiges herausgestellt hatte: Freiheit. Harte, kompromisslose Freiheit.

»Es war nicht immer alles Zucker«, sagte sie. »Und wir sollten aufhören, uns selbst in echt und nicht echt einzuteilen.«

»Der große Streit.« Sanne wischte sich mit dem Handrücken über die Nase, als hätte sie weinen müssen oder als würde sie etwas unendlich berühren. Die Erinnerung an die zwei Mädchen, die Inga und Ravna damals gewesen waren, konnte es kaum sein. »Wie hat sich deine Mutter entschieden?«

»Das solltest du sie vielleicht lieber selbst fragen.«

»Ja. Du hast recht. Issko und Juvven sind ziemlich beleidigt abgerauscht.«

Hedda auch, stand in großen Lettern im Raum, aber Sanne war klug genug, es nicht zu erwähnen. »Und jetzt sind nur noch wir hier.«

»Und Mikkel. Der *Politibetjent* aus Vardø«, setzte sie hinzu.

»Kommst du eigentlich mit, wenn sie uns abholen?«

Ravna überlegte kurz. »Ich denke, ja.«

Als Erstes würde sie Lars anrufen. Die ungeklärte Situation wurde langsam zu einem echten Problem. Sie hatte Angst vor dem, was sie erfahren würde, aber sie musste es hinter sich bringen. Sie könnte versuchen, irgendwo in der Nähe Netz zu bekommen, aber dafür müsste sie die Siedlung verlassen. Wenn sie schon auf ganzer Linie bei den Ermittlungen versagt hatte, würde sie wenigstens jetzt diesen einen, letzten Auftrag ordentlich ausführen.

Wenn man sie ließ. Denn der Klang von Schritten über steinigen Boden kam näher und dann verdunkelte Bens Silhouette den Eingang. »Hier bist du. Ich hab dich schon überall gesucht.«

Sannes Begrüßungslächeln war strahlend und doch schwebte etwas Zurückhaltendes im Raum. Sie hatte Ravna gerade von seinen Träumen erzählt und wollte nicht, dass das zur Sprache kam. Hastig stand sie auf und nahm ihn in die Arme.

»Ravna sagt, es führt kein Weg dran vorbei. Wir müssen noch hierbleiben und werden dann in Polizeigewahrsam nach Kirkenes geflogen.«

Ben versuchte, sich seinen Ärger nicht anmerken zu lassen. »Okay. Wenn es denn sein soll … Ich hab schon alles gepackt. Das werden wir ja wohl mitnehmen dürfen. Wegen unserem Quad werde ich irgendwas organisieren.«

»Klar.« Ravna begann, Kabel, Kugelschreiber und Aktenkörbe zurück in das halb leere Regal zu verfrachten. »Aber es werden auch noch Leute kommen, um die Untersuchungszelte abzubauen. Denen könnt ihr eure Sachen auch mitgeben.«

»Lieber nicht.« Ben schob Sanne zur Seite. Er war der Unwillen in Person, sich noch länger irgendwelchen unsinnigen Anweisungen zu fügen. Vor allem nicht, wenn sie von Ravna kamen. »Hat der Herr Konstabel irgendwas gesagt, wann es so weit ist? Wir haben nämlich beide noch ein Leben und zu dem würden wir gerne zurückkehren.«

»Es sind doch nur eure Aussagen. Das ist in einer Stunde erledigt.« Sie sah, dass das Ben nicht reichte. »Ich bin hier auch fertig. Mein Job ist erledigt.«

»Das heißt, du hast uns eigentlich gar nichts mehr zu sagen?«

Ravna hob das Bord von seinem Ständer und legte es auf den Tisch. Dann nahm sie den ersten Campingstuhl und klappte ihn zusammen. »Erst, wenn wir zusammen in Vardø sind.«

»Sie werden dich fragen, ob du damals bei dem Schmuggel mitgemacht hast«, sagte Sanne.

Ben tat so, als wüsste er nicht, was seine Ehefrau meinte. »Schmuggel?«

»Wein, Bier, Schnaps. Damals in der Nacht, als Linnéa verschwand.« Sie wandte sich direkt an Ravna. »Das ist es doch, worauf sich eure ganze Ermittlung stützt. Eine Bande von Schmugglern, die ein Mädchen um die Ecke bringt, weil ihm auffällt, dass eine Flasche nicht verzollt ist.«

Ravna nahm den nächsten Klappstuhl.

»Im Ernst jetzt?«, fragte Ben. Dieser betont ruhige und trotzdem ungläubige Unterton, kurz bevor alles in eine wütende Anklage kippte.

»Schmuggel? Das soll der Grund für zwei Morde sein?« Er sah sich um, als stünde er bereits vor der Anklagebank und müsste ein Plädoyer halten, bei dem allen Anwesenden klar sein würde, wie unsinnig der ganze Zauber war.

»Und Májá hat das damals beobachtet, uns über die Jahre erpresst und schließlich gedroht, alles zu verraten? Und wurde deshalb von uns gemeinsam um die Ecke gebracht? *Come on.*«

Sie stellte den Campingstuhl an eine der Zeltstangen, damit er nicht umkippte. »Ich darf darüber nicht reden.«

»Du darfst nicht über *Bullshit* reden?« Er sah betont ungläubig zu Sanne. »Wir stehen unter Mordverdacht! Wir! Deine Freunde! Deine *Siida*! Noch nicht mal vor Juvven und Issko habt ihr haltgemacht. Will er irgendwann den ganzen *Renbeitedistrikt* einlochen?«

»Ich darf nicht darüber reden.«

Sie musste nur durchhalten, bis der Heli kam.

»Ich will wissen, was das alles soll. Habt ihr was gegen uns in der Hand? Dann rück raus damit. Wenn nicht, hauen wir ab wie Torbjørn.«

»Das ist keine gute Idee«, erwiderte sie und wollte den nächsten Stuhl greifen, doch Ben war schneller. Er schnappte ihn und setzte sich darauf. Breitbeinig und provozierend.

»Also?«

»Ich habe keine Ahnung. Wirklich nicht. Thor weiht mich nicht in seine Ermittlung ein. Ich war nur da, um zwischen ihm und uns irgendwie zu vermitteln.«

Ben streifte seine Frau mit einem spöttischen Blick. »Hörst du das? Sie sollte vermitteln. Hast du gut gemacht, Ravna.«

Sie merkte, wie etwas Heißes in ihr hochstieg und unbedingt hinauswollte. Erst Thor. Dann Mikkel. Jetzt Ben. Und Hedda. *Wie soll ich ihnen jemals wieder unter die Augen treten? Ist euch eigentlich klar, wie ich mich dabei fühle?* Sie bückte sich und knotete ihre Schnürsenkel fester, damit die beiden nicht mitbekamen, dass sie kurz davor war loszuheulen.

»Was will er von uns?«, fragte Sanne. Sie nahm den zweiten noch verbliebenen Stuhl und setzte sich ebenfalls. »Wir kennen dich, seit Hedda dich aus der Hütte rausgetragen und der Sonne gezeigt hat. Vom ersten Tag deines Lebens an. Du bist unter einem Südwestwind geboren und Hedda hat für dich gejoikt. Ich kann mich sogar noch an die Melodie erinnern. Ich war zehn und durfte dich halten.«

Ravna wischte sich hastig über die Augen und kam wieder hoch. Sie war wütend auf Thor, der sie in diese Lage gebracht hatte. Aber eigentlich sollte sie wütend auf jemanden sein, der zwei Menschen umgebracht hatte und immer noch frei herumlief. Sie musste wieder klar im Kopf werden und aufhören, sich schuldig zu fühlen.

»Das wusste ich gar nicht«, sagte sie und räusperte sich, weil ihre Stimme belegt klang. »Hat Hedda mir nie erzählt.«

»Ist ja auch nicht so wichtig. Ich hab es dir nur gesagt, damit du weißt, dass wir alle zusammengehören. Egal, ob wir in der Stadt leben oder in einer Hütte ohne Strom. In unseren Adern fließt dasselbe Blut, und wir alle sind Nomaden, seit Tausenden von Jahren.«

Ravna wandte den beiden den Rücken zu, um die Reste aus dem untersten Regalbrett zusammenzuklauben. Sie musste nicht von Sanne daran erinnert werden, wer und was sie war.

»Niemand hat etwas dagegen, dass du bei der Polizei bist. Das ist ganz allein deine Entscheidung. Aber hier oben auf dem Fjell, weit weg von allem, was sich Staatsgewalt und Gesetze und *Grunnloven*[42] nennt, bist du nur dir und deiner Gemeinschaft verpflichtet. Wir sind unter uns. Sag uns, was Thor vorhat. Vielleicht müssen wir uns tatsächlich einen Anwalt nehmen oder …«, Sanne machte eine kurze Pause und fuhr dann etwas forciert heiter fort, »… wir sollten bei Nacht und Nebel das Land verlassen. Wir haben nichts mit den Morden zu tun. Gar nichts. Aber du weißt doch selbst, wie es läuft. Wenn sie keinen Täter haben, aber fünf verhaftete Samen, was wird passieren? Gestehen sie sich ein, dass sie versagt haben? Oder werden die Samen zu Schuldigen gemacht?«

Zwei Pakete Druckerpapier, ein Drucker, Filzstifte und Kugelschreiber. Ravna räumte alles wieder auf den Tisch, was ziemlich sinnlos war, dazu noch ein schwarzes Fleeceshirt, das wohl Einar gehörte.

»Ohne Beweise geht das nicht«, sagte sie und merkte, wie wenig überzeugend es klang.

»Dann nenn mir das Motiv«, schaltete sich Ben wieder

---

42 Norwegische Verfassung.

ein. »Seid ihr da wenigstens weitergekommen? Ein paar Flaschen geschmuggelter Schnaps, das kann es doch nicht sein. Ihr müsst mehr haben. Irgendwas. Vielleicht können wir dir helfen. Jetzt, wo Thor nicht mehr da ist …«

Das Ende des Satzes schwebte im Raum. Jetzt können wir offen reden. Wir gehören wieder zusammen. Es ist alles so wie gewohnt, als keiner drei Mal überlegen musste, bevor er den Mund aufmachte.

Sie klappte einen Stuhl wieder auf und setzte sich. Ben beugte sich vor und legte die Unterarme auf den Beinen ab. Er rieb sich mit der Hand über das Kinn, als ob er seinem eigenen Hilfsangebot doch nicht ganz über den Weg trauen würde. Schließlich gab er sich einen Ruck.

»Ich habe Albträume. Ich sehe Linnéa wieder vor mir, ganz deutlich. Als wäre das alles erst gestern gewesen.«

Sanne senkte den Kopf und knetete ihre Hände.

»Sie war etwas ganz Besonderes.«

Seine Frau nickte, ohne hochzusehen. Es musste seltsam sein, wenn der eigene Mann so von einer anderen redete. Ihr fiel Turid ein, und sie fragte sich, wie sie reagieren würde, wenn Lars auf einmal von der ersten Begegnung schwärmen würde.

»Keine Ahnung, wie sie an einen Typ wie Vinnan geraten konnte. Es war eine schöne Party. Friedlich. Viel Alkohol, aber friedlich. Bis er kam. Es gab sofort Stress und dann zischte er mit ihr ab. Sanne und ich gingen zurück in die Siedlung.«

Ravna wartete, aber das schien das Ende der Geschichte zu sein.

»Und Torbjørn? Ihr seid ihm nicht begegnet?«

Sanne sah hoch. Sie hatte helle, klare Augen. Fast grau wie ein Gletschersee in den Nachtbergen.

»Doch, klar. Er kam und machte einen Riesen-Aufriss, weil wir sein Quad geliehen hatten. Er war ziemlich in Eile und hatte irgendwas vor.«

»Wo waren Ante und Magnus zu der Zeit?«

Ben stieß ein kurzes Schnauben aus. »Sturzbetrunken am Feuer.«

»Sind sie mit Torbjørn gemeinsam weg?«

Er sah zu seiner Frau. »Sind sie?«

»Ich weiß es nicht«, sagte Sanne. »Ich war an dem Abend ein bisschen durcheinander.«

»Warum?«, fragte Ravna.

»Ich weiß nicht …«

Ben lehnte sich mit einem Stöhnen zurück. »*Come on*, Sanne. Das darf doch nicht wahr sein!«

»Warum warst du durcheinander?«

Die Frau schickte einen unsicheren Blick zu Ben. »Wir sind nicht zusammen zurück.«

Ravna legte das Fleeceshirt, das sie gerade zusammenfaltete, auf den Tisch. »Moment mal. Darauf stützt sich aber eure ganze Geschichte. Dass ihr, nachdem Vinnan und Linnéa verschwunden waren, gemeinsam zurück in die Sommersiedlung gelaufen seid.«

Ben schickte seiner Frau einen Blick, der unausgesprochen *Halt den Mund oder du bist tot* hieß.

»Das ist Blödsinn«, sagte er. »Ich hab dir in der Nacht einen Heiratsantrag gemacht.«

»Erst am nächsten Tag«, erwiderte Sanne. »Ich bin allein zurück, weil du irgendwann gegangen bist und nicht mehr wiederkamst.«

»Ist das wahr?«, fragte Ravna.

»Verdammt!« Ben zerwühlte sich nervös die Haare und rieb sich dann die Handflächen an seiner Hose ab. »Was soll das? Ich wollte allein sein, um noch mal über alles nachzudenken!«

»Warum hast du das nicht gesagt?«

Ben starrte Ravna wütend an. »Weil es nicht wichtig war. Ich hatte Zweifel, ob Sanne und ich …«

»Was?« Seine Frau starrte ihm mit unverhohlenem Ärger ins Gesicht.

»Ja! Mann, wir waren achtzehn! Ich musste noch mal über alles nachdenken. Ich bin runter zum Fluss gelaufen und hab überlegt, ob es passt oder nicht. Ich liebe dich, Sanne. Vom ersten Tag an! Aber heiraten? Ich wusste nicht, ob das nicht viel zu früh wäre.«

Verlobungen in so jungen Jahren waren keine Seltenheit. Hedda hatte Rodmar in einem Ferienlager kennengelernt, da war sie sechzehn gewesen. Und eine Verlobung wollte gut überlegt sein. Trotzdem war das keine Erklärung für Bens Verschwinden in jener Nacht.

»Du hast Linnéa am Fluss getroffen«, sagte sie. »Du warst der Prinz, mit dem sie da verabredet war.«

»Nein«, kam es von Ben wie aus der Pistole geschossen zurück. Aber seine Hände rieben wieder über die Hose und sein Blick flackerte.

»Du?«, fragte Sanne. »Hinter meinem Rücken?«

»Nein! Das ist doch an den Haaren herbeigezogen! Merkst du nicht, was sie vorhaben? Sie wollen einen Keil zwischen uns treiben!«

Sanne schüttelte fassungslos den Kopf. »Warum?«

»Glaubst du mir etwa nicht? Dann könnte ich ja genauso fragen, wo du in dieser Zeit gewesen bist.«

»Auf dem Weg zurück! Allein!«

»Ach ja? Ich hab doch den ganzen Abend mitbekommen, wie sehr dir Linnéa gegen den Strich ging. Sie hat dir den Job vor der Nase weggeschnappt. Du hättest niemals die Ausstellung in Varangerbotn machen können, solange Linnéa dir im Weg gestanden hat! Du warst eifersüchtig. Auf jedes Wort, das sie mit mir gesprochen hat, auf den Erfolg im Job und darauf, wie sie jeden um den Finger wickeln konnte. Du hast sie gehasst! Also fang jetzt nicht auch noch an, mir mit Ravna einen Mord unterzujubeln!«

Sanne stand auf. Mit ziemlicher Mühe zog sie sich den Ehering von der Hand und warf ihn auf den Tisch.

»Hast du mich nur deshalb gefragt, weil sie dich hat abblitzen lassen?«

Bens Züge entgleisten. »Nein!«

Ravna nahm den Ring. Sanne hatte ihn so getragen, dass der kleine blaue Stein verborgen geblieben war. »Das ist dein Ring?«

»Ja. Warum?«, giftete sie zurück.

Ravna stand auf und ging vor das Zelt. Wann zum Teufel kam endlich der Hubschrauber? Was sie gerade gehört hatte, war ungeheuerlich. Sie atmete tief durch und kehrte zurück.

»Ben«, sagte sie. »Woher hast du den Ring?«

»Er hat mir gesagt, er hätte ihn selbst geschmiedet!«, höhnte Sanne. »Dabei wird er überall in den Andenkenshops verkauft. Los, sag es ihr, wo du ihn herhast!«

Vor Ravnas Augen geschah fast dasselbe, was sie bereits bei Torbjørn gesehen hatte: wie ein Mensch schrumpfte und in sich hineinkroch, weil etwas über ihn herauskam, das er nie freiwillig gestanden hätte.

»Aus dem Museum in Varangerbotn«, sagte er schließlich.

Sanne lachte auf, es klang ziemlich gekünstelt.

»Und wie kam er zu Linnéa?«, fragte Ravna.

Ben schaute zu Boden. Das Schweigen dehnte sich, bis Sanne endlich sagte: »Rück doch einfach mit der Sprache raus.«

Er stand auf und wollte das Zelt verlassen, aber in Windeseile stellte sie sich zwischen ihn und den rettenden Ausgang. »Du hast *meinen* Ring dieser Schlampe gegeben, weißt du das nicht mehr?«

»Das habe ich nicht!«

Warum ist Thor nicht hier?, dachte Ravna. Verdammt, was soll ich denn jetzt machen?

»Ich habe ihn auch gesehen«, sagte sie. »Linnéa trug ihn am Fluss. Sie hat ihn mir gezeigt.«

Ben schnaubte verächtlich. »Du und deine Visionen.«

»Das war keine Vision. Ich kann mich noch genau daran erinnern. Sie hat ihn mir gezeigt und gesagt, dass sie ihn von ihrem Prinzen hätte.«

»Dann bist du ja fein raus.« Sanne verschränkte die Arme. »Mit Prinz kann sie dich ja wohl kaum gemeint haben.«

»Hast du sie am Fluss getroffen?«, hakte Ravna nach.

»Nein!«

Sanne ließ sich wieder auf den Klappstuhl fallen. »Hör auf zu lügen, Ben. Ich kenne dich mein ganzes Leben. Ich weiß genau, wann du die Wahrheit sagst und wann nicht. Nur einmal hab ich mich getäuscht, als ich dir geglaubt habe, der Ring wäre für mich und nicht für eine andere.«

»Das war er ja auch!«

Ihre hellen Augen standen voller Verachtung. »Ich war zweite Wahl! Wie immer!«

»Ich hab ihn für dich gekauft!«

»Aber du hast ihn Linnéa gegeben!«

»Sie hat ihn mir weggenommen!«

»Weggenommen? Als ob ich dir das glauben würde!«

»Ruhe!«, schrie Ravna.

Beide starrten sie an. »Ihr hört jetzt auf zu streiten. Ben, es tut mir leid, aber ich muss das Thor sagen.«

»Oh, sie muss das Thor sagen!«, äffte er sie nach. »Bitte, lauf doch zu ihm und erzähl ihm alles brühwarm!«

Er trat auf Ravna zu, die unwillkürlich zurückwich. Etwas in seinem Blick und seiner Haltung verriet ihr, dass er sich wie ein in die Enge getriebenes Tier verhielt.

»Ich habe mir am Fluss nur den Ring von ihr zurückgeholt. Er gehörte Sanne. Das habe ich ihr klargemacht.«

Unsicherer Blick zu seiner Frau. Er sagte das, was sie hören wollte.

»Und dann?« Ravna blieb im Zelteingang stehen. Wenn Ben ebenfalls abhauen wollte, musste er erst einmal an ihr vorbei. Er war stärker als sie und wirklich aufhalten konnte sie ihn nicht. Aber vielleicht so lange festhalten, bis Mikkel aus seinem Genesungsschlaf erwachte und geruhte, nach dem Rechten zu sehen.

»Dann bin ich gegangen. Sie blieb da.«

Er log. Entweder hatte sich die Begegnung anders abgespielt oder … er hatte Linnéa getötet. Vielleicht war die Sache eskaliert. Er hätte nur warten müssen, bis die anderen von der Gerde zurückkamen, um sich dann unbemerkt ein Quad zu nehmen und die Leiche verschwinden zu lassen.

»Und dann?«, fragte Ravna.

»Nichts. Ich bin zurück zum Gänsenest, aber sie waren alle fort. Ich habe Linnéa nie wieder gesehen. Aber sie lebte, als ich sie verlassen habe. Ich habe ihr kein Haar gekrümmt. Es muss jemand nach mir da gewesen sein.«

»Klar«, sagte Ravna, um etwas von der Aggressivität aus der Unterhaltung zu nehmen. »Muss ja wohl so gewesen sein. Mich wundert nur, dass du Sanne nicht getroffen hast, als du zum Gänsenest zurückgegangen bist.«

Sannes Augen weiteten sich mit einem Ausdruck vollkommener Unschuld. »Wieso?«

»Weil du gesagt hast, du hättest dort geschlafen und bist erst am Morgen in die alte Sommersiedlung zurück.«

»Das habe ich auch. Wahrscheinlich haben wir uns knapp verpasst.«

Unsicherheit breitete sich aus. Bei Sanne, bei Ben und erst recht bei Ravna. Das waren die Widersprüche, von denen Thor gesprochen hatte.

»Na ja, das wird Thor klären«, sagte Ravna leichthin.

Um nichts in der Welt wollte sie sich ansehen lassen, was gerade in ihr vorging. Vielleicht befand sie sich gerade mit einem Mörder in einem Zelt, und der Einzige, der ihr helfen konnte, schnarchte in einer Hütte.

Sie wollte gehen, aber schon hatte Ben sie am Arm gepackt.

»Nein. Das klären wir hier«, sagte er.

Der liebenswürdige, nette Ben war verschwunden. Und er machte nicht die geringsten Anstalten, sie loszulassen.

»Sanne und ich haben mit den Morden nichts zu tun.«

»Lass mich los.«

Doch er griff noch härter zu. »Vielleicht habe ich mich um ein paar Minuten getäuscht. Oder Sanne hat sich nicht mehr richtig erinnert. Das kann passieren nach zehn Jahren. Du hast keine Chance, uns daraus einen Strick zu drehen.«

»Das will ich auch gar nicht. Lass mich los!«

Ein dumpfes Wummern näherte sich. Es wurde lauter, und Bens Nervosität, fiebernd wie ein Finnspitz vor der Jagd, steigerte sich.

»Ich lass mich nicht für einen Mord verknacken, den ich nicht begangen habe!«

»Das werden wir alles klären. Wenn du es nicht warst …«

»Dann war es Sanne? Oder Torbjørn? Ihr wollt es ja unbedingt einem von uns in die Schuhe schieben!«

Ravna nahm all ihre Kraft zusammen und riss sich los. Sie lief hastig ein paar Schritte aus dem Zelt und atmete tief durch. Dann drehte sie sich zu den beiden um. »Ich verspreche euch, dass ihr nicht unfair behandelt werdet.«

Das Wummern wurde lauter. Der Hubschrauber kam zurück. Ravna kam es vor wie Rettung in letzter Sekunde. Sie hatte die Verzweiflung bei Ben gespürt und die Angst bei

Sanne, und sie wusste nicht mehr, wem sie trauen konnte. Noch nicht einmal sich selbst.

Mikkel taumelte schlaftrunken aus einer Hütte und starrte in den Himmel. Der Helikopter flog eine Schleife und setzte dann in der Mitte der Siedlung auf. Wieder flogen Staub und Sand durch die Luft, und einen Moment lang geriet Ravna in Panik, dass Ben und Sanne auch noch das Weite suchen würden.

Dann sprangen zwei Polizisten in schwarzen Uniformen heraus und rannten geduckt auf sie zu.

»Ravna Persen?«, fragte der, der als Erster bei ihr war. Es war ein Mann, der schon einige Dienstjahre auf dem Buckel hatte und zwei Sterne auf dem Abzeichen trug.

»Ja«, sagte sie nur.

»Sanne und Ben Nielsen?«

Die beiden kamen unwillig näher. Der mit den zwei Sternen nickte seinem Kollegen, der einen Stern trug, zu. »Festnehmen.«

»Okay, okay.« Ben hob die Hände. »Wir kommen freiwillig.«

Beide wurden zum Hubschrauber eskortiert.

»Hei!«, schallte es über den Platz. Mikkel setzte sich in Bewegung. »Nehmt mich mit!«

»Wir haben nur sechs Plätze«, sagte der Ältere. »Wir, der Pilot, Ravna und die beiden Verdächtigen. Tut mir leid.«

Mikkel fiel die Kinnlade herunter. »Aber ihr könnt mich nicht hier oben lassen. Das geht auf keinen Fall! Hier läuft noch ein Irrer durch die Gegend!«

»Ich kann hierbleiben«, sagte Ravna schnell. »Ich kenne

mich aus. Ich komme auch zu Fuß runter, das dauert dann nur etwas länger.«

Und außerdem bin ich dann endlich entlassen, setzte sie im Geist hinzu. Der Gedanke, einen Tag lang allein zu sein und nur zu laufen, hatte etwas ungemein Verlockendes. Doch der *Politibetjent* sah das anders.

»Tut mir leid, wir müssen uns an die Anweisungen halten.«

»Aber das geht nicht!« Mikkel bekam Schnappatmung. »Sie ist nur Student, und das auch noch im ersten Semester. Ich bin ranghöher! Ich bestehe darauf, mitzukommen!«

Die beiden Beamten sahen sich an und zuckten schließlich mit den Schultern. »Vorschlag zur Güte. Ich sage der Bergwacht Bescheid, dass sie dich holen sollen.«

»Nein!«, kreischte Mikkel. Es fehlte nicht viel und er hätte auch noch mit dem Fuß aufgestampft. »Ich bleibe keine Minute länger hier! Das ist lebensgefährlich! Was, wenn Torbjørn wiederkommt? Ihr könnt mich nicht hierlassen. Ich will zurück nach Vardø, zu meiner Dienststelle!«

Der Dienstältere zuckte mit den Schultern und lief zum Heli.

»Tut mir leid«, sagte Ravna und schnappte sich ihren Rucksack.

»Es tut dir leid? Gar nichts tut dir leid! Und was, wenn Torbjørn mich erwischt?«, brüllte er gegen den Lärm.

»Das wird er nicht. Er ist harmlos.«

Mikkel bekam mit, dass all sein Gezeter nichts half. Er blieb zurück, eine zusammengestauchte Gestalt mit hängenden Armen, ausgesetzt, zurückgelassen. Aus einem unerfindlichen Grund tat er ihr leid.

Doch dann, als sie sich angeschnallt hatte und der Hubschrauber abhob, erinnerte sie sich daran, wie unsensibel und boshaft Mikkel mit ihren Leuten umgesprungen war, und das Gefühl verschwand.

Für einen Moment stach die Sonne durch die graue Wolkendecke und knipste ein warmes, leuchtendes Licht an. Die Steine und Felsvorsprünge schimmerten in allen Schattierungen von Weiß zu Schwarz und die schroffen Höhenzüge ringsherum verwandelten sich in sanfte Hügel. Die Luft war immer noch feucht vom Regen, doch die ersten trockenen Steine zauberten helle Flecken auf den Boden, der aussah wie das gescheckte Fell eines riesigen Tieres, das nur alle tausend Jahre einmal atmete.

Wir sehen uns im nächsten Jahr, dachte sie. Aber trotz dieser Aussichten blieb es ein Abschied.

Der Pilot überflog das Fjell in weitem Bogen und nahm dann Kurs auf den Varangerfjord. Sie erinnerte sich an einen weißen Blumenkranz auf den Wellen des Eismeers vor Ekkerøy. Wie sollten die Eltern damit klarkommen, dass ihre Tochter nicht freiwillig aus dem Leben geschieden war? Machte das den Abschied leichter? Wohl kaum.

Ben griff nach Sannes Hand, aber die zog sie weg. *Ich war immer die zweite Wahl.* Linnéa hatte ihr erst den Job und dann den Freund weggeschnappt. Beides hatte sie nur wiederbekommen, weil es die Nebenbuhlerin nicht mehr gab. War das ein ausreichendes Motiv?

Und Ben. Erst verführt, dann verhöhnt. Niemand steckte so etwas einfach weg, aber Männer wurden viel häufiger aggressiv als die eher still leidenden Frauen. Hatte er sich den Ring mit Gewalt zurückgeholt? Das musste Thor im Verhör klären. Ravna hatte keinen Zweifel, dass *Lensmann* Rune Thor, CIN, nichts, noch nicht einmal der kleinste Widerspruch, entgehen würde.

Der Hubschrauber flog ein flaches Gebäude in der vierten Reihe hinter der Küstenstraße an. Der Parkplatz war leer, wahrscheinlich auf Anweisung von Thor, damit der Heli ohne Probleme landen konnte. Mehrere uniformierte Polizisten warteten darauf, die Festgenommenen in Empfang zu nehmen. Ravna fragte sich, wie viele Zellen die *Politistasjon* hatte. Vielleicht würden sie Ben zu Ante und Magnus stecken.

Kaum war sie in dem Gebäude angekommen, checkte sie ihr Handy. Keine Nachricht von Lars. Mit klopfendem Herzen wählte sie seine Nummer, hatte nach mehrmaligem Klingeln aber wieder nur seine Mailbox am Apparat. Resigniert beendete sie die Verbindung. So wollte sie nicht mit ihm reden. Ihr fehlte die Kraft und die Zuversicht, ihm eine Nachricht aufzusprechen, die nicht ansatzweise dem entsprechen würde, was sie fühlte.

Wohin? Am besten nach Vardø in ihre Wohnung. Morgen war Sonntag. Ein Mal ausschlafen und dann zurück nach Oslo. Es nieselte leicht, sodass sie die Kapuze hochzog und sich auf den Weg hinunter zur Küstenstraße machte, um auf den Bus zu warten.

26.

Vadsø war selbst für norwegische Verhältnisse eine Kleinstadt. Es gab ein paar Läden, an deren Schaufenstern Ravna nur kurz stehen blieb, zwei Cafés und das Hotel Scandic. Es lag nicht weit vom Meer und der Küstenstraße entfernt. Breite Stufen führten hinauf zu dem lang gestreckten, zweistöckigen Gebäude. Fast die gesamte Vorderfront nahm ein Wintergarten ein, in dem die Gäste bei jeder Witterung frühstücken oder essen und dabei auf den Varangerfjord blicken konnten.

Die Haltestelle befand sich ganz in der Nähe. Ravna hatte noch fast zwei Stunden Zeit, bis der Bus der Linie 64 von Kirkenes nach Vardø eintreffen würde. Es war kalt, der Unterstand schützte nicht vor dem scharfen Wind, der mit voller Wucht über das Meer stürmte und von den sanft ansteigenden Hängen des Gebirges abgefangen wurde. Die Luft schmeckte salzig und nach frischem Fisch, ab und zu vermengt mit dem strengen Geruch nach Diesel, der vom Hafen herüberwehte. Möwen krächzten und stiegen immer wieder in großen Schwärmen auf, wenn sich etwas aus ihrer Sicht Interessantes tat.

Die Hände in den Jackentaschen, den Rucksack zu ihren Füßen, das Handy in der Hand, saß Ravna auf der Bank und ließ erschöpft den Kopf nach hinten fallen. Drei Tage waren vergangen, die sie an den Rand ihrer Kräfte gebracht hatten. Sie spürte den Nachhall der Arbeit in ihrem Körper, aber auch die rastlose Unruhe, die so viele ungeklärte Fragen hervorriefen. Die wichtigste war Lars. Sie wählte seine Nummer, und – er meldete sich.

»Ravna?«

»Hei«, sagte sie und wusste nicht mehr weiter.

»Hast du was mit den Morden auf dem Falkfjellet zu tun? Das liegt doch in deiner Gegend. Die ganze Wache spricht von nichts anderem. Thor hat vier Verdächtige festgenommen. Der Haftrichter dreht völlig am Rad.«

»Warum?«, fragte sie, obwohl sie andere Dinge weit brennender interessiert hätten.

»Mehr als Flucht- und Verdunkelungsgefahr ist nicht drin. Thor geht auf ganz dünnem Eis. Bist du ihm begegnet?«

»Ja.«

»Und?« Er stockte. »Hast du irgendwas?«

Sie sah auf den rissigen Betonboden und eine Pfütze, deren Oberfläche vom Wind gekräuselt wurde. Ihr Herz klopfte bis zum Hals, aber er klang so normal, so absolut wie immer – lieb, offen, ohne Hintergedanken. Hatte sie sich die ganze Zeit völlig umsonst zerrieben?

»Nein«, sagte sie und versuchte, so unbefangen wie möglich zu wirken. »Ich bin nur unendlich müde. Ich habe Tag und Nacht gearbeitet. Gerade komme ich von der Polizei in Vadsø, wo wir die Verdächtigen abgeliefert haben. Kälbermarkierung *und* Thor, das ist etwas zu viel auf einmal.«

»Ja, verstehe. Muss hart gewesen sein.«

»Ich hab dich vermisst«, sagte sie. Das hatte sie noch nie in ihrem Leben zu einem Mann gesagt.

Am anderen Ende herrschte für einen Moment Schweigen, bis Lars sagte: »Ich dich auch. Wenn du wieder da bist, müssen wir reden.«

»Über was denn?« Ihre Stimme hörte sich piepsig an.

»Über uns.«

Was hieß das jetzt? Wollte er Schluss machen?

»Wann kommst du zurück?«

Sie atmete tief durch. »Morgen. Ich will noch mal nach Vardø in die Wohnung und nach dem Rechten sehen. Und mit meiner Mutter sprechen, da läuft auch alles nicht ganz rund.«

»Verstehe. Sag mir Bescheid. Wenn es mit dem Dienstplan klappt, komme ich nach Oslo und hole dich vom Flughafen ab.«

»Nach Oslo?«

Er lachte. »He, was ist denn los? Kann ich nicht zu meiner Freundin nach Oslo kommen und sie vom Flughafen abholen?«

Es war, als würde die Sonne in ihr aufgehen und explosionsartig alle dunklen Wolken zerschießen, die ihr Herz verdüstert hatten.

»Ja«, antwortete sie glücklich. »Klar darf mein Freund das.«

»Na dann, bye. Ich freu mich auf dich.«

»Bye«, sagte sie. »Ich mich auch.«

Er hatte aufgelegt, noch bevor sie es tun konnte.

Sie verstaute das Handy in der Innentasche ihrer Jacke und lauschte auf das Gekreisch der Möwen und den Herzschlag des Glücks in ihrem Inneren.

Dann stand sie auf und nahm ihren Rucksack. Bis der Bus kam, hatte sie immer noch massig Zeit. Sie könnte Issko und Juvven im Scandic Hotel besuchen. Wenn sie nicht genau wie Torbjørn abgehauen waren, müssten sie eigentlich noch dort sein. Es war nicht okay, wie ihre letzte Begegnung verlaufen war.

Der Tag der Klarheit.

Wir sind eine *Siida*, dachte sie. Egal, wie verschieden wir denken, wir gehören immer noch zusammen.

Sie schulterte den Rucksack und machte sich zurück auf den Weg zum Scandic Hotel. Am Fuß der breiten Treppe blieb sie stehen und überdachte ihren Entschluss ein letztes Mal. Nein, sie würde nicht schwächer dastehen und erst recht nicht als die, die einknickte. Sie machte lediglich den ersten Schritt. Danach lag es an den anderen, wie es weitergehen würde.

Allerdings lag der Überraschungsmoment nicht auf Ravnas Seite. Die große Glastür zur Rezeption hatte sich gerade wie von Geisterhand geöffnet, als jemand vom Parkplatz ihren Namen rief. Es war – Yárá.

Sie hielt einen Coffee-to-go-Becher in der Hand und stand neben einem riesigen grauen SUV mit Isskos Quad auf dem Anhänger. Der Wind zerzauste ihre Haare, die sie etwas zu lässig zu einem Pferdeschwanz gebunden hatte. Sie trug Jeans, Stiefel, einen silberbeschlagenen Gürtel und eine gewachste Anglerjacke und sah trotz allem Understatement unverschämt gut und reich aus.

»Ravna!« Ihr Lächeln wirkte verhalten. »Was machst du denn hier?«

»Ich wollte zu Issko und Juvven. Sind sie noch da?«

Natürlich waren sie da. Die Schlüssel zu diesem Auto würde Issko, der alte Macho, niemals einer Frau in die Hände drücken.

»Sie sind noch drin. Issko war mit den Kids im Pool und Juvven flirtet gerade mit zwei Touristinnen aus Finnland.«

Ihr Lächeln vertiefte sich zu einem Grinsen, das die Erfolgsaussichten dieses gewagten Unterfangens ausreichend beschrieb.

»Ah. Ja.« Etwas ratlos ging Ravna zu ihr. »Ich wollte noch mal mit ihnen reden.«

»Über die Lizenzen? Da wirst du wenig Glück haben.«

Yárá trank einen eher symbolischen Schluck Kaffee.

»Ich weiß. Ich wollte mich eigentlich nur verabschieden.«

Es entstand ein kurzes Schweigen, in dem Ravna das Gefühl erstickte, unbedingt diejenige sein zu müssen, die es brach.

Schließlich sagte Yárá: »Das wird Issko freuen. Ihm geht der Streit mit euch ziemlich nahe.«

Ravna stellte ihren Rucksack ab und sah sich um. Gut ein

Dutzend Autos standen auf dem Parkplatz. Einige dreckverkrustet von den Pisten, andere strahlend und blitzend, als kämen sie gerade aus der Waschanlage.

»Mir auch«, antwortete sie. »Hedda ist meine Mutter. Sie steht mit dem Rücken zur Wand. Ihr seid zu dritt, ihr könnt sie überstimmen, und dann ist Issko Chef des Clans. Wollt ihr das wirklich?«

Zu ihrer Überraschung sagte Yárá: »Nein, natürlich nicht. Er ist ein Kindskopf. Ich weiß gar nicht, wie er sich das vorstellt, und er wahrscheinlich auch nicht. Der Laden läuft gut, und er würde noch besser laufen, wenn er sich mehr darauf konzentrieren würde, statt seiner Jugend hinterherzurennen.«

Ravna nickte perplex. Das hatte sie nicht erwartet.

»Er hat völlig falsche Vorstellungen von dem, was es heißt, hier oben ein *Rendrifter* zu sein. Ich weiß, von was ich rede. Ich bin eine *Svonni*, meine *Siida* hat schon Rentiere gezüchtet, da saßen die Norweger noch auf den Bäumen.«

Die *Svonnis* waren ein bekannter Clan, angesiedelt südlich von Kirkenes am Langfjord.

»Das wusste ich nicht. Ich dachte …« Ravna brach ab.

Yárá hob die linke Hand und betrachtete ihre sorgfältig manikürten und lackierten Fingernägel. »Dass ich zu dumm bin, ein *storkniv*[43] von einem *bruksskniv*[44] zu unterscheiden? *Ráhkis*[45], ich bin im Januar bei Ostwind in einem Lávvu geboren. Ich habe nur keine Lust, dort auch zu sterben.«

---

43 Großmesser

44 Gebrauchsmesser

45 Sam.: Liebling, hier eher: Darling.

Früher, vor langer Zeit, sagte man über Kinder, die winters unterm Ostwind geboren worden waren und überlebten, dass sie nichts auf der Welt mehr fürchten würden.

Yárás Blick, etwas abschätzend und arrogant, wanderte über Ravnas Gestalt.

»Meine Familie hat sich rechtzeitig aus der Rentierzucht verabschiedet. Erz, Bodenschätze, das war vor fünfzig Jahren das große Ding. Jetzt sind es Windkraft und erneuerbare Energien. Issko sollte schon längst in den Betrieb meines Vaters einsteigen. Aber in seinem Herzen ist er ein *Rendrifter* geblieben. Oder besser gesagt: Er hält das, was er sich von eurem Leben herauspickt, für einen Spaß. Abenteuer, Wildnis, all diese Testosteron-Kicks. Die kann er auch gerne haben, ein oder zweimal im Jahr. Aber er muss endlich einsehen, dass seine wilden Jahre vorbei sind.«

Sie trank ihren Kaffee aus und schüttelte die restlichen Tropfen auf den Boden. »Hedda ist anders.«

»Ja.« Worauf wollte Yárá hinaus? Der Familienstreit der Persens war dieser Frau egal, solange er ihre eigenen Interessen nicht berührte. Genau das war aber der Fall, seit Issko es sich in den Kopf gesetzt hatte, Clanchef zu werden.

»Ich könnte nie so leben wie sie«, fuhr Yárá fort. »Aber sie will das, und sie ist das Beste, was uns passieren konnte. Sie steht an der Spitze einer Bewegung, die uns eine neue Bedeutung und neuen Stolz gibt. Sie brennt für ihre Sache. Bei Issko ist es nur ein Strohfeuer. Spätestens im ersten harten Winter nimmt er sich heulend ein Zimmer.«

Mit einer Kopfbewegung wies sie auf das Hotel. »Er soll sich um seine Familie kümmern und Verantwortung da übernehmen, wo sie gebraucht wird. Hedda braucht niemanden. Sie steckt uns alle in die Tasche.«

Ravna wischte sich eine nasse Haarsträhne aus dem Gesicht. »Was heißt das?«

»Wenn es zu einem Familienrat kommt, werde ich für euch stimmen. Unter einer Bedingung.«

»Ja?«

Yárá spähte wieder zum Hotel. Am Eingang tat sich etwas. Die Glastür schob sich zu beiden Seiten auf und Issko, bepackt mit schweren Reisetaschen, die Kinder im Schlepptau, kam heraus.

»Lasst es nicht wie eine Niederlage aussehen.« Yárás Stimme war leiser geworden, als hätte sie Angst, dass der Wind ihre Sätze hoch zu ihrem Mann tragen könnte. »Lasst ihm das Gefühl, einer von euch zu sein. Er braucht das. Hedda hat ihn immer weggebissen. Vielleicht kannst du sie dieses Mal dazu bringen, dass sie ihn nur schubst.«

Ravna war sich nicht sicher, ob sie der richtige Ansprechpartner war, wenn es darum ging, Hedda zu etwas zu bringen. Aber sie würde sich hüten, Yárá darüber aufzuklären.

»Ich versuche es.«

Issko hatte sie entdeckt. Wenn er überrascht war, seine Nichte hier zu sehen, so ließ er es sich nicht anmerken.

»Ihr dürft abreisen?«

Yárá steuerte mit wiegenden Hüften einen Mülleimer an und entsorgte den Kaffeebecher. »Ich glaube nicht, dass Issko fragt.«

Eidnár und Sárá waren zuerst am Auto und begrüßten Ravna stürmisch. Währenddessen verlud ihr Vater das Gepäck. Als er fertig war, scheuchte er die beiden ins Auto, wo sie in den riesigen Rücksitzen fast verschwanden.

»Was treibt dich hierher??«

Er überprüfte die Gurte und die Sicherungen, die das Quad auf dem Anhänger fixierten.

»Wir haben außer Magnus und Ante auch noch Ben und Sanne in Gewahrsam genommen«, sagte sie nur. Issko holte einen Gurtstraffer aus dem Kofferraum und legte ihn an einer Stelle an, die ihm zu lasch befestigt erschien.

»Dann habt ihr ja die Auswahl. Viel Glück.«

Sie fing einen Blick von Yárá ein. »Wir sollten noch mal in aller Ruhe miteinander reden.«

»Da gibt es nichts zu reden. Hedda hat sich entschieden. Ich hoffe, ihr Weg ist der richtige.« Issko hebelte und setzte dann das Gerät ab. »Aber er ist nicht der unsere. Wir müssen mit der Zeit gehen.«

»Wie wollt ihr das anstellen?«

»Das Sameting ist nicht die letzte Instanz. Das sind die Gerichte.«

»Ihr wollt prozessieren? Zusammen mit unseren Gegnern?«

»Vielleicht sind sie das ja gar nicht. Vielleicht seid ihr es.«

Ravna presste die Lippen zusammen. Der Riss durch die *Siida* der Persens war tief. So tief, dass er eigentlich kaum noch zu kitten war.

Juvven trat aus dem Hotel, eine Reisetasche in der Hand, und sah sich etwas verpeilt um. Dann entdeckte er seine Meute und kam vorsichtig die Treppe hinunter, als ob er seinen Schritten nach einer harten Nacht noch nicht ganz trauen könnte.

»Wir können doch gar keine Gegner sein«, sagte sie. »Wir sind eine Familie.«

»Sag das Hedda.«

»Aber wenn keiner von euch sich auch nur einen Millimeter auf den anderen zubewegt, wie soll das weitergehen?«

»Sag das Hedda.«

Er pfefferte den Gurtstraffer in den Gepäckraum. Juvven kam angetrottet.

»Da bist du ja endlich!«, wurde er nicht gerade freundlich von seinem Bruder begrüßt. »Können wir dann?«

Juvven stopfte seine Tasche zu dem anderen Gepäck und fuhr sich durch die wirren Haare. »Jetzt krieg dich mal ein, ja?«

Er wandte sich an Ravna. »Was willst du? Werden wir verhaftet?«

Sie steckte die Hände in die Hosentasche und sah zu Boden. »Nein.«

»Gut. Kümmert euch lieber um die Richtigen. Sind wir jetzt also raus aus der Sache?«

»Ich glaube, ihr müsst euch einfach zur Verfügung halten und solltet das Land nicht verlassen. Das ist alles. Hattet ihr ja sowieso nicht vor, oder?«

Juvven kratzte sich im Nacken. »Nö. Aber warum wir und nicht dieser *drittsekk* Vinnan?«

»Vinnan?«, fragte sie und sah hoch. »Für den gilt das Gleiche.«

Erstaunt wechselte Juvven einen Blick mit seinem Bruder. »Das kümmert den aber nicht«, sagte er langsam. »Der macht die Biege. Er hat heute Nacht mit seiner Frau telefoniert, bei offenem Fenster. Ich hab gehört, dass er ihr gesagt hat, sie treffen sich in Oslo und sie soll den Reisepass mitbringen.«

»Aha.« Das war alles, was Ravna herausbrachte.

Hatte Thor den Kreis der Verdächtigen schon eingeschränkt? Vinnan Skogrand war also ebenfalls im Scandic Hotel abgestiegen und hatte vor, eine Reise anzutreten, für die man einen Pass brauchte. In der EU war das nicht nötig.

»Vielleicht will er in die Karibik«, sagte Issko. »Würde zu ihm passen. Yárá? Bist du so weit oder brauchst du eine Extra-Einladung?«

Yárá zog eine Schnute und kletterte auf den Beifahrersitz. Eidnár machte Grimassen hinter der Glasscheibe.

»Also dann, Ravna. Bring Hedda zur Vernunft, dann ist alles in Ordnung.«

»Du weißt genau, dass ich das nicht kann«, erwiderte sie scharf.

»Okay. Dann werden wir einen Familienrat einberufen und abstimmen, wer bei den Persens in Zukunft das Sagen hat.«

»Tu, was du nicht lassen kannst.«

Yárá setzte eine Sonnenbrille auf. Sie sah damit aus wie eine blondierte Riesenameise.

»Bye«, sagte Juvven.

Ravna trat zur Seite, um die beiden durchzulassen. Sie blieb auf dem Parkplatz stehen, bis Issko ihn mitsamt dem Anhänger und seiner Familie verlassen hatte.

Das war gründlich schiefgegangen. Issko hatte keinen Zweifel daran gelassen, dass er seine Interessen durchsetzen wollte. Alles hing am seidenen Faden und der befand sich ausgerechnet in den Händen von Yárá. Ravna konnte nur hoffen, dass sie ihren Worten auch Taten folgen lassen würde.

Langsam schlenderte sie an den Autos vorbei wieder zurück zum Eingangstor. Sah hoch, blieb stehen und hätte sich am liebsten umgedreht, um nicht erkannt zu werden, aber es war zu spät. Ein Volvo rollte heran, am Steuer saß Sverre und neben ihm Ove. Das Auto hielt, die Beifahrerscheibe glitt hinunter.

»*Bures*, Ravna.«

Sverre beugte sich fast über seinen Sohn, um mit ihr zu sprechen. Sie trat heran und grüßte zurück.

»*Bures*. Wart ihr im Krankenhaus?«

Ove sah sie nicht an. Seine Schultern waren von der Trauer gebeugt, die linke Hand hatte er zur Faust geballt, die rechte umklammerte sie.

»Nein, beim Bestatter. Warte kurz.«

Sverre fuhr auf den nächsten freien Parkplatz und stieg aus. Ove folgte ihm.

Ravna wagte nicht zu fragen, wie es den beiden ging: Es war ihnen anzusehen. Rot geränderte, entzündete Augen, müde Gesichter, tiefe Verzweiflung im Blick. Sie wartete, bis die beiden bei ihr angekommen waren, und sagte dann: »Es tut mir so leid.«

Sverre seufzte. »Du kannst ja nichts dafür. Trotzdem danke.«

»Habt ihr …« Sie brach ab, weil sie die Worte Identifizierung und Obduktion nicht aussprechen wollte. »Wart ihr bei Eva?«

»Die Pathologin im *Helsesenter*? Eine sehr nette Frau. Sehr verständnisvoll. Sie hat es uns leicht gemacht.«

Ove wandte sich ab. Sverre schenkte ihm einen besorgten Blick.

»So leicht, wie es halt ging«, setzte er hinzu. »Wir haben den Sarg ausgesucht. Wir dürfen sie nicht samisch bestatten.«

Ravna nickte.

»Aber wir dürfen ihr Birkenrinde mitgeben. Und ihre Messer. Den *Boagán*[46], ihre *Kásá*[47], ihr *Čea Betliidni*[48], und ihre Tasche …«

Er schluchzte auf. Ravna berührte vorsichtig seinen Arm.

»Sie wird alles haben, was sie für die Reise braucht«, sagte sie leise. »Und eure Liebe.«

Sverre nickte und fuhr sich mit dem Handrücken über die Nase. Um die beiden etwas abzulenken, fragte sie: »Was machst du nach dem Sommer, Ove?«

Der Junge kickte einen Stein weg.

»Nichts«, sagte er. »Sorry.«

Er wandte sich ab und lief weg in die hintere Ecke des Parkplatzes. Das Nächste, was sie hörten, war das Aufheulen einer Honda. Ove raste an ihnen vorbei, schoss hinunter auf die Straße und verschwand mit seiner Maschine hinter der nächsten Ecke.

Sverre seufzte laut. »Er wollte es so. Das Fahren hilft ihm, aber mir bleibt jedes Mal das Herz stehen. Ich weiß auch gar

---

46 Reich mit Silber verzierter samischer Gürtel.

47 Samische Trinkschale, die am Gürtel getragen wird.

48 Samisches Schultertuch, meist über Kreuz gebunden.

nicht …« Er strich sich mit der Hand über die Stirn, als ob er vergessen hätte, was er sagen wollte, und fuhr dann unvermittelt fort. »Es wird noch eine Weile dauern, bis er es verkraftet. Er hat sehr an Májá gehangen.«

»Sie war seine Mutter.«

»Ja. Aber ihr Verhältnis war etwas ganz Besonderes. Bei unseren Ältesten war das anders. Mit denen habe ich mich immer gut verstanden. Aber an Ove kam ich nie richtig heran. Májá hat etwas in ihm gesehen, bei dem ich Mühe hatte, also, das ich vielleicht nicht richtig verstanden – nein, so meine ich das nicht …«

Er verhedderte sich bei dem Versuch, nichts Falsches zu sagen.

»Er war nie ein Vaterkind«, schloss er den Versuch ab. »Um es mal so auszudrücken.«

Ravna nickte. »Aber er wird doch weiter zur Schule gehen?«

»Ja. Ja, natürlich. Nur mit dem Sportgymnasium … Ganz ehrlich, ich habe keine Ahnung, wie Májá es geschafft hat, all das für ihn zu erreichen. Die Camps, die Workshops, die Sponsoren – das werde ich nicht hinkriegen. Ich glaube, er ahnt das. Für ihn ist nicht nur seine Mutter gestorben, sondern auch seine Zukunft.«

Langsam gingen sie zu Sverres Auto, dem biederen, etwas älteren Volvo.

»Vielleicht, wenn du dich reinarbeitest? Die ganze Korrespondenz und die Kontakte, die Leute werden Ove doch nicht fallen lassen. Im Gegenteil: Gerade jetzt werden sie doch hinter ihm stehen.«

Sverre holte die Autoschlüssel aus seiner Jackentasche und entriegelte sein Gefährt. »Das ist ja das Seltsame. Es gibt nichts.«

»Nichts?«, fragte Ravna verständnislos.

»Nichts. Májá hat das all die Jahre gemanagt. Ich hab mich da rausgehalten, das Leben war auch so schon kompliziert genug. Sie war öfter unterwegs, um mit den Leuten zu reden. Und dann hatte Ove die teure Honda und den Platz bei Ailo Gaup. Die ganze Ausstattung, die Fortbildungen, die Startgelder, die Camps … überall war Májá mit dabei. Eine echte Löwenmutter.«

Sein Lächeln tat weh, weil es so traurig war.

»Dann muss es doch Verträge geben. E-Mails, Überweisungen und all so etwas.«

Sverre spielte mit den Schlüsseln in seiner Hand. »Eben nicht. Für Ove geht es um alles oder nichts. Gestern rief jemand vom Workshop-Team an und fragte, wann die zweite Hälfte der Anzahlung überwiesen wird. Die Erste hat Májá noch persönlich vorbeigebracht.«

»Persönlich?«

Sverre öffnete die Autotür. Statt einzusteigen, warf er den Schlüssel auf den Sitz und drehte sich zu Ravna um. In seinem von Trauer und Kummer zerfurchten Gesicht spiegelte sich jetzt auch noch Ratlosigkeit.

»In bar. Ravna, das alles macht mir Angst.«

»Vielleicht hat sie … na ja, manche Reiche wollen vielleicht Schwarzgeld loswerden oder so, und sie hat das Geld dann halt in bar bekommen.«

»Auch dann müsste es doch Quittungen geben, oder?«

Er sah sich um. Sie waren allein, allerdings schoben sich gerade wieder die Glastüren des Hoteleingangs auseinander und gaben den Weg für eine Familie frei, die sich offensichtlich einen Tagesausflug vorgenommen hatte.

»Ich weiß es nicht«, sagte Ravna. »Damit kenne ich mich nicht aus.«

»Hast du eine Ahnung von Computern? Ich will nur wissen, ob alles in Ordnung ist. Ich möchte doch nicht in Májás Sachen herumschnüffeln. Aber allein die zweite Hälfte des Geldes für den Workshop sind fünfzigtausend Kronen[49].«

»Was?«

»Motorsport ist teuer. Underdogs wie wir haben keine Chance. Es sei denn, wir kriegen von irgendwo das Geld her. Und das treibt mich gerade in den Wahnsinn. Woher hatte Májá fünfzigtausend Kronen? Woher kommt das Geld für die Honda? Und all diese aberwitzigen Summen an Startgeldern und Hotels und Schulungen …«

»Was hat sie denn gesagt?«

Sverre zuckte mit den Schultern. »Sponsoren. Gönner. So läuft das heutzutage. Aber dann müsste Ove doch all diese Aufnäher haben und Werbeaufkleber, oder? Aber alles, was wir kriegen, ist irgendein schwedisches Lifestyle-Müsli. Kiloweise liegt das bei uns rum. Ich habe nie nachgefragt, weil ich es ehrlich gesagt auch gar nicht wissen wollte. Aber jetzt soll ich fünfzigtausend auftreiben. Und sie sind nicht da. Sie sind nicht da!«

---

49 Entspricht ca. 5000 Euro.

Er hieb wütend mit der Hand auf das Autodach. Die Sache quälte ihn mehr, als er zugeben wollte.

»Ich habe die Müsli-Fritzen angerufen und gefragt, ob sie Geld für Ove bezahlt haben. Ich hatte gehofft, dass sie die erste Hälfte übernommen haben und jetzt auch für die zweite geradestehen würden. Weißt du, was sie gesagt haben?«

Natürlich nicht. Ravna konnte nur zuhören und Sverre über das reden lassen, was ihm gerade das Herz zerriss.

»Er ist noch nicht mal MX-Light. Ich wusste nicht mal, was das ist. Das ist die unterste Klasse, die absoluten Beginner. Geld gibt es erst ab der Klasse Youngster. Aber sie schicken mir gerne noch ein paar Packungen Müsli zu.«

»Ich schätze, das ist das Letzte, was du jetzt gebrauchen kannst.«

»Was ist da los?«

»Wenn du ihr Passwort hast, kann ich gerne mal auf ihrem Computer nachsehen. Sie wird da ein Konto haben, das geht alles übers Internet. Hast du keins?«

»Mir reichen meine Kreditkarten«, knurrte er. »Demnächst machen sie die Filiale hier wahrscheinlich auch noch dicht, aber solange bin ich einer dieser aussterbenden Sonderlinge, die noch an einen Bankschalter marschieren.«

»Okay.« Sie hatte sich entschlossen, wenigstens in diesem Fall nicht tatenlos zuzusehen. »Ich kann auch den nächsten Bus nehmen. Wenn du magst, schauen wir mal nach.«

Er nickte, ehrlich erleichtert. »Danke.«

Sie stieg neben ihm ein und gemeinsam verließen sie Vadsø auf der Küstenstraße.

27.

Die Nystøs bewohnten ein kleines Haus abseits der Kreuzung E45 und Ekkerøy. Ein steiniger, mit Schlaglöchern übersäter Pfad führte von der Küstenstraße in Richtung Gebirge, machte eine sanfte Biegung nach links und endete direkt vor einem großen Gatter, das weit geöffnet stand. Oves Honda stand neben dem Eingang eines kleinen Holzhauses. Der dunkelrote Anstrich und die weißen Fenster und Türen gaben ihm ein gemütliches Aussehen. Bänke, Holzblöcke und geschickt arrangierte Steine erweckten den Eindruck eines Gartens, obwohl bis auf die fast vertrockneten Balkonblumen in den Fensterkästen hier oben nichts wuchs.

Sverre ließ den Wagen auf dem Splitt ausrollen. Ravna stieg aus und wurde von einer Windbö fast umgeworfen. Der Anblick war atemberaubend: Der ganze Varangerfjord lag zu ihren Füßen, und in Luftlinie nur ein paar Hundert Meter entfernt, lag die Vogelinsel. Das Gekreisch der Möwen drang bis zu ihr: ein fernes Rufen, Locken und Krächzen. Mit nichts als sich selbst beschäftigt und dem nächsten fetten Fisch.

Sverre hatte sich beim Anblick des Motorrades etwas entspannt. Er schloss das Auto nicht ab, sondern marschierte direkt ins Haus. Ravna folgte ihm, warf aber noch einmal einen Blick in den Steingarten. Die Trauer war wieder da, als sie an Májá dachte, die hier ein Heim weitab von ihrer Heimat geschaffen hatte.

Sverre setzte in der Küche Wasser für Kaffee auf. Ravna hatte den Rucksack im Auto gelassen und war ihm in das warme, gemütliche Haus gefolgt. Die Dielen knarrten, Kräutersträuße und Traumfänger hingen von der Decke. Die Schränke waren bunt angemalt, einige Türen hingen altersschwach in ihren Angeln. Klein, auf liebenswürdige Weise abgewohnt und definitiv nicht das Heim einer Frau, die mal eben fünfzigtausend Kronen aus dem Ärmel schütteln konnte. Ravna spürte, dass etwas in ihr erwachte. Es war kein gutes Gefühl. Sie hatte es schon einmal kennengelernt, als sie in finsterster Polarnacht fast die Orientierung verloren hatte. Es war eine Art Ungeduld, der Beginn einer fiebernden Nervosität, endlich zurück auf den richtigen Weg zu finden, aber dabei im Leben anderer ein Desaster anzurichten.

Du bist im Haus einer Toten, ermahnte sie sich. Sverre und Ove haben noch gar nicht richtig mit dem Trauern angefangen. Sei vorsichtig und behutsam. Es ist nur eine winzige Irritation, ein fehlendes Puzzleteil in Májás Bild. Du wirst es finden, an den richtigen Platz setzen und die beiden dann in Ruhe lassen.

Sverre gab Pulver in zwei Becher und kippte das fast kochende Wasser darüber.

»Milch?«

»Und Zucker. Danke.«

Mit dem Gedanken an Kaffee kehrte der Hunger zurück. Vielleicht fand sie noch einen Rest von dem Fladenbrot in einer ihrer Jackentaschen. Sverre musste ihr den Gedanken angesehen haben, denn er öffnete eine wackelige Hochschranktür und holte eine Packung Kekse heraus.

»Wo steht denn euer Computer?«

»Im Wohnzimmer.« Er schüttete die Kekse auf einen Unterteller, nahm ihn und seinen Becher und ging über die winzige, mit Jacken und Schals vollgestopfte Diele in einen kleinen Raum. Der Blick führte direkt hinaus auf den Fjord. Eine gemütliche, ziemlich durchgesessene Couch stand an der linken Wand, flankiert von einem Sessel, der etwas moderner aussah und wohl später dazugekauft worden war. Man saß direkt gegenüber von einem Kamin, der einen Geruch nach verbranntem Holz verströmte. Auf dem Sims standen gerahmte Fotos, die die Familie zeigten: Májá und Sverre, ihre vier Kinder in verschiedenen Altersstufen und eine Aufnahme aus jüngerer Zeit, die alle fünf zusammen zeigte.

»Was machen eure Ältesten?«

Die Tochter war bestimmt fast dreißig, die Söhne ein paar Jahre älter als Ravna, vielleicht Mitte zwanzig.

»Luhkka lebt in Oslo, sie ist Arzt. Und Duome studiert noch an der Handelshochschule in Bergen. Sander macht eine Ausbildung in Varangerbotn. Sie kommen morgen. Ich wollte nicht, dass sie sie so sehen. Erst wenn der Bestatter fertig ist.«

Seine Stimme zitterte leicht. Er konnte den Blick nicht von dem letzten Foto wenden, das die Familie gemeinsam zeigte. Lachend, voller Zuversicht und Liebe.

»Natürlich«, sagte sie leise.

An den Wänden hingen einige gerahmte Fotodrucke. Sie zeigten Wälder und Seen, vermutlich Impressionen aus Májás Heimat. Jede Ecke, jeder Winkel dieses Hauses atmete ihre Anwesenheit.

»Hier.«

Ein kleiner Computertisch in der Ecke rechts. Wenn man dort saß, konnte man direkt hinaus auf den Fjord sehen. Und die Steine. Und in den Himmel. Ravna liebte ihr Land, aber sie konnte verstehen, dass ein Mensch aus den Wäldern bei diesem Anblick durchaus nach Halt und Schutz suchen konnte.

Der Rechner war ein älteres Modell. Ravna war Tablets, Smartphones oder auch einen Laptop gewohnt, aber nicht diesen altertümlichen Tower und den großen Monitor. Doch nach etwas Suchen hatte sie den On-Knopf gefunden. Ein kleines, grün blinkendes Licht und das leise Surren des Ventilators zeigten an, dass der Computer betriebsbereit war. Auf dem Monitor erschien das Bild eines imposanten Hirschs in grüner Au. Und ein Feld mit der Inschrift: *Enter password.*

»Hast du ihr Passwort?«

Sie hatte ihren Becher mitgenommen und auf die Fensterbank gestellt. Sverre nahm vorsichtig in dem Sessel Platz, stellte den Keksteller auf einen Stapel nachlässig zusammengeschobener Zeitschriften und trank vorsichtig einen Schluck Kaffee, um sich den Mund nicht zu verbrühen.

»Nein.«

»Hast du mal gesehen, wie Májá etwas eingetippt hat, bevor sie angefangen hat zu arbeiten?«

Er schüttelte den Kopf. »Ich dachte, für euch junge Leute ist so was ein Klacks.«

Sie wandte sich wieder dem Monitor zu. »Das Passwort ist wie ein Schlüssel zu ihrem Account. Um das Schloss zu knacken, braucht man Spezialisten. Aber vielleicht bekommen wir es raus. Wann wurde sie geboren?«

»Neunzehnhundertvierundsiebzig.«

»Okay.« Ravna tippte Májá1974 ein, lag aber daneben. Noch zwei Versuche.

»Hattet ihr mal ein Haustier, das sie sehr geliebt hat?«

»Nein.«

Sie wünschte sich, Sverre würde etwas mehr mitarbeiten. »Einen Ort, der euch beide verbindet? Jokkmokk vielleicht?«

Sein Gesicht hellte sich auf. »Ja! Das ist es, ganz bestimmt!«

Ravna hatte ihre Zweifel, aber sie wollte nicht zu schnell aufgeben. »In welchem Jahr habt ihr euch dort kennengelernt?«

»Neunzehnhundertzweiundneunzig.«

Sie tippte Jokkmokk1992 ein – *Access denied.*

Über ihr warf jemand im Dachgeschoss gerade ein Kilo Blei auf den Boden. Zumindest klang es so und Sverre zuckte zusammen. »Ich hab ihm schon hundertmal gesagt, das Haus hat Ohren. – Ove?«

Keine Antwort.

»Wann ist Ove geboren?«, fragte sie.

»Zweitausendsieben. Unser Nachzügler.«

Sie hatte nur noch eine Chance. Nach allem, was sie über die Nystøs wusste – und das war beschämend wenig –, war Sverre zuletzt immer ein wenig außen vor gewesen. Ove war Májás Liebling, ihr Mann hatte sich gefügt. Die Liebe zu seiner Frau musste so groß gewesen sein, dass er klaglos hingenommen hatte, was die beiden ohne ihn und fast schon hinter seinem Rücken auf die Beine gestellt hatten. Májá würde als Passwort etwas nehmen, das ihr noch mehr am Herzen lag als die Wälder oder ihr Ehemann: ihren Sohn.

Sie tippte Ove2007 und konnte gerade noch einen leisen Überraschungsschrei unterdrücken – der Bildschirm war frei. Es erschienen eine Vielzahl Ordner, Fotos und abgelegte Dateien. Als Erstes loggte sich Ravna in Májás E-Mail-Account ein.

»Hast du was gefunden?«

Sverre beugte sich ehrlich interessiert vor.

»Noch nicht«, sagte sie stirnrunzelnd.

Sie las die Mails nicht, sondern konzentrierte sich nur auf die Absender und den Betreff. Die Korrespondenz drehte sich um Oves Schule, Bestellungen in Online-Shops, Werbung und Verabredungen. Es dauerte, bis sie sich durchgearbeitet hatte. Neun Mails öffnete sie. Es waren Anmeldebestätigungen für Oves Starts bei Rennen oder für die Teilnahme an Workshops und Trainingslagern. Die anderen Dateien waren Entwürfe für Briefe an Verwandte, gespeicherte Anhänge mit Bedienungsanleitungen für Haushaltsgeräte und technischem Kram, Rezepten und Rechnungen.

»Wo habt ihr denn eure Unterlagen?«

»Hier.« Sverre stand auf und ging zu einem mit Büchern überladenen Regal. Aus der untersten Schublade zog er einen Aktenordner. »Das dreht sich aber alles ums Haus. Gas und Strom, Versicherungen, was halt so anfällt.«

Ravna kam nach einer kurzen Überprüfung zu demselben Schluss. Sie wusste, dass Sverre diese Aktion nur deshalb wollte, um auf quälende Fragen Antworten zu bekommen, die ihn beruhigen würden. Sie hasste es, ihn zu enttäuschen.

»Irgendwo müssen aber Quittungen sein. Oder Belege für Einzahlungen. Vielleicht weiß Ove etwas darüber?«

Sverre stellte den Ordner zurück und blieb dann, verunsichert und ratlos, stehen.

»Er sagt, er weiß von nichts. Er ist vierzehn. Das hat doch alles Májá für ihn erledigt!«

»Ja. Natürlich. Aber er muss etwas vorweisen. Vielleicht hat er ja Mails bekommen. Darf ich ihn fragen?«

Das alles gefiel Oves Vater langsam nicht mehr. Er wollte nur an der Oberfläche kratzen, keine Gewissheiten infrage stellen. Ravna fand nichts, also gab es auch nichts. »Er wird dir auch nicht weiterhelfen können.«

»Lass es mich doch wenigstens versuchen.«

Mit einem resignierten Schulterzucken trat er zur Seite. »Okay. Aber tu mir den Gefallen – mach das nicht als Polizist.«

»Nein, natürlich nicht. Ich bin nicht im Dienst. Vielleicht hat Májá die fünfzigtausend Kronen irgendwo …«, gebunkert, hatte sie sagen wollen, schluckte das Wort aber gerade noch rechtzeitig hinunter. »… gesichert. Wenn wir das Geld finden, kann Ove ja starten. Wenn nicht … Ich glaube, es ist in seinem eigenen Interesse, uns zu helfen.«

Das leuchtete Sverre ein. Aber er blieb im Wohnzimmer und ließ Ravna alleine hinaufgehen.

28.

Eine schmale Treppe führte hinauf in ein kleines Obergeschoss. Es gab nur zwei Türen und hinter der ersten verbarg sich ein winziges Duschbad. Dann also die zweite, die von einem kaum zwei Quadratmeter großen holzvertäfelten Flur abging. Sie klopfte.

»Ove?«

Keine Antwort.

»Ove, darf ich reinkommen? Ich habe ein paar Fragen an dich. Ich weiß, das ist jetzt nicht der beste Zeitpunkt. Aber dein Vater macht sich Sorgen.«

Sie spähte die Treppe hinunter – Sverre würde jedes ihrer Worte hören können.

»Es geht um deine Zukunft beim Motocross. Und die Teilnahmegebühr für deinen Workshop. Dein Vater will, dass du das weitermachst, aber dafür müssen wir wissen, wie Májá das ermöglicht hat.«

Hinter der Tür herrschte eine Stille, die auf Ravna seltsam angespannt wirkte. So, als ob Ove sich nicht rühren würde.

»Darf ich?«

Sie drückte die Klinke herunter und die Tür öffnete sich mit einem leisen Knarren.

Ove saß auf dem Boden, gewaltige Kopfhörer über den Ohren, die Augen starr auf einen Monitor gerichtet, in den Händen eine Spielekonsole. Der Luftzug ließ ihn spüren, dass jemand das Zimmer betreten hatte. Er drehte sich um und nahm die Kopfhörer ab.

»Ravna?«

Es klang ärgerlich und ungeduldig. Auf dem Bildschirm raste der Fahrer eines Motorrades gerade ungebremst in eine Autobahnbrücke und löste eine gewaltige Explosion aus.

»Was willst du?«

Sie schloss die Tür. Oves Zimmer war winzig, aber gemütlich. An den Wänden hingen Fotodrucke seines großen Idols, Ailo Gaup. Überall lagen Konsolen, Helme, Ladekabel und technischer Schnickschnack herum. Um nicht daraufzutreten, hob sie eine Oculus Quest vom Boden auf, eine klotzige Brille für Virtual-Reality-Spiele.

»Das ist ja ein krasses Teil«, sagte sie anerkennend. »Was spielst du damit?«

Er riss es ihr aus der Hand. »Geht dich nichts an.«

Seine Augen waren rot gerändert, das schmale Gesicht wirkte angespannt und beherrscht. Wäre sie jünger, hätte er sie angeschrien und rausgeworfen. Sie setzte sich auf den Webteppich, der fast den ganzen Holzboden bedeckte.

»Woher hat Májá das Geld?«

»Weiß ich doch nicht.«

»Hast du dich nie gefragt, woher das alles kam? Die Reisen, die Hotels, die Camps … Du willst in die MX-Light, nicht wahr? Wie schafft man das?«

Er gab sich einen Ruck.

»Durchs Zeitfahren. Bei diesem Workshop kommen zum Schluss die ersten vierzig von einem Durchgang ohne Ausscheidungsläufe weiter. Wenn du das schaffst, kriegst du eine Tageslizenz und kannst starten. Da sind auch die Scouts dabei und Vertreter von der Sportschule.«

»Warst du schon mal dabei?«

Seine Finger klopften nervös auf die Konsole. »Nein, noch nicht. Aber dieses Mal bin ich dran.«

»Wenn du die fünfzigtausend aufbringst, die du noch für die Vorbereitung brauchst.«

Er biss sich auf die Lippen und sah zu Boden. »Ja«, sagte er schließlich.

»Und woher willst du die nehmen?«

»Weiß ich nicht.«

»Woher –«

»Ich weiß es nicht!«, schrie er, pfefferte die Konsole aufs Bett und sprang auf. Das Zimmer war so klein, dass Ravna vorsichtshalber die Beine anzog, damit er nicht über sie stolperte. Er tigerte nervös drei Schritte auf und ab und knabberte dabei an den Nägeln. »Wenn ich wüsste, wie man eine Bank knackt, ich würde es tun! Ich will starten! Ich will weiterkommen! *Mamma* hat das alles organisiert. Sie hat immer gesagt: Mach dir keine Sorgen, ich kümmere mich um alles. *Pappa* interessiert das ja nicht.« Er blieb stehen und starrte hasserfüllt auf die Tür. »Er verdient ja nichts mit den Rentieren. Das ist so fucking unfair!«

»Und sie hat mehr verdient?«

Er drehte sich zu ihr um und blinzelte, um sich nicht die Blöße zu geben, vor ihr in Tränen auszubrechen. »Weiß ich nicht.«

»Hör zu, keiner will dir irgendwas wegnehmen. Irgendwo müssen die restlichen fünfzigtausend sein, sonst hätte sie dich nicht angemeldet. Vielleicht kann ich dir helfen.«

»Hast du Geld?«

»Sehe ich so aus?«

Er schüttelte den Kopf, schob die Konsole zur Seite und ließ sich auf das Bett fallen.

»Dann hau doch einfach ab.«

Er drehte sich zur Wand.

»Deine Mutter wurde ermordet.«

Er sagte nichts.

»Wir müssen allen Hinweisen nachgehen. Wenn sie Verträge mit Leuten hatte, dann müssen wir sie finden, um auszuschließen, dass ihr Tod etwas mit Geld zu tun hat.«

Keine Reaktion.

»Du musst dich erinnern. An irgendwas, das damit zu tun hat. Hat sie jemanden getroffen? Ist irgendwann ein Name gefallen?«

Er warf sich wütend herum. »Hat er das gesagt? Mein Vater? Dass meine Mutter in irgendwelche illegalen Geschäfte verwickelt war und deshalb sterben musste?«

»Nein!«

»Aber er hat dich auf mich angesetzt! Du bist ein Bulle.

Du willst, dass *mamma* selber Schuld hatte an dem, was ihr passiert ist.«

»Ove …«

»Gib es doch zu!« Ohne eine Antwort abzuwarten, drehte er sich wieder zur Wand.

»Hier und jetzt, Ove, bin ich kein Bulle. Ich bin *Rendrifter*, wie ihr. Und eine von uns ist getötet worden. Wir alle wollen wissen, wie das passiert ist. Ich habe vielleicht ein paar mehr Möglichkeiten, das herauszufinden, aber ich brauche Hilfe.«

Da war etwas. Sie konnte es spüren. Vielleicht wagte Ove noch nicht, sein Wissen in den richtigen Zusammenhang zu setzen, oder er wollte dem Andenken an seine Mutter nicht schaden. Wahrscheinlich beides zusammen, denn nun begannen seine Schultern zu zucken. Es war ein stilles Weinen und sie ließ ihm Zeit.

»Ich habe Májá sehr gemocht«, sagte sie schließlich. »Wir alle. Sie hätte sich das Herz herausgerissen für dich, und das weißt du. Du hast alles von ihr bekommen, was du wolltest. Was kostet so ein Ding?« Sie nahm die klotzige Brille hoch. »Viertausend? Fünftausend Kronen? Dein ganzes Zeug hier. Deine Honda. Die vielen Camps. Da kommt was zusammen.«

Das Zucken wurde heftiger. Sie wollte nicht, dass er sich schuldig fühlte am Tod seiner Mutter. Das war einzig und allein ihr Mörder. Aber sie konnte ihm die grausame Erkenntnis nicht abnehmen, dass sein Hobby diese Familie in den Ruin getrieben hätte, wenn … wenn Májá nicht Wege gefunden hätte, ihm das zu ermöglichen.

»Da war einer.«

Sie konnte kaum verstehen, was er sagte. Es kam leise und war von einem Schluchzen unterbrochen.

»Einmal hat sie mit ihm telefoniert und total schnell aufgelegt, als ich dazukam. Sie hat mir gesagt, es gibt Schwierigkeiten. Wegen eines Werbevertrags, den sie für mich aushandeln wollte.«

Er wurde ruhiger. Er hatte sich entschieden zu reden und das machte die heulende Verzweiflung erträglicher.

»Ich sollte *pappa* nichts sagen. Der fand das alles nicht gut. Er traut mir sowieso nichts zu und hat immer gesagt, andere Dinge wären wichtiger, als mit einem Höllenlärm querfeldein zu fahren.«

»Um was ging es bei dem Werbevertrag?«

»Weiß ich nicht. Aber als sie zurückkam, hatte sie das Geld für meine Anmeldung.«

»Die erste Hälfte von den hunderttausend.«

Er nickte, immer noch zur Wand.

»Und die zweite?«

»Die hat sie versteckt.«

»Wo?«

Sein letztes Geheimnis. Wenn er das offenbarte, war wohl Schluss mit seinem Traum. Den Workshop konnte er knicken, und seinen Aufstieg in die erste nennenswerte Motocross-Klasse auch. Es war eine harte Entscheidung, aber er würde einsehen, dass man mit vierzehn nicht mit fünfzigtausend Kronen in bar bei Profis aufkreuzen konnte. Májá hatte das getan. Mit all ihrem Zauber und dieser schwebenden Leichtigkeit, mit der sie andere glauben ließ, dass die Gesetze der normalen Menschen für sie nicht galten. Ravna sah sie vor sich in ihrer Tracht und den langen, eisgrauen Haaren, mit ihren Bändern und Ketten und dem silbernen Gürtel mit den drei Messern – eine Gestalt aus einer anderen Welt, für die Dinge wie Girokonten, Quittungen und Bankbelege keine Rolle spielten. Für Májá hatten andere Regeln gegolten, die die Waldfrau mit Kalkül eingesetzt hatte. Fünfzigtausend Kronen in bar? Von Májá hätte man alles angenommen und ihr jedes Wort geglaubt.

Ove zog die Nase hoch. »Draußen. Unter den Steinen.«

»Ich werde nachsehen.«

Er nickte.

»Weißt du sonst noch etwas über den Mann? Hat sie ihn getroffen? Wann?«

Langsam rollte er sich wieder herum und wischte sich die Tränen aus den Augen. »Vor ziemlich genau zwei Wochen. Sie ist morgens hin und war abends wieder zurück, mit dem Flugzeug von Kirkenes aus. *Pappa* sollte das nicht wissen. Fliegen ist eigentlich viel zu teuer. Wirst du es ihm sagen?«

»Erst mal sage ich niemandem etwas, außer meinen Kollegen bei der Polizei. Vielleicht müsst ihr Steuern nachzahlen oder so was, ich kenne mich damit nicht aus. Aber das Geld muss ich mitnehmen, wenn ich es finde.«

Er seufzte, abgrundtief.

»Gut. Wenn es irgendwas mit *mammas* Tod zu tun hat, will ich es nicht.«

Sie wollte die Hand ausstrecken und ihm über den Arm streichen, ließ es dann aber doch bleiben. Er hätte es nicht gemocht.

»Danke.« Mühsam kam sie wieder auf die Beine. Der Tag steckte in ihrem Knochen und sie fühlte sich unendlich müde. »Ich sag dir Bescheid, wenn ich was herausfinde.«

Er antwortete nicht, sondern griff nach seinem Kopfhörer und der Spielekonsole.

Sverre wartete unten. Er hatte sich in ein Buch vertieft und tat so, als wäre er in seine Lektüre versunken. Aber das täuschte. Er legte es sofort zur Seite, als Ravna ins Zimmer kam.

»Kannst du mir helfen?«, fragte sie.

In seinen Augen standen Ratlosigkeit und Angst. »Bei was?«

29.

Die Steine waren schwer. Vielleicht hatte Májá sie mit einer Lastkarre bewegt oder einem Wagenheber. Die kleineren auf der Spitze des schiefen Turms konnte Ravna noch alleine wegnehmen, aber die unteren waren ein anderes Kaliber. Doch sie waren bewegt worden, es gab Spuren. Als sie an dem letzten Brocken angekommen war, sah sie kurz hoch zu Oves Zimmer. Er stand am Fenster und sah hinunter. Als er Ravnas Blick bemerkte, trat er zurück.

Sverre hatte eine schwere Montagestange aus dem Schuppen hinter dem Haus geholt. Die schob er unter den Stein und legte alles Gewicht auf das Ende, das herausragte. Die schwere Platte hob sich und Ravna konnte sie unter Aufbietung all ihrer Kräfte zur Seite schieben.

Der kleine Turm aus Steinen, der wirkte wie eine harmlose Vorgartendekoration, verbarg ein Geheimnis: eine natürliche Vertiefung, einen handbreittiefen Riss in dem felsigen Untergrund, auf den das Haus gebaut worden war. Dort lag ein in Plastik eingewickeltes Päckchen.

Sverre holte es heraus. Er betrachtete es von allen Seiten und reichte es schließlich an Ravna weiter, die es auswickelte. Es war Geld. Bargeld. Ziemlich viel, und sie war sich sicher, beim Zählen auf die exakte Summe von fünfzigtausend Kronen zu kommen.

»Ich verstehe das nicht«, sagte Sverre.

Er ging ein paar Schritte zu dem abfallenden Felshang und sah hinaus auf das bleigraue Meer. Und wieder: »Ich verstehe das nicht.«

Ravna wickelte das Geld wieder ein und verstaute es in der Tasche ihres Anoraks. Sie verstand. Und deshalb musste sie sofort mit Thor sprechen.

»Kannst du mich zur Polizei nach Vadsø fahren?«

»Was?«

»Ich muss das abgeben.«

Er blieb stehen und fuhr sich mit beiden Händen über das Gesicht.

»Nein. Das wirst du nicht tun. Ich habe dich als Freundin um Hilfe gebeten und nicht als Polizist!«

»Sverre, bitte. Wenn ich euch helfen soll, dann muss ich das tun.«

»Du hilfst uns nicht. Du machst alles nur noch schlimmer! Ab jetzt mache ich nichts mehr, das dem Andenken meiner Frau weiter schaden könnte. Tu, was du nicht lassen kannst. Aber von mir hast du keine Hilfe mehr zu erwarten.«

»Sverre …«

Sie konnte ihm ansehen, wie sehr er bereute, sie überhaupt angesprochen zu haben. »Es tut mir leid. Das wird sich alles klären. Aber du wirst trotzdem eine Aussage machen müssen.«

»Ich muss gar nichts. Ich will, dass du gehst und uns in Ruhe lässt.«

Er wandte sich ab und ließ sie stehen. Das tat weh, denn er zeigte ihr deutlich, dass er ihr nicht mehr vertraute. Ihm war völlig klar, dass sie sich um die Herkunft des Geldes kümmern musste. Aber er hasste, was das für ihn und Ove bedeuten könnte. Und für ihre Erinnerung an eine geliebte Ehefrau und Mutter. Schweren Herzens holte sie ihren Rucksack aus dem Auto und machte sich auf den Weg hinunter zur Küstenstraße.

Ravna versuchte, Thor zu erreichen, wurde aber von dem diensthabenden Kollegen abgewimmelt. Erst als sie sagte, dass sie fünfzigtausend Kronen bei den Nystøs sichergestellt hatte und dringend die Bewegungsprofile aller Verdächtigen überprüfen wollte, nahm der Beamte am anderen Ende der Leitung sie ernst. Er versprach, einen Wagen nach Ekkerøy zu schicken und sie abzuholen. Wann, konnte er nicht sagen.

Sie verstaute ihr Handy im Rucksack und machte sich auf den langen, steinigen Abstieg zur Küstenstraße. Mit jedem weiteren Schritt bergab hatte sie das Gefühl, eine schwerere Last zu tragen. *Ich dachte, du hilfst uns …* Was war in diesem Fall die bessere Hilfe? Zu schweigen und so Májás Andenken und die Familie zu schützen? Oder weiterzugraben, immer tiefer, alles ans Licht zu bringen, gnadenlos, ohne Rücksicht auf Freundschaften und tiefe Verbindungen, um einen Mörder zu finden? Sie wusste die Antwort, aber sie ahnte zum ersten Mal in einer abgrundtiefen Klarheit, was sie das kosten würde.

Die Hügel wurden grüner, Moose, Flechten und schließlich auch Farne bedeckten den kargen Fels. Die Insel hatte eine schmale, auf beiden Seiten von Sandstrand gesäumte Zufahrt, hinter der, weit verstreut, die Häuser des kleinen Dörfchens Ekkerøy lagen. Am Ende der Bucht lag der Hafen. Und dahinter … dort irgendwo musste damals Linéas Handy ins Wasser geworfen worden sein. Eine andere Erklärung gab es nicht, denn die Suchtrupps hatte jeden Quadratmeter der Gegend abgekämmt. Als Ravna endlich die Straße erreichte, war weit und breit nichts von einem Polizeiwagen zu sehen.

Eine einsame Haltestelle der Snelandia Line, *Sollneskryssett Ekkerøy*, stand am Straßenrand, nicht mehr als eine Stange mit einem blauen Schild. Der Bus fuhr über Krampenes und Svartnes zurück nach Vadsø. Allerdings nur drei Mal am Tag. Die nächste und letzte Abfahrt war um 16.25 Uhr – knapp verpasst. Weit und breit gab es keine Möglichkeit, sich unterzustellen. Ein sanfter, kaum spürbarer Nieselregen hatte eingesetzt. Für eine Stunde kein Problem. Aber in zwei wäre sie nass bis auf die Knochen.

Wütend holte sie ihre Regenjacke aus dem Rucksack und rief noch einmal in Vadsø an. Dieses Mal hatte sie jemanden am Apparat, der gar nicht wusste, dass eine Streife losgeschickt werden sollte. Aber man würde sich darum kümmern. Ja. Ganz bestimmt.

»Ruft mich an, wenn ihr losfahrt«, bat sie. »Ich warte irgendwo in Ekkerøy auf euch und komme dann zur Straße. Kann ich Thor sprechen?«

»*Lensmann* Rune Thor aus Kirkenes?«

»Ja.«

»Nein. Der ist in einer Vernehmung.«

Es war klar, dass sie nicht mehr erfahren würde. Mit einem äußerst unguten Gefühl steckte Ravna ihr Handy wieder weg. Niemand würde Thor ausrichten, dass eine verwirrte Zeugin mit fünfzigtausend Kronen in der Tasche irgendwo darauf wartete, abgeholt zu werden. Sie musste schon selber sehen, wie sie weiterkam.

Auch der letzte Bus in die andere Richtung, in ihre Heimatstadt Vardø, war schon weg. Sie ärgerte sich über Sverre, der sie erst um Hilfe gebeten und dann quasi im Nirgendwo ausgesetzt hatte. Vielleicht gab es in Ekkerøy ein Zimmer, das sie sich für eine Nacht mieten konnte. Um nichts in der Welt hätte sie Hedda angerufen. Es wäre ihr wie eine Kapitulation erschienen. Wie ein Eingeständnis, dass das Kind zu dumm war, alleine nach Hause zu kommen, und *mammas* Hilfe brauchte.

Sie schulterte den Rucksack und marschierte los. Nach zwanzig windumtosten Minuten, in denen sie fast von der Straße gefegt worden wäre, hatte sie den Damm zur Insel hinter sich gebracht und lief die Bucht entlang Richtung Hafen. Dort gab es ein Café, ein Restaurant, den üblichen Campingplatz. Irgendwo würde sie bleiben können. Irgendwer kannte immer irgendwen. Leider war Ekkerøy eine Fischer- und keine *Rendrifter*-Insel, sonst hätte sie einfach an die nächstbeste Tür geklopft und mit Sicherheit Einlass gefunden.

Kurz bevor sie das rote, auf Stelzen ins Wasser gebaute Haus am Hafen erreichte, in dem sich das Sommerrestaurant *Havhesten*[50] befand, blieb sie stehen. Sie warf den Rucksack ab und setzte sich einfach in den Sand. Gegenüber, zum Greifen nah, lag die Küste. Und weiter entfernt, wie ein Schatten über der Wasserlinie, die russische Fischerhalbinsel.

Zu Westen hin öffnete sich der Fjord, die Wolken spiegelten sich in dem eisklaren Wasser. Und als hätte der Himmel entschieden, mal wieder ganz großes Kino zu bieten, riss die bleigraue Decke auf. Der Regen hörte auf. Die Sonne legte eine blendende Straße aufs Wasser, hellgold glühend, in der die Silhouetten der Fischerboote wie Scherenschnitte wirkten. Bussarde und Seeadler zogen ihre Kreise, Schwärme von Möwen stiegen auf und jagten ihr Geschrei über das Wasser. Sie atmete tief durch und spürte, wie gut ihr dieser Anblick tat. Er half nicht über das beunruhigende Gefühl hinweg, eine Entscheidung treffen zu müssen, für sich und für andere. Aber er machte klar, dass sie für den Lauf der Welt nichts bedeutete. Nur für die Menschen, die einen Wimpernschlag der Ewigkeit lang Teil dieses großen Ganzen waren. Jeder musste für sich seinen Weg finden, diesen Widerspruch auszuhalten: alles und nichts zu sein.

Erst als der kalte Wind sie frösteln ließ, stand sie auf und ging zu dem Restaurant. Auf der Holzterrasse saßen Gäste, der Parkplatz war fast voll belegt. Mitternachtssonne auf

---

50 Eissturmvogel.

Ekkerøy. Der Duft von gebratenem Fisch stieg in Ravnas Nase und ihr Magen meldete sich pünktlich zur Abendzeit empört zurück. Da sie sowieso warten musste, steuerte sie einen Tisch in der zweiten Reihe an, der gerade frei geworden war.

Oslo hatte einiges verändert. Bevor sie an die Polizeischule gekommen war, hatte sich der Gipfel kulinarischer Ausschweifungen auf einen Kaffee an der Tankstelle beschränkt. Mittlerweile kannte sie Bars und günstige Restaurants, was vor allem Lars zu verdanken war.

Bevor eine junge Frau an ihren Tisch treten und sie nach ihren Wünschen fragen konnte, rief sie noch einmal auf der Polizeiwache in Vadsø an. Ein Wagen würde kommen, ganz sicher. Sobald einer frei wäre.

Resigniert verstaute sie ihr Handy und bestellte einen Kaffee und ein Sandwich. Beides kam erstaunlich schnell. Sie beobachtete die Touristen und die Einheimischen, wobei beide kaum voneinander zu unterscheiden waren. Ekkerøy hatte von seinen einstmals 300 Einwohnern fast alle an das Festland verloren. Nur im Sommer kehrten sie zurück, brachten die kleinen Holzhäuser auf Vordermann, blieben oder vermieteten sie an Fremde.

Als die Kellnerin wiederkam, das Geschirr abräumte und nach weiteren Wünschen fragte, wurde Ravna bewusst, dass schon mehrere Wanderer auf freie Plätze warteten. Sie zahlte, durfte ihren Rucksack hinter den Tresen stellen und verließ das Gasthaus. Die Straße führte am Meer entlang noch ein paar Hundert Meter weiter, um dann eine Biegung zu machen und am Strand vor dem Vogelfelsen zu enden.

Irgendwo hier war es passiert. Schmuggler mussten mit ihrer Ware problemlos an Land kommen können. Dafür kam eigentlich nur der Vogelfelsen in Betracht, denn dort war das Ufer flach und sandig – ein idealer Ort, um zu landen und die Ware in einem der Bunker zu verstecken, die halb verfallen in die felsige Küste eingelassen waren.

Die Polizei hatte damals die gesamte Gegend abgesucht und nichts gefunden. Kein Wunder – eine genauere Abgrenzung war nicht möglich gewesen. Ekkerøy verfügte über einen Sendemast und der musste für die ganze Insel reichen. In Großstädten und entlang der Autobahnen war eine Ortung leicht, aber in der Wildnis erstreckte sich eine Funkzelle gerne auch mal auf ein paar Quadratkilometer.

Und es gab noch ein Problem. Warum hier? Der Täter hätte das Handy überall an der Küstenstraße loswerden können. Ihre einzige Chance lag darin, nachzuweisen, wer sich in Oslo mit Májá getroffen hatte. Hoffentlich hatte Thor ihre Nachricht erreicht und konzentrierte sich endlich auf die Bewegungsprofile.

Aber er verfolgte ja eine andere Strategie. Ben, Sanne, Magnus oder Ante – einer von ihnen sollte Linnéa ermordet haben. Sie hatten vielleicht ein Motiv, aber woher kam das Geld, das wie Blei in ihrer Jackentasche steckte, um Oves Ausbildung zum Motocross-Ass zu bezahlen?

Es passte nicht zusammen. Ein Teil des Puzzles fehlte, und sie zermartete sich den Kopf, was sie übersehen oder überhört haben konnte. Während sie darüber nachdachte, folgte sie den Wegweisern zum *Fuglefjell*, dem Vogelfelsen. Der Geruch wurde schärfer, je näher sie an die Brutstätten der Möwen, Kormorane und Tordalken kam. Moose und Farn bedeckten den Boden, über den sie schritt. Es ging etwas bergauf, vorbei an verlassenen Geschützstellungen und verfallenen Ruinen der Versorgungshäuser, die die Nazis hinterlassen hatten.

Hatte sie hier mit Inga gespielt? Ravnas Erinnerungen waren undeutlich und mehr von Gefühlen als der genauen geografischen Lage bestimmt. Die herzklopfende Aufregung, als sie in einen der verfallenen Eingänge geschlüpft waren, ahnend, dass sie etwas Verbotenes taten, und stets bereit, auf dem Fuß umzukehren und hinaus ins Licht zu rennen …

Um ein Haar hätte sie den Eingang übersehen. Ein dunkles Tor, bewehrt von Steinmauern, die sich an den zurückweichenden Felsen schmiegten, und fast zugewachsen von wucherndem Gras, das in den Ritzen nistete. Längst war die Stahltür verschwunden, die einmal den Eingang verschlossen hatte. Eine dicke Schicht Schluff, Geröll und Sedimente bedeckte den Boden und machte den Durchgang noch niedriger, als er ohnehin gewesen wäre. Auf dem verwitterten Gestein war nicht zu erkennen, ob jemand den Bunker vor Kurzem betreten hatte. Aber sie konnte Schleifspuren sehen, als ob hier einst schwere Lasten hinein- oder herausgebracht worden waren.

Über ihr zogen die Möwen ihre Kreise und schickten ein warnendes Gezeter herab. Ravna atmete tief durch, aktivierte das Spotlight ihres Handys und schlüpfte hinein.

Sofort war es stiller und erstaunlicherweise auch ein paar Grad wärmer als draußen. Feuchte Luft schlug ihr entgegen, die Wände waren bedeckt mit schwarzem Schimmel und dunkelgrünen, schleimigen Spuren von Algen oder Moos. Es war ein schmaler, niedriger Gang, der sie zwang, mit eingezogenem Kopf die wenigen Meter hinter sich zu bringen, bis er in einen größeren Raum mündete.

Er war leer. Enttäuscht leuchtete sie den Boden und die Wände ab, bis der Lichtkegel an einer halb zerfallenen Holztür hängen blieb, die noch tiefer in den Berg führte. Alles in ihr zog sich zusammen. Sie spürte die Gänsehaut, die ihren Rücken hinunterrieselte.

Nein …

Ein Flüstern, von irgendwo tief in ihrem Inneren. Sie war schon einmal gewarnt worden, und bis heute wusste sie nicht, ob es ihr Unterbewusstsein gewesen war, das ihr einen Streich gespielt hatte.

Kehr um …

Sie ging auf die Holztür zu, die schief in ihren Angeln hing. Mit ausgestreckter Hand gab sie ihr einen Stups, und der wehe Laut, mit dem die verrosteten Angeln die Tür nach hinten schwingen ließen, fuhr ihr durch Mark und Bein.

»Ist da jemand?«

Sie war nicht allein. Mit einer raschen Bewegung fuhr sie herum und leuchtete zurück in den Raum, aus dem sie gekommen war – niemand zu sehen.

»Komm raus!«, sagte sie mit lauter Stimme und hörte, dass sie sich nicht ganz in der Gewalt hatte. Ein Gefühl breitete sich in ihr aus, das sie kaum kannte: Angst.

Sie wandte sich wieder dem Eingang zu dem nächsten Raum zu und schob sich durch den Spalt, den die Tür frei gelassen hatte. Kein Schloss, kein Riegel. Eingesperrt werden war also nicht möglich. Aber es gab durchaus eine Menge anderer Methoden, sie auszuschalten.

Es war da. Sie spürte das andere Wesen, als ob es direkt vor ihr stehen würde. Und sie mitten im Fluchtweg.

»Ich bin's, Ravna.« Ihr Spotlight leuchtete erst auf den Boden, dann hob sie es an. Das Licht glitt über schiefe Regale, notdürftig zusammengezimmert zu keinem anderen Zweck, als möglichst viel Ware zu fassen. Sie leuchtete nach links. Auch dort standen Regale, dazu noch die Überreste von zerbrochenen Kisten auf dem feuchten Boden. Alles sah aus, als wäre es schon vor langer Zeit zurückgelassen worden. Sie leuchtete nach rechts – direkt in Torbjørns Gesicht.

Vor Schreck hätte sie fast das Handy fallen lassen. Er hob die Hand vor die Augen, damit er nicht geblendet wurde.

»Du?«, fragte sie entsetzt und erleichtert zugleich. »Was zum Teufel machst du hier?«

Er wandte sich ab und ging zu einem der Regale. Dort stand eine verstaubte Petroleumlampe. Drei Streichhölzer brauchte es, bis er sie in Gang gesetzt hatte. Dabei redete er wütend mit sich selbst oder der Lampe, fluchte, verbrannte sich die Finger. Dann glimmte ein kleines Licht auf und Ravna schaltete ihr Spotlight aus.

»Was machst du hier?«, wiederholte sie laut und deutlich.

Er nahm die Petroleumlampe und stellte sie auf einer noch halbwegs unversehrten Kiste ab. Dann hockte er sich auf den Boden und bedeutete ihr, ebenfalls Platz zu nehmen.

Im tanzenden Schein der Lampe sah sein Gesicht aus wie das einer beängstigenden Sagengestalt. Der wirre Bart, die abstehenden Haare, die erschreckende Blässe – seine Züge wirkten wie aus verwittertem Gestein gemeißelt.

»Wie hast du mich gefunden?«, fragte er schließlich.

Sie schob die Hände in die Taschen ihrer Jacke. Sie waren eiskalt.

»Alle Schmugglerpfade ähneln sich«, sagte sie. »Ekkerøy bietet sich ja geradezu dafür an. War das dein Versteck?«

Er nickte und angelte etwas aus dem Regal hinter sich. Sie hörte, wie Glas über Stein gezogen wurde. Dann tauchte eine Flasche aus dem Schatten auf.

»Französischer Cognac. Mittlerweile kriegst du ihn überall. Aber vor zehn Jahren …«

Er öffnete sie, trank einen Schluck und wollte sie an Ravna reichen, die kopfschüttelnd ablehnte.

»Vor zehn Jahren war es Riesling.«

Torbjørn nickte. »Gutes Zeug, die haben es mir aus den Händen gerissen. Und Cognac, sauteuer. Keine Ahnung, ob der jetzt besser geworden ist. Da hinten liegen noch ein paar Flaschen. Bedien dich.«

»Nein danke. Was ist in der Nacht von Linnéas Verschwinden passiert?« Er zuckte mit den Schultern und nahm noch einen Schluck. Torbjørn Skjelsbæk. Vertrauter, fast väterlicher Freund aus Kindertagen. Es war still, so tief im Bauch des Berges. Noch nicht einmal das Rauschen des Meeres drang zu ihnen hinein.

»Es war unsere letzte Fahrt«, sagte er schließlich und schraubte den Verschluss wieder zu. »Ich bin danach nie wieder raus.«

»Warum nicht?«

»Hat sich nicht mehr gelohnt. Die ganze Plackerei, und immer die Bullen im Nacken. Ich hab's aufgegeben und ein ehrliches Leben begonnen. Meiner Frau und den Kindern zuliebe. Wie das so ist. Was aufbauen. Ein Leben haben.«

Er fuhr sich mit seinen Pranken übers Gesicht.

»Ich war seitdem nie wieder hier.«

Sie musste diese Frage stellen, auch wenn sie ihm danach nie wieder in die Augen schauen konnte. »Warum dann heute?«

»Mir ist was in den Sinn gekommen, was ich damals vergessen habe. Jetzt, wo die ganzen Untersuchungen wieder anfangen und ihr einen Mörder sucht. Ich wollte es nicht darauf ankommen lassen, dass mir was angehängt wird.«

»Okay.« Sie nickte. »Und was war das?«

Er griff wieder hinter sich. Dieses Mal war ein leises, metallisches Geräusch zu hören und dann zielte er mit einer Pistole auf sie. Ravna rührte sich nicht. Endlich ließ er sie sinken.

»Ist irgendwann mal von einem Laster gefallen«, sagte er mit einem halben Grinsen und legte sie neben sich auf den Boden.

»Eine Sig Sauer.« Sie kannte ganz ähnliche Modelle und trainierte mit einer P320. »Das machen die selten.«

»Kommt aber manchmal vor.«

Er strich sich seine störrische Löwenmähne hinter die Ohren. Zwei drahtige Strähnen fielen sofort wieder zurück. Es war Torbjørn, der die Gatter reparierte. Ein Lávvu aufstellte. Das Lasso schwang. Mit Hedda gegen die Vereinnahmung der Weidegründe kämpfte.

Und es war Torbjørn, der gerade mit einer Waffe auf sie gezielt hatte.

»Deshalb warst du hier?«

»Was dachtest du denn?«

»Nichts«, antwortete sie schnell. Zu schnell.

»Du dachtest, du findest noch was, das du mir in die Schuhe schieben kannst?«

»Nein.«

»Dass ich irgendwas mit dem Tod von diesem Mädchen zu tun habe?«

»Nein.«

»Lüg nicht!«

Sie zuckte kaum merklich zusammen. Torbjørns Ton änderte sich, wurde aggressiver.

»Du willst es doch wissen, koste es, was es wolle. Ja, ich habe etwas damit zu tun. Wir alle. Aber wir haben Linnéa nicht umgebracht!«

»Wer war es dann?«

Torbjørn verschränkte die Hände, um sie ruhig zu halten.

»Ich weiß es nicht. Aber ich hab was gesehen, damals.«

»Was?«

Er nahm die Flasche hoch, überlegte es sich dann aber anders und setzte sie wieder ab. »Die haben gefeiert und mein Quad geklaut, um damit ins Gänsenest zu fahren. Das hab ich aber gebraucht, um die Ware in Sicherheit zu bringen. Es war nicht schwer, sie zu finden. Damals gab es nur einen Ort in den Nachtbergen, an dem man … na ja, du weißt schon.«

»Nein. Sag es.«

»An dem man feiern konnte, verdammt! Und noch andere Sachen machen, Herrgott! Ravna!«

»Ficken?«

»Wenn du es unbedingt so ausdrücken willst …«

Ausgerechnet Torbjørn mokierte sich über ihre Ausdrucksweise. Ihr war das egal. Er musste jetzt endlich mit der Wahrheit herausrücken, so bitter sie auch sein mochte.

»Ich bin also da hin und hab sie zur Rede gestellt. Magnus war völlig weggetreten, Ante hatte auch ziemlich einen im Tee. Sanne hat gepennt.«

»Sie war dort?«

»Ja.«

»Und Ben?«

»Kam kurz nach mir. Keiner wusste, wer den Schlüssel hatte. Aber dann hat ihn Ante bei sich gefunden. Er wusste auch, was ich vorhatte. Sie wollten mit, besoffen, wie sie waren. Und ich konnte Hilfe gebrauchen. Also hab ich sie mitgenommen.«

»Wo waren Vinnan und Linnéa?«

»Nirgends. Ante meinte, die hätten sich gestritten und zur Versöhnung zurückgezogen.«

»Ist dir was an Ben aufgefallen?«

»Ben? Nö. Ich war im Stress und wollte los. Dann sind drei johlende Kinder aufgestiegen und mit mir nach Ekkerøy gefahren. Ben, Ante und Magnus, sturzbesoffen. Ich hab sie ihren Rausch ausschlafen lassen und bin mit dem Boot raus. Als ich zurückkam, lief mir Ante entgegen und rief, die Bullen wären auf dem Weg. Wir haben alles stehen und liegen gelassen, sind aufs Quad und quasi einmal im Kreis um die Insel gefahren. Die Bullen hinter uns her, war wie Katz und Maus.«

Er grinste.

»Die Ware konnte ich knicken, aber wenigstens haben sie uns nicht erwischt. Und als ich auf den Damm zur Küstenstraße fahre, kommt mir Vinnan entgegen.«

»Hast du ihn erkannt?«

»Also erst mal sein Auto. So ein riesen weißes Teil. Und dann – ja, ich glaube, er hat hinterm Steuer gesessen.«

Ravna wusste, dass zwischen *Ja, ich glaube* und *Ja, ich habe ihn gesehen* die gesamte Bandbreite von Freispruch bis 21 Jahre Knast liegen konnte.

»Warum bist du damit nicht zur Polizei?«

Er schenkte ihr einen mitleidigen Blick. »Das fragst ausgerechnet du mich? Hätte das irgendwas geändert?«

»Májá würde vielleicht noch leben.«

Jetzt genehmigte er sich doch einen tiefen Schluck. Torbjørn war einer dieser Menschen, die Unangenehmes am liebsten ignorierten. Sie schüttelten es ab und gingen einfach weiter.

»Es war nur ein Auto. So eines, wie es Vinnan fuhr. Mit einem Höllenzahn kam es mir auf dem Damm zur Insel entgegen. Er war hier, in der Nacht, als Linnéa verschwand. Ich hab mir nichts dabei gedacht. Erst später … als es hieß, Linnéa wäre auf Ekkerøy verschwunden, bin ich zu Májá.«

»Zu Májá.«

»Weil sie … Ravna! Du weißt doch, wie das ist! Man geht erst mal zu denen, die Ahnung haben. Die wissen, was Sachen zu bedeuten haben. Immer hieß es: Geh zu Májá, wenn du nicht mehr weiterweißt.« Er schraubte den Verschluss zu, dann wieder auf. »Mit so was renn ich doch nicht zur Polizei. Vinnan ist Norweger und ein Arsch dazu. Um den schert sich keine Sau. Aber wie hätte ich den Bullen erklären sollen, was ich in der Mittsommernacht auf Ekkerøy mache? Wir sind denen nur knapp durch die Lappen gegangen! Die ganze Ware mussten wir am Strand zurücklassen und türmen. Da hab ich an ganz andere Sachen gedacht als an Vinnan und was der ausgerechnet zur gleichen Zeit hier macht.«

»Er hat Linnéas Handy entsorgt. Himmel, Torbjørn! Du hast die ganze Zeit den Mund gehalten, weil du Angst vor ein paar Monaten Knast hast?«

Er setzte wieder an. Das leise Gluckern der Flasche verriet, dass nicht mehr viel von dem Cognac übrig war. Wenn er so weitermachte, würde sie bald gar nichts mehr aus ihm herausbekommen.

»Du hast es Májá erzählt und die hat eins und eins zusammengezählt und Vinnan erpresst. Das ging erst mal gut, alles wurde fein unter den Teppich gekehrt. Leben und leben lassen. Aber dann hab ich ein Skelett gefunden, und es war klar: Linnéa hat das Falkfjellet nie verlassen. Jetzt wurde es richtig eng für ihn. Nichts sagen, wenn ein Mädchen abhaut, ist eine Sache. Aber einen klar erwiesenen Mord decken eine andere. Vielleicht wollte Májá zur Polizei.«

»Glaub ich nich.«

»Vinnan hat sie umgebracht. Wir müssen das anzeigen!«

»Genau das isses«, nuschelte er. »Genau deshalb darf man dir nichts sagen. Wir regeln das anders untereinander.«

»Nein«, sagte sie scharf. »So regeln das höchstens Verbrecher unter sich. *Wir* vertuschen keinen Mord.«

Er schickte ihr einen Blick, als ob er ihr im nächsten Moment nach Wikingerart die Zunge herausreißen wollte. Aber dann hatte er sich doch noch in der Gewalt.

»Und wem is geholfen, wenn er im Knast is? Irgendwem? Was is mit Ove? Der Junge hat eine Chance verdient!«

»Eine Chance von demselben Typen, der seine Mutter umgebracht hat? Und was ist mit Linnéa? Ich habe mit ihrem Vater im Hubschrauber gesessen. Er hat einen Kranz aufs Meer geworfen, für seine Tochter. Soll er nie erfahren, was wirklich passiert ist?«

»Schluss! Das ist mein Ding. Das geht nach meinen Regeln!«

»Irrtum.« Sie wollte aufstehen.

Torbjørn fuhr vor und hielt sie fest. »Erst mal muss er zahlen. Bis auf die letzte Øre. Bluten soll er. Zahlen für das, was er getan hat. Ove soll sein Ding weitermachen. Er ist unser Stolz, er wird es weit bringen. Für ihn haben wir geschwiegen. Für ihn ist Májá gestorben.«

Er ließ sie los und griff wieder nach seinem Stoff. Ravna musste schlucken, weil ihr die Kehle eng geworden war. »Was für ein Mensch bist du eigentlich geworden?«

Die Flasche schon am Mund hielt er inne. In seinem Bärenschädel arbeitete es. Langsam ließ er sie wieder sinken.

»Hat Hedda es gewusst? Dass Vinnan erpresst wurde?«

»Nein. Niemand. Noch nich mal ich. Aber als Májá tot war, hab ich eins und eins zusammengezählt und ihm gesagt, dass er nich ungeschoren davonkommt.«

»Du hast was?«

»Er soll zahlen. Für Linnéa und Májá. Nich für mich, nee.« Er hob abwehrend die Hand. »Ich will keine einzige Krone. Für Ove!«

»Du hast … wann? Torbjørn! Wann hast du mit ihm geredet?«

Ein Geräusch ließ Ravna herumfahren. Es kam aus dem anderen Raum, der zum Meer hinausging.

»Ist er das?«, flüsterte sie. »Hast du deshalb die Waffe geholt?«

Torbjørn stellte die Flasche ab und griff neben sich. Ein leises, metallisches Geräusch verriet, dass er die Pistole entsichert hatte. Ravna spürte, wie das Adrenalin in ihr Blut schoss und sie in höchste Alarmstufe versetzte. Vinnan würde keine Ruhe geben, wenn er nicht auch Torbjørn zum Schweigen brachte. Das ganze Ausmaß der Tragödie hatte sie noch gar nicht begriffen, nur so viel: Vinnan war ein Mörder, der sich zehn Jahre lang hatte erpressen lassen. Und als sich die Schlinge um seinen Hals enger zog, weil Thor begonnen hatte, das Geflecht der Lügen zu entwirren, hatte er Májá getötet.

Und würde das auch mit Torbjørn tun. Vinnan war nur sicher, wenn alle Mitwisser beseitigt waren.

Womit Ravna bei ihrer Rolle in diesem tödlichen Spiel angekommen war. Am liebsten hätte sie sich unsichtbar gemacht, aber das war in diesem Bunker ein Ding der Unmöglichkeit. Erst recht mit Torbjørn an ihrer Seite.

»Hier bin ich«, brüllte der nämlich. »Komm rein, wenn du dir nicht vor Angst in die Hosen scheißt.«

Knirschende Schritte, vorsichtig gesetzt, näherten sich. Das schwache Licht aus der Petroleumlampe reichte, um Ravnas Augen so zu blenden, dass sie nur einen Schatten sah, der die Türöffnung verdunkelte.

»Hei«, sagte die Gestalt. Vinnan Skogrand.

Ravna stand auf, aber Torbjørn hatte sich entschieden, auf dem Boden sitzen zu bleiben, was in seinem Zustand wohl das Beste war.

»Ist ja 'ne richtige Party hier. Gibt's auch was zu trinken?«

Vinnan wollte unbefangen klingen, aber es gelang ihm nicht ganz. Er war genauso angespannt wie der Rest im Raum.

Torbjørn fragte: »Hast du das Geld dabei?«

Der Norweger kam näher. Er trug dieselben Sachen wie bei ihrer ersten Begegnung, aber er wirkte nicht mehr ganz so arrogant.

»Erst mal will ich wissen, was das hier wird. Hast du dir die Bullen zum Schutz mitgebracht?«

Eine Kopfbewegung wies in Ravnas Richtung.

»Lass sie in Ruhe.«

»Sie wird uns verpfeifen!«

»Ich hab gesagt: Lass sie in Ruhe!«

Torbjørn stellte ein Bein auf und wollte sich erheben. Als das nicht klappte, blieb er mit einem Ächzen sitzen.

»Ich geh dann mal«, sagte Ravna betont lässig. Aber ihre Stimme war kurz vorm Kippen, und alles, was sie noch denken konnte, war: raus hier und weg. Ganz weit weg. »Ich will gar nicht wissen, was ihr hier macht.«

Sie wollte an Vinnan vorbei. Vielleicht hatte sie Glück

und er ließ sie gehen. Aber sie war kaum auf Armeslänge an ihn herangekommen, da packte er sie, drehte sie mit dem Rücken zu sich und hielt ihr ein Messer an die Kehle. Ravna war so überrumpelt, dass sie stocksteif stehen blieb.

»Was soll das?« Torbjørn rappelte sich jetzt doch auf und blieb schwankend stehen. »Lass das Mädchen gehen!«

»Sie gehört zur Polizei!«

»Sie gehört zu uns!«

Die kalte Metallspitze bohrte sich in ihre Haut. Vinnan zitterte und das übertrug sich auf das Messer.

»Lass mich gehen«, sagte sie so ruhig, wie es ihr noch möglich war. »Es hat doch keinen Sinn mehr. Thor weiß Bescheid über dich und Májá und das Geld, das du ihr gegeben hast.«

»*Bullshit.*« Sie spürte, wie Vinnan mit der freien Hand ihren Körper abtastete. Vielleicht wollte er herausfinden, ob sie eine Waffe oder ein verstecktes Mikrofon trug. Torbjørn hielt die rechte Hand hinter dem Rücken, sodass Vinnan immer noch nicht bemerkte, dass die echte Gefahr von einem sturzbetrunkenen *Rendrifter* drohte. Falls der Riese noch in der Lage war, einen gezielten Schuss abzugeben.

»Was haben wir denn da?«

Er zog das Geldpäckchen aus ihrer Tasche.

»Fünfzigtausend Kronen«, antwortete Ravna. »Deine letzte Rate an Májá, bevor du Ove zum Waisen gemacht hast.«

Vinnan steckte hastig das Geld ein. »Es wäre ewig so weitergegangen. Bis du gekommen bist, hat sich alles irgendwie eingegroovt. Es war fast so, als wäre Ove so was wie ein teurer Patensohn. Immer, wenn was anstand, habe ich es bezahlt.«

»Hunderttausend Kronen für einen Workshop?«

»Peanuts. Ich hab mit ganz anderen Beträgen zu tun. Ich wusste, ich würde Májá nicht mehr loswerden. Aber solange es keine Beweise gab und niemand nach Linnéa suchte, hielt sich alles in Grenzen. Bis du und dieser Kommissar aus Kirkenes aufgetaucht seid. Da wollte sie mehr. Viel mehr. Das konnte ich nicht zulassen. Und dass der da jetzt für sie weitermacht, erst recht nicht.«

»Das is für Ove!«

Torbjørn holte die Waffe hervor und fuchtelte damit vor seiner Nase herum. Ravna wurde himmelangst bei dem Gedanken, wen er erwischen würde, wenn er abdrückte.

»Steck das Ding weg!«, rief sie panisch. Das Messer bohrte sich noch tiefer in ihre Haut. »Das hat doch keinen Sinn!«

»Richtig«, höhnte Vinnan. »Du schießt dir höchstens in den Fuß!«

»Ah! Ja?«

Ein ohrenbetäubender Knall. Ravna warf sich reflexartig auf die eine, Vinnan auf die andere Seite. Putz und kleine Steinchen rieselten von der Bunkerdecke. Ein durchdringender Geruch nach Karbid stieg ihr in die Nase. Vinnan brüllte wie am Spieß.

»Torbjørn!« Blitzschnell kam sie auf die Beine und riss dem verdutzten Mann die Pistole aus der Hand. »Bist du verrückt geworden?«

»Er hat mich getroffen!«, schrie Vinnan. »Ich verblute!«

In zwei Schritten war sie bei ihm und versuchte, ihn auf den Rücken zu drehen.

»Vinnan?«

Der Faustschlag traf sie mitten ins Gesicht. Ihr Kopf flog zurück, der Schmerz sprengte ihr Bewusstsein. Ihr wurde die Waffe aus der Hand gerissen, und noch bevor sie einen klaren Gedanken fassen konnte, war Vinnan von alleine wieder auf die Beine gekommen. Seine Stimme klang sehr weit weg, und die Worte, die er sprach, ergaben keinen Sinn.

»Wer will zuerst? Mir ist es egal. Einfach nur die Hand heben.«

Ravna krümmte sich zusammen und kam dann keuchend und stöhnend auf alle viere. Sie hätte heulen können vor Schmerz, aber diesen Triumph wollte sie Vinnan nicht gönnen. Ihre Nase musste gebrochen sein und Blut tropfte auf ihre Hände und den Boden. Torbjørn stand fassungslos in der Ecke, taumelte zurück und ging wieder in die Hocke.

»*Bahálačča hoavká*[51]«, presste er hervor. »Du erbärmlicher Feigling. Du hast dein Mädchen getötet! Und Májá! Und jetzt? Was jetzt, du *drittsekk*?«

Vinnan grinste. Es sah diabolisch aus, dieses gut aussehende Gesicht mit dem niederträchtigen Ausdruck. Er richtete die Waffe erst auf Torbjørn und dann auf Ravna. »Ich bring euch um. Alle, die mir auf der Nase rumtanzen, bring ich um.«

Sie musste Zeit gewinnen. Jeder Augenblick, den sie am Leben blieb, erhöhte die Chance auf ein Entkommen. Vinnan war ein Narzisst. Einer, bei dem alle Sicherungen durchbrannten, wenn sich jemand seinem Willen widersetzte.

---

51 Nordsamisch: Verrückter, Wahnsinniger des Teufels.

Also musste sie den Drachen seiner Eitelkeit füttern und ihn zum Reden bringen.

»Warum?«, fragte sie mit dumpfer Stimme. Es klang, als ob sie Schnupfen hätte. Sie traute sich nicht, ihre Nase zu berühren, und wischte nur vorsichtig das Blut von der Oberlippe. »Bei uns beiden verstehe ich es ja noch. Bei Májá auch, obwohl es schwer ist, in dein krankes Hirn zu sehen. Aber was war mit Linnéa? Warum musste sie sterben?«

»Warum?«, fragte Vinnan spöttisch. Er ließ die Waffe sinken, aber er blieb wachsam. »Linnéa und ich hatten einen Streit. Sie wollte Schluss machen. Dieses kleine Dreckstück wollte Schluss machen! Dabei hat sie doch eh jeden gevögelt, der nicht bei drei auf dem Baum war. Sie war ein Miststück. Und dann sucht sie sich ausgerechnet einen von euch Deppen aus.«

»Ben«, sagte Ravna. In ihrem Kopf dröhnte es wie in einem Bergwerk. »Sie hat sich in Ben verliebt.«

»Verliebt?« Vinnan spuckte das Wort geradezu aus. »Diese Fotze wusste nicht, was Liebe war! Sie hat mich ausgenommen. Sich aushalten lassen. Sie hat mir ins Gesicht gelacht!«

»Ben?«, fragte Torbjørn verwirrt. »Aber der ist doch schon ewig mit Sanne zusammen!«

»Eben nicht. Erst nach dieser Nacht.« Ravna setzte sich auf die Fersen. Aufstehen konnte sie noch nicht, außerdem wurde ihr gerade klar, was Vinnan mit *Wer will zuerst* gemeint hatte. Die Angst sprang sie jetzt richtig an, die dunkle Schwester der Panik, die auch schon in den Startlöchern stand. »Ich glaube, Linnéa hätte ihn auch gewollt. Oder ihm zumindest eine Chance gegeben. Sie wollte was Echtes. Sie war nicht so abgebrüht, wie ihr sie darstellt. Ich war noch ein Kind, und ich habe das alles nicht verstanden damals, aber als ich sie getroffen habe, war sie jemand, der mit Sicherheit keinen Bastard wie den da wollte.«

Sie drehte sich zu Vinnan. »Du hast sie gestalkt. Du hast es nicht ertragen, dass sie dich verlässt. Was hast du getan?«

»Nichts!«, brüllte Vinnan, als müsste er zwei begriffsstutzigen Schulanfängern das Einmaleins erklären. »Nichts hab ich getan! Ich hab sie geschüttelt, dann fiel sie hin … und dann war sie tot.«

»Du hättest es melden können.«

»Und meinen Studienplatz verlieren? Mein Ansehen, meine Reputation?«

»Da hast du sie lieber irgendwo in eine Schlucht geworfen und einen Stein über sie gerollt. Wie war das?«

Mühsam und sehr sehr langsam setzte Ravna erst ein Bein auf, dann das andere und kam halb hoch. Sie ließ Vinnan nicht aus den Augen. Er war Sportler. Jäger. Angler. Er wusste, wie man mit einer Waffe umging. Sie war noch zu benommen von dem Schlag, um es auf einen Zweikampf ankommen zu lassen, und Torbjørn war keine Hilfe.

»Wie war das?«, wiederholte sie.

Vinnan hob die Waffe. Er stand zu weit weg, um einen Überraschungsangriff zu starten. Er musste weiterreden, immer weiterreden. Vielleicht konnte sie ihn dazu bringen, aufzugeben.

»Es war furchtbar.« Seine Stimme klang gebrochen, und er fuhr sich mit der freien Hand über die Augen. »Ihr wollt ja nur das Monster in mir sehen. Aber als ich sie da liegen sah mit den offenen, leeren Augen und sie sich nicht mehr rührte, bin ich zusammengebrochen und habe nur geheult.«

»Oh, mir kommen auch fast die Tränen!«, höhnte Torbjørn.

Blitzschnell zielte Vinnan auf ihn. »Du willst also der Erste sein? Kein Problem. Wir machen das so: Du kriegst einen Schuss in den Bauch von ihr. Dann stürzt du dich mit letzter Kraft auf sie, kriegst die Waffe in die Hand und erschießt sie. Leider kommst du mit der Verletzung nicht weit. Ich denke, du wirst hier verbluten.«

Er ging einen Schritt zurück, um die Stelle zu markieren. »Alles ganz einfach. Die Polizei wird sich fragen, warum sie nicht schon viel früher darauf gekommen ist. Torbjørn, der Schmuggler, hat Linnéa umgebracht, weil sie seine dunklen Geschäfte verraten wollte. Májá hat das gesehen und ihn erpresst, deshalb musste sie auch sterben. Und Ravna, die als Einzige geschnallt hat, dass Torbjørn ein Doppelmörder ist, stirbt beim Versuch, ihn zu stellen.« Er wandte sich direkt an sie. »Du kriegst ein Dienstbegräbnis. Ist das nichts? Mit allen Ehren. Sie werden stolz auf dich sein. Deine ganze Sippe.«

»Du mieses Stück Dreck!«

Jetzt schaffte sie es endlich, sich ganz aufzurichten. Ihr Schädel platzte beinahe und ihr war schwindelig und kotzübel. Sie musste eine Gehirnerschütterung haben.

Vinnan ließ von Torbjørn ab und nahm sie ins Visier. »Also doch du zuerst?«

Er zielte. Seine Augen wurden eng. Die Entscheidung war gefallen. Es war vorbei. In Ravna war nichts außer Leere.

Hieß es nicht, in den letzten Sekunden würde das ganze Leben an einem vorüberziehen? Hedda war noch da. *Mamma*, es tut mir leid. Es tut mir so leid …

»Nein!«, brüllte Torbjørn.

Ein Schatten flog auf sie zu und kreuzte den knallenden Blitz. Sie wurde zu Boden geworfen und bekam keine Luft mehr. Eine zentnerschwere Last erdrückte sie fast. Es war Torbjørn. Beim Versuch, sie zu schützen, hatte er die Kugel mit seinem Körper abgefangen.

Noch bevor sie begriff, was geschah, hörte sie Vinnans Schrei, der in Rufen und hastigen Schritten unterging. Sie bekam wieder Luft, der schwere Körper wurde von ihr weggezogen, und im flackernden Schein der Petroleumlampe erkannte sie zunächst nichts weiter als seltsam bepackte, düstere Gestalten mit geschwärzten Gesichtern.

Und Thor. Er beugte sich über sie und klopfte ihr auf die Wange. In seinem schmalen Gesicht standen Sorge und Stress.

»Ravna?«

»Nicht!« Sie schlug seine Hand weg, weil jede Berührung ihres Gesichts eine Fanfare von Schmerz in ihren Kopf jagte. »Was ist mit ihm? Torbjørn?«

Vinnans Gebrüll wurde leiser. Die Gestalten hatten ihn gepackt und schleiften ihn hinaus.

»Torbjørn!«

Er lag auf der Seite. Ravna kroch zu ihm und nahm seinen schweren Schädel in die Hände. Er hatte die Augen geschlossen, sein Atem klang rasselnd.

»Bist du okay?«, flüsterte er auf Samisch.

»Ja. Alles okay. Bis auf meine Nase. Ich werde aussehen wie ein Preisboxer.«

Ein kurzes Lächeln zuckte um seine Mundwinkel. Kleine, blutige Bläschen bildeten sich auf seinen Lippen. Das sah nicht gut aus. Gar nicht gut.

»Kümmere dich um Malin.« Torbjørns Tochter. »Und sag Rika … sag meiner Frau … dass ich es versucht habe. Ich wollte ein guter Mensch sein.«

Sie strich ihm über die drahtigen Haare. Tränen stiegen in ihre Augen, aber sie wischte sie nicht weg, um ihre Hände nicht von ihm zu lösen.

»Das bist du, Torbjørn. Keiner wird das je anzweifeln.«

»Weißt du was?«

Sie musste sich zu ihm herabbeugen, um ihn noch zu verstehen.

»Ich freu mich auf Léna. Und Májá. Wir werden den Laden schon aufmischen in *Jabaimo*[52]. Schick uns ein Rentier.«

»Später, Torbjørn. Erst mal musst du hier raus und ins Krankenhaus.«

Er seufzte.

»Und dann wirst du wieder gesund und wirst uns noch eine ganze Weile nerven. Hedda braucht dich. Das weißt du, nicht wahr? Wenn sie kommen und uns die Weiden wegnehmen wollen, musst du da sein und für uns kämpfen. Ohne dich schaffen wir das nicht. Und dann sehen wir uns

---

52 In der samischen Mythologie gibt es drei Unterwelten. In Jabaimo leben die Menschen, in Rutaimo der Teufel, in Savoaimo die verstorbenen Schamanen.

wieder, im Herbst, wenn die Herden die Sommerweiden verlassen und in den Süden ziehen. Und im Winter fahren wir ihnen mit Scootern hinterher und fangen die Streuner ein und dann sitzen wir alle am Lagerfeuer und erzählen uns die alten Geschichten. Und irgendjemand joikt, wir essen Gurpi und trinken das glasklare Wasser vom Tanaelva und vielleicht auch die Rentierpisse von Rássmos, die er uns als Molteschnaps unterjubeln will …«

Sie spürte Thors Hand auf ihrer Schulter. Warm, mit einem sanften Druck, und sie hätte sie am liebsten wieder weggeschlagen und mit den Fäusten auf die Bunkerwände eingehämmert und irgendetwas zu Fall gebracht, zerstört, das der Trauer und dem Elend würdig war, das in ihr tobte.

»Das machen wir«, sagte sie stattdessen leise und legte Torbjørns leblosen Kopf sanft auf dem kalten Boden ab. »Und du wirst bei uns sein.«

Thor half ihr auf die Beine. Er führte sie aus dem gnädigen Dunkel des Bunkers hinaus in die gnadenlose Mitternachtssonne, die alles mit ihrem Schein vergoldete. Die Polizeiwagen. Vinnan, der gerade in Handschellen in einen gesetzt wurde. Die schweren Vans der *Beredskapstroppen*[53]. Die Beamten in Tarnanzügen, mit Helmen, Maschinengewehren und dem Delta-Norge-Abzeichen. Die beiden Krankenwagen. Ein langer, schwarzer Volvo, aus dem Eva Hovland stieg und auf sie zukam.

»Drinnen?«, fragte Eva.

---

53 Notfalleinheit der norwegischen Polizei, zuständig für Terrorangriffe und hochriskante Festnahmen.

Thor nickte knapp und führte Ravna zu einem der Vans. Jemand legte ihr eine Rettungsdecke um die Schulter, eine junge Frau in Uniform drückte ihr einen Becher Kaffee in die Hand. Sie setzte sich bei geöffneter Tür auf den Boden des Fahrzeugs und starrte in ihren Kaffee.

»Es tut mir leid«, sagte Thor. »Wir sind zu spät gekommen. Es gibt auf der ganzen verfluchten Insel keine Möglichkeit, ein Handy zu orten. Als ich deine Nachricht bekam, sind wir sofort los.«

Sie trank einen Schluck und spürte, wie die Wärme ihre Kehle hinunterrann und in ihrem Magen ankam. Die Luft war noch feucht vom Regen und die Sonnenstrahlen ließen die Temperatur um einige Grad steigen. Nebel stiegen auf, wo das Licht den Felsboden erreichte.

»Sie sind unschuldig«, sagte sie. »Ben, Sanne, Ante und Magnus. Du hast sie festgenommen, aber den Schuldigen laufen gelassen.«

Er steckte die Hände in die Hosentaschen und drehte sich halb weg von ihr. Damit musste er alleine klarkommen. Rune Thor, Überflieger und begnadeter Kriminalist, einst bester Ermittler Norwegens, hatte versagt.

»Torbjørn ist tot, weil er mich beschützen wollte. Ihr habt es nicht getan. Ich habe ein halbes Dutzend Mal angerufen. Keiner hat sich darum gekümmert. Und jetzt ist er tot.«

Thor setzte sich neben sie. Das konnte sie jetzt überhaupt nicht gebrauchen: Opferansprache, Traumabewältigung, irgendeinen billigen Trost. Aber er hielt den Mund, ein paar Minuten wenigstens.

»Vinnan hat Torbjørn getötet. Nicht wir«, sagte er dann.

»Ihr hättet es verhindern können!«

»Vielleicht. Vielleicht auch nicht. Es wird immer wieder passieren. Du wirst lernen müssen, mit diesem Gefühl zu leben. Mit den Zweifeln, mit dem Jammer, mit den Vorwürfen. Das gehört dazu.«

»Ich will das nicht. Dich hat es kaputtgemacht.«

Ein schwaches Lächeln zuckte um seine Mundwinkel. »Fast. Der Mensch ist ein erstaunliches Wesen. Meistens ist er stärker, als er es sich zutraut.«

»Ich will das nicht.«

Die Schmerzen in ihrem Gesicht waren fast unerträglich, aber es war noch mehr zerbrochen worden als ein Nasenbein: das Vertrauen in ihre eigenen Entscheidungen.

Sie stellte den Becher hinter sich auf dem Fahrzeugboden ab. Dann stand sie auf und nahm die Decke ab. *Sie gehört zu uns,* hatte Torbjørn gesagt. Nicht: *Sie gehört zur Polizei.*

»Was hast du vor?«, fragte Thor.

»Ich gehe nach Hause«, sagte sie.

Das Geschrei der Möwen begleitete ihre Schritte. Sie ließ den Vogelfelsen hinter sich und ging hinunter zum Hafen. Einen Moment lang blieb sie stehen und sah aufs Meer. Kleine Wellen schwappten ans Ufer und benetzten die Steine. Eiderenten schnappten sich gegenseitig die besten Bissen weg. Von der Terrasse des Restaurants schallten das Klappern von Geschirr, Gesprächsfetzen und Lachen. Sie holte ihren Rucksack, ignorierte die entsetzten Blicke auf ihre blutige Nase und lief weiter zum Damm.

Ihr Handy klingelte. Lars war am Apparat, aber sie drückte den Anruf weg und machte sich auf den Heimweg.

Epilog

Alta, Norwegen. Motocross Bane, Arctic Cup 2021, zweiter Renntag

Es war Anfang Oktober und Ravna war seit zwei Uhr auf den Beinen. Sverre hatte sie mitgenommen auf die sechsstündige Fahrt quer durch die Finnmark bis Alta, wo Ove um einen Startplatz für die MX-Light-Klasse kämpfen würde. Sie hatten den Tana-Fluss bei völliger Dunkelheit überquert und den Sonnenaufgang entlang des Porsangerfjords erlebt. Die Tage wurden länger, je mehr sie in den Süden kamen. Sie mussten sich beeilen, um Oves Rennen nicht zu verpassen, das für zehn Uhr dreißig angesetzt war.

Die Fahrt verlief schweigend. Es gab auch nicht viel zu sagen. Ove hatte seinen Platz bei dem Workshop nur deshalb nicht verloren, weil alle *Siidas* aus ihrem *Renbeitedistrikt* zusammengelegt hatten. So war die eine Hälfte zusammengekommen. Für die andere musste sich Oves Trainer ins Zeug gelegt haben, denn die Polizei hatte das ganze Geld, das Májá gehortet hatte, beschlagnahmt. Auch die Anzahlung, die sie in bar gezahlt hatte. Aber irgendwann war der erlösende Anruf gekommen, dass der Junge starten konnte. Seine Zukunft hing davon ab, denn bei diesem Rennen waren auch Vertreter der Sporteliteschule NTG zugegen, die nach jungen Talenten Ausschau hielten. Falls Ove sie überzeugte, war seine Ausbildung gesichert.

Ravna beneidete ihn nicht. Die Last auf diesen jungen Schultern war groß. Viele hatten wirklich ihre letzten Kronen geopfert, um mit ihm einen zweiten Ailo Gaup aus der Taufe zu heben. Aber immerhin lenkte ihn der Stress ab von dem, was er über seine Mutter und ihren gewaltsamen Tod erfahren hatte.

Vinnan war geständig. Das erleichterte vieles, vor allem für die Angehörigen. Vielleicht hoffte er auf ein milderes Strafmaß? Er redete sich auf zwei Unfälle heraus, aber das würde ihm nicht viel helfen. Eva konnte wissenschaftlich belegen, dass es sich bei Májás Tod definitiv um eine Folge von Gewalteinwirkung handelte. Unter Totschlag würde er nicht davonkommen.

Ravna hatte ein Urlaubssemester beantragt und bewilligt bekommen. Ihr war noch nicht klar, wie es mit ihr weitergehen sollte. Der tiefe Vertrauensbruch in ihre Zukunft war noch lange nicht geheilt. Vielleicht würde das auch gar nichts mehr werden mit ihr und einer Polizeikarriere. Hedda hielt sich zurück, auch wenn es ihr schwerfallen musste. Sie wäre die Erste, die Ravna mit offenen Armen bei den Rentieren empfangen würde. Aber wollte sie das wirklich? Wieder zurück unter die Rockschöße ihrer Mutter, die immer militantere Thesen vortrug?

Die letzten Wochen waren eine Achterbahnfahrt der Gefühle gewesen, auch was Lars betraf. Er hatte sie besucht und aufgefangen. Sie hatte geweint, lange, oft. Nie war es ihm zu viel gewesen, immer hatte er ihr zur Seite gestanden. Er baute ihr Brücken, Tag für Tag und Nacht für Nacht. Und langsam, ganz langsam, setzte sie vorsichtig einen Schritt nach dem anderen auf dieses fragile Gebilde über einem schwindelerregenden Abgrund, das man wohl Beziehung nannte.

Gegen neun erreichten sie die Rennstrecke. Ein hügeliges Gelände mit einem breiten Parcours, auf den es die letzten Tage geregnet haben musste, denn er erinnerte mehr an eine Schlammwüste, umgeben von Nadelwäldern und Seen. Unwillkürlich kam Ravna in den Sinn, dass es Májá hier wohl gut gefallen hätte.

Mehrere Hundert Menschen hatten sich an der Ostkurve der Rennstrecke versammelt, von wo aus man den besten Überblick hatte. In dem grau gestrichenen Klubhaus gab es Kaffee und Kanellboller, Zimtschnecken, von denen sich Ravna gleich zwei einpacken ließ. Dann schlenderte sie mit Sverre hinüber zum Fahrerlager, um Ove Glück zu wünschen.

Umgeben von Zelten, Campingwagen, Reifenbergen und technischen Aufbauten rannten nervöse Menschen durcheinander. Viele in voller Montur, andere nur in Overalls oder Alltagsklamotten. Sie entdeckten Ove zusammen mit zwei Technikern an seiner Maschine. Seine Augen leuchteten, als er sie und seinen Vater erkannte.

»Hei!«, rief er, griff sich einen Lappen und wischte sich die Hände ab. Ravna bemerkte, dass er vor Aufregung zitterte.

»Bures«, sagte sie, blieb aber beim Norwegischen. »Wie geht es dir?«

Sverre klopfte seinem Sohn anerkennend auf die Schultern. »Wie wohl. Endlich kannst du zeigen, was in dir steckt!«

Ove nickte. Ravna hatte das Gefühl, es wäre ihm lieber, wenn nicht die Hoffnung des gesamten *Renbeitedistrikts* auf seinen schmalen Schultern liegen würde.

Ein mittelgroßer, schlanker Mann trat auf sie zu. Er trug Jeans und ein Karohemd unter seinem Anorak. Die grauen Augen richteten sich freundlich auf die Neuankömmlinge.

»Hei. Ich bin Petter Roymark, Oves Trainer aus dem Workshop.«

Er reichte ihnen die Hand. Sein offenes, von ersten Falten durchzogenes Gesicht strahlte vor Anerkennung. »Ich glaube, wir haben da ein ganz großes Talent in unseren Reihen.«

Sverre nickte und platzte fast vor Stolz. Ove sah scheu zu Boden. So kannte Ravna den Jungen gar nicht. Diese Rolle war neu, aufregend und einschüchternd für den Vierzehnjährigen. Motoren heulten auf, Männer rollten Reifen heran, Funksprüche wurden über die Strecke gejagt. In der Luft lag der Geruch von Diesel und Motoröl.

»Henrik Espeland fährt auch mit«, sagte Ove leise. Sogar seine Stimme zitterte. »Und der ist richtig gut.«

Roymark legte Ove die Hand auf die Schulter. »Das bist du auch, Junge. Du hast das Zeug dazu, ihn zu schlagen. Hab Vertrauen in dich.«

»Zeig mir doch mal deine Maschine«, sagte Sverre. Vermutlich wollte er Ove ablenken. »Ich kenne mich mit den Dingern ja gar nicht aus. Für mich machen die nur einen schrecklichen Krach. Was ist denn das Besondere daran?«

Ove schenkte ihm einen unsicheren Blick, doch in Sverres Stimme lag nichts als ehrliches Interesse.

»Okay.«

Beide gingen zu Oves Honda. Ravna, den Kaffeebecher in der Hand, wartete darauf, dass Roymark sich höflich zurückziehen würde. Er hatte sicher Besseres zu tun, als sich mit einem samischen Mädchen zu unterhalten, das von Motocross nicht die geringste Ahnung hatte. Aber er blieb stehen. Fast sah es so aus, als hätte er eine Frage, traute sich aber nicht, sie zu stellen.

»Ordentlich was los«, sagte sie schließlich. »Ich wusste gar nicht, dass auch Anfängerrennen so viele Leute anziehen.«

Roymark sah kurz auf seine Armbanduhr. Er hatte keine Zeit, blieb aber trotzdem.

»Sie wollen die Stars von morgen sehen«, sagte er. »Und morgen starten ja auch die Profis. Da platzen wir aus allen Nähten.«

»Hat er eine Chance?«

Roymark folgte ihrem Blick zu Ove und Sverre. Der Junge erzählte seinem Vater etwas und deutete auf den Motor. Sverre hörte aufmerksam zu. Vielleicht gelang es den beiden, über diesen Sport wieder zueinanderzufinden.

»Ja. Oh ja. Er muss nur aufhören zu denken, er wäre weniger wert, nur weil …« Roymark brach ab. Er rieb mit der linken Schuhspitze über den Boden. Ein Wolkenschatten trieb über das Gelände und augenblicklich wurde es kalt.

»Weil er Same ist?«, fragte sie. »Oder weil sie hinter seinem Rücken über seine Mutter reden?«

»Beides«, gab Roymark nach kurzem Überlegen zurück. »Er braucht Selbstbewusstsein. Wenn er heute gewinnt, würde ihn das sehr weit bringen.«

»Und wenn er verliert?«

»Dann wird er lernen, was Sport bedeutet. Nur einer kann Sieger sein. Verlieren, wenn man sich angestrengt hat, ist nichts Ehrenrühriges. Aber es wird sehr viel von ihm erwartet.«

Ravna rieb sich instinktiv die Nasenwurzel, wie sie es sich seit dem Bruch angewöhnt hatte. Die Schmerzen waren ziemlich schnell abgeklungen, aber an die Deformierung in ihrem Gesicht konnte sie sich einfach nicht gewöhnen. Auch wenn jeder ihr sagte, sie wäre die Einzige, der das auffallen würde.

»Ihr habt alle zusammengelegt«, fuhr Roymark fort. »Alle Achtung. Es gibt Familien, die stürzen sich in den Ruin. Bei euch waren es wohl Hunderte.«

»Ruiniert hat es keinen«, gab Ravna mit einem Lächeln zurück. Sie hatte tausend Kronen dazugegeben. »Alle für einen, einer für alle. Aber Sie haben ihm ja auch ziemlich viel erlassen. Dafür wollte ich mich noch einmal bedanken.«

Zu ihrem größten Erstaunen sagte Roymark: »Nein. Das hätte ich auch gar nicht gekonnt. Jeder soll dieselbe Chance haben, wir können nicht einen bevorzugen.«

»Aber … wir haben doch nur knapp die Hälfte zusammenbekommen! Wer hat die andere Hälfte bezahlt?«

»Das weiß ich nicht. Und wenn ich es wüsste, dürfte ich

es dir nicht sagen. Noch nicht mal Ove weiß es. Es scheint, er hat einen guten Freund, der aber im Hintergrund bleiben möchte.«

In Ravnas Kopf ratterten die Möglichkeiten, wer von den Leuten, die sie kannte, mal eben fünfzigtausend Kronen für Oves Chance lockermachen würde. Ihr fiel niemand ein.

»Gib mir einen Tipp.« Sie grinste Roymark so vertrauenerweckend an, wie man das mit einer gebrochenen Nase nur tun konnte. »Einen winzig kleinen.«

»Tut mir leid!« Roymark hob entschuldigend die Hände. Eine scheppernde Lautsprecherdurchsage mahnte, langsam die Plätze einzunehmen. »Ich muss mich jetzt um meine Jungens kümmern.«

Er reichte ihr zum Abschied die Hand.

»Ich sag es auch nicht weiter. Ich will nur wissen, wen ich in Zukunft besonders nett grüßen müsste.«

Nun grinste auch Roymark. »Ich glaube nicht, dass es einer von euch ist. Es sei denn, ihr züchtet eure Rentiere auch in den Straßen von Kirkenes.«

Er wollte sich abwenden.

»Kirkenes?«

»Sorry, ich hab den Namen vergessen. Donner und Doria, mein Gedächtnis …«

Damit ging er zurück ins Fahrerlager.

Donner und Doria …

»Thor?«, rief sie ihm hinterher. »War es Rune Thor?«

Er wandte sich im Laufen noch einmal zu ihr um, und sie glaubte, ein minimales Nicken zu erkennen.

Thor.

Sie steckte die Hände in die Taschen und lief zurück hinter die Absperrung. Wenig später gesellte sich Sverre zu ihr, blass vor Nervosität, aber einen unbändigen Stolz auf seinen Jungen im Blick.

Die Motoren heulten auf, unter Applaus fuhr ein Fahrer nach dem anderen auf Startposition. Der Rennleiter hob die Flagge und dann fiel der Startschuss. Schlammfontänen spritzten hoch, Räder drehten durch, die ersten Maschinen kippten um, aber Ove hielt sich und raste auf die Anhöhe zu. Er flog durch die Luft wie ein Vogel, setzte auf und jagte davon.

»Wird er gewinnen?«, fragte Sverre atemlos.

Ravna nickte. »Aber klar.«

Danke!

Als ich vor dreißig Jahren zum ersten Mal auf der Varangerhalbinsel in der Arktis war, wusste ich nicht, wie sehr mir dieser Landstrich einmal ans Herz wachsen würde. Ravna, diese eigenwillige junge Samin, hat ihn mir nahegebracht, mit all seiner Schönheit, seinen schroffen Abgründen, seinen Geheimnissen, Mythen und Legenden. Und natürlich auch den harten Alltag der samischen Rentierzüchter, die auf dem Falkfjellet beheimatet sind.

Das *kalvmerking,* die Kälbermarkierung zu Mittsommer, ist deshalb auch keine touristische Folklore, sondern ein wichtiger Teil der Hege unter Ausschluss der Öffentlichkeit. Umso glücklicher war ich, als Liane und Hannes Gruda mir die Chance gaben, nach Sápmi zu reisen und als Zaungast an diesem Auftrieb teilzunehmen.

Wir fuhren nach Jukkasjärvi in der nordschwedischen Provinz Norrbotten. Und dann weit hinein in die Wälder, auf Buckelpisten und Waldwegen, bis wir das Elternhaus des Rentierzüchters Nils Torbjörn Nutti erreichten, einem engen Freund von Liane und Hannes. Sein samischer Name lautet Bierra Nisse, Bären-Nils. Von dort aus ging es noch tiefer in die Wildnis bis zur Sommersiedlung von Nisses *Siida.* Und dann noch weiter bis zur Gerde im Wald. Bei tagheller Nacht um zwei Uhr morgens trafen endlich die ersten Tiere auf ihrem Treck in den Süden ein, ab dann wurde durchgearbeitet bis in den Morgen.

Moment, warum denn in Schweden? Ravna lebt doch ein paar Hundert Kilometer weiter östlich im norwegischen Teil von Sápmi? Stimmt. Aber dieses Gebiet ist eine Einheit über die Grenzen hinweg, und es sind die Rentiere, die den Rhythmus bestimmen und sich bestimmt nicht an meine Termin- und Reisepläne halten.

Noch ein Wort zu Ravnas *Renbeitedistrikt.* Die geografischen Details habe ich verändert, und die *Siidas* sowie ihre Namen und genauen Lebensumstände in diesem Buch sind, wie es sich für einen Roman gehört, frei erfunden. Nicht erfunden sind die Probleme der samischen Bevölkerung Sápmis, die ich beschrieben habe.

Ich bin unendlich froh und dankbar, dass Nisse mir die Türen geöffnet hat und ich in dieser Woche so viel lernen und erleben durfte. Das haben mir Liane und Hannes ermöglicht, die schon seit vielen Jahren zu seiner *Siida* gehören (seit sie zusammen in Sautis in einem Lávvu am Feuer gesessen haben …). Sie leben zwar in Berlin, aber sie sind im Herzen Samen, kennen und lieben Sápmi und haben Ravna von Anfang an mit so viel Herzblut begleitet.

Liebe Liane, lieber Hannes! Diese Reise – und auch die Ravna-Bücher – wäre ohne euch nicht möglich gewesen. Ich hätte höchstens an der Oberfläche kratzen können. Aber ihr habt mir ein magisches Tor geöffnet, durch das ich einen Blick auf diese reiche Kultur werfen konnte, und über diesem Tor steht in großen Lettern FREUNDSCHAFT.

Lieber Nisse! Danke für so viel mehr als ein Dach über dem Kopf. Für diesen unvergessenen Moment oben auf dem Abisko, als wir zusammensaßen und unsere Blicke über diese gewaltige Landschaft schweifen konnten. Für das samische Barbecue. Für die Abende in deinem Elternhaus, den ersten Rentier-Kontakt und deine milde, niemals versiegende Toleranz meinen Fragen gegenüber. Wer Nisse und eine zahme Auswahl seiner Rentiere besuchen möchte, kann sie in der *Nutti Sámi Siida* in Jukkasjärvi treffen und dort viel über die samische Kultur erfahren.

Liebe Yana Mangi! Danke für das Willkommen in deinem Haus, die Fahrt in eurem Boot über den See zur Gerde und den Joik, als wir auf die Rentiere warteten. Und für das Bild in meinem Notizbuch und meinem Herzen … Yana ist eine samische Sängerin und betreibt mit ihrem Mann ebenfalls Rentierzucht. Ihre Lieder könnt ihr streamen oder auch als CD kaufen, sie ist sensationell!

Danke an Marie Boine, dass ich die Zeilen aus ihrem Song »Happily ever after« diesem Buch voranstellen durfte. Sie ist eine der bekanntesten und erfolgreichsten samischen Musikerinnen, die sehr engagiert für ihr Volk kämpft, und ihre Texte und ihre Musik haben mich sehr berührt.

Danke an dich, meine Tochter Shirin. Es muss jetzt einfach mal raus, dass ich so froh bin, dich in so vielen wichtigen Momenten meines Lebens an meiner Seite zu haben. Du bist mit mir an die entlegendsten (und schönsten!) Orte der Welt gereist und hast mir immer zur Seite gestanden, in guten und manchmal auch nicht ganz so guten Zeiten. Wir waren zusammen in der Arktis, in Grönland, in Sápmi und jede Reise wurde durch dich noch mal so schön. Ich freue mich so auf das, was wir noch alles entdecken werden!

Danke an dich, liebe Susanne Krebs, dass du vom ersten Moment an Ravna in dein Herz geschlossen hast, und Rune Thor gleich mit dazu … ich freue mich so sehr, dass wir diese wunderbaren Bücher gemeinsam mit dir und deinem engagierten Team machen konnten. Und dass die Reise weitergeht … Womit ich ja schon fast zu viel verraten habe …

Danke an Franziska Kirchner für das großartige Lektorat! Es war unsere erste Zusammenarbeit, und ich hoffe, dass noch viele weitere folgen werden.

Und last, but not least: Danke an euch. Ihr seid es, die RAVNA zum Leben erwecken, in euren Herzen und in eurer Fantasie wird sie zu der Person, die ihr in ihr seht. Ich freue mich so sehr, dass wir uns in diesem Buch begegnen oder auch wiedertreffen und vielleicht noch viele schöne Stunden miteinander verbringen.

Berlin/Spreewald, 21.11.2021

Elisabeth Herrmann,
geboren 1959 in Marburg/Lahn, ist eine der aufregendsten Thrillerautorinnen unserer Zeit. Zum Schreiben kam sie neben ihrer Tätigkeit als Journalistin erst über Umwege – und hatte dann sofort durchschlagenden Erfolg mit ihrem Thriller »Das Kindermädchen«, der von der Jury der Krimi-Welt-Bestenliste als bester deutschsprachiger Krimi 2005 ausgezeichnet wurde. Seitdem macht Elisabeth Herrmann Furore mit ihren Thrillern und Romanen. 2012 erhielt sie den Deutschen Krimipreis für »Die Zeugin der Toten«. Sowohl »Das Kindermädchen« und »Die Zeugin der Toten« als auch ihr Thriller »Schattengrund« wurden vom ZDF verfilmt. »RAVNA« ist ihr sechstes Thrillerprojekt für jugendliche Leser.

Von Elisabeth Herrmann sind bei cbj erschienen:
RAVNA – Tod in der Arktis (17608)
Lilienblut (30762)
Schattengrund (30915)
Seefeuer (31063)
Die Mühle (31192)
Zartbittertod (31324)
Seifenblasen küsst man nicht (30867)

Mehr über cbj auf Instagram unter @hey_reader

Elisabeth Herrmann

RAVNA – Tod in der Arktis

464 Seiten, ISBN 978-3-570-17608-5

Vardø, eine kleine Stadt weit über dem Polarkreis in der Arktis. Der Mord am reichen norwegischen Waldbesitzer Olle Trygg verstört alle, auch Ravna Persen, gerade frisch als Praktikantin bei der örtlichen Polizeidienststelle gelandet. Ravna hat keinen leichten Stand bei ihren Kollegen: Sie ist eine blutige Anfängerin, sie ist eine Frau und ... sie ist Samin. Keiner nimmt sie ernst, als sie am Tatort glaubt, Hinweise auf einen samischen Hintergrund der Tat zu finden – einen Strich in der Erde. Als kurz darauf der umstrittene Kommissar Rune Thor eintrifft, um den Fall zu übernehmen, spitzen sich die Konflikte zu. Doch Ravna weiß durch ihre Urgroßmutter Léna viel über die Geheimnisse der Samen – und darüber, dass der Strich auf ein uraltes Ritual hindeutet.

30117

cbj

www.cbj-verlag.de

Elisabeth Herrmann

Zartbittertod

ca. 450 Seiten, ISBN 978-3-570-16513-3

Mia ist in dem kleinen Chocolaterie-Geschäft ihrer Eltern aufgewachsen – mit den wunderbaren Rezepten, aber auch mit dem rätselhaften Familienfoto, auf dem ein lebensgroßes Nashorn aus Schokolade zu sehen ist, zusammen mit ihren Urgroßvater Jakob und seinem Lehrherrn. Der Lehrherr ist weiß, Jakob schwarz. Mia ist zwar bekannt, dass ihr Vorfahr als kleiner Junge aus dem damaligen Deutsch-Südwestafrika nach Deutschland gekommen ist. Aber warum? Und wie? Als Mia den Nachkommen von Jakobs Lehrer unbequeme Fragen stellt, sticht sie in ein Wespennest. Liebe und Verrat, sie ziehen sich durch die Generationen, und als Mia endlich versteht, wer sie zum Schweigen bringen will, ist es fast zu spät …

20271

cbj

www.cbj-verlag.de

Elisabeth Herrmann

Die Mühle

448 Seiten, ISBN 978-3-570-31192-9

„THE COURT" – das waren die Coolen. Die Unerreichbaren, die Helden von Lanas Schulzeit. Wieso kommt ausgerechnet Lana an eine Einladung zu einem Kurztrip mit der Überflieger-Clique? Die Kings und Queens der coolen Clique sind zwar wenig begeistert, als Lana statt ihres siebten Mitglieds bei ihrem Treffen auftaucht. Aber dann überschlagen sich die Ereignisse. Der Trip führt die Clique in eine alte Mühle, umgeben von Wildnis. Alles hier scheint für sie vorbereitet zu sein. Nur wer hat eigentlich die Einladungen verschickt? Wer begrüßt sie mit schriftlichen Botschaften, hat seltsame Spiele für sie organisiert? Als der erste der Freunde verschwindet, bricht Panik in der Gruppe aus ...

30324

www.cbj-verlag.de

NORWEGEN
Varangerbotn
Mortensnes
E75
E6
E6
Vagge
FINNLAND